Du même auteur, chez d'autres éditeurs :

Les Âmes troubles

Depuis l'abîme

Ce livre est également disponible au format numérique

www.bragelonne.fr

Olivier Taveau

Cathares

1198

Bragelonne

Collection dirigée par Stéphane Marsan et Alain Névant

ISBN : 979-10-281-1760-3

Bragelonne
60-62, rue d'Hauteville – 75010 Paris

E-mail : info@bragelonne.fr
Site Internet : www.bragelonne.fr

À mes diables, Arthur, Raphaël, Lola.
À mes démons.
À ma déesse, Julie, qui les a tous portés.

« Je suis la voix de celui qui crie dans le désert. »
Jean, I, 23

Rome

846

Étienne D'Arrhes accéléra le pas, relevant de ses bras maigres les pans de sa robe talaire.

L'escalier n'en finissait plus, tournant sur son axe dans une spirale interminable. À bout de souffle, vaguement étourdi, il atteignit la coursive supérieure de l'imposant donjon Saint-Ange.

Il ne prit pas le temps de voir les flammes envahir les faubourgs, pas plus pour s'inquiéter des cris de la population tirée de son sommeil ou ceux de haine et de furie des assaillants. Il n'avait besoin ni des uns ni des autres pour prendre la mesure du drame qui se jouait. Déjà des habitants se précipitaient aux portes et pressaient les sentinelles, qui reculaient sous l'étreinte. Dans la mêlée, les coups volèrent. La lame d'un capitaine brilla sous la lune avant de fendre un homme à l'épaule. La panique s'empara de la foule. À peine le temps pour la garde de se replier qu'un mouvement venu de l'arrière jetait les premiers rangs contre la herse close. Hommes, femmes et enfants périssaient écrasés, étouffés, piétinés, dans une clameur atroce.

Étienne laissa derrière lui ces visions de cauchemar. Quelques marches encore. Un archer s'imposa devant une porte où le page déclina son identité avant de pouvoir entrer.

Des torchères étaient allumées dans la salle au plafond orné de voiles et de tabards. Près du trône se tenaient les dignitaires qu'Étienne avait connus sous des atours plus nobles. Sans se soucier des usages, Étienne fendit le cercle et vint s'agenouiller devant le pontife, dont on ne distinguait que le blanc de la coiffe.

— Votre Sainteté ! Les barbares ont atteint le mur d'Aurélien.

Serge, deuxième du nom, releva la tête et s'attarda sur l'être livide tombé à ses pieds.

— Une partie de leurs forces s'apprête à envahir le Borgo, poursuivit Étienne. Les milices sont débordées. Les défenses ne tiendront plus longtemps.

Le page n'ajouta rien sur les pillages, les viols, les massacres. Il resta aussi muet sur les maisons incendiées, les lieux saints profanés. Le Saint-Père savait tout des horreurs que la ville endurait.

Un prélat se pencha à son oreille. Étienne reconnut l'évêque d'Albano, représentant du roi franc à Rome et propre frère du Saint-Père. De leur échange, le jeune clerc perçut un murmure auquel le pontife réagit aussitôt.

— De l'aide ? Et qui viendra ?

— Appelez-en aux rois ! s'écria un sénateur dont l'effroi se mesurait à l'importance des richesses qu'il s'apprêtait à perdre.

— Aux rois ! s'emporta le pape. Ces loups affamés ne se battent plus que pour des titres et des terres.

— Alors fuyez ! commanda d'Albano.

Le Saint-Père se redressa, jetant à son frère son regard le plus dur.

— Fuir ? Est-ce là votre conseil ?

Étienne, toujours à genoux, sentit les visages s'incliner vers le sol. Et de la honte de ces hommes, il éprouva une fierté soudaine.

Le vieux souverain se leva, luttant contre les douleurs laissées par une vie d'abondance et d'excès. Tandis qu'il marchait vers une archère, le vent poussa des odeurs de sang et de fumée.

— Fuir...

Contemplant la silhouette de l'antique basilique[1], Serge II ignora la présence de son frère venu à sa hauteur. Il fallait que ce soit lui, se rongeait le chef de l'Église romaine. Lui ce parent honni, despote inculte, qui prenne la tête de cette délégation de pleutres. Lui qui avait tenté d'annuler son élection deux ans plus tôt et fomenté l'intervention de l'armée de Lothaire pour l'évincer du trône pontifical. Lui qui

1. Selon la tradition orale, l'antique basilique vaticane (ou basilique de Maxence et Constantin) s'élevait à l'emplacement du tombeau de Pierre. Elle sera remplacée au XVIe siècle par l'actuelle basilique Saint-Pierre. (*Toutes les notes sont de l'auteur.*)

l'avait obligé à céder la Lombardie au roi franc en échange de sa protection. Lui enfin qui se faisait nommer partout patron de Rome et s'invitait en chaque lieu comme régent du Saint-Siège.

Un frère…

Qu'il reste ou qu'il parte, Serge II n'en avait cure. À la lueur des brasiers, aux échos des combats, quand tous, l'un après l'autre, avaient sombré dans la terreur, en lui était venu un cœur nouveau, une rage naissante. Pour la première fois depuis cette élection arrachée à force d'intrigues, dont il n'avait tiré que privilèges et bénéfices, les événements prenaient enfin un sens. Alors qu'il n'avait vécu que pour sa propre fortune, dans ce corps qui le traînait d'un siège à un autre, il savait ce qu'il avait à accomplir. Avant le lit. Avant la mort. C'était maintenant, résolut Serge II. Maintenant qu'il serait homme. Maintenant qu'il serait pape.

Il se tourna vers son conseil et prit le temps de choisir ses mots.

— Frère Antoine conduira ceux qui le désirent aux écuries. Une escorte les y attendra.

Un murmure parcourut l'assistance.

— Silence ! De là, vous pourrez gagner les montagnes et trouver asile auprès des seigneurs francs. Maintenant, sortez !

D'abord incrédules, les dignitaires renoncèrent à protester. L'un après l'autre, ils quittèrent la place, sans s'inquiéter du sort de celui qui les commandait. Seul son frère s'attarda. Serge II n'aurait su dire son sentiment. Un regret peut-être, vite effacé. Le dernier regard de l'évêque fut pour le trône vacant.

— Venez à moi, mon fils, dit le Saint-Père au page resté en arrière. Quel est votre nom ?

— Étienne, Votre Sainteté. Étienne d'Arrhes.

— Voulez-vous m'aider à ôter ces atours ?

Le pape commença à dégrafer son aube. D'abord troublé, Étienne finit par l'assister, n'abandonnant au Saint-Père qu'une chemise de lin froissée.

— Je dois me rendre en un lieu que je suis seul à connaître, mais je ne pourrai l'atteindre sans votre aide.

Étienne proposa aussitôt son bras.

Traversant des salles en enfilade sans croiser âme qui vive, les deux hommes gagnèrent la chambre du pontife. Celui-ci vida un premier coffre de son contenu, puis un second, et sembla gagné par la nervosité à mesure que la fouille durait. C'est dans un troisième qu'il trouva ce qu'il cherchait. Un rouleau de parchemin serré dans un étui de cuir, et un objet de petite taille pendu à une chaîne qu'il passa autour du cou avant qu'Étienne puisse l'identifier.

Hors de la chambre, toujours appuyé sur le garçon, le Saint-Père s'engouffra dans les escaliers qui menaient vers les sous-sols. Sur la distance, ils rencontrèrent peu d'hommes, tous occupés à d'autres urgences pour s'inquiéter de la présence du pontife en des lieux que jamais il ne fréquentait. Accédant aux celliers, Serge II poussa le page dans un puits secret qui donnait accès aux caves.

Les sous-sols du Borgo étaient truffés de galeries dont la plupart n'étaient plus utilisées depuis des siècles. On pouvait, disait-on, se rendre en n'importe quel point de la ville sans apercevoir un carré de ciel.

Étienne se laissa mener dans le dédale, notant que le Saint-Père laissait partout une marque de leur passage, un morceau de tissu arraché à sa tunique, qu'il glissait entre des pierres ou nouait à un anneau rouillé. S'il lui arrivait d'hésiter sur le chemin à prendre, ou de tomber sur une galerie effondrée, il approchait un plan tracé sur le vélin de la torche tenue par Étienne, puis choisissait une direction.

Au bout d'un temps infini, ils trouvèrent un lieu isolé, une sorte de dôme haut de cinq toises. Une eau poisseuse leur montait aux genoux. L'endroit était quelconque, à l'exception de sa taille et de l'aspect des pierres, étrangement épargnées par la pourriture et l'humidité. Étienne leva sa torche dans toutes les directions sans distinguer la moindre issue.

— Nous y sommes, annonça simplement le Saint-Père.

D'un geste, il ouvrit sa chemise et laissa paraître l'objet qu'il portait. Étienne crut distinguer une fiole emplie d'un liquide brun, sur laquelle le pape ferma aussitôt le poing.

— Étienne, c'est cela ?

— Oui, Votre Sainteté.

— Tu vas regagner la forteresse et prendre garde de suivre les marques que j'ai laissées à ton intention.

Il tournait et retournait la fiole entre ses doigts, hésitant encore sur la décision à prendre.

— Dans les heures à venir, un événement va se produire.

— Un événement, Votre Sainteté ?

— Des visiteurs. J'ignore sous quelle forme ils se présenteront. Ils demanderont à me voir. Si cela devait arriver, tu viendrais me chercher. Ici. Toi seul. Et ici uniquement. Si je n'y suis pas, tu devras fuir la ville. Ne pas retourner dans la forteresse. Comprends-tu ce que je te dis ?

— Oui, Votre Sainteté.

— Le feras-tu ?

— Oui, Votre Sainteté.

Serge II se redressa. Et tandis que la fiole disparaissait entre ses mains, il murmura :

— Dieu n'existe pas, Étienne. Rien de ce que j'ai vu de ce monde ne me permet d'y croire. Mais le diable, lui…

Les yeux du pontife brillaient d'un éclat sombre. Une larme songea Étienne, mais qui n'était pas de tristesse. Plutôt de colère, à s'arracher le cœur.

— Le diable est en chacun de nous. À jamais.

Il serra longuement la fiole, jusqu'à blanchir ses doigts.

— Maintenant, pars.

Étienne recula, sans quitter des yeux la silhouette de son maître dévorée par les ténèbres.

— PARS !

Au moment de se retourner, Étienne perçut un cri strident puis un grincement sinistre.

L'air devint glacé.

Il se mit à courir.

Il le retrouva.

Recroquevillé, le corps plongé dans cette eau épaisse et noire.

Étienne crut que le pauvre homme était mort, que l'obscurité et la peur étaient venues à bout de sa raison. Sa chemise moite dévoilait un corps fané et des griffures sur ses bras et ses épaules, profondes jusqu'au sang.

D'autres marques apparaissaient sur le haut de son crâne. Des stigmates indéfinissables.

— Votre Sainteté ?

L'air était glacial, plus froid qu'auparavant. Les parois nettes brillaient d'une lumière sans éclat et la vermine qui infestait chaque coudée de ces galeries putrides en était étrangement absente.

— Votre Sainteté ?

Le Saint-Père avait la tête enfoncée dans les mains, comme s'il voulait en arracher toute pensée. Ses épaules se soulevaient au rythme d'une respiration lente. Étienne voulut lui porter secours, l'entourer de ses bras, mais aussitôt Serge réagit. Ses doigts glissèrent sur le crâne lisse. Il se mit à souffler plus fort, à geindre. D'un bond, il se dressa, jetant autour de lui des regards apeurés. Les ténèbres, qu'Étienne avait jusque-là ignorées, se voilaient d'ombres longues, de figures, d'arabesques aux courbes infinies.

Pris de terreur, le page recula. Son corps ignora le contact de la pierre dans son dos, tourné vers cette masse, cet amas sombre qui prenait vie et s'étendait sur la surface du dôme. La vision était irréelle, magnifique, terrifiante. Il tendit la main, effleura les volutes dont il se sentait de plus en plus proche. Son corps perdait contact avec la pierre, le sol, cette eau noire. Son esprit cherchait à se fondre dans cette nuit, à disparaître avec elle. Il sentit sa volonté se perdre, prête à basculer, avant d'être rattrapée par des cris. Une plainte longue et menaçante le ramena dans sa chair. Aussitôt les figures se dissipèrent, laissant place à une pénombre mate.

Revenu à lui, le jeune clerc se précipita vers son souverain. La peau du vieil homme avait repris un peu de couleur. Il tremblait, épiait l'obscurité, donnant l'impression de ne garder aucun souvenir de l'endroit où il se trouvait.

— Ils sont ici.

Le page s'accrochait aux pas du souverain.

Sous la tunique de lin, ses membres atrophiés lui donnaient l'apparence d'une bête grotesque. Il marchait vite pourtant, sans s'inquiéter des regards, sans ralentir non plus, pas même dans les escaliers qui menaient aux étages du donjon.

Jamais on ne l'avait vu déployer telle énergie. Cent fois Étienne l'imagina s'effondrer, rendre l'âme d'épuisement. Parvenus aux niveaux supérieurs, c'était pourtant lui qui cherchait son souffle.

— Quand sont-ils arrivés ?

— À l'instant, répondit Étienne, profitant de cette trêve pour reprendre un peu d'air. Je les ai fait conduire en audience.

— Grand Dieu !

Serge reprit sa course folle, toujours sourd aux conseils de prudence, et franchit une ouverture étroite pour pénétrer dans une antichambre.

— Restez ici, ordonna le Saint-Père.

— Mais…

— Ne craignez rien. Si cela devait…

Il suspendit sa phrase.

— Que peuvent-ils me faire, en vérité ?

Le passage s'ouvrait sur une salle que le souverain exécrait tant elle était emplie de souvenirs tous plus détestables. Vaste, décoré de fresques et de mosaïques, il avait volontairement maintenu le lieu dans un confort relatif. En minimisant toute source de bien-être à des visiteurs trop habitués au luxe de leur charge, il s'était épargné d'interminables secondes d'ennui dans une vie qui, somme toute, en comptait peu.

Pour la première fois de son court pontificat, Serge II en franchit le seuil gagné par un sentiment autre que le désespoir ou le dégoût. Quatre hommes d'armes l'attendaient, le visage et le corps dissimulés sous de longs manteaux sombres, mais c'est la cinquième visiteuse qui fixa son attention. Debout près d'une archère, ses cheveux tombaient sur sa cape en longs fils d'argent. Il émanait d'elle une impression grave, puissante, intangible.

— Serait-il possible…, murmura le Saint-Père.

Elle tourna son visage, laissant paraître une peau mate et un œil noir qui tint Serge II à distance.

— Un de mes servants m'apprend que…

— Un de vos servants ? s'étonna l'inconnue d'une voix sèche. Ne suis-je pas céans dans la maison de Dieu ?

Le pape s'inclina, n'osant plus proférer un mot.

Dehors, les combats redoublaient. Des images floues, décousues, effrayantes. Des hurlements à frémir.

— Quelle folie que les hommes…

— En sommes-nous seuls responsables ?

Le Saint-Père regretta sitôt son audace. Jetant un regard en arrière, il s'attendit à voir les cavaliers fondre sur lui. Près de l'archère, l'attention de la dame allait et venait hors des remparts.

— Vous avez fait preuve d'un grand courage, prêcheur. D'un grand courage ou d'une grande lâcheté, pour affronter ainsi les limbes. Mais vous avez tort de croire que Dieu vous viendra en aide.

Depuis son retour des souterrains, l'esprit du pontife errait dans une sorte de brume. Détaché des réalités mais conscient malgré tout. Une conscience brutale où les paroles de cette femme frappaient comme des coups.

— Dieu n'a ici-bas aucun pouvoir. Il aura sacrifié un fils pour vous l'enseigner, et voici ce que les hommes ont fait de ce don. Entre la lumière et la nuit, ils ont choisi la nuit. Alors je vous le demande, prêcheur. Pourquoi Dieu accorderait Son secours aux vivants ?

Dans le regard qu'elle portait sur la cité, Serge II aurait été incapable de lire une émotion, mais sa voix le perçait au cœur, dans un lieu inconnu de son être.

— Je ne vous entends pas, prêcheur. Y aurait-il une raison pour que le Seigneur libère les âmes de cet enfer ?

Les mots le heurtaient au point de le faire vaciller. Il sentait son corps peser sur ses jambes. Ses lèvres se mirent à bouger, sur un souffle ténu, impuissant à se former.

— Ne dites rien, prêcheur, ne dites rien. À cette question, d'autres ont répondu avant vous.

Une amertume transpirait dans le timbre, un chagrin si profond que le Saint-Père en fut affecté.

L'instant se prolongea, durant lequel on n'entendit que les rumeurs du massacre. La dame sembla puiser au fond d'elle, faire appel à des forces qui l'avaient abandonnée, pour revenir à ce lieu qu'elle maudissait.

— Lorsque le Christ confia à Pierre la tâche de bâtir son Église, il s'assura que le lien entre les âmes et le Ciel ne soit jamais rompu. Et si la Parole devait se perdre, si la Foi venait à être menacée, le berger se rendrait au lieu où Pierre repose et implorerait son aide. Car Pierre est la source. Ainsi le Christ a parlé. Ainsi les fils de Pierre, appelés sur son trône à lui succéder, ont reçu ce commandement. Ainsi, vous, légataire du Saint-Siège, avez exécuté ce commandement.

La main du Saint-Père approcha de la fiole qui pendait à son cou, vide depuis qu'il en avait absorbé le contenu. Les consignes enfermées dans le coffre laissé par son prédécesseur, qui le tenait de son prédécesseur avant lui, avaient longtemps paru obscures aux yeux du pontife. Au mieux les avait-il considérées comme une vague superstition, et il s'était bien gardé d'en évoquer l'existence.

Il s'était toutefois rendu au lieu indiqué, piqué dans sa curiosité. Il avait ainsi découvert le dôme, sans rien noter qui pût révéler sa nature. Aucun symbole qui signalerait l'emplacement d'une tombe. Pas de trace d'une sépulture qui aurait témoigné de la présence du corps de Pierre. Mais au moment de voir Rome disparaître sous les cendres, il s'était précipité dans les souterrains et avait bu le liquide, en dépit de tout jugement, de toute raison.

Le flacon tournait maintenant entre ses doigts raides. Cet objet ridicule, remis à Pierre donc, des mains mêmes du prophète. Le don de Dieu aux hommes, dans un minuscule morceau de verre. La portée de son geste frappait le pontife au cœur, au visage, au ventre, dans tous ses membres qu'il avait contraints au supplice. Sa mémoire ne conservait aucune trace des instants vécus dans les tréfonds du Borgo. Dès la potion avalée, le goût âcre s'était insinué dans ses chairs. Il avait été pris de frissons, de sensations glacées, avant de sombrer dans les eaux, hurlant des prières vides de sens.

Lorsqu'il avait repris connaissance, rien n'était venu. Il ignorait l'origine des entailles apparues sur ses bras et dans son dos, ni pourquoi son corps ne pliait pas sous la douleur que tout homme lardé de ces blessures aurait dû ressentir.

— Rien ici ne peut être sauvé.

Elle avait prononcé la sentence sans émotion. Sa voix parlait d'évidence et laissait entendre plus qu'une condamnation. Serge II s'apprêtait à protester, mais une main lui intima le silence.

— Le sort de l'Église est scellé. Celui de la Foi ne dépend que de vous.

Malgré sa résolution, la volonté qui l'avait animé quand tous avaient choisi de fuir, le Saint-Père se sentait démuni, vidé de cette force qui l'avait fait tenir jusqu'ici.

— Avez-vous conscience de ce que cela signifie ? enchérit la voix sèche.

Elle était là oui, à l'intérieur de son crâne. La conscience pleine des désastres à venir et du parti qu'il s'apprêtait à prendre. L'anéantissement de Rome, la destruction du berceau de l'Église, n'était que l'aboutissement d'une infinie trahison. Des siècles de mensonges qui avaient précipité la chrétienté de la lumière du Fils au chaos d'une espèce.

Parmi les souverains qui avaient occupé le trône, aucun ne pouvait s'en absoudre. Artisans, complices, instigateurs, témoins, malgré leurs vœux, malgré leurs commandements, tous avaient contribué à la destruction de l'œuvre confiée par Dieu. Il suffisait de regarder ce lieu, ces murs épargnés par les flammes tandis que des innocents, au-dehors, espéraient leur secours. Le sang qu'on répandait dans les rues était leur souillure. Cette ville offerte à la mort était leur crime. Et ces pensées, toutes assemblées, vinrent à bout des dernières résistances du souverain.

La survie du Saint-Siège n'était plus un sujet. Pour préserver la Foi, il n'était d'autre choix que trancher : s'obstiner dans l'erreur ou accepter l'échec. Les vérités que l'Église tenait éloignées du peuple devraient être révélées, sa nature nue exposée aux yeux du monde. Des hommes de bien sacrifiés à son pouvoir et des âmes sans défense abandonnées au Mal, elle aurait à répondre. Des secrets aussi, des secrets surtout, quel que soit le blâme à endurer. Mais il était temps, se persuada Serge II, temps que cesse l'imposture et que Dieu reprenne Sa place auprès des Siens.

Or Dieu ne pouvait être soutenu par ceux qui avaient trahi.

— La Foi, prononça Serge d'une voix blanche. Je choisis la Foi.

À ces mots, un poids immense quitta ses épaules, le laissant plus éteint et vieilli qu'il ne l'avait encore été. Il ne sut quel effet ses paroles eurent sur l'envoyée. Celle qu'il nomma l'oracle jusqu'à son dernier sommeil, et dont il cria le nom au plus fort de son agonie, prit soin de ne rien montrer.

À l'annonce que fit Serge, elle laissa toutefois paraître son visage. Et le Saint-Père ne put soutenir la vision plus d'une seconde. Ses traits, son aspect âpre, son expression lui laissèrent le souvenir d'un reflet brouillé à la surface d'une eau grise. Mais le vertige, le néant, le froid, la sensation de glisser dans un gouffre, dont on ne pouvait entrevoir ni le commencement ni la fin, gravèrent son esprit au fer. Dès lors, il conserva le regard au sol, priant pour que pareille vision lui soit à jamais épargnée.

La dame quitta la proximité de l'archère et, passant à hauteur du Saint-Père, s'arrêta.

— Dans quatre siècles un enfant viendra. Il sera élevé par mes disciples et reprendra le chemin du cœur des hommes.

— Quatre siècles ? gémit le pape. Mais…

— La paix est à ce prix. Retenez ces mots, jusqu'à votre dernier souffle, et transmettez-les. Que la chaîne ne soit jamais brisée.

Le sacrifice d'une cité, pour prix de ses errements et de tous ceux commis avant lui. Ce ne serait pas le tribut le plus élevé.

— Ces disciples, comment les reconnaîtra-t-on ?

— Ils seront dix, puis cent, puis mille. Purs. Parfaits. Vous devrez les protéger.

— Les protéger ? Mais contre qui ?

— Contre vous.

Chapitre premier

« Si le monde vous hait,
Sachez qu'il m'a haï avant vous. »
Jean, XV, 18

Vicomté de Carcassonne

1197

Entre ciel et abîme.

Margot avait trouvé cet endroit par hasard, un soir où elle cherchait un refuge pour la nuit. C'était une niche, creusée à même la roche. On y accédait par un goulet étroit emprunté seulement par des chèvres, dont certaines se rompaient parfois le cou sur les berges du gave qui coulait en contrebas.

Derrière la toile qui protégeait l'entrée, Margot avait glissé un sac rempli de paille, un coffre et un seau dans lequel elle conservait son eau. Ce jour-là, comme beaucoup d'autres, Margot était assise sur le seuil, à observer les mouvements du ciel. De gros nuages s'accumulaient autour du versant et l'air se chargeait d'un goût de fer. L'orage serait sur elle avant la nuit.

Au-dessus, par le chemin de crête, les hommes remontaient de la vallée pour rejoindre le *castrum*[1]. Leurs conversations évoquaient le temps, les récoltes, les nouvelles d'un bourg voisin ou la qualité du bois que l'on venait d'abattre. Entre les sabots des mules, Margot pouvait entendre les cris des enfants et les jappements des chiens. Elle craignit que son odeur n'attire les bêtes, mais le bruit finit par s'éloigner pour ne plus revenir.

Au passage du soir, les cloches annoncèrent la fermeture des portes. Une agitation ordinaire s'installa dans les rues du village. Des cris d'animaux, les marteaux de la forge et ces maudits chiens toujours.

1. Village fortifié.

S'abandonnant aux murmures, à la tiédeur de l'air, son corps commença à s'engourdir.

Elle se sentit légère, puis absente.

Lorsqu'elle ouvrit à nouveau les yeux, il faisait sombre. Les nuages étaient plus lourds et le vent avait forci. Margot risqua un œil à l'extérieur et tendit l'oreille. Bien avant le goulet qui menait à son repaire, un sentier s'élevait à flanc de relief. Elle l'empruntait pour rejoindre les sources, la nuit, lorsque personne ne pouvait la surprendre.

Dans le silence, elle se vit renoncer. Attendre l'aube. Rejoindre la côte. De là, l'Espagne ou la Provence. Un fol espoir l'envahit, puis une douleur au creux du ventre. Elle pressa son ballot contre elle. Plutôt les ténèbres qu'un autre jour. Plutôt la promesse d'un enfer que mille autres sur Terre.

Une brèche la mena sous les chênes verts où deux rus se rejoignaient. Dissimulée par la végétation, elle put atteindre les premières maisons qui se mêlaient à la nuit dans des formes vaporeuses.

La rue principale continuait vers l'est et s'achevait par un coude pour reprendre son ascension. Sur sa gauche, Margot repéra la citerne qui marquait l'extrémité ouest du bourg. Passé la grande cuve, elle contourna la forge pour s'écarter des habitations. À cet instant le tonnerre gronda, puis de grosses gouttes frappèrent le sol. Malgré l'obscurité, sa connaissance du terrain l'aida à franchir le dédale des enclos. Un escalier bientôt se profila.

D'instinct, Margot pressa le pas, manquant de perdre l'équilibre sur les pierres détrempées. Cette partie du village était cernée de falaises abruptes, aussi prenait-elle garde de rester sur le sentier. En y songeant, elle aurait déjà dû trouver le muret qui marquait l'emplacement du cimetière. Sa tête commençait à lui faire mal. Le poids de son ballot l'épuisait. À deux reprises, elle dut prendre appui contre la roche pour soulager son dos.

Enfin, le muret apparut. Dans le prolongement, une ombre longue aux contours massifs. Un éclair illumina le ciel. Les ondes redoublèrent. Elle s'engagea dans un passage creusé d'une large ornière. Serrant son fardeau d'une main, elle plantait l'autre dans la boue pour continuer d'avancer et finit par rejoindre les marches de l'église, transie, épuisée. Rampant sur la pierre, elle atteignit un endroit sec à l'aplomb du portail puis s'enroula autour du ballot qu'elle se mit à embrasser avant d'en écarter les revers.

Margot trouvait son fils pâle et maigre. Depuis deux jours, il ne pleurait plus. Sûrement à cause du lait. Le peu de nourriture qu'elle possédait lui suffisait à peine. Replaçant la couverture, elle ferma les yeux pour reprendre son souffle, laissant son esprit basculer. Rompant avec la raison, le désespoir, ce corps damné dont elle ne supportait plus la faiblesse, une autre prit possession d'elle.

Un couteau glissa de sous sa pelisse.

Elle tint la lame devant elle, à bout de bras. Cet instant, elle l'avait imaginé. Cent fois, en rêve, elle l'avait vécu. Maintenant que tout devenait plus cru, plus réel, elle hésitait. Un murmure glissa sous les nuées, les tourments de ce Ciel qu'elle n'avait eu de cesse de prier. Plus rien ne pouvait l'atteindre. Elle était libre désormais.

Libre.

Fermer les yeux.

Chercher au plus profond.

Le fer glissa sous la peau. Elle avait appris le geste en observant la vieille Malou du mas des Longes quand elle égorgeait ses bêtes. Ne pas s'arrêter au premier sang. Plonger au cœur des chairs.

Au bas des marches, l'eau prit une teinte brune.

Tapi sous un arbre, Silas guettait.

Par ce froid, sous cette pluie, il avait d'abord cru à un éclaireur ou un membre égaré d'une troupe de routiers. Ces soudards s'éloignaient rarement des montagnes si tôt dans la saison, mais le village avait subi des attaques quelques années plus tôt. À voir cette ombre se faufiler, surveiller ses arrières comme une bête traquée, Silas comprit qu'elle ne présentait de danger que pour elle-même et resta à distance.

Attendre. Sans bouger.

Lorsqu'il se décida à sortir, le dos voûté, traînant son pied gauche comme un poids mort, la pluie avait dispersé le sang.

Silas ouvrit le portail à l'aide d'une clé qu'il portait au cou puis traîna le cadavre à l'intérieur en veillant à ne pas brusquer les gonds. À l'abri des regards, il récupéra un pot en terre où une mèche noire trempait dans un bain de suif et l'approcha de la chandelle qui brûlait dans un coin du vestibule. Sur les murs, la flamme jaune projeta un profil difforme au crâne distendu.

De son œil valide, Silas examina la dépouille. Il reconnut le visage pour l'avoir aperçu au sortir de la messe. Treize, quatorze ans peut-être. Mais son histoire, Silas ne la connaissait pas. Ou plutôt, il la connaissait bien. Les gens parlaient évidemment. Les gens parlaient toujours. Ils lui avaient bien dit, à lui, que ses cicatrices étaient un châtiment du Ciel.

Silas voulut écarter les mèches brunes, dégager le front pour mieux la regarder quand, près du corps, le sac se mit à bouger. Aussitôt il recula, songeant d'abord à une hallucination, au mouvement de la flamme prise dans un souffle d'air. Mais au moment d'écarter les plis du ballot, il fut pris de panique. Abandonnant la dépouille, il remonta la nef et franchit la porte basse vers la sacristie pour se jeter sur frère Humbaud.

Au réveil, le prêtre eut un sursaut d'effroi. Il avait beau côtoyer son page depuis des années, sa figure ravagée lui faisait toujours l'effet d'un cauchemar dont il n'était jamais sorti. L'émotion passée, il tenta d'interpréter les gestes désordonnés et finit par quitter son lit pour suivre le monstre dans l'église.

— Qu'as-tu fait malheureux ? s'écria-t-il en découvrant la jeune fille.

Bramant plus qu'il ne parlait, Silas montra le couteau, les poignets entaillés, puis les traînées de sang depuis l'extérieur. Dans l'esprit du frère, le scénario se fit jour. Il voulut se pencher sur la fillette quand le sac près d'elle s'agita.

— Par Dieu ! s'exclama frère Humbaud au comble de la frayeur.

Il arracha la chandelle des mains de Silas pour éclairer le contenu du ballot. À la vue du nourrisson, son sang reflua.

— Quelqu'un t'a vu ?

Silas secoua la tête.

— Tu en es certain ?

Silas confirma, émettant un rude bruit de gorge. Frère Humbaud savait son vilain pourvu d'un don particulier pour sentir les présences, un instinct auquel il devait probablement sa survie.

— Maudite ! gronda le clerc. Cette garce aurait pu me perdre. Va enterrer le corps dans les gorges et creuse assez profond pour que les loups ne viennent pas la renifler.

Se tournant vers le nourrisson qui commençait à geindre, il ajouta :

— Et jette ça avec.

La pluie avait cessé.

Suivant les recommandations de son maître, Silas avait remonté le gave pour chercher un endroit isolé. La nuit était bien avancée lorsqu'il acheva la tombe. Le trou serait assez profond pour échapper aux bêtes, mais il ajouterait des pierres pour qu'elles ne viennent pas fouiller.

Avant de déposer le cadavre, il prit soin de l'enrouler dans un vieux drap, comme si l'idée d'abandonner ce corps jeune dans la terre froide le rebutait. Il s'occupa ensuite de l'enfant.

Une fois la fosse refermée, il songea à se recueillir. Comme il ne connaissait pas de prière, il se contenta de joindre les mains et chercha une pensée qui convenait à l'instant. Aucune ne lui vint, ou une plutôt, qui revenait sans cesse, impossible à chasser.

Avant de couvrir le cadavre de terre, il avait ôté ses vêtements et entrepris de le laver. Le geste lui était venu par nature, sans qu'il soit réfléchi ou prémédité. Une fois le corps dévêtu, il était resté à le contempler. Son visage blanc, ses chairs souples malgré la raideur qui commençait à saisir les membres, cette poitrine ronde, et cette peau... si douce. Jamais il n'en avait effleuré de pareille. De l'ourlet des lèvres, ses doigts avaient glissé le long du cou pour venir s'attarder sur le sein lourd. De là, le creux du ventre jusqu'à l'entrejambe. La caresse avait si violemment ébranlé son esprit que de l'entame à la fin de son ouvrage le temps s'était évaporé.

Maintenant qu'il se tenait au pied de la tombe, sans rien à penser ou accomplir, le souvenir l'obsédait. Vaincu par le désir, son sang se mit à bouillir, sa respiration à s'accélérer, ses mâchoires serrées l'empêchaient de respirer. Il perdit la maîtrise de ses mains, de ses nerfs, et crut s'entendre hurler.

Lorsqu'il ouvrit l'œil, il était allongé sur les pierres. Une tension sourde courait dans ses membres, sa nuque, son dos. Mais dans cette chair qui continuait de le haïr, l'air pénétrait à nouveau. Il se leva, rassembla ses outils, gomma l'empreinte de son passage, puis prit la direction du village, sans un regard derrière lui.

— Que veux-tu que j'en fasse à part ronger les os ?

Ronin baissa les yeux sur les deux poulets maigres qu'il présentait à frère Humbaud.

— Prendrais-tu les serviteurs de Dieu pour des chiens ? insista le prêtre que la fureur ne quittait pas.

Le villageois fixait toujours ses volailles, incapable d'un mot. Sur un signe de son maître, Silas se saisit des gages pour les porter sitôt dans le cellier.

— Hors de ma vue, grommela le religieux qui trempait sa plume dans un pot d'encre et inscrivait le dépôt sur son registre.

Ronin disparut en remontant la file qui patientait derrière lui. Déjà une jeune femme avançait pour prendre son tour.

— Ton fils n'est pas avec toi, constata frère Humbaud en la voyant approcher.

— Non.

— Toujours cette maudite toux ?

Lèvres serrées, Johanna vida le contenu d'une bourse sur la table et attendit. Le regard du frère glissa sur elle comme s'il estimait une pièce dont il souhaitait faire l'acquisition, puis il compta la somme.

— Rien d'autre ?

La question n'appelait aucune réponse. Les yeux levés vers les montagnes, Johanna tenait ses poings contre son ventre, le menton haut, les yeux brillants.

— Nous sommes loin du compte, constata le prêtre. Et cela fait deux fois déjà que je t'accorde crédit.

Johanna s'imaginait enfant sur les sentiers, courant et jouant dans la forêt.

— Va m'attendre dans l'église. Nous trouverons un moyen de te venir en aide.

Aux mots qu'elle avait craint d'entendre, Johanna chercha un secours dans l'œil de Silas.

— Ou préfères-tu que j'en réfère au viguier ? ajouta le frère qui la sentait hésiter.

Johanna sentit sa gorge s'étrécir. Au fond d'elle montait un cri, qui refusa pourtant de sortir. Un autre villageois déjà se présentait.

Ce qu'il lui fallut de force pour rejoindre le seuil de l'église, nul n'en connut la mesure. Mais lorsqu'elle s'enferma dans la sacristie, son corps était vide de larmes.

La levée dura jusqu'au milieu de la matinée. Frère Humbaud prit le temps de compléter son registre et tenir ses comptes à jour avant de quitter la table, laissant à Silas le soin de mettre à l'abri les derniers dépôts.

Sa tâche terminée, le page s'enferma dans le cellier. Un soleil pâle glissait par l'unique ouverture à peine plus large qu'un poing. Il approcha son visage pour sentir la chaleur. Il aimait les matins. Ses couleurs. L'impression que tout recommençait.

Tout recommençait...

Après avoir mis un peu d'ordre dans les réserves, il s'accorda une toilette puis se traîna derrière un empilement de caisses. Il avait aménagé là un espace suffisant pour y glisser une corbeille.

Le nourrisson semblait ridicule dans son berceau de fortune. Trop maigre à l'évidence, ce qui ne l'empêchait pas de s'agripper aux doigts de Silas, intrigué qu'il était par ces protubérances calleuses.

Le page le laissa s'amuser un moment avant de saisir une outre de lait. Il emplit ensuite une écuelle et y trempa un linge qu'il approcha des lèvres minuscules. D'abord surprises, elles s'essayèrent au liquide qui perlait, puis se mirent à téter avec plus d'appétit.

Silas renouvela le geste jusqu'à ce que le nourrisson s'endorme, repu. Il nettoya ensuite l'écuelle et rinça le chiffon, avant d'être alerté par des râles sourds qui provenaient de la sacristie. Il s'empressa alors de ranger la vaisselle et porta la corbeille sur sa paillasse pour s'allonger près de l'enfant, les couvrant l'un et l'autre d'une couverture de laine. Le jour devint noir, puis lointain, puis absent.

De l'autre côté du mur, penchée sur la table, Johanna pleurait. Les ongles rentrés dans le bois, elle tentait d'éloigner toute pensée de ce lieu, de ce corps malmené, et de cet homme qui s'agitait en elle sans la moindre humanité.

Un peu plus tôt, elle avait attendu, dos à la porte, comme frère Humbaud l'exigeait. Au bruit des pas sur la terre battue, ses yeux s'étaient fermés. La pression des doigts sur sa nuque, le froissement des tissus qu'on relève, les relents de sueur, puis la douleur, encore, encore, encore... Des doigts épais fouillaient maintenant dans les replis de sa robe, cherchaient à empoigner sa poitrine. Elle voulut s'échapper. L'autre resserra sa prise, utilisant son poids pour la maintenir. Les coups s'enchaînaient. La bête grognait. S'essoufflait. Se démenait encore. Son haleine âcre, son odeur rance. Johanna serrait les dents pour ne pas céder un cri, jusqu'à ce que l'autre, sur un spasme, se raidisse.

Un dernier mouvement du bassin, une onde violente au creux du ventre. La brûlure, la désolation, la honte.

Sitôt son forfait commis, frère Humbaud s'écarta. Johanna remonta ses braies et ajusta sa robe avec hâte. La porte de la nef était déjà ouverte. Au moment de la franchir, le prêtre la saisit au bras.

— N'oublie pas. Me trahir, c'est trahir Dieu.

Comté de Barcelone

1197

— Ici, fit Guilhabert.

Bertran se pencha sur les têtes brunes qui émergeaient du tapis d'humus et dégagea les feuilles avec précaution.

— Prends garde à ne pas retirer le pied, conseilla Guilhabert.

Bertran coupa la première et récupéra la partie haute, puis fit de même avec les autres champignons qu'il enferma dans un morceau de toile.

— Tu en trouveras d'autres en suivant la lisière dans cette direction.

— Bien, maître.

Guilhabert abandonna le garçon à sa récolte et regagna leur campement près du torrent.

Ils s'étaient arrêtés au creux de cette anse bien après la tombée du jour, alors qu'ils cherchaient un raccourci à travers la forêt. Épuisés par leur marche, ils avaient tiré leur couverture et s'étaient endormis sans allumer de feu, pour être réveillés avant l'aube, les vêtements moites et les membres transis de froid.

Agenouillé sur la rive, Guilhabert commença par ôter le foulard noir qui couvrait sa tête. De longs cheveux clairs tombèrent en cascade sur ses épaules. Il arrangea ses mèches qu'il noua vers l'arrière puis passa de l'eau sur son visage.

Dans les branches d'un chêne chantait un couple de freux. Le reste de la forêt sommeillait dans le demi-jour, engourdi par les derniers gels de l'hiver.

— Pense à te laver les mains, conseilla Guilhabert tandis que Bertran le rejoignait avec sa provision de morilles.

Le garçon procéda avec soin, frissonnant au contact de l'eau, puis nettoya les champignons avant de les glisser dans sa besace. Il remplit ensuite son outre, jetant un œil vers Guilhabert qui s'était éloigné de quelques pas.

Assis sur une souche, fidèle à son rituel, son maître se consacrait à la lecture du petit livre qu'il portait en permanence à la ceinture. Ses cheveux noués sous son foulard découvraient un profil sec, fait d'angles et de ruptures d'une douceur singulière. Au premier regard, on le trouvait frêle, pâle aussi à cause des jeûnes qu'il s'infligeait. En s'invitant plus près, on était surpris par l'éclat de ses yeux, l'expression douce qui s'en dégageait. Alors il n'était pas rare qu'on se détourne pour lui parler.

Guilhabert de Castres exerçait sur les cœurs une attirance particulière. On se prenait à l'observer, jusqu'à vouloir le connaître. De cette fascination, il n'y avait rien à comprendre. Juste à se laisser porter. Certains n'y entendaient rien. Pour d'autres, l'effet était immédiat. Bertran en avait été la victime et le témoin privilégié.

Enfant, il lui arrivait d'apercevoir ces frères à la robe noire dans les rues de son village. Ils occupaient une maison commune près de la tannerie dont ses parents étaient propriétaires. On les croisait toujours par deux, allant et venant au gré de leur voyage.

D'aucuns prêtaient à ces hommes des pouvoirs particuliers. Les plus fervents affirmaient que leurs prières montaient directement au ciel et que, par leur bouche, le Seigneur s'exprimait. Ils étaient reçus dans les foyers, suivis pour leurs conseils, sollicités sur des conflits où leur avis prenait valeur de jugement. S'ils siégeaient parfois aux tables des nobles, on les trouvait le soir à dormir sur la paille ou au bord des chemins, fidèles aux principes des premiers chrétiens qui voyaient dans chaque âme un trésor et dans chaque trésor un mensonge.

Sans doute l'évocation de ces pouvoirs, cette aura de mystère, poussa Bertran à les approcher. Il venait souvent assister aux sermons que ces bonshommes[1] prodiguaient dans les foires ou à la veillée. Aucun toutefois ne l'avait plus marqué que ceux de son maître,

---

1. Nom donné aux membres de l'Église cathare.

au point qu'il considéra longtemps leur première rencontre comme un heureux hasard, avant de ne plus considérer ce hasard comme une cause recevable.

Dans son souvenir, c'était un jour de plein soleil, au sortir du marché. Dans la plupart des prêches auxquels Bertran avait assisté, les orateurs rivalisaient de grimaces, de mimes, jouant avec leur voix, allant jusqu'à agiter quantités d'objets pour maintenir l'attention du public. À l'inverse, celui qui deviendrait son maître n'utilisa aucun de ces artifices. Dominant la foule depuis la margelle d'une fontaine, il s'exprima avec franchise, évoquant Dieu à travers des figures simples où il était question de sens et de vérité. Il choisit ses mots pour être compris par tous, des mots qui, dans sa bouche, prenaient un sens différent, presque définitif.

Dès cet instant, Bertran acquit la certitude que ce monde enfermait une vérité et que cet homme vêtu de noir en détenait tous les secrets.

Son sermon achevé, Guilhabert traversa la foule pour rejoindre ses frères. Sur son passage, des femmes s'étaient agenouillées, des hommes s'étaient précipités pour l'embrasser, et des grappes d'enfants s'étaient mis à le suivre comme si les portes du paradis allaient s'ouvrir derrière lui. Le Parfait[1] eut une attention pour chacun, offrant prières et bénédictions sans montrer de hâte ou d'impatience. Avant de rejoindre la demeure occupée par leur communauté, il se tourna vers Bertran qui l'épiait à distance. Il resta ainsi sans bouger jusqu'à ce que le garçon trouve le courage d'avancer.

— Voilà qu'il apparaît, furent les premiers mots que Guilhabert lui adressa. Craignais-tu donc que je te morde ?

Le Parfait parla à ses parents le soir même. Au sortir de cette rencontre, sa mère pleurait, son père l'étreignait, et ses nuits n'avaient plus été les mêmes.

Achevant la lecture de son livre, Guilhabert trouva son *socius*[2] qui l'observait. Sans un mot, il rangea l'ouvrage dans son étui de cuir, signe que Bertran interpréta comme celui du départ. Il rassembla alors leurs effets puis cala son outre près du ballot qui pendait dans son dos, attentif à ne pas écraser ses précieuses morilles.

---

1. Se distingue des croyants cathares qui n'ont pas reçu le sacrement unique (ou consolament).
2. Compagnon rituel (*socia* au féminin).

En remontant le lit du ruisseau appuyés sur leur bâton, les deux compagnons empruntèrent un sentier qui prenait la direction du nord. Le froid restait vif mais sec. Si les vents venus de la côte continuaient de souffler, ils n'auraient pas à craindre de neige avant le soir.

Pas à pas, Bertran sentait ses muscles s'éveiller et les douleurs de la nuit disparaître. Il ajusta les sacs qui pesaient sur ses épaules. Dans quelques jours, ils atteindraient leur communauté de Fanjeaux. La chaleur d'un foyer, une paillasse sèche. La perspective lui fit accélérer le pas.

— Il te tarde tellement de rentrer ? lança Guilhabert, déjà distancé.

Bertran s'arrêta, confus.

— Bien moins que moi, je te l'assure, ajouta le Parfait en le dépassant. Mais nous ne gagnerons rien à nous presser.

Bertran se glissa dans l'ombre de son maître et suivit le rythme qu'il imposait.

Deux jours durant, ils ne croisèrent personne. Le passage par les montagnes était la route la plus courte pour atteindre leur destination, mais peu sûre pour des voyageurs sans escorte. Il n'était pas rare d'y finir sous les crocs d'un loup ou la lame d'un routier. Guilhabert estimait pour sa part que le froid tiendrait le danger à l'écart. Bertran, sans le dire, avait trouvé le pari hasardeux.

Au troisième jour, alors qu'ils approchaient de contreforts moins élevés, ils aperçurent des villageois rassemblés dans une clairière autour d'un grand feu.

— Allons-nous les rejoindre, maître ? demanda Bertran.

— Qu'en penses-tu ?

— Ils n'ont pas l'air hostiles.

— Ils n'ont pas l'air, non.

Quittant le chemin pour approcher, ils attirèrent l'attention d'un homme qui se porta à leur rencontre. De taille moyenne, robuste, il avait une peau brune et des yeux charbon plus curieux que menaçants.

— Nous cherchons du travail pour la journée, déclara Guilhabert lorsqu'ils l'eurent rejoint.

— Le travail, ce n'est pas ce qui manque. Vous savez tenir un manche ?

Guilhabert fit mine d'examiner la hache sur laquelle le villageois s'appuyait.

— Je pourrais m'en sortir.

— Peut-être bien. Mais le petit ne m'a pas l'air très costaud.

— Il ne ménagera pas sa peine. Et nous ne demandons aucun salaire.

— Aucun salaire ? Serais-tu fou ?

— Quelle différence pour toi si le travail est fait ?

— Pas une, il est vrai. Mais j'aurais mauvaise conscience à profiter d'un sot.

— Accorde-nous de partager votre repas. En échange, je te laisserai fixer notre prix.

Le gaillard examina une nouvelle fois les voyageurs, maigres mais d'apparence saine. Le plus âgé n'avait pas trente ans. L'autre bien moins. Venant de cette route qu'aucun être sensé n'aurait empruntée avant les premières fleurs, leur présence intriguait. Autant que ces foulards et ces robes noires dissimulées sous leur cape de laine. Mais pour ce que leurs bras coûteraient, il estima le risque raisonnable.

— Ne perdons pas de temps.

Revenant vers les villageois, il confia Bertran à une jeune femme qu'on présenta sous le nom de Johanna, puis mena Guilhabert au pied d'un chêne. Avant de se positionner d'un côté de l'arbre, il lui tendit une hache.

— Tout ce que tu as à faire, c'est frapper…

Il leva sa lame et donna un coup puissant à la base du tronc.

— … ici.

— Fort bien, fit Guilhabert en se plaçant en face.

À son tour, il abattit sa lame. Le villageois répondit. Guilhabert enchaîna. Les deux hommes trouvèrent leur rythme et le raffut retentit bientôt dans la vallée.

En lisière, on s'était déployé pour débarrasser le sous-bois des taillis et des branches basses. D'autres profitaient de l'espace pour approcher des troncs et entamer les coupes. Une première entaille marquait la direction de la chute. Une seconde, à l'opposé, formait la charnière qui orienterait la brisure.

Johanna et Bertran s'étaient justement dirigés vers un frêne fraîchement abattu. Ils élaguèrent le fût à coups de serpes tandis que de petites mains assemblaient les branches en fagots.

Bertran avançait à bon rythme sans se soucier du regard des enfants. La présence d'étrangers suscitait partout la même curiosité, y compris chez ces anciens qui le dévisageaient avec plus de discrétion. Du reste, on semblait apprécier son travail et cela lui suffisait.

Un second arbre fut dépouillé, puis un autre. Au suivant, Johanna montra des signes de fatigue. Elle ménageait ses gestes, s'appuyant sur le poids de la serpe plus que sur sa propre force. Les coups l'éreintaient. Elle perdait en précision, revenait sur l'entaille. S'obstinant sur une branche, elle manqua de s'étouffer. Un peu plus loin encore, elle trébucha sur un fagot et s'abîma le bras en voulant se rattraper. Bertran décida de ralentir pour la laisser revenir à sa hauteur.

De son côté, Guilhabert avait ôté l'écharpe qui protégeait son cou et abattait sa cognée à coups réguliers. Face à lui, le villageois tentait de suivre la cadence. Ses mains laissaient de longues traînées pourpres sur le manche. Il s'acharnait malgré tout, indifférent à la douleur. Il fallut que la cime vacille pour que Jourdain, un jeune tâcheron, se précipite.

— Arrêtez ! s'écria-t-il. Arrêtez par Dieu ! Vous allez finir par vous tuer.

Les deux hommes se dévisagèrent, hébétés, avant de s'écrouler à terre, les muscles brûlants, riant aux éclats. Le villageois se leva le premier et aida Guilhabert à se redresser.

— Antoine, fit-il.

— Guilhabert.

Jourdain rassembla quelques hommes pour achever l'ouvrage et le chêne bascula au milieu de la clairière dans un fracas de fibres et d'écorces brisées.

— Montre-moi tes mains, demanda Guilhabert qui avait rejoint Antoine posé sur une souche.

— Ce n'est rien. De vieilles blessures.

— Alors montre-moi.

Antoine céda et Guilhabert put examiner ses plaies. Avec l'accord du premier, il nettoya les coupures puis récupéra un flacon de poudre de thym dans sa besace. Diluant une partie du contenu dans de l'eau tirée du feu, il y trempa des bandes de tissu et ajouta quelques gouttes d'huile de millepertuis avant de les appliquer sur les blessures.

Au contact, Antoine grimaça.

— Qu'est-ce cela ?

— Tu souffriras moins, le rassura Guilhabert. Et tes blessures se fermeront plus vite.

— Serais-tu sorcier ?

— C'est ce que tu dirais d'un homme qui soulage la douleur ?

Guilhabert ajouta d'autres bandes avant de panser les mains et de les protéger de toiles plus solides.

— Au travail, maintenant.

Les deux hommes se mirent en quête d'un nouveau défi et eurent le temps d'abattre deux autres arbres avant que sonne l'heure du repas.

Autour du feu, on distribua de larges taillons de pain noir et du vin coupé d'eau. Du lard finissait de rôtir dans une marmite de pois et viendrait garnir les tranchoirs. En attendant, Antoine tira un lièvre des flammes et l'offrit à Guilhabert, qui refusa gracieusement.

— Nous ne mangeons pas de viande.

— Pas de viande ? Mais où trouves-tu cette force ?

— Dans la Foi. Et ces quelques plantes.

Il sortit des bouquets d'herbes de son sac qu'il plongea dans une marmite d'eau mise à bouillir. À ses côtés, Bertran préparait sa récolte de morilles en les accommodant d'épices et de longs tubercules. Les ingrédients laissés à cuire, Guilhabert récupéra un linge qu'il posa sur son épaule. De sa main gauche enveloppée dans le reste du tissu, il saisit une miche de pain qu'il signa et rompit après une courte prière avant de tendre un morceau à son disciple.

— Que de cérémonies, s'amusa Antoine en s'attaquant à son tranchoir.

Tout à leur repas, les villageois observaient les voyageurs avec bien moins d'indulgence que leur chef. S'ils avaient accompli à deux l'ouvrage de trois manœuvres, l'exploit n'avait rien fait pour attirer la sympathie. Au contraire. On n'avait jamais vu d'homme vendre ses bras pour si peu. « Un repas », avait affirmé Antoine à ceux qui l'avaient questionné, en complément des gages qu'on voudrait bien leur verser. Une femme prétendit que les voyageurs étaient en fuite et tentaient d'échapper à la justice d'un seigneur. Antoine répondit que des fuyards ne prendraient pas le risque de se montrer au grand jour et n'entendit pas y revenir.

— Tu ne refuseras pas le vin de l'amitié ? fit ce dernier que ses invités continuaient néanmoins d'intriguer.

— Le vin, non, répondit Guilhabert.

Il se saisit de l'outre et but une longue rasade avant de la passer à Bertran.

— Alors vous venez des montagnes ? questionna le villageois.

Les oreilles se tendirent au moment où Guilhabert confirma.

— Et d'où exactement ?

— Aragon, répondit le Parfait. Nous devions y rencontrer le roi.

— Par Dieu ! s'exclama Antoine. Le roi ?

Et devant le sérieux de la réponse, il partit d'un grand éclat de rire, si fort que tous cessèrent de manger.

— Mes amis, quelle nouvelle ! Voilà qu'un seigneur partage nos heures.

Guilhabert se versa une écuelle de potage, insensible aux regards qui, de méfiants, devenaient stupéfaits.

— Et vers où te rendais-tu ? poursuivit Antoine.

— À Fanjeaux. Rejoindre notre communauté.

— Une communauté, tu dis ? Vous n'avez pourtant pas l'air de moines.

Guilhabert porta son écuelle à ses lèvres et but son potage en petites gorgées.

— Ni seigneur ni moine, affirma Antoine. Ni soldat ni brigand non plus. Et pas plus bûcheron que je ne suis fileuse. Mais quoi alors ?

Bertran guettait les réactions tandis que son maître poursuivait son déjeuner.

— Quoi, Guilhabert, si ce n'est un Parfait ?

Au mot lâché, des murmures s'élevèrent. Bertran vit une femme se signer, quand une autre se couvrit la tête.

— J'aurais dû m'en douter, acheva Antoine qui ne semblait pas moins impressionné. Et toi, tu dois être son élève ?

Bertran courbait les épaules, prêt à réagir au premier mouvement hostile.

— Un Parfait ? s'exclama Jourdain. Voyez-vous ça ! J'ai entendu parler de vous par un cousin qui habite près d'Albi. Là-bas, ils vous vénèrent. Ils disent même que vous êtes les fils du Ciel.

— Tout comme vous, ajouta Guilhabert.

— Nous on serait plutôt ses esclaves, rétorqua une femme, aussitôt rabrouée par Antoine.

Bertran sursauta, surpris par l'humeur soudaine du villageois.

— Ce qu'elle dit te chagrine ? l'interrogea Guilhabert.

— Pas ce qu'elle dit, non, maugréa Antoine. Mais il est des oreilles qui savent se vendre, et l'Église goûte peu ce genre de paroles.

— Je ne vois pourtant nulle offense à Dieu.

— Peut-être que là d'où tu viens, il ne coûte rien de médire sur la croix. Mais je t'assure qu'ici, l'affront peut t'envoyer au bûcher.

— Le bûcher ne dévore que les corps, ami. Et nos âmes ne craignent aucune flamme si elles restent pures.

— Voilà que tu parles comme un prêtre à présent.

— As-tu déjà vu un prêtre brandir une cognée ?

— Non, à l'évidence. Mais tu ne serais pas le premier à promettre une vie nouvelle.

— Je pourrais être le premier, en revanche, à te montrer comment l'atteindre, répondit Guilhabert. Et comme tu peux le voir, mes services ne coûtent rien.

— Tu parlerais donc à Dieu ? se moqua Antoine.

— Et si je t'affirmais que oui ?

— Je dirais que tu es plus fou que je ne le pensais.

— Qui serait le fou si tu te trompais ?

— Mais c'est que notre sauveur a réponse à tout.

— Ni sauveur ni prophète. Nous ne faisons que prêcher l'évidence. Vous pouvez faire de cette vie un néant ou une grâce. Le choix vous appartient.

— Et je dois te croire ?

— Le choix t'appartient.

Aucun villageois ne s'intéressait plus à son repas désormais, et le silence qui régnait sur le pâtis n'avait rien à envier à celui d'une église.

— Admettons que je te suive, suggéra Antoine. Quel secret pourrais-tu me révéler ?

— L'évidence, je te l'ai dit.

— Je dois être trop vieux ou trop gâté pour l'entrevoir.

— Aveugle seulement.

— Aveugle si tu veux. Mais pourquoi refuserais-je de la voir si elle promet tant de bienfaits ?

— Tu le refuses pourtant, insista le Parfait.

— Fort bien. Me diras-tu donc ?

Comme Guilhabert posait son écuelle, Bertran s'émerveillait encore de la facilité avec laquelle son maître jouait de ses effets et captivait les attentions.

— Comprenez d'abord ceci. Rien ici-bas ne vous apportera de bonheur ou de paix, car ce monde est l'œuvre du Mal. Là est l'enfer. Et votre Salut ne viendra ni du Ciel ni de ceux qui prétendent parler en son nom.

— Mais de vous, oui ? railla le jeune Jourdain.

— Non. De vous justement. Fils et filles de Dieu. Libres et égaux devant Lui.

Il posa une main sur le bras d'Antoine pour s'adresser directement à lui.

— Tu m'interrogeais sur le secret, alors je vais te le révéler : demande-toi ce que tu peux faire pour toi, et pour lui, et pour elle, et pour elle encore.

Antoine regardait l'un après l'autre les villageois que Guilhabert désignait.

— Et après ? demanda-t-il.

— Après, tu sauras ce que Dieu attend de toi.

Antoine le dévisagea longuement.

— C'est tout ?

— Rien de plus.

— Est-ce une vie d'esclave que tu me promets ?

— Ce que je te promets, mon frère, c'est une éternité.

Il n'y avait plus un bruit dans la clairière. On n'osait pas même bouger ou respirer de peur de briser l'enchantement.

— Serait-ce possible ? finit par murmurer Antoine.

Dans sa voix, nulle malice ni brocard. De la stupeur. De l'effarement.

— Quoi donc ? demanda Guilhabert.

— Que vous soyez ce que vous dites ?

— Ai-je l'air de mentir ?

— Non, mon ami, non. Mais tu me parles d'un Dieu qui n'a jamais eu que tourments et souffrances à nous offrir.

— Dieu n'est pour rien dans ce monde, je te l'ai dit.

— Ce n'est pas ce que prétend l'Église.

— L'Église n'est rien.

— Elle est Son bras et Sa voix.

— Son bras et Sa voix ? Une Église qui torture, pille, viole, assassine ? Allons, Antoine, quand j'affirmais que l'évidence échappait à tes yeux, je ne pensais pas que le mal était si profond.

— Ne te méprends pas. Tu arrives de nulle part. Tu assènes des vérités que d'autres condamneraient pour blasphèmes. Aurais-tu l'espoir que nous nous jetions à tes pieds ? Alors même que ces mots pourraient nous conduire droit à la mort ?

— L'amour et la Foi sont les seuls devoirs que Dieu nous ait laissés. Les seuls que nous devions suivre pour le Salut de nos âmes. Le reste n'est que poussières.

— Poussières, hein ? Alors je peux conserver tes gages ?

Guilhabert eut un sursaut, puis se mit à rire, suivi d'Antoine et de quelques villageois.

— Je suis heureux de te connaître, fit Antoine en claquant une tape vigoureuse sur l'épaule du Parfait. Tout hérétique que tu es.

Les conversations reprirent, avec moins de distance. Bertran nota même quelques sourires. Et tandis que le repas s'achevait, Johanna approcha de Guilhabert.

— Messire ?

— Guilhabert, corrigea le Parfait.

Elle baissa les yeux, hésitante.

— Tu peux parler sans crainte, l'encouragea-t-il.

— On dit que… on dit que vous pouvez soigner les malades rien qu'en les touchant.

— Ce que tu décris ressemble plutôt à de la magie.

Johanna devint livide.

— La nature a largement pourvu cette terre en plantes et médecines, affirma Guilhabert. Il suffit d'en connaître les secrets. De quoi souffres-tu ?

— C'est mon fils.

— Et elle aussi, glissa Bertran au Parfait.

— Un mal étrange frappe notre village depuis deux lunes, expliqua Antoine qui avait suivi leurs échanges.

— Quel genre de mal ?

— De celui qui tue. Des enfants surtout.

Guilhabert remarquait justement l'état de faiblesse dans lequel la jeune femme se trouvait.

— Depuis combien de temps es-tu ainsi ?

— Une huitaine.

— Et ton enfant ?

— Quatre jours.

— Combien d'autres sont malades ? demanda-t-il en s'adressant aux villageois.

Une main se leva, puis une autre…

— Dix en tout, rien qu'au village, précisa Antoine. Et deux déjà sont morts.

Guilhabert se pencha vers Johanna.

— Conduis-moi près de ton fils.

La jeune femme occupait une maison modeste près de la citerne en bordure du *castrum*. On y accédait par un étroit chemin de crête qui menait à un plateau surmonté d'une église.

Sitôt la porte poussée, Antoine dégagea les cendres du foyer puis disposa des sarments sur les braises encore chaudes. À la lueur des premières flammes, Bertran et Guilhabert découvrirent un intérieur bas au sol en terre battue sur lequel on avait dispersé des poignées d'herbes sèches. L'enfant reposait sur une paillasse derrière un rideau de toile.

— Comment s'appelle-t-il ? demanda Guilhabert en approchant.

— Pierre, répondit Johanna.

Après s'être lavé et réchauffé les mains, le Parfait toucha le front pâle puis posa l'oreille sur le torse du garçon pour écouter sa respiration.

— Il s'étouffe souvent ?

— Oui.

— Et vomit parfois ?

Johanna confirma.

Guilhabert palpa le ventre, la base du cou et le dessous des bras. Il examina ensuite l'intérieur de la gorge, la langue et le blanc des yeux.

— Le mal est sérieux, je ne puis le cacher. Il existe toutefois des remèdes que je peux lui administrer.

— Je n'ai point de moyens, messire, et je ne pourrai…

— Aucun paiement ne sera nécessaire, juste l'assurance que tu suivras à la lettre mes instructions.

Il y avait dans son discours trop de certitudes pour que Johanna puisse douter. Et il n'était besoin d'aucun savoir pour comprendre que son enfant périssait. Elle accepta à la fin, du bout des lèvres, tant la démarche était déroutante.

Sans attendre, Guilhabert communiqua à Bertran une liste d'ingrédients, parmi lesquels des feuilles de bouillon-blanc, du fenouil et de la livèche. Antoine se vit remettre une écuelle de la taille d'un poing.

— Remplis ceci de miel, ordonna le Parfait. Et qu'on me laisse seul avec l'enfant.

On dut insister pour que Johanna consente à sortir. Si elle ne doutait pas des intentions de Guilhabert, la perspective de ces mains étrangères manipulant son enfant l'avait ébranlée. Elle craignait là quelque diablerie, autant que les représailles de frère Humbaud s'il avait vent des pratiques auxquelles on se livrait dans sa paroisse. Mais sur les encouragements d'Antoine, et au désespoir de n'entrevoir d'autre issue, elle finit par se soumettre.

Quand tous furent de retour, plus tard, Pierre respirait mieux. Le Parfait avait couvert le garçon d'une seconde épaisseur de laine puis nettoyé et rempli une marmite d'eau qu'il avait suspendue au-dessus du feu.

Bertran s'occupa de préparer le bouillon-blanc et le fenouil qu'il avait récoltés. Il compléta le mélange de poudre de galanga, d'euphorbe et d'extrait de racines de mélèze que Guilhabert conservait dans son ballot. Le temps que le remède infuse, le *socius* accompagna Johanna de paroles rassurantes.

— Où est le père ? demanda Guilhabert qui veillait toujours sur l'enfant.

— Mort, répondit Antoine. Rien qu'il n'ait cherché. Le bougre buvait plus que de raison.

Comme le bouillon dégageait un parfum plus marqué, Guilhabert goûta la préparation. Il procéda ensuite à plusieurs ajustements et, lorsque le philtre fut à son goût, demanda l'aide de Bertran pour relever le malade.

Pierre parvint à boire de petites gorgées, dont le compte ne faisait pas un fond de bol, et sombra aussitôt dans le sommeil.

Tandis qu'on l'étendait sur la paillasse, en prenant soin de le couvrir, Guilhabert posa une main sur sa poitrine et tendit l'oreille pour percevoir son souffle. L'air entrait et sortait à intervalles réguliers, avec moins de contrainte qu'auparavant. Les traits du garçon s'étaient détendus. Il dormait d'un sommeil apaisé.

Une heure encore Guilhabert resta au chevet, guettant les signes que lui seul pouvait lire. Et lorsqu'il fut rassuré, le Parfait se leva.

— Il vivra.

Accueillant la nouvelle, Johanna resta stupéfaite, incrédule. Son regard passait du Parfait à Bertran, de Bertran à Antoine, pour revenir vers le Parfait, sans être certaine que les paroles avaient été réellement prononcées.

— Donne-lui un bol plein, aux lever et coucher du soleil, insista Guilhabert. Et je te l'assure, il vivra.

Les membres tremblants, Johanna voulut saisir les mains du Parfait pour les embrasser. Celui-ci se retira sans brusquerie.

— Tu devras en prendre toi aussi.

— Non, murmura-t-elle.

— Fais-le. Ou tu lui redonneras ton mal.

Johanna accepta donc, et Guilhabert l'invita à rejoindre son fils avant de prendre Antoine à part.

— Il faudra en distribuer à tous les malades, parents et enfants. Tu te souviendras des mesures ?

— Oui.

— Je laisse ici les ingrédients qui pourraient manquer. Vous préparerez le breuvage chaque matin et n'utiliserez que celui du jour, chaque jour, pendant une lune. Si la respiration devient difficile, applique sur la poitrine un tissu de chanvre trempé dans une infusion de feuille d'aloès. Les vapeurs libéreront le souffle. Tu peux aussi utiliser un peu de bourrache dans du vin et ajouter du miel. À consommer autant que nécessaire.

Bertran tendit sa cape à Guilhabert, et Antoine comprit que les deux compagnons se préparaient au départ. Aussitôt il protesta, opposant que le jour était avancé et qu'ils seraient plus avisés de passer la nuit au village. Johanna insista à son tour, inquiète de les voir partir avant que son fils ne soit totalement remis.

— Ne crains rien, la rassura Guilhabert. Du repos, de la nourriture saine, voilà ce qu'il lui faut désormais. Nous avons beaucoup de chemin encore et nous ne pouvons nous attarder plus longtemps.

Un bruit à la porte. Deux hommes firent irruption. Malgré la pénombre, Guilhabert reconnut sans mal la vêture du prêtre. Bertran quant à lui ne put retenir un sursaut en découvrant l'être monstrueux dissimulé dans son dos.

— Qui êtes-vous ? questionna brutalement frère Humbaud.

— Ce sont des voyageurs, intervint Antoine. Ils sont venus nous apporter secours.

Frère Humbaud dévisagea les étrangers avec insistance, puis approcha de la table où Guilhabert avait disposé ses herbes.

— Qu'est cela ? s'exclama le prêtre, brandissant des racines. Sorcellerie !

— Sorcellerie ? s'étonna Guilhabert. Quelques plantes et de la cire ?

— La vie de cet enfant appartient à Dieu et à Lui seul.

— Dieu n'a jamais recommandé que des enfants meurent par ignorance.

D'un pas, frère Humbaud franchit la distance qui les séparait.

— Depuis quand un hérétique se croit-il permis d'interpréter la volonté de Notre Seigneur ?

Aussitôt, Antoine voulut s'interposer. Plus prompt, Guilhabert saisit le villageois aux épaules et l'attira à lui.

— Mon frère ! Où te conduirait cette folie ?

Ravalant sa colère, Antoine se rangea derrière le Parfait.

— Il n'a fait que nous aider, protesta Johanna pour ramener l'attention sur elle.

— Et nous ne demandons rien en retour, ajouta Guilhabert. Laissez-nous partir et nous disparaîtrons.

Malgré sa détermination, frère Humbaud hésita. Bien que nanti du pouvoir de Rome, il disposait dans le village d'une autorité limitée, et le seigneur des lieux n'était guère connu pour sa sympathie envers l'Église. Le temps de donner l'alerte, et pour peu qu'on accepte d'intervenir, les renégats auraient pris trop d'avance. À contrecœur donc, le prêtre s'écarta, engageant Silas à faire de même.

Bertran rassembla leurs bagages et Guilhabert profita de ce répit pour s'adresser une dernière fois à Antoine :

— La Foi mon ami, la Foi. Il te regarde.

Silas attendit que les deux hommes s'éloignent pour sortir à leur suite et s'assurer de la direction qu'ils prenaient, laissant Johanna et Antoine seuls avec frère Humbaud.

— Vous savez ce qu'il en coûte de protéger un Parfait, menaça le prêtre. Que je ne les revoie jamais ici.

Ils marchèrent sans s'arrêter jusqu'à la tombée du jour avant de faire halte dans une grotte que tous deux connaissaient.

Bertran alluma aussitôt un feu et prépara le repas tandis que Guilhabert se laissait absorber par la lecture de son livre. Ils n'avaient pas prononcé un mot depuis leur départ du village. La rencontre avec frère Humbaud avait plongé Bertran dans une colère froide que le calme de son maître n'était pas parvenu à apaiser. Mais plus encore, le visage du ladre continuait de l'obséder. Ce n'était pas seulement l'atrocité de ses blessures, plutôt l'intimité immédiate qui s'était créée. En l'espace d'un regard, l'existence de cet homme avait été sienne. Cette vie de terreurs et de douleurs, il l'avait absorbée, gravée en lui, au point que sa mémoire se confondait dans ses souvenirs.

Le phénomène s'était déjà produit auparavant, mais jamais avec une telle force. Guilhabert l'avait mis en garde contre ses effets. Incapable de s'en ouvrir sur le moment, Bertran s'était tu. Il imaginait son maître occupé à d'autres pensées, aussi sombres, et qu'il partageait.

Cet incident leur avait fait courir de grands risques, à eux et aux villageois auxquels ils étaient venus en aide. Rome considérait plus que jamais les Parfaits comme une menace, et les massacres perpétrés dans d'autres régions d'Europe rappelaient sans nuance sa volonté de les éradiquer. À plusieurs reprises, des envoyés du pape avaient tenté de liguer la noblesse occitane contre eux, sans parvenir à leur fin. Mais une insurrection, aussi minime soit-elle, pouvait servir les intérêts de l'Église. S'il prenait l'envie à ces pauvres gens de commettre l'irréparable, de se révolter autrement que par l'exemple et la pensée, le pape saurait imposer son autorité aux nobles et les obliger à intervenir.

Guilhabert de Castres en était ici de ses réflexions, tiraillé entre la volonté d'agir et la mesure des périls encourus, lorsqu'ils avaient atteint leur refuge pour la nuit.

— Quel calme ! fit le Parfait en levant les yeux sur la forêt environnante.

Il avait refermé son livre et laissait libre cours à ses songes. Bertran en profita pour l'observer. Il aimait son visage, la douceur de ses traits. Des traits qui s'exprimaient peu, vous laissaient constamment dans le doute sans cesser de fasciner, même lorsqu'il dormait.

— Avez-vous entendu ? demanda Bertran, alerté par un craquement de branche.

— Oui.

Les deux hommes firent un pas hors de la grotte et tendirent l'oreille. Guilhabert songea que le prêtre avait pu donner l'alerte et qu'une troupe à cheval n'aurait eu aucun mal à suivre leurs traces. Les seigneurs occitans montraient peu d'ardeur à servir les intérêts du clergé, mais il pouvait s'en trouver un isolé, soucieux de s'offrir quelques indulgences.

Comme les deux compagnons s'éloignaient du feu, leurs yeux s'habituèrent à l'obscurité. On ne percevait aucun chant, aucun son d'aucune sorte, preuve que la forêt elle-même s'était mise aux aguets.

— Reste ici, ordonna Guilhabert

Il entra dans le sous-bois et disparut.

— Maître ? l'appela Bertran au bout d'un moment.

— Viens.

— Vous êtes sûr ?

— Oui. Ne crains rien.

Bertran traversa les fourrés et trouva son maître agenouillé près d'un panier. Dans le creux d'une couverture, un nourrisson dormait.

— Qu'est-ce que c'est ?

— Un enfant, Bertran. Un enfant.

Guilhabert scrutait la forêt dans l'espoir de surprendre leur visiteur.

— Mort ? s'inquiéta Bertran.

L'enfant serra les poings puis se mit à geindre.

— Mort de faim à coup sûr, rectifia Guilhabert. Va mettre de l'eau au feu, je te rejoins.

De retour dans la grotte, Guilhabert posa le panier à l'abri et veilla à ce que l'enfant soit couvert. Il fouilla ensuite dans sa besace à la recherche d'aliments qui pourraient convenir.

— Quel âge peut-il avoir ? s'interrogea Bertran qui avait mis une marmite au feu.

— Difficile à dire. Il me paraît bien frêle.

— Vous pensez qu'un potage pourra le calmer ?

— Je l'ignore, mais nous ne trouverons pas de lait ce soir. Prépare-moi une infusion de saponaires, je te prie.

Tandis que Bertran s'occupait de tremper les racines, Guilhabert mélangea un peu de soupe chaude avec des graines de pavot blanc et du pain broyé. Il ajouta aussi du miel pour le goût, puis attendit que l'infusion de Bertran soit prête pour y plonger un carré de lin. Une fois le linge nettoyé, il le trempa dans la bouillie et l'approcha des lèvres de l'enfant qui commença à le téter.

— Il a l'air d'aimer, remarqua Bertran qui l'avait pris dans ses bras.

Guilhabert acheva ainsi de le nourrir et Bertran attendit qu'il s'endorme pour l'installer dans une couverture. Ils restèrent à l'observer, songeurs.

— Il lui faut un nom, suggéra Guilhabert.

— Loup.

— Comme ton père ? Soit. Nous le laisserons à notre maison de Fanjeaux. Nos sœurs s'en occuperont.

— Vous pensez qu'il vient du village ?

— Sûrement oui, mais peu importe. Cet enfant nous a été confié et j'y vois là un signe.

Bertran sourit avant de baisser les yeux. Guilhabert nota sa réserve mais se retint d'en faire cas.

Ce n'est que plus tard, alors qu'ils avaient alimenté le feu et s'étaient allongés pour la nuit, que le Parfait se décida à l'évoquer. Il devait être minuit. Loup avait réclamé son second repas avant de s'assoupir. Le crépitement des flammes berçait les deux compagnons dans une douce torpeur.

— Tu doutes.

Bertran hésita. Non qu'il redoutât le jugement de son maître, qui faisait montre en toute chose de la plus grande tolérance, mais d'exprimer ses craintes à haute voix, de les entendre sortir de sa bouche, de leur donner réalité.

— Il m'arrive de ne plus être sûr, finit-il par avouer.

— Du bien-fondé de notre cause ? insista Guilhabert.

— De sa réussite.

Guilhabert s'adossa contre la roche et porta son regard à l'extérieur, laissant à Bertran la liberté de poursuivre.

— Dès le jour où vous m'avez accueilli au sein de l'ordre, j'ai su où se trouvait ma place, ce que Dieu attendait de moi. Apparaître partout en exemple. Enseigner à chacun la voie du Salut. J'aurais pu affronter l'humiliation, le mensonge ou la mort, rien n'aurait pu me détourner de ce but.

— Jusqu'au jour du Savoir.

— Jusqu'au jour du Savoir, oui.

Les pensées de Bertran revenaient aux instants du consolament[1]. Reçu des mains de ses pairs, il avait marqué son entrée dans la communauté cathare et l'aboutissement d'un chemin spirituel qui, de la condition d'homme, l'avait élevé au rang de fils du Ciel.

Mais il fallait être Parfait à son tour pour saisir l'étendue de la charge qui lui avait été confiée. Il fallait avoir entendu les mots prononcés par les maîtres, la vérité nue révélée, pour comprendre que rien dans ce monde n'aurait plus le même goût, le même parfum, la même couleur. Les hommes et femmes consolés ne s'engageaient pas seulement dans une voie d'exigences, de piété et d'exemplarité. Ils recevaient l'ultime présent, le secret des mondes, la Lumière véritable, qui ne pouvait être dévoilée à personne à l'exception d'un autre Parfait. Et à ce fardeau, aucune âme, pas même sainte, n'était préparée.

— Nos paroles trouvent les cœurs, Bertran. Pas à pas, nous touchons au but. Viendra le jour où ceux qui trompent, mentent et souillent la parole du Christ n'auront plus d'emprise sur les hommes. Alors ils nous suivront.

— Parce qu'il doit en être ainsi.

— Parce qu'il doit en être ainsi, oui.

Il se compta des heures avant que Bertran ne chasse de son esprit les pensées les plus sombres et trouve enfin le sommeil.

Guilhabert, lui, resta jusqu'au matin au seuil de la caverne, à prier le Ciel.

---

1. Le *consolamentum* (ou consolament) est un baptême spirituel proche des rites de l'Église primitive donné par l'imposition des mains. Seul sacrement reconnu par les Parfaits, il symbolise la communion de l'âme et de l'Esprit. Les croyants pouvaient également être « consolés » avant leur mort, mais le rituel prenait alors une signification différente.

Fanjeaux

1197

Derrière ses trois murs d'enceinte, le bourg de Fanjeaux débordait de vie jusque dans ses rues. Camelots et négociants se mêlaient aux fermiers et artisans. Tailleurs, chapeliers, savetiers, barbiers, herboristes attiraient autant de chalands que de vendeurs de laine, de bois, de peaux, de viande, de poisson ou de tissu. On soldait ses affaires autour des étals ou au pas de tavernes, aux marches de logis comme à celles des fontaines. Dans les ouvroirs, des femmes filaient le lin, le chanvre et la laine. Les jours de marché, les bateleurs s'accointaient au milieu des chèvres et des volailles. Et quand le soir venait, on s'entassait dans les maisons communes pour entendre la parole des hommes à la robe noire.

Dans le pays, on disait les Parfaits natifs de l'Est. Pourvus de peu, ne vendant rien et animés d'une foi que l'on pensait perdue, on les avait d'abord crus fous. Il fallait l'être pour affirmer que ce monde était l'œuvre du Diable, que l'on gagnait l'éternité par la force de l'esprit et que chacun était libre d'y renoncer. Il fallait l'être pour prétendre qu'hommes et femmes demeuraient égaux devant Dieu. Plus fous encore pour renier les sacrements, rejeter les cultes et se détourner des idoles. Il fallait l'être enfin pour contester le pouvoir de Rome sans porter de lame à sa ceinture ni craindre le courroux des Cieux. Mais à partager le sort des plus faibles, soulager ce qui pouvait l'être et rappeler sans cesse la présence de l'Esprit dont jamais ils ne se détournaient, ces frères avaient gagné la confiance de tous, des plus humbles aux plus puissants. Montrer la voie véritable était leur seule ambition, affirmaient-ils à longueur de sermons, et il fallait être fou à son tour pour ne pas les croire.

Dans la foule on les distinguait entre mille, Guilhabert plus que tout autre. Sa renommée tenait autant à ses qualités qu'à la proximité qu'il mettait avec chacun, jusqu'au puissant comte de Toulouse qui le comptait parmi ses amis. Aussi étaient-ils nombreux à vouloir l'embrasser, entendre sa voix ou s'enquérir de sa santé. La joie suscitée par son retour était égale à l'inquiétude causée par son départ. Folie, s'était-on écrié. Cette traversée des montagnes avant l'hiver passé, sans escorte, devait plus facilement conduire à la mort qu'en tout autre lieu. Mais on savait aussi l'importance de l'ambassade dont le Parfait avait été chargé. En ces temps où Rome faisait assaut d'intrigues et de pressions pour éradiquer la dissidence cathare dans le Midi, le soutien de l'Aragon revêtait une importance cruciale. Pour les seigneurs menacés, il s'agissait autant de défendre une liberté que de protéger leur sang des colères du Saint-Siège.

Après les manifestations de joie et d'affection, on tenta d'interroger le Parfait sur sa rencontre avec le roi, mais la foule devenait si dense qu'il était impossible de l'approcher. Après un temps qui aurait paru interminable au plus patient des hommes, Bertran et son maître finirent par rejoindre la maison de Guillelme de Tonneins.

La demeure, reconnaissable par sa taille, abritait l'une des plus grandes communautés de Parfaites de la région. Passé le seuil, ils furent accueillis par des novices[1] qui présentèrent à chacun une vasque d'eau où ils purent se rafraîchir.

Guilhabert monta ensuite dans les étages où sa présence était requise, laissant Bertran seul avec Loup. Le *socius* prit la direction des cuisines, espérant trouver de la nourriture et de quoi changer le nourrisson. Il passa dans une première pièce, grande et voûtée. Les murs tenaient l'endroit si loin du tumulte de la rue qu'on éprouvait un léger vertige en y pénétrant. Le dallage était couvert de paille fraîche et les murs piqués de bouquets de lavande. Plusieurs enfants étaient ici rassemblés, écoutant leur professeur avec attention.

1. Dans la religion cathare, l'accession au rang de Parfait était précédée d'un noviciat. Au cours de cette période, qui durait en moyenne une année ou au moins trois carêmes, le postulant était instruit des rites et enseignements de la Foi. Il était également soumis à une vie d'ascèse afin de mesurer sa volonté et sa piété.

Bertran connaissait ces élèves, issus pour certains de familles nobles du pays, ainsi que la jeune femme qui dispensait le cours, une fille de Guillelme ordonnée Parfaite depuis peu.

— L'homme et la femme sont composés de trois parties, expliquait-elle à un parterre attentif. Le corps, l'âme et l'esprit. Le corps est un étranger. C'est une machine qui enferme l'individu, le tient prisonnier de ses désirs. L'esprit c'est le lien avec Dieu, et c'est toujours vers l'esprit que se tourne un bon chrétien, jusqu'à ignorer son propre corps et ses pulsions. Quant à notre âme, c'est nous, suspendus entre deux abîmes : l'esprit divin et le corps malin. Ainsi, seuls l'amour et la Foi libéreront votre âme du monde matériel et la sauveront du néant. Souvenez-vous des paroles de l'Évangile : « Soyez Parfaits comme votre Père Céleste est Parfait. »

À l'étage, Guilhabert avait rejoint une salle longue qui regroupait une dizaine de paillasses occupées pour moitié par des enfants. L'un d'eux causait une grande inquiétude. Arrivé trois jours plus tôt pour une fièvre, les remèdes administrés n'avaient pas permis de contenir le mal, et le garçon refusait toujours de s'alimenter. Sa mère, qui le visitait quotidiennement, ne voyait aucune cause à son état.

Après s'être entretenu avec les sœurs chargées des soins, Guilhabert ausculta la base du cou de l'enfant, qu'il trouva immédiatement gonflée. Le ventre ne présentait pas d'anomalie particulière. Poursuivant son examen, le Parfait remarqua de petites taches rouges au niveau des aisselles. Il en trouva d'identiques aux plis des coudes et de l'aine. Il vérifia ensuite la langue pour confirmer son diagnostic puis énonça les composés d'un remède à base de plantain, de quintefeuille et de mauve blanche en s'assurant que les quantités étaient correctement notées.

— Si quelque chose manque, adressez-vous à la vieille Matille. Elle saura vous fournir.

Tandis qu'une des sœurs se hâtait, Guilhabert sentit une présence qui l'observait. Dans son dos, une dame à la chevelure blonde lissait son bliaud et retenait un geste pour ajuster sa coiffe.

— Dame Esclarmonde, la salua Guilhabert.

Elle hésita à s'agenouiller, bien que le Parfait lui ait défendu de se livrer à ces hommages en sa présence.

— Messire Guilhabert. Quelle joie de vous revoir. Comment se porte le roi d'Aragon ?

— Bien. J'ai rencontré un homme fait malgré son jeune âge, porté autant sur les plaisirs du corps que sur ceux de l'esprit. Entouré de trop de courtisans à coup sûr, mais qui m'a fait bon accueil et s'est montré fidèle dans son soutien. J'ai fait informer le comte de Toulouse sitôt la rencontre achevée. À cette heure, il doit être rassuré sur la position du souverain.

— Je le crois, confirma dame Esclarmonde. Raimon avait grande crainte que Pierre ne poursuive la politique de son père et tourne le dos à ses frères occitans pour ne point fâcher l'Église. Mon frère, le comte de Foix, sera lui aussi heureux de la nouvelle.

— Pierre, tout comme Raimon, a su se défaire de ces querelles de loups. Voilà deux seigneurs qui n'ont point été oubliés par la sagesse.

— Ils aspirent à la paix des deux côtés des Pyrénées. Mais ne nous leurrons point. Pierre a fait de la conquête de l'Espagne sa priorité et rien ne le fera détourner de ce but pour l'heure.

— Certes. Il est toujours très marqué par la défaite de son père à Alarcos et les tribus almohades harcèlent toujours ses frontières. Ce n'est peut-être qu'un soutien de cœur mais un soutien néanmoins. Celui d'un souverain chrétien. Et nous en aurons besoin.

— Sans doute, oui, reconnut Esclarmonde. Toutefois, l'Église n'en restera pas là. Elle ne cesse de condamner les seigneurs du Sud pour leur passivité et on ne compte plus les menaces d'excommunication proférées à leur encontre.

Guilhabert s'écarta pour laisser le passage aux sœurs qui portaient de grands plateaux remplis de bols de soupe pour les malades. Le parfum des épices le ramena à son dernier repas qui devait dater de deux jours. Il aurait volontiers cédé à la tentation, mais l'inquiétude sur le visage d'Esclarmonde le ramena à leur conversation.

— Rome s'isole quand nous gagnons chaque jour du terrain. Notre ordre sera un jour trop grand pour être abattu. Il se répandra alors comme une onde, invisible et résolu. Et aucun pape ne pourra rien, aussi décidé soit-il.

— Aucun pape, Guilhabert ? En êtes-vous si sûr ?

— La Foi, ma dame. La Foi.

Il la suivit jusqu'aux croisées qui s'ouvraient sur les jardins du cloître.

— Votre indifférence face aux périls du monde pourrait passer pour une force. Je n'en suis moi point si détachée, et point tant crédule que vous l'imaginez.

— Qu'est-ce à dire ma dame ?

— L'Église est partout quand votre ordre peine à compter ses alliés. Pour un seigneur qui vous soutient, combien de puissants dans le parti de Rome ? Je ne suis point crédule, non. Si Rome vous voue une telle haine, c'est pour une menace plus grande qu'une simple dissidence. Combien dans l'Histoire ont déjà remis en cause sa légitimité ? Hier, aujourd'hui, demain, il s'en trouvera toujours pour contester sa domination. Son acharnement contre vous tient à d'autres motifs. Des motifs dont vous refusez à vous ouvrir.

Elle laissa passer un temps que Guilhabert n'osa pas troubler.

— Votre silence me suffit. À ne point vouloir m'abuser, il dit tout l'attachement que vous me portez. Et je serais une bien piètre amie si je vous forçais la main. Mais enfin Guilhabert, quel espoir gardons-nous de voir la Foi triompher ?

— Je vous répondrai, ma dame, qu'il n'est point ici question de triomphe. Nous ne cherchons point à renverser les pouvoirs mais à sauver des âmes. Seules ces victoires comptent. Et ces victoires pourront exiger notre sacrifice.

À la manière dont Esclarmonde se détourna, Guilhabert sentit tout à la fois sa tristesse et sa déception. Plus tard, il songerait que cet échange avait pesé dans sa décision de rejoindre l'ordre et de recevoir le consolament. Sur le moment, il ne pouvait que regretter la distance qui les séparait.

— On dit le Saint-Père au plus mal, reprit-elle.

— C'est ce qu'on rapporte, en effet.

Elle laissa passer une respiration, signe d'une angoisse toujours vive.

— Il suffira d'un homme, Guilhabert. Plus ambitieux, plus décidé. Voilà des siècles que l'Église siège à la droite des trônes. Ne croyez pas qu'elle laissera sa place facilement.

— Qu'elle la garde. Nous sommes ici pour conquérir les cœurs, je l'ai dit. Les trônes importent peu.

— Que vous le vouliez ou non, ce projet se heurtera à des intérêts puissants. Rome en premier lieu. Si elle perd de son influence, elle perd de sa légitimité. Si elle perd de sa légitimité, la royauté s'écroule.

Quelles que soient vos espérances, Guilhabert, les pouvoirs plient à l'épreuve du fer plus qu'à celle de la Foi.

— C'est le risque que nous prenons tous. Mais le malheur, ma dame, serait de ne point essayer.

Rome

1198

La chambre était silencieuse. Des draps couvraient les ouvertures pour empêcher le jour d'y pénétrer et les seuls échos de vie semblaient provenir d'un autre monde. Il fallait approcher du grand lit pour percevoir un souffle, écarter les tentures pour deviner un corps. Enfoui sous les épaisseurs de soie, Sa Sainteté le pape Célestin III agonisait.

Une mort lente et silencieuse où la douleur le disputait à l'impatience. Tandis que ses entrailles pourrissaient, souillaient l'air d'une puanteur infecte, le vieil homme maudissait cette fin qui ne voulait pas venir. Fallait-il que Dieu lui voue quelque haine pour ne point l'avoir déjà rappelé ? Il était prêt pourtant. Prêt, oui. Et n'attendait plus qu'un signe désormais.

— Votre Sainteté ?

Le pape cligna des yeux, surpris par l'éclat d'une flamme. Une ombre se penchait, la mine grave, empêtrée dans d'interminables précautions. Était-ce le frère qui l'avait assisté la veille ?

— Son Éminence le cardinal Lotario demande à vous voir.

Le page avait le visage à demi dissimulé sous un chiffon pour supporter la pestilence. Dans son dos, d'autres formes s'agitaient. Des jours qu'on tournait autour de sa couche. Intrigants, dignitaires, pressés de veiller sur sa dépouille avant d'en emporter le morceau de choix. S'ils savaient pourtant. S'ils savaient tout ce que de désespoir, d'impuissance et de rage ce graal promettait.

— Votre Sainteté ?

Célestin répondit. Une voix faible où perça un mot, suffisant pour que le page s'éloigne. Un autre entrouvrit les rideaux. Un troisième l'aida à s'installer dans une posture plus honorable. Puis on alimenta le feu qui ne réchauffait plus les murs malgré la clémence de l'hiver.

Le visiteur entra tel qu'attendu. Grand, sévère, hautain. Formé dans les plus grandes écoles du siècle et doté de l'esprit le plus vif et le moins tendre que la curie puisse compter. Un visage long au nez droit. Des yeux fins. Fougueux, impétueux, empressé. Trop intelligent, trop épris de lui-même et du destin qu'il s'était promis pour entendre sa nature. Tout chez lui disait son aversion pour le mourant, jusqu'à ses mains qui se retenaient de ne pas mettre fin à l'agonie.

Célestin ferma les yeux. Qu'il l'achève donc. Qu'il fasse cesser son supplice et s'empare de cette couronne qu'il rêvait de saisir. Qu'il prenne tout. Et qu'on le laisse partir, lui, rendre compte à Dieu de tout ce que ses actes avaient compté de faiblesses.

— Approchez, murmura le Saint-Père.

Lotario s'agenouilla pour embrasser l'anneau.

— Votre Sainteté. Comment vous portez-vous ?

— Mieux, bien sûr. Portez-moi un peu d'eau, je vous prie ?

Le cardinal chercha un valet dans son dos. Se trouvant seul, il passa outre son dégoût, allant jusqu'à porter la coupe aux lèvres de son aîné.

L'autre parut mieux respirer. Il releva le drap sur sa poitrine et accorda son attention au visiteur.

Malgré l'odeur qu'on tentait de dissimuler sous l'encens, le cardinal n'avait pas couvert son visage. Le geste aurait pu passer pour élégant. Célestin III imaginait surtout l'homme préoccupé.

— Quelles nouvelles de Germanie ? demanda le Saint-Père.

Bien que diminué, il pouvait sentir la poussière et le crottin accrochés aux vêtements du cardinal. Il n'avait dû prendre aucun repos ni le temps de se changer.

— Les familles princières se disputent toujours la succession.

— Ah ! J'ai grande crainte pour le Saint Empire, concéda le pape. Ce diable d'Henri était un monstre, mais il maintenait un semblant d'ordre. Sa disparition n'amènera rien de bon.

— Un monstre que vous avez vous-même couronné.

L'allusion arracha au Saint-Père un sourire aigre.

L'un et l'autre savaient les conditions dans lesquelles Henri VI avait obtenu les faveurs de l'Église, sous la contrainte, alors que les troupes germaniques s'étaient rendues maîtres de la péninsule et obligeaient Rome à reconnaître son pouvoir.

Dans les faits, l'engagement du sacre avait été pris par le pape précédent, Clément III, dont Lotario avait été un proche conseiller. Sitôt l'empereur reconnu, Célestin fut l'un des premiers à contrer ses ambitions territoriales en apportant notamment son soutien à la révolte des Normands en Sicile. Lotario dut éprouver le ridicule de sa remarque, car sa voix se fit moins sèche lorsqu'il reprit.

— Peut-être faudrait-il que vous interveniez ?

— Moi, oui... Ou un autre. Mais vous n'êtes pas venu pour évoquer cette succession, ajouta Célestin qui n'avait ni l'envie ni la force de se livrer à ces vétilles.

— Non. Je souhaitais vous entretenir de la France.

— De la France ou des cathares ?

— Leur influence est grandissante.

— Et cela vous inquiète ?

— Je m'étonne qu'il n'en soit pas de même pour vous. Nous tolérons leurs agissements depuis trop longtemps. Cette engeance discrédite l'Église et affaiblit notre pouvoir.

— Notre pouvoir... C'est donc cela.

— Leurs paroles se répandent comme du poison, s'emporta Lotario, qui ne cachait plus son exaspération. Les seigneurs mêmes rallient leur cause. Nous avons déjà perdu les comtés de Toulouse et de Foix. Bientôt tout le royaume d'Aragon. Des villages, des villes entières ne lèvent plus la dîme. Ces démons vont jusqu'à corrompre nos prêtres. Nous ne pouvons tolérer que...

— Nous ? l'interrompit le Saint-Père. Vous êtes un serviteur de Dieu, cardinal. Un serviteur et rien d'autre.

Célestin scrutait ce visage d'ordinaire froid où la colère laissait paraître un reste d'humanité.

— Personne ici n'ignore vos ambitions, Conti. Pas même moi, cloué dans ce lit qui ressemble de plus en plus à une tombe. Vous serez bientôt appelé à des charges dont vous ne mesurez pas encore le poids.

— Si tel devait être le cas, sachez que je ne fuirais pas mes responsabilités.

— C'est pourtant ma plus grande crainte.

Lotario se tut. Des pas allaient et venaient derrière lui, autant de témoins qui vendraient à bon prix le récit de leur querelle, et il était trop près du but pour risquer de se compromettre.

— Qu'espériez-vous donc ? demanda le Saint-Père, soudain plus faible. Qu'espériez-vous en venant ici ? Je ne suis déjà qu'un souvenir.

Le regard du cardinal s'attarda sur les bras décharnés, ce visage au teint de mort. Évoquer cette ambassade en Germanie que des proches du pape avaient manigancée pour le tenir éloigné de Rome, ou les tractations menées auprès des cardinaux pour l'écarter de la succession. De tout cela, Lotario voulait demander compte. Mais à la vue de ce corps malade, incapable de se tenir ou se mouvoir, il renonça.

Les médecins s'apprêtaient à donner les soins lorsque le cardinal quitta la chambre. Au loin, un bourdon sonna. D'autres cloches répondirent en écho. Dans le froid vif, presque piquant, il rejoignit ses appartements dans une dépendance proche du palais.

Lotario avait voulu l'endroit sobre et dépouillé, couvrant murs et sol de tapis aux couleurs ternes. Près du feu, on avait approché une table et un siège haut agrémenté de coussins épais. Le seul luxe tenait dans ces chandelles qui, l'une après l'autre, fourniraient la lumière nécessaire à une nuit de travail.

Sur les vélins un peu partout dispersés, des paragraphes annotés de ratures et de commentaires. Traités, critiques, sermons, réflexions. Chaque fondement de sa pensée avait été versé, purgé, affiné, pour en extraire la sève dont il ferait ses lois, celles que le Seigneur lui avait dictées. Car dans l'esprit du cardinal, on ne pouvait être habité de si grande piété que pour servir Dieu et accomplir Son œuvre. Quelle que soit la difficulté. Quels que soient les obstacles. Et c'est en songeant au dernier d'entre eux que ses ongles s'enfoncèrent dans le chêne épais et que, de ses lèvres, s'échappa un souffle rageur.

— Pas un mot...

Dissimulée dans un renfoncement, une silhouette glissa vers le cardinal. Sans sa bure grise, frère Malaki aurait pu passer pour un enfant. Il en avait la taille, la corpulence. Dans une foule, à peine le remarquait-on. À moins d'apercevoir son visage blanc, lisse comme du marbre, qu'il dissimulait volontiers sous son capuce.

— Depuis des jours, il conspire contre moi, enrageait Lotario. Prêt à abandonner sa charge de son vivant, pourvu qu'on le laisse désigner son successeur. Au mépris de nos lois. Au mépris de toute loyauté. Et pas un mot.

— Vos familles nourrissent de bien vieilles rancœurs, rappela le familier.

— Des rivalités si anciennes que pas un n'en garde souvenir. Célestin ne risquerait pas l'unité de l'Église sur ces querelles. Lui-même a consenti à son élection en dernier recours, dans le seul but d'éviter un schisme.

— Il n'est point seul à décider dans cette affaire.

Lotario savait les intérêts que son élection pouvait contrarier. Depuis des siècles, les grandes familles romaines complotaient, trompaient, trahissaient autour du trône pour décrocher les charges les plus influentes et assurer leur emprise sur la curie. Avec la disparition de Célestin, la famille Orsini s'inquiétait à raison des privilèges qu'elle s'apprêtait à perdre. Mais il en était ainsi à chaque nouveau vote, si bien que l'alternance assurait un semblant d'équilibre entre les clans.

L'âge de Lotario posait également question lorsqu'il s'agissait d'évoquer un possible successeur, mais ses qualités, sa force de travail et son opiniâtreté faisaient l'unanimité auprès des cardinaux. Son désintérêt pour les biens matériels emportait tout autant l'adhésion des citoyens de Rome, toujours prompts à disputer son pouvoir au Saint-Siège. Un pape jeune pour une Église nouvelle, voilà ce que tous attendaient. Aussi l'entêtement de Célestin à lui nuire confinait-il à l'irrationnel.

Lotario secoua la tête, comme pour se débarrasser de pensées sombres.

— Il y avait de la peur dans son regard. Peux-tu le croire ? De la peur à me voir accéder au trône.

— Patience, Votre Éminence. Ses heures sont désormais comptées.

— Patience...

— Vous ai-je jamais fait défaut ?

Lotario dévisagea son conseiller à la mine terne et au physique étroit. Jamais en défaut, non. Toujours juste dans ses conseils. D'une clairvoyance rare et d'une discrétion égale. En première ligne pour calmer les mutins lors des révoltes provoquées par la commune, habile à négocier en sous-main pour le compte de l'autorité papale, et allié indéfectible de la curie. Achetant, détournant, forçant chacune des voix qui à l'aube du prochain pontificat lui assureraient à lui, Lotario, d'accéder à la fonction suprême. Malaki. Bâtisseur, visionnaire, confesseur. Grand ordonnateur de cette quête qu'il avait faite sienne et les mènerait tous deux au sommet du monde. Malaki le sage.

Jamais en défaut, non, mais qui n'avait jamais évoqué son prix.

Sorti du village du Latran, on évoluait par des chemins sinueux au cœur d'un paysage en ruine.

Le long déclin amorcé avec la fin de l'Empire avait laissé une cité exsangue, un corps vidé de sa substance. Trente mille âmes se répartissaient en petites communautés au sein de maisons basses à l'allure pauvre et ramassée. Potagers, vignes et vergers procuraient l'essentiel des ressources au milieu d'immenses friches.

Les monuments les plus majestueux avaient été réinvestis par les grandes familles, qui les avaient érigés en places fortes. La tour Dell'Arco à proximité de l'arc de Constantin, celle des Milices dominant le marché de Trajan, ou le palais des Orsini fondé sur les ruines du théâtre de Pompée, étaient autant de symboles de ces factions qui, selon les époques, gouvernaient au destin de la cité. Et chacune se faisait fort de contester son pouvoir au pape lorsqu'elle n'était pas à même de l'inspirer.

En approchant de la boucle du Tibre, les étendues vertes et grises laissaient la place à une activité plus dense, celle des marchés de la place Giudea. On y vendait la viande dépecée dans le quartier des bouchers installé sur le forum de Nerva, mais également du vin, des étoffes, du poisson, de la laine, et d'autres marchandises venues d'Europe ou d'Orient. Odeurs, bruits et couleurs tranchaient avec l'aspect moribond des édifices, évoquant partout la grandeur éteinte.

En poursuivant vers le *Rione Parione* par la *via Sacra*, on pouvait atteindre le quartier du Borgo défendu par le château Saint-Ange mais, à hauteur du Capitole, Malaki prit la direction de l'ouest.

Parmi les nombreux bourgs que comptait la cité, celui du Trastevere occupait une place à part. Replié sur la rive droite du fleuve à moins d'une heure de marche du Latran, c'était un dédale de rues étroites et de constructions heurtées où vivait une population métissée, soucieuse de son isolement autant que de sa tranquillité.

Malaki s'y rendit par le pont qui franchissait le Tibre en aval de l'île Tibérine. Au fond d'une impasse qui donnait sur les berges, il entra dans une cambuse sombre où flottait un parfum de vin aigre et de graisse recuite. Sans un regard pour le teneur, il contourna les maquignons qui traitaient d'affaires près de l'âtre central et vint s'installer à la table la plus éloignée.

L'homme qui l'attendait se remarquait par ses traits fins et des yeux sans pupille qui, dans la pénombre, luisaient comme deux perles d'ivoire. Malgré son évidente cécité, il trouva sans mal le regard de Malaki.

— Comment va notre mourant ? demanda-t-il d'une voix presque trop douce.

— Ce n'est plus qu'une question de jours.

— Et notre… protégé ?

— Fier, impatient et dramatiquement ambitieux.

— Comme je les aime. Est-il prêt ?

— Oui.

L'homme aux yeux blancs se détourna vers l'entrée où deux ombres venaient d'apparaître. Un regard des maquignons suffit à les éconduire. Il reprit :

— Les cardinaux voteront donc selon nos vœux ?

— Je n'ai eu aucun mal à persuader les plus rétifs, assura Malaki. Ceux que l'argent n'a pu convaincre ont cédé à la promesse de charges prestigieuses. Les derniers tenants d'une ligne vertueuse ne feront pas le poids.

— On dit que le cardinal de Saint-Paul n'aurait pas totalement rendu les armes.

— C'était le successeur désigné. Il se croit investi d'une mission. Mais que peut-il face au nombre ?

— Il nous faut toutefois obtenir l'unanimité. Un vote contestable pourrait déstabiliser Lotario, l'amener à prendre des décisions contraires à nos intérêts. Il doit sentir le poids de l'Église derrière lui, s'estimer redevable de la confiance accordée. Dès l'élection acquise, les cardinaux ne manqueront pas de lui rappeler ses devoirs. Le premier d'entre eux sera de les maintenir dans leurs privilèges.

— Nous ignorons toutefois les effets que la prophétie aura sur lui, souleva Malaki. Une fois la nature des Parfaits révélée…

— Lotario accédera au trône puisque nous l'avons choisi. Et il agira selon nos souhaits, puisque sa nature l'y commande. D'autres obstacles nous attendent, autrement plus ardus. Ceux-là seuls occupent mon esprit.

Ses yeux s'étaient obscurcis. Les traces d'une impatience, devina Malaki. Et son silence ressemblait à s'y méprendre à une mise à l'épreuve.

Le moine se repassa le fil de leur conversation à la recherche d'un élément susceptible de le mettre sur la voie. Face à un esprit qui ne pardonnait rien et n'avait de temps à perdre que pour lui-même, l'évidence ne tarda pas à le frapper.

— Le cardinal de Saint-Paul se trouve actuellement dans le nord du pays, se rappela Malaki. Si un malheur devait survenir, il ne pourrait rejoindre la cité avant deux jours.

— Deux jours… Plus que suffisant pour organiser un vote.

— Et en l'absence de leur favori, les derniers dissidents ne seraient guère difficiles à persuader.

— Ce qui assurerait une large victoire à notre prétendant.

L'homme aux yeux blancs prit le temps de réfléchir à une situation dont il entrevoyait déjà tous les bénéfices.

— Songerions-nous à précipiter les événements ?

Lotario accéléra le pas, hâtant le séminariste venu le réveiller au beau milieu de la nuit. La flamme de leur torche projetait partout des ombres folles, donnant l'impression que chaque recoin du palais se peuplait de visages hostiles ou torturés.

Approchant des appartements pontificaux, ils tombèrent sur un attroupement. Des clercs, des gardes, des servants, alertés en nombre par la rumeur. On avait attendu le dernier moment pour le tirer du lit, confiant la charge au premier venu, qui avait probablement cherché tous les prétextes pour retarder l'échéance, mais Lotario n'en avait cure.

Dans la chambre, la même torpeur, la même lumière fragile, la même odeur pestilentielle drapée dans un silence de mort. Le pape reposait sur sa couche, couvert des yeux par son confesseur. Parmi les dignitaires présents, le vieux Gratien de Pise, le cardinal Pandolphus et des représentants de la maison Orsini. Les influents Octavien et Pierre Gallocia étaient également présents, et Lotario reconnut Cencius Savelli vers lequel il se dirigea.

— Son état s'est subitement dégradé dans la soirée, lui apprit le prélat.

Savelli comptait parmi les proches de Célestin, mais avait très tôt soutenu Lotario dans ses ambitions. Comme la plupart des cardinaux, il témoignait de la même incompréhension devant l'acharnement du pape à le discréditer. Ce dernier n'avait d'ailleurs manifesté sa préférence qu'au plus près de sa fin, alors que la popularité du jeune cardinal ne cessait de croître et que son nom revenait avec insistance parmi les possibles successeurs.

Des voix affirmaient qu'il ne fallait voir dans ce baroud qu'un jeu d'influences, la démonstration de ces luttes auxquelles se livraient les grandes familles du Latium. Celle des Orsini, dont était issu le mourant, ne pouvait accepter un Conti di Segni comme héritier. Mais personne ne songeait avec sérieux à cette seule explication. Il y avait dans l'acharnement du Saint-Père un secret que nul n'était parvenu à lever.

— Il a demandé à vous voir, indiqua Savelli.

Surpris, Lotario se tourna vers le cardinal qui s'empressa d'ajouter :

— Sans nous informer de ses raisons.

Lotario prit alors conscience de l'attention dont il était l'objet. Pas un regard pour l'ignorer. Et pas un qu'il fut nécessaire de traduire.

Une peau de cire et l'immobilité d'un cadavre, tel était l'aspect du Saint-Père lorsqu'il se décida à approcher. Un geste de Savelli l'invita à venir au plus près.

— Vous m'avez fait mander, Votre Sainteté ?

Au son de sa voix, la respiration de Célestin s'accéléra.

— Il ne peut plus parler, murmura un médecin.

Le cardinal surprit pourtant un mouvement sur les lèvres, une sorte de convulsions nerveuses.

Comme Savelli insistait, Lotario s'inclina jusqu'à tendre l'oreille. Faisant fi de la puanteur, il perçut un souffle ténu, semblable à un râle. Puis un murmure. Et brusquement, les phrases se succédèrent, brèves, en un chapelet de coups.

Sitôt la voix éteinte, Lotario se redressa, incrédule. Près du lit, Savelli l'observait, figé dans une posture d'attente. Les moines s'étaient interrompus dans leurs prières. Chacun d'un lieu à l'autre de la chambre attendait sa réaction.

Alerté par la rigidité soudaine du Saint-Père, un médecin se précipita. La nouvelle du décès courut bientôt sur les lèvres et offrit à Lotario une diversion. Il se vit reculer, sonné, titubant. Bientôt on l'entoura, on l'étouffa. Dans la confusion, on lui remit un étui de cuir souple. Savelli tenta de lui parler. Il voulut s'extraire, ordonna qu'on s'écarte. Se frayant un chemin, il sentit des résistances, s'obstina. Hors de la chambre, il courut, aussi loin qu'il put.

Au milieu d'un jardin, il reprit conscience et reconnut le cloître du palais. Les travées étaient désertes. On avait renoncé à le suivre. La fraîcheur de la brise passait à travers ses vêtements. L'étui de cuir serré contre sa poitrine dégageait un parfum de graisse et de cadavre.

Lentement, il dégrafa les attaches et découvrit un rouleau de parchemin fermé d'une bulle d'or. Au moment de briser le cachet, ses doigts tremblaient avec une telle force qu'il dut s'y reprendre à plusieurs fois.

Sous l'éclat de lune, il lut et lut encore, tellement que les mots finirent par se confondre. Au bas du vélin, les sceaux des souverains successifs authentifiaient un message vieux de plus de trois siècles. Celui de Célestin figurait en dernier, près du pape Clément III dont Lotario avait été l'ami et confident durant de longues années.

— L'enfant sera bientôt là.

En lisière des ombres, Malaki apparut.

— Dieu vous a abandonné, ajouta le moine.

— Tais-toi...

— Que restera-t-il de vos églises le jour où les Parfaits seront reconnus comme les élus ?

— Tais-toi !

— Rien. Vous ne serez plus rien.

— TAIS-TOI !!!

Lotario avait laissé choir le parchemin pour enfouir son visage entre ses mains.

— Dans quelques heures vous serez pape, vint murmurer le moine à son oreille. Ce destin, ce pour quoi nous avons œuvré toutes ces années, est aujourd'hui vôtre.

Malaki jeta sur le cardinal prostré un regard vide d'expression, puis l'abandonna à la nuit.

Rome

1201

Depuis les hauteurs du *Patriarchum*, le quartier du Latran ressemblait à un gros bourg. Deux à trois cents maisons massées autour de la basilique Saint-Jean étaient alimentées en eau par un ancien aqueduc. Les vignes, les champs, les potagers, les vergers fournissaient la majeure partie de la nourriture, et les habitants, soucieux de leur indépendance, étaient allés jusqu'à lever leurs propres fortifications pour se distinguer de la cité antique.

Outre la tour qui abritait les appartements pontificaux, le domaine comptait de nombreuses dépendances où logeaient le personnel de la curie et les services nécessaires à son administration. Des bains, des fours, des moulins, des boutiques, des ateliers s'animaient dès les premières heures du jour. Des chapelles et des monastères, enfin, rappelaient en tout lieu que battait là, au Latran, le cœur du monde chrétien.

Longeant les arches de la salle du conseil, Sa Sainteté Innocent III observait ce lieu bruyant et fier d'une attention distraite. De loin lui parvenait le rapport de son camérier, comme une mélodie atone. Quelques membres influents du chapitre s'étaient joints à l'exercice, représentants des grandes familles qui veillaient aux opportunités de négocier une charge ou un marché. En retrait, des secrétaires complétaient en nombre l'assistance.

Passant devant son conseil, et toujours indifférent à l'exposé des comptes, le pontife s'intéressa aux tentures, aux absides décorées de marbre et de mosaïques, jusqu'aux colonnes de porphyre qui soutenaient les arcs pleins. Le cardinal Riccardo achevait son rapport au moment où Lotario examinait les détails d'une fresque.

Le Saint-Père avait choisi ce prélat pour sa piété, sa discrétion et son âge trop avancé pour lui disputer la moindre ambition. On pouvait lire sur son visage comme sur une carte, sans y trouver plus de relief ou d'aspérité. Ses seuls désirs se limitaient à l'accomplissement de sa mission et la défense des intérêts de son clan, tâches dont il s'acquittait avec la ferveur attendue.

Alerté par le silence, Innocent fit signe au camérier de poursuivre, pressentant que l'homme arrivait au terme de son exposé.

— Pour résumer, Votre Sainteté, les finances, sans être menacées, n'en restent pas moins fragiles. Et ce projet de croisade en Terre sainte pourrait peser fort lourd sur le Trésor.

Le souverain prit place sur la chaise haute garnie d'un dais d'or. Depuis ce jour de janvier 1198 où les cardinaux l'avaient porté sur le trône de Pierre, on voulait le dissuader de l'entreprise. Mais cette croisade, Lotario l'aurait. Quelles que soient les craintes ou les résistances. Ce n'était pas ce sujet qui le préoccupait pour l'heure. Il répondit néanmoins.

— J'entends là vos doutes. Et croyez que votre avis m'est précieux. Mais nous avons une chance unique de tirer profit des divisions byzantines pour rétablir l'unité de l'Église sur les terres d'Orient. En outre, j'ai grande confiance dans mes émissaires pour convaincre les seigneurs francs de prendre la croix. Le financement de l'expédition ne sera dès lors qu'une question d'influence et nous n'en manquons pas.

— Puisse Dieu vous entendre.

— Et vos prières L'y aideront. Autre chose ?

Le camérier se racla la gorge, signifiant l'introduction du prochain point.

— Des rumeurs montent de Rome. Les barons ont eu vent de votre projet de rétablir votre autorité sur la ville. La révocation des officiers sénatoriaux telle que vous l'envisagez cause grand bruit, et le peuple est toujours prompt à prendre les armes. Cette volonté d'accaparer la fonction de préfet pourrait aussi fâcher nos alliés germaniques.

— Alliés ? Quel allié se tiendrait prêt à envahir votre foyer à la première contrariété ?

Riccardo s'inclina, contrit.

— Les Germains n'ont jamais été nos alliés, insista Innocent III. Mais la mort d'Henri les rend inoffensifs tant que la succession n'est pas réglée. Les princes pourront se battre tout leur soûl, ils auront besoin de notre bénédiction pour accéder au trône. J'ai fait savoir mes exigences aux deux parties et les Guelfes m'ont déjà fait connaître leur accord.

— Leur favori, Otton de Brunswick, a toujours été hostile à la domination du Saint-Siège.

— Otton de Brunswick connaît son intérêt. L'Empire abandonnera ses prétentions sur Rome ou sombrera dans la guerre. Et les princes, pour ambitieux qu'ils soient, n'en sont pas moins lucides. Quant à cette ville qui se pique d'indépendance, nous lui rappellerons qu'elle doit d'abord sa survie à notre existence. Les barons s'oublient dans les souvenirs d'une cité qui fut tout puis ne fut rien. Ils devraient prendre enseignement de l'Histoire. Sans la papauté, cette cité pourrirait dans ses ruines, au milieu des cadavres et des rats. Au moins n'aurait-elle plus à craindre l'intérêt des princes, ni de personne d'ailleurs.

— Sommes-nous assez forts pour le leur faire entendre? objecta le camérier.

— Ils l'entendront, Éminence. De cela, nous pouvons être sûrs. Dieu est partout, Son Église ne connaît pas de frontière et un trône se déplace aussi facilement qu'un pape.

Une rumeur agita les fonctionnaires, et Innocent vit plus d'un noble tressaillir.

— Quitter... Rome, Votre Sainteté? bredouilla le cardinal Riccardo.

— Laissez donc ces belliqueux l'entendre, fit Innocent III dans un souci d'apaisement. La rumeur fera le reste. Cette ville se relève à peine de ses cendres et la manne des pèlerins n'est pas la moindre de ses richesses. Les marchands sauront donner de la voix si leur intérêt est menacé. Et si l'avertissement ne devait point suffire, nous trouverons toujours quelques charges à offrir aux plus rétifs. Or et prestige ont toujours fait miracle face aux principes.

— Bien, Votre Sainteté.

Le cardinal Riccardo acheva ensuite l'ordre du jour et mit fin au conseil. Dans un mouvement ordonné, les clercs de moindre rang cédèrent le pas aux dignitaires avant de quitter la salle, abandonnant le pontife à ses réflexions.

Revenu près des arches où les bruits de la rue montaient comme une rumeur, son regard survolait les hautes tours dressées comme des troncs nus sur la cité. Ces fortifications lui rappelaient combien la paix était fragile au sein de cette ville, soumise au bon vouloir d'une faction ou aux caprices d'une autre, portant leurs querelles ici même, au cœur du Sacré. Derrière chaque cardinal, une dynastie. Pour chaque baron, un État. Et lui, condamné à convaincre. Agir ou périr. Au nom d'un Dieu qui, sitôt élu, l'avait renié.

Un manteau d'hermine blanche vint envelopper ses épaules avant que Malaki n'apparaisse à ses côtés. Lotario sentait à peine le poids de la fourrure sur son dos.

— Tous ces projets, murmura le Saint-Père. J'ai tant prié Dieu pour qu'Il me donne la force. Tant prié.

Le moine conservait son visage bas, inexpressif, tandis que le souverain poursuivait.

— Pourquoi, Malaki ? Pourquoi nous offrir le pouvoir d'une main pour en retirer tout dessein de l'autre ? Ne L'avons-nous pas servi avec ferveur ? Porté Sa parole des siècles durant ? Affronté le martyre pour Lui ?

— Personne ne le sait mieux que vous, Votre Sainteté.

— Personne, non. Malgré tout Il nous rejette, au profit de ces mendiants, ces Parfaits qui prétendent que cette terre est l'œuvre du Diable, piétinent nos croyances, moquent nos sacrements. Notre histoire n'aurait donc été qu'un mensonge ? Tout ce en quoi nous avons cru ? Vas-tu me dire, toi ?

— C'est une réponse, je le crains, qu'il vous faudra trouver seul.

— Mais ton avis ? Le tien ?

Malaki se tourna vers la salle, désormais vide.

— Peut-être faudrait-il aborder cette question sous un regard neuf.

— Un… regard neuf ? répéta le Saint-Père, interdit.

Le petit moine s'accorda quelques pas avant de préciser ses pensées.

— Après tout, qui nous prouve que cette prophétie rend compte de la volonté divine ? Que le Seigneur nous commande de céder le pas aux Parfaits en leur abandonnant le gouvernement des âmes ?

— J'ai vu les sceaux, Malaki ! s'écria Innocent. Les bulles authentifiées ! Qui pourrait douter de leur réalité ?

— Des sceaux, oui, mais un seul témoignage. Celui d'un pape aux abois, prêt aux compromissions les plus viles, et possiblement contraint. Peut-être même ignorait-il les véritables enjeux de son engagement.

— Que veux-tu dire ?

— Je réfléchis, Votre Sainteté, tout comme vous. Vous savez ce que cette cité peut compter de malveillances, de manipulations, de complots ourdis. Rome est le pouvoir et le pouvoir attire les convoitises. À la fin qu'avons-nous ? Un parchemin vieux de trois siècles. Si peu, Votre Sainteté. Si rien.

— Mais ces Parfaits sont bien réels eux. Comment croire à une coïncidence ?

— Les juifs le sont tout autant. Élus eux aussi. Et pourtant…

— Pourtant ils ont trahi.

Innocent chercha un secours dans les fresques, ces visages d'apôtres que le temps venait à effacer.

— J'ai… dépêché un émissaire auprès du roi de France. Officiellement pour requérir son avis sur notre projet de croisade en Orient.

— Vous avez donc abordé la question de l'Occitanie, présuma Malaki.

— C'est en effet sur ce point que je souhaitais secrètement l'entretenir.

— Sa position est-elle arrêtée ?

— Philippe reconnaît le pouvoir grandissant de l'hérésie et regrette sa mainmise sur les comtés de Foix et de Toulouse. Il m'a également assuré de son soutien dans notre combat contre ces suppôts, mais il craint un soulèvement des seigneurs s'il intervient sur leurs terres, et la guerre contre les Anglais monopolise déjà toutes ses forces.

— Son armée ne peut soutenir deux fronts, reconnut Malaki.

— Sans compter sur l'ogre germain qui peut se réveiller à tout moment. Comme cette affaire de mariage qu'il me conjure d'annuler en me poussant à des commerces que j'exècre… Non, Philippe ne bougera pas. C'est désormais certain. En même temps…

Malaki s'était rapproché.

— En même temps ?

—Je sais que je dois agir. Les cardinaux m'attendent. Ils m'observent, je les entends déjà dans mon dos. Je ne puis me montrer faible.

—Alors agissez.

—Mais je ne puis me résoudre. Il y a trop d'enjeux, trop d'incertitudes. Et si c'était la volonté de Dieu ? Je dois être sûr.

Un page fit son apparition dans la salle et se hâta vers le Saint-Père.

—Frère Pierre de Castelnau demande audience, Votre Sainteté.

—Accompagnez-le, ordonna Innocent.

Le page revint bientôt pour introduire le visiteur en cape sombre et tunique blanche. Oublieux du protocole, Innocent s'avança pour l'accueillir.

—Pierre !

—Votre Sainteté, fit l'autre en s'agenouillant.

Innocent le laissa embrasser l'anneau avant de le relever.

—Comment te portes-tu ? demanda le Saint-Père. Quitter ton abbaye de Fontfroide a dû être une véritable épreuve.

—Je compte bien y retourner dès mon séjour achevé.

—Oui, bien sûr. Et je te sais gré d'avoir répondu si vite à ma requête.

—L'affaire semblait pressante.

—Elle l'est. Veux-tu t'asseoir un instant ?

Ils prirent place dans une abside, sur un banc en pierre, tandis que Malaki restait en arrière.

—Ton message évoquait une mission d'importance.

Innocent connaissait la manière directe avec laquelle le cistercien traitait son entourage comme ses affaires.

Les deux hommes avaient fait connaissance des années plus tôt, alors que Lotario occupait la fonction d'auditeur auprès de la curie. À ce titre, il avait eu à régler un différend entre Pierre et le prieur de Saint-Firmin. Alors que les conclusions de la procédure se portaient en faveur du premier, le pape Célestin III avait ordonné l'annulation du règlement et donné gain de cause au prieur, sans raison connue ou avouable. Sitôt élu, Innocent avait fait corriger la sentence et rétabli le moine dans ses droits, s'attachant en retour une loyauté fidèle.

—Il s'agit des cathares, exposa le pape sans détour.

—Cette vermine…

— Certes. Leur action nous est assez défavorable.

— Défavorable ? Ils se répandent partout comme la gale en ridiculisant nos ordres.

— Pour autant, je ne connais pas suffisamment la situation, confia Innocent III. Ils ont des appuis que j'ignore. Parmi les nobles en premier lieu. Et auprès de nos frères me dit-on.

— Les évêques de Béziers, de Toulouse et de Narbonne ont déjà renoncé à leurs vœux et rallié la cause, confirma Pierre. Sans compter les chanoines et les prévôts.

— C'est pourquoi je requiers ton aide, insista Innocent III. Tu connais ce pays mieux que personne. Les rapports qu'on m'adresse sont trop imprécis, dictés par des intérêts contraires. Raimon de Toulouse m'assure de son attachement quand sa cour serait infestée d'hérétiques. Le roi d'Aragon agit en tout lieu comme un sujet sincère, mais ne fait plus mystère de ses sympathies envers ses frères du Midi. À qui puis-je me fier ?

Innocent se saisit des mains du moine qui, surpris, put sentir combien l'émotion et l'attente du Saint-Père étaient fortes.

— Pierre, je connais ta valeur et ton attachement à la Foi. Vois ce qu'il ressort de cette dissidence, mesure son importance, les élans qui l'inspirent, et vient m'en faire part, à moi seul. Pour cette tâche, je t'adjoins les services de mon homme de confiance, frère Malaki, qui te sera précieux par ses conseils.

Les deux religieux échangèrent un regard convenu.

Malaki était à l'origine du choix de Pierre de Castelnau. Il avait suggéré son nom au pontife lorsque celui-ci s'était mis en quête d'un homme de confiance pour mener à bien ce mandat. L'ancien chanoine de Maguelone était réputé pour être un homme de piété, dévoué à l'ambition de Dieu, sans s'écarter plus qu'il ne fallait de la sienne, et intraitable pour qui se mettait en travers de l'une ou de l'autre.

À l'inverse, Pierre connaissait peu ce conseiller du pape, mais savait sa discrétion et son acuité dans les affaires qui lui étaient confiées. Son détachement à son service soulignait l'importance de la mission et la volonté du Saint-Siège de ne point détourner les yeux du péril cathare. Aussi ne montra-t-il aucune hésitation au moment d'accepter la légation.

Chapitre II

« Je sais seulement que j'étais aveugle,
Et qu'à présent je vois. »
Jean, IX, 25

Fanjeaux

1207

Guilhabert achevait son intervention devant un parterre serré. Les derniers arrivants s'étaient installés dans les marches qui reliaient les étages du logis, et l'on ne tenait plus compte du nombre assemblé aux abords de la maison forte de Guilhem de Durfort. Mille peut-être, venus parfois de plusieurs lieues pour participer à la veillée, dont les seigneurs Isarn de Fanjeaux et Pierre de Durfort, et Na Cavaërs, la Dame Chevalier.

Du vin relevé d'épices et de l'hydromel passaient de main en main, ainsi qu'une soupe de pois et de tubercules pour les plus affamés, mais on ne servait aucune viande par respect pour les sœurs et frères cathares qui s'interdisaient cette nourriture. Des discussions s'étaient organisées dans les jardins à l'initiative des novices venus à la rencontre de la foule. Dans la salle commune où les plus chanceux étaient entassés, les enfants s'enroulaient dans les bras de leur mère et écoutaient avec attention les paroles du Parfait.

Bertran s'étonnait chaque fois de l'alchimie subtile qui s'opérait, dont le secret tenait en grande partie au rituel que son maître s'imposait avant ses prêches. Il commençait par observer son auditoire, d'un visage à l'autre, sans hâte. L'image d'un tisserand venait systématiquement à l'esprit. Lier un à un le fil des âmes. Ainsi les regards venaient à lui, comme happés par sa présence. Les conversations devenaient diffuses, murmures, jusqu'à disparaître totalement. S'installait une sorte d'intimité, comme une communion, avant même qu'une parole soit prononcée.

Ses premiers mots s'adressaient toujours à ses hôtes, pour mieux ancrer l'instant dans le lieu, l'envelopper de cette soie qu'il avait subtilement brodée. Puis il prenait son livre à la main, celui qui ne le quittait jamais. Il en lisait quelques pages d'une voix douce, sensible, habitée. On aurait dit un chant venu du fond des âges, venu des âges eux-mêmes, tant il saisissait les cœurs. Une fois sa lecture achevée, il glissait l'ouvrage à sa ceinture puis murmurait une courte oraison avant de s'adresser à son audience.

Ses mots en appelaient d'autres, et d'autres encore. Guilhabert s'arrêtait quelques fois pour boire ou permettre à un participant de s'exprimer. L'initiative était rare tant l'expérience était intense et ne supportait aucun trouble. Au fil du sermon, les yeux s'ouvraient différemment. Le monde paraissait sous des traits neufs, s'offrait sous des formes et des nuances inconnues. Il se disait que même le temps perdait de son sens.

Il en était ainsi pour chacun. Du plus rustre au plus noble. Du plus rétif au plus convaincu. Tous se trouvaient ébranlés, bouleversés. Alors d'autres venaient. Plus nombreux. Plus avides. Nobles, bourgeois, simples gens. Des quatre coins d'Occitanie et de Provence, du Limousin, de Corse, et de toutes les provinces d'Europe où des communautés cathares tentaient de survivre face aux persécutions de l'Église. On restait pour une nuit ou quelques jours s'imprégner de ces mots sacrés jusqu'à son soûl, avant de reprendre son chemin et porter la parole d'un Dieu ressuscité.

—Le choix vous appartient, insista Guilhabert après un nouveau silence. Esprit ou matière. Divin ou malin. La Foi qui mène au Salut ou les pulsions qui enchaînent à la terre. Cédez à vos instincts et vous resterez prisonniers de vos désirs. Embrassez l'Esprit et vous gagnerez votre liberté. Cette liberté, aucun pape ne saurait vous l'offrir. Pas plus les croix ou les reliques, car ce sont là choses matérielles. Pas plus les sacrements, car ils sont mensongers. Vous seuls, m'entendez-vous, vous seuls avez le pouvoir de vous élever. Par vos pensées. Par vos actes. Par ce que vous déciderez ou non d'accomplir. Par votre bonté, votre loyauté, votre droiture. Par l'amour que vous saurez dispenser. Car c'est sur cela qu'un être est jugé. Sur cela seul. Le ressort est simple. L'entreprise exigeante. Mais si vous regardez ce monde pour ce qu'il est, si vous n'en attendez rien de bon, ni justice ni pitié ni pardon, à l'exception de ce que vous pourrez offrir, alors vous serez dans les pas de Dieu. Car Dieu est absent de ce monde. Mais Dieu sait.

Un homme se dressa. Bertran reconnut les traits d'un marchand rhénan. Guilhabert l'invita à s'exprimer.

— Tu affirmes que Dieu n'est pas de ce monde.

Guilhabert opina.

— D'autres prétendent pourtant qu'Il l'a créé.

— Ils le prétendent, oui. Ils clament que Dieu serait le grand architecte de cette terre et qu'Il aurait choisi un pape pour le représenter. Mais dis-moi, possèdes-tu toi-même un foyer ?

— Un foyer ? Oui, messire.

— Des enfants peut-être ?

— Trois beaux garçons.

— Et verrais-tu d'un bon œil que l'un d'eux dirige ta maison ?

— Pour ça non, messire.

Il y eut quelques rires que Guilhabert laissa courir.

— Dans ce cas, pourquoi cela serait-il différent pour Notre Seigneur ? Et je vous pose la question à tous. Si Dieu avait créé ce monde, s'il en était souverain et maître, tolérerait-Il que d'autres s'en emparent ? Tolérerait-Il que d'autres volent et mentent en Son nom ? Que d'autres tuent et torturent en Son nom ?

Quelques mines approuvèrent.

— Ce Dieu de bonté et de miséricorde accepterait-Il que l'on brûle Ses filles et Ses fils en Son nom ? Qu'on lève des armées ou que l'on massacre des peuples en Son nom ? Un Dieu de bonté et de miséricorde laisserait-Il Ses fils et Ses filles mourir de faim tandis que d'autres se vautrent dans le luxe et l'abondance ? Je vous le demande.

Un murmure parcourut encore la salle.

— Le monde que nous connaissons ne fait qu'opposer les hommes aux autres et porte en lui sa propre destruction, ajouta le Parfait. Entendez ceci : cette terre est un lieu condamné à périr et ceux qui refuseront la Lumière disparaîtront avec lui.

— Mais comment savoir ce que Dieu attend de nous ? fit une femme.

— Vous savez Ses commandements. Ne point mentir, ne point tuer, ne point voler. Aimer par-dessus tout. Mais de devoir véritable, je n'en connais qu'un. Suivez la voix qui est en vous. Si vous l'entendez, c'est le signe que Dieu vous parle. Alors vous saurez quoi faire.

— Et sinon ?

— Sinon votre âme sera condamnée à revenir. Dans d'autres corps. Sous d'autres formes. Femme. Homme. Animal pour les plus égarés. Jusqu'à ce que le chemin véritable vous apparaisse.

— Ou celui d'un noble peut-être ?

— Ce serait là pire que tout.

— Dormir dans des draps propres ? s'étonna une voix.

— Manger à sa faim ? s'écria une autre.

— Boire chaque jour du bon vin ? ironisa une troisième.

— Tout cela, oui. Plus de richesses. Plus de pouvoir. Cerné par tant de chimères que la vérité s'y perd. N'enviez point vos seigneurs, mes frères, car ils sont les plus pauvres d'entre nous. Le dénuement seul, absolu, total, rapproche l'âme de l'essentiel. Aucune richesse ne vous suit par-delà la tombe. Aucune gloire ne vous rend invincible face à la mort. La pauvreté est le premier pas vers la vérité. Et chaque vérité vous mènera à une autre.

— Faut-il donc souffrir pour se rapprocher de Dieu ?

— Ai-je l'air de souffrir ? Ai-je l'air accablé par le malheur et le doute ?

— Mais tu prétends que Dieu te parle ?

— Oui. Je le prétends. Comme à vous tous. Et si je suis fou, alors que je meure avec cette folie. Car vous ne me ferez rien aimer de ce que cette vie offre. Si cette terre est l'œuvre de Dieu, si pour exister, nous sommes condamnés à agir en bêtes, à trahir et mentir, à asservir et s'avilir, alors que je sois damné, ramené à la poussière et oublié des temps.

— Nous ne demandons qu'à te croire ! s'exclama une femme aux joues rondes. Mais tu n'es pas le premier à nous tenir ces beaux discours.

— Mais je suis le premier, en revanche, à ne rien demander en échange. Aucune obéissance, aucune soumission. Pas de corvées ni de taxes. Et je ne vous menace d'aucune foudre céleste, car Dieu n'a en Lui aucune haine. Vous pouvez quitter cette pièce sur l'instant sans craindre d'être banni ou rejeté par Lui. Et je vous recevrai aussi bien demain que tout autre jour. Je n'entends pas vous obliger, car je ne peux prêcher la liberté à grands cris et vous en priver du même coup. Chaque âme est libre, je le répète, car c'est par le libre consentement qu'un homme se rapproche de Dieu. Par sa volonté, sa dévotion. Sans artifice. Sans contrainte. Ai-je usé de force pour vous conduire ici ? Qu'il en soit ainsi à chaque instant. Libérez-vous, mes frères. Entendez la voix, et la souffrance disparaîtra !

Les enfants dormaient dans les bras de leur mère lorsque les premiers participants quittèrent la veillée, longtemps après que Guilhabert eut achevé son prêche. Les conversations avaient duré jusque fort tard. Du côté des visiteurs, on voulait faire durer l'instant, garder un peu de sa magie, approcher le Parfait pour lui ravir un mot ou une bénédiction.

Bertran parvint enfin à se frayer un chemin jusqu'à son maître, qui venait de prendre congé du seigneur de Fanjeaux.

— Dame Esclarmonde souhaiterait vous entretenir, fit son *socius.*

— J'ignorais sa présence, s'étonna le Parfait.

— Elle arrive à l'instant de Pamiers et vous attend près des vergers.

Guilhabert s'excusa auprès des personnes qui le sollicitaient et rejoignit une porte dérobée pour éviter l'attroupement devant l'entrée de la maison.

Malgré l'heure avancée, il faisait doux. Les vergers étaient déserts, éclairés par les torches qu'on avait disposées autour du logis.

Dame Esclarmonde patientait au milieu des arbres, serrée dans la longue robe noire qu'elle ne quittait plus depuis son ordination comme Parfaite quelque temps plus tôt.

— Maître Guilhabert, j'espère ne point vous importuner en vous réclamant si tard.

— Ma sœur, je suis bien heureux de votre visite au contraire, mais je vous croyais dans votre communauté de Pamiers.

— J'y étais encore ce matin lorsqu'un courrier m'est parvenu de Foix et dont je tenais au plus vite à vous instruire.

— Je devine à votre état que sa teneur n'a rien de plaisant. Voulez-vous vous asseoir ? Ou vous rafraîchir peut-être ? Vous paraissez bien pâle.

Tout en parlant, Guilhabert l'avait entraînée vers un banc en pierre où Esclarmonde vint prendre place. Elle refusa toutefois l'eau, prétextant qu'elle ne pourrait rien avaler avant d'avoir délivré son message.

— De qui venait donc ce message qui vous cause tel tracas ?

— De mon frère le comte de Foix. Une rencontre doit se tenir prochainement aux marches de la Provence.

— Une rencontre ?

— Raimon de Toulouse est à nouveau menacé d'excommunication. Il a aussitôt demandé audience au légat Pierre de Castelnau pour défendre sa cause, mais l'envoyé du pape ne se montre guère enclin à lui ouvrir les bras. Il a cependant accepté le principe d'une entrevue.

— Ce n'est point la première fois que le Saint-Siège provoque le comte.

— Cette fois, il ne se satisfera plus de simples promesses. Depuis des mois que Pierre de Castelnau traverse nos terres, il a pu mesurer combien les populations sont hostiles au clergé et favorables à notre ordre.

— Le légat comptait déjà parmi nos plus farouches ennemis, et était un opposant déclaré à Raimon VI, souligna Guilhabert. Je ne vois pas en quoi son avis pourrait conduire le pape à plus de sévérité.

— Mais jusqu'alors le pape manquait de preuves. Des plaintes certes, des témoignages, mais rien qui puisse forger une conviction. Or Pierre lui a conté par le détail les complaisances dont bénéficie notre ordre. De Béziers à Toulouse, il n'est plus une cour où les catholiques sont reçus en amis, alors que notre cause gagne toujours plus de partisans. Les engagements pris par les seigneurs occitans pour rétablir l'Église romaine dans ses droits ne sont suivis d'aucunes représailles contre les Parfaits. À l'inverse, ces seigneurs tolèrent de moins en moins l'ingérence du clergé dans leurs affaires. Craignant pour sa sécurité, Pierre de Castelnau a dû trouver refuge à Montpellier, et Rome prend ces nouvelles menaces très au sérieux. Arnaud Amaury, l'abbé de Cîteaux en personne, a été mandé pour apporter son aide. Et des bruits laissent entendre que le roi de France serait de nouveau sommé d'intervenir. Point pour combattre l'hérésie cette fois, mais pour s'emparer de nos domaines et rétablir la Foi.

— Une croisade ? s'étonna Guilhabert. Contre des seigneurs chrétiens ?

— J'en tremble d'effroi. Cela me semble si… impossible.

— Mais vous inquiète cependant.

— Point pour moi. Ils peuvent bien s'entre-tuer tant qu'ils veulent, je n'ai d'attachement que pour les âmes, mais…

— Vous craignez les malheurs qui pourraient s'abattre sur vos gens.

— Oui… Je l'avoue, oui.

Guilhabert vint s'asseoir près de la dame et s'exprima de sa voix la plus douce.

— N'ayez point honte, ma sœur. Votre compassion est votre force. Et je vous sais gré de me porter ces nouvelles, aussi inquiétantes soient-elles. Vous remercierez votre frère pour sa sollicitude.

Esclarmonde gardait les yeux baissés, comme si de tous les instants, c'était celui de cette proximité qu'elle avait le plus redouté. Alors Guilhabert retira la main qu'il avait posée sur son bras.

— À moins que votre frère ne soit point à l'origine de votre venue.

Lorsque la dame de Foix laissa paraître son beau visage, sa peau avait pris une autre teinte. D'un mouvement qui échappa à sa volonté, ses doigts vinrent effleurer les joues du Parfait, se perdirent dans les fils soyeux jusqu'au bord rond de sa bouche. Au contact, elle sentit ses propres lèvres frémirent. Et de ses paupières closes glissa une larme claire.

Saint-Gilles

1207

Sur le parvis de la grande église, Raimon VI de Toulouse menait sa monture à travers la foule en prenant garde de ne pas heurter un pèlerin.

La plupart avaient rejoint la ville à force de volonté, survivant à la vermine, aux maladies et au brigandage pour se recueillir sur la tombe du saint qui, cinq siècles plus tôt, avait décidé la fondation d'un monastère devenu cité florissante. Dans ces visages creusés par le jeûne et la fatigue, tannés par le vent et le soleil, transpirait une foi que Raimon ne parvenait à saisir, une sorte de piété morbide qui par moments le terrifiait. Qu'ils se décident à poursuivre leur pèlerinage par mer ou par terre ne ferait guère de différence. Un quart aurait péri avant un an. Un autre quart ne trouverait ni les moyens ni la force de revenir dans ses foyers. Et pour les derniers, on ne pouvait envisager de sorts plus heureux. Mais aux bras qui se tendaient, le comte continuait de distribuer de généreuses poignées de pièces.

Une forte odeur d'épices flottait à l'approche des berges. Le trafic incessant des ballots, caisses et tonneaux s'organisait depuis l'aube autour des appontements. Bien après la tombée du jour, des chariots viendraient échanger leur fret sous la surveillance des d'Égypte, le port de Saint-Gilles comptait parmi les principaux carrefours commerciaux du monde chrétien. Les marchandises arrivées par la mer rejoindraient les grandes foires du Nord à Lagny, Provins, Bar-sur-Aube et Troyes. D'autres transiteraient par la côte à destination des grandes cités méditerranéennes. Les pèlerins s'y pressaient là aussi en nombre dans l'espoir de trouver un navire en partance pour Rome, l'Espagne ou la Terre sainte, même si la perte de Jérusalem avait rendu le voyage périlleux.

Raimon se prit à vouloir les rejoindre, se délester de son escorte pour ne plus vivre de rien. Mais les cris des gardes qui libéraient le passage de la porte nord le ramenèrent brutalement à sa charge. Il salua les hommes du guet et, laissant le bras du fleuve à main droite, entraîna sa troupe derrière lui.

On marchait au pas, sans hâte. Raimon ne montrait aucun empressement à rejoindre sa destination, comme si son instinct lui hurlait déjà quelque avertissement. La visite de Pierre de Castelnau avait été organisée à son initiative, après que le légat eut fait part de ses nombreuses protestations au pape. Depuis des mois qu'il enquêtait sur l'hérésie, ses rapports dénonçaient sans relâche le comportement des seigneurs du Midi, les accusant tour à tour de se montrer trop lâches, voire de favoriser la dissidence, quand ils n'étaient pas suspectés de conversion.

De son côté, Raimon redoublait de gestes et d'attentions à l'égard du Saint-Siège, assurant le pape de sa loyauté, rappelant l'engagement de son père pour la défense de la Foi, et la sienne à ce qu'elle ne soit jamais menacée. Les Parfaits ne prêchaient rien d'autre que le retour aux fondements de l'Église, au respect de valeurs telles que le partage, la tolérance, l'amour inconditionnel de son prochain. Leur seul crime véritable n'était point de renier le Christ, dont ils défendaient chaque mot avec ferveur, mais de rejeter l'autorité de Rome, trop corrompue à leurs yeux. En ce sens, on ne pouvait les accabler d'outrage envers Dieu. Mais Raimon savait l'argument fragile. Un homme comme Pierre de Castelnau ne pouvait admettre la raison profonde, le mal évident qui vidait les églises de leurs fidèles au profit des frères noirs, sauf à renier l'institution qui lui assurait son rang, sa fortune, son existence. C'est en s'écartant de ses vœux, en s'abandonnant au luxe, aux vices et à l'opulence que l'Église précipitait sa perte. Il suffisait de voir ces vieux prélats bordés de tissus fins, ces moines gras, ces évêques imbus d'eux-mêmes, pour comprendre l'attachement que les peuples du Sud vouaient aux Parfaits. La seule véritable hérésie était de ne point le reconnaître.

—Arnaud Amaury, l'abbé de Cîteaux, est retenu sur d'autres affaires et ne pourra assister à la rencontre.

Le sénéchal Ricaud avait avancé son palefroi à hauteur du comte. Depuis le matin, il tentait de rassurer son seigneur sur les intentions du légat, mais échouait à capter son attention.

— La nouvelle ne semble point vous réjouir, insista Ricaud.

— Arnaud n'est pas le pire de mes détracteurs.

— Vous pensez à Pierre de Castelnau.

— Lui donnerait un bras pour me voir cloué à sa croix.

— Lui, oui. Mais il n'est point décisionnaire en cette affaire.

— Il a l'oreille du pape, et on ne peut prétendre que Rome me porte dans son cœur.

Ricaud ramena sa bride en même temps qu'il observait les eaux sombres et lascives du fleuve.

— Les princes ont toujours nourri des querelles, mais ils sont gens de pouvoir, et les gens de pouvoir transigent quand là est leur intérêt. Ce pape n'est point différent d'un autre monarque, aussi vindicatif soit-il.

— Il ne cesse pourtant de harceler le roi de France et le conjure d'engager ses troupes pour me contraindre à agir.

— Le roi de France ne fera rien. C'est là notre chance.

— En es-tu si sûr ?

— L'idée qu'un pape puisse s'ingérer dans les affaires du royaume lui est déjà intolérable, et Philippe lui tient toujours rigueur de ne pas avoir autorisé son second mariage. S'il ne lui fallait que cette excuse, elle serait suffisante. Plus que tout, le roi est votre suzerain. Il vous doit protection, au même titre qu'à ses autres vassaux.

— Il est aussi inféodé à Rome. Qui peut savoir où ira sa loyauté quand le choix s'imposera ?

— Le pape ne veut pas la guerre, insista Ricaud, j'en suis persuadé. Pour la seule raison qu'il n'en a pas les moyens. L'échec de la dernière expédition en Orient l'oblige déjà à plus de retenue[1]. Ce qui importe à ses yeux désormais, c'est de reprendre la main sur les cardinaux et affirmer son autorité sur le trône. Donnez-lui ce qu'il veut.

1. Ordonnée par Innocent III, la quatrième croisade avait tourné court après que les armateurs vénitiens eurent obligé les croisés à s'emparer du port chrétien de Zadar en règlement de leurs services. Elle s'était achevée de manière tragique sur les rives du Bosphore avec le pillage de Constantinople.

— Quoi ?

— Votre allégeance.

— Je l'en ai déjà assuré.

— La promesse de limiter l'influence des Parfaits.

— Je l'ai clamée à maintes reprises.

— Sans agir par la suite.

— Et quoi ! protesta Raimon. Nous rabaisser encore ? Nous humilier devant ces chiens qui s'engraissent à la sueur de mes gens ? J'ai été excommunié. On a jeté l'interdit sur mes terres, privant mon peuple du secours des sacrements. On a prononcé l'anathème, tentant de rallier les seigneurs de Provence, mes propres vassaux, contre moi. On m'a accusé d'hérésie par le seul fait que je laissais vivre des Parfaits sur mes terres. Et tout cela pour quoi ? Je n'ai jamais été pris en faute à l'égard de Dieu, même si Foulques, l'évêque de Toulouse, tente par tous les moyens de m'attirer les foudres de Rome. Mais il échouera. Mes frères savent de quel cuir je suis fait. Ceux du pape, je les lui laisse. Qu'il soit dit que le comte de Toulouse ne sera jamais l'allié de ces pilleurs de foi. Chaque homme est libre de trouver son chemin. Et je préfère cent fois les sermons de mes frères cathares à ceux de ces veaux gavés de pitance et de vin.

— Laissez éclater votre colère, monseigneur, l'encouragea Ricaud. Ici et maintenant. Hurlez à vous rompre la gorge tant que nous sommes au milieu des marais, car tout à l'heure ces mots pourraient jeter la guerre sur vos domaines.

Le comte se tut, laissant à ses humeurs le temps de s'apaiser.

— Je suis las, Ricaud. Las d'avoir à me justifier, me cacher, rendre compte à ces imposteurs. Pierre de Castelnau veut connaître ma position sur l'hérésie, il l'entendra.

— Et vers quels désastres cela nous mènerait-il ? Vous connaissez Rome, monseigneur. Ce pape est jeune. On le dit habité par son devoir.

— Le précédent l'était tout autant.

— Le précédent avait deux fois son âge. Celui-ci a fait de son combat contre l'hérésie sa priorité. Nous n'en sommes plus à savoir si…

— Il suffit ! trancha Raimon. Les cathares sont mes frères. Ils sont nos gens, nos proches. Ce pape l'entendra ou devra me prendre mes domaines de force pour y mettre bon ordre.

Ricaud laissa son seigneur s'enfermer dans cette colère dont il était coutumier.

— Ne crains rien, mon ami, concéda finalement le comte, revenu à la raison. Je dirai au légat les mots qu'il veut ouïr. Cela dit, il devra s'en contenter et savoir à quel degré ses désirs outrepassent ses droits.

Ricaud reçut l'engagement du comte sans être plus rassuré.

On approcha bientôt du château de Mira Petra, forteresse de pierres ocre aux murs larges surmontés d'un donjon carré. Le comte l'avait fait bâtir sur les terres de l'abbaye de Saint-Gilles, pour des raisons plus politiques que défensives, comme une manière d'affirmer son pouvoir sur celui du clergé. Aux yeux du sénéchal, ce lieu de discorde ne semblait pas le choix le plus habile pour accueillir une délégation papale. Raimon avait été d'un autre avis.

L'enceinte franchie, la colonne fut accueillie par Hugues d'Alfaro, le capitaine des armées du comte. C'était un homme taiseux, au corps sec tout entier marqué par la guerre. Il mena son maître dans ses appartements, une chambre simple au mobilier rustre.

Le comte demanda aussitôt du vin et réchauffa ses mains près du feu. Un valet le débarrassa de ses mailles, épée et gambison pour lui passer une chemise de lin et un manteau de laine. Ricaud se mit également à son aise et, une fois le vin servi, écouta le rapport de l'officier.

— J'ai fait réunir les consuls dans la grande salle, fit d'Alfaro de sa voix pleine, une qualité qui le faisait connaître entre mille au cœur d'une bataille. Ils ont été rejoints par les notables dont messire l'abbé de Saint-Gilles.

— Qu'en est-il du légat ? l'interrogea Raimon.

— Installé dans une aile voisine avec sa suite. L'évêque de Couserans l'assistera dans les débats. Ils vous retrouveront dans la salle commune dès que vous y serez disposé.

Raimon se servit une nouvelle coupe et se laissa tomber sur un siège. Il entendit vaguement les paroles échangées entre son sénéchal et d'Alfaro. Il était question de troubles survenus sur le port quelques jours plus tôt et dont Raimon avait eu vaguement écho. Il laissa aux deux hommes le soin de régler la question, trop occupé par l'entrevue qui s'annonçait.

Lorsque l'heure vint, il se rendit au lieu choisi, suivi par quelques membres de sa cour, dont Ricaud et d'Alfaro. On lui proposa de prendre place sur la cathèdre où il tenait habituellement audience. Raimon refusa, préférant accueillir ses visiteurs d'égal à égal.

La délégation se présenta par une poterne basse, sans cérémonie. Le comte reconnut immédiatement la démarche méprisante, ce regard plissé qui se voulait inaccessible. Sous ses habits de fourrure et de soie, Pierre de Castelnau transpirait la haine. Une haine sans égale qui, Ricaud n'en doutait plus, pouvait causer leur perte à tous.

Navarre, l'évêque de Couserans, apparut à sa suite, puis l'abbé de Saint-Gilles, accompagné de son prieur, avant d'autres clercs dont le sénéchal se désintéressa.

Le comte attendait au centre de la pièce pour accueillir Pierre, non par égard pour lui, mais parce que le dignitaire ne semblait pas désireux de se tenir ailleurs.

Entre les deux hommes, l'abord fut glacial.

— Monseigneur, entama le comte. Je vous sais gré d'être venu à ma rencontre.

— Notre présence était plus que sollicitée, répliqua sèchement le légat.

— Il me semblait utile de dissiper le malentendu qui entache nos relations depuis trop longtemps, répondit Raimon d'un ton égal. L'Église me fait reproche de ne pas tenir mon rang, et je veux ici faire preuve de mon dévouement et de ma loyauté.

— Question qu'il nous appartiendra de juger. Et mes nombreux voyages sur vos terres n'ont pas eu l'heur d'apaiser mes doutes.

— Eûtes-vous couru quelques périls ?

— Ma personne importe peu. Nous ne serions point à débattre si un envoyé de Rome devait craindre pour sa vie en traversant vos domaines.

— C'est pourtant la preuve qu'il y est loyalement reçu.

— Comme d'autres également. Et nous touchons là au cœur de nos préoccupations. Sa Sainteté Innocent III ne cache plus son inquiétude s'agissant des difficultés que rencontre l'Église sur vos possessions. L'hérésie se propage et nous ne pouvons tolérer ce désordre.

Raimon se redressa, pris d'une tension soudaine dans les épaules, signe que Ricaud accueillit avec inquiétude.

— Aucun désordre ne règne sur mes terres, frère Pierre, et aucun de mes sujets ne se rendrait coupable de trahir Dieu, ou il lui en coûterait.

— Je ne parlais pas de vos sujets, comte, mais de ceux qui les manipulent. Les protéger serait une erreur. Vos amitiés m'inquiètent.

— Mes amitiés intéressent donc le Saint-Siège ?

— Si elles mettent en péril son autorité, oui. Vous êtes un seigneur catholique, Raimon de Toulouse. Votre pouvoir vous vient de Dieu et par là même de Sa Sainteté le pape. Vous lui devez allégeance.

— Je lui dois ma loyauté et mon bras.

— Votre bras, oui, c'est justement ce qu'il demande.

En cet instant, le comte regretta de ne pas avoir prêté plus attention aux mises en garde de son sénéchal, car il voyait désormais clair dans la volonté de son ennemi, mais il n'eut guère le temps de s'appesantir.

— Les cathares doivent être arrêtés et convertis, ordonna le légat. Ceux qui refusent seront poursuivis et chassés de vos fiefs.

— Sous quel motif ?

— Hérésie. S'ils disparaissent, Sa Sainteté leur épargnera le bûcher.

— Sa Sainteté se piquerait-elle de vouloir rendre justice sur mes terres ?

— La justice de Dieu s'impose à tous, seigneurs ou serfs. Soyez déjà heureux qu'on ne demande point compte de vos faiblesses. Vous aviez fait promesse de chasser ces faux dévots et il n'est pas un foyer où on ne les voit se répandre.

— J'ai fait promesse de servir l'Église, rétorqua sèchement le comte, celle des premiers chrétiens, dont vous ne pouvez ignorer les préceptes quoi qu'en dise votre allure.

Autour des deux hommes, c'est à peine si l'on osait seulement bouger.

— Gardez ces infamies pour votre confesseur, fit Pierre, tremblant de rage. Ou il pourrait vous en coûter.

— Moins qu'il vous coûterait de porter la main sur un Parfait, lança Raimon, ivre de fureur.

Un murmure cette fois, au-delà de la stupeur, au-delà de l'effroi.

— Des menaces ? s'étrangla l'évêque de Couserans. Vous osez menacer un envoyé du pape ?

Une expression incrédule passait sur les visages. D'un camp à l'autre, on laissa bientôt éclater sa colère, au milieu des invectives et des protestations.

Profitant du désordre, un moine se porta à la hauteur de Pierre. De petite taille, le visage à demi couvert par son capuce, il glissa quelques mots à l'oreille attentive du légat avant de reprendre sa place. De la part d'un homme connu pour tenir ses conseillers en faible estime, l'incident alerta Ricaud. De fait, l'attitude de Pierre changea brusquement. En un battement de cœur, ses traits retrouvèrent leur froideur et leur sécheresse.

— Il sera donc dit, déclara le légat après qu'on eut ramené le calme. Je ne resterai pas une minute de plus en ce lieu vide de toute raison. Que les personnes céans se portent garantes de la volonté du Saint-Siège de conclure au règlement de cette affaire. Qu'elles soient également témoins de la réponse faite par les seigneurs de Toulouse et des menaces proférées à mon encontre.

— Qu'elles soient témoins, oui ! s'emporta le comte. Qu'elles rapportent partout la façon dont l'Église traite ses protecteurs et foule leurs droits. Maintenant partez. Quittez mes domaines à l'instant. Et n'entendez plus y revenir ou, par quelque endroit de la terre ou de l'eau, je vous y ferai suivre.

Les prélats avaient déjà tourné le dos. En arrière, Ricaud cherchait la silhouette du moine sans parvenir à le distinguer dans la foule. Il ne resta bientôt dans la salle qu'un petit cercle de seigneurs et d'affidés dont aucun n'osa se manifester.

Ce fut le sénéchal qui, finalement, prit l'initiative.

— Monseigneur...

Le comte sembla s'extraire de sa torpeur. L'espace d'un instant, il avait quitté son enveloppe de chair. Toutes les frustrations, les rancœurs avaient maintenant disparu, évaporées, transformées en un sentiment redoutable et terrifiant. Il observa le visage de son conseiller, comme s'il pouvait y lire ses propres angoisses.

— Au moins n'aurons-nous plus à nous cacher.

Ricaud s'obligea à sourire, fixant avec anxiété la poterne par laquelle le dignitaire avait pris congé.

Le comte ordonna aussitôt qu'on selle son cheval et convia ses gens à une chasse dans la forêt de Speiran. L'heure ne s'y prêtait guère, mais Raimon ne pouvait supporter un instant de plus la servitude des murs.

Il n'assista pas au départ du légat et la chasse fut mauvaise. Les hommes qui suivirent le comte ce jour-là éprouvèrent à la fois sa foudre et son désarroi. Et lors du souper qui fut servi le soir, les paroles échangées furent rares.

Raimon quitta la table tôt, chargeant Hugues d'Alfaro de se rendre à Saint-Gilles pour assurer ses proches de ses pensées les plus aimantes. Il s'enferma ensuite dans ses appartements et demanda à rester seul.

Pierre de Castelnau retira ses mains de la vasque et s'essuya dans le carré de chanvre que tendait frère Malaki, puis il passa une cape de laine et vint s'asseoir près du feu.

À son départ de Mira Petra, l'équipage avait pris la direction de Trinquetaille dans l'espoir de prendre le dernier bac pour Arles, malgré l'invitation de l'abbé de Saint-Gilles à séjourner dans sa ville. Arrivés au port après la nuit, ils avaient été contraints de faire halte dans une auberge et soudoyer les tenanciers au prix fort pour qu'ils acceptent de libérer une chambre. Une heure encore avait été nécessaire pour prendre quartier dans cette minuscule pièce où draps et murs suintaient le crottin et la graisse rance.

— Dois-je faire porter votre repas ? demanda le scribe.

Le légat repoussa l'idée d'un revers de main. Il portait sur le visage un air maussade et n'avait goût ni pour la nourriture ni pour la conversation.

— Où en étais-je ? demanda-t-il, revenant au courrier qu'il voulait adresser au pape.

Le scribe relut les derniers mots pris en note et attendit que Pierre retrouve le fil de sa dictée.

— En conséquence, il n'est plus de doute admis sur l'emprise de l'hérésie sur les territoires du Sud, et tout retard dans le traitement de cette peste entraînerait des conséquences graves pour l'autorité de l'Église comme pour la sauvegarde de la paix.

Pierre s'interrompit pour demander une couverture à un valet.

— Remplacez « graves » par « irréparables », dit-il à l'intention du scribe pendant qu'on l'enroulait dans le drap de laine.

Le scribe plongea sa plume dans l'encrier et corrigea la phrase.

— Vous y êtes ? demanda Pierre.

— Oui, monseigneur.

— Bien. La dissidence ainsi révélée tient sa vitalité des nombreux soutiens dont elle dispose y compris parmi les seigneurs dépendant directement de votre autorité.

Le scribe suivait avec peine le rythme des phrases et multipliait les va-et-vient vers l'encrier.

—Outre les domaines de Carcassonne, Albi, Béziers et Razès, suspectés de fournir assistance aux ennemis du Christ, les terres de Foix, du Comminges et du Béarn sont également rongées par l'infection et font craindre une contagion jusqu'au royaume d'Aragon, touchant aux sujets les plus fragiles comme aux esprits les plus éminents. Le comte de Toulouse s'est ainsi commis en menaces à l'égard de votre serviteur, au vu et au su de témoins que nous nous engageons à faire citer.

Il s'arrêta, pris de ces tremblements dont il devait être seul à connaître la cause tant il régnait dans la chambre une chaleur insupportable.

—Dois-je commander de faire monter plus de bois ? demanda le scribe malgré la sueur qui perlait sur son front.

—Une forêt ne viendrait pas à bout de ce froid... Et cesse de m'interrompre que je puisse achever ce courrier.

Le scribe se ramassa sur sa tablette tandis que Pierre s'enfonçait dans ses capes et fermait les yeux pour mieux se concentrer.

—Au regard de ces faits, j'implore Votre Sainteté d'agir sans délai, car c'est sous les habits les plus vils que le Mal prend ici forme. Laisser courir la sédition exposerait dangereusement les âmes à la perdition. Alors ce ne serait plus seulement le jugement des hommes qu'il faudrait craindre, mais bien celui de Dieu.

Le scribe relut les dernières phrases à la demande du légat et ajouta les formules d'usage que Pierre compléta d'une attention personnelle. Il posa ensuite son sceau sur le cachet de cire, que le scribe dut fondre une seconde fois tant les doigts du légat tremblaient au moment d'apposer son anneau.

—Assurez-vous que ce pli partira à la première heure.

—Oui, monseigneur.

Le scribe essuya sa plume, qu'il glissa dans sa tablette avec les accessoires nécessaires à son office, et s'empressa de quitter la chambre. Pierre congédia aussi les deux valets après avoir réclamé du vin chaud avant le coucher.

—Je songe que je ne vous ai point encore exprimé mes compliments, fit Malaki lorsqu'ils furent seuls.

—Et tu aurais tort de t'y contraindre, répondit Pierre en tendant les mains vers l'âtre pour mieux sentir le feu. Approche et viens m'aider.

Le prélat quitta son siège en s'appuyant sur le bras du moine et marcha jusqu'à la petite fenêtre ronde qui donnait sur la cour de l'auberge. Elle était fermée d'un carreau de verre épais à travers lequel on distinguait l'éclat brouillé des torches et les silhouettes des palefrins qui s'activaient auprès des voyageurs.

— Tout s'est passé comme tu l'avais prévu, je dois le reconnaître. Comment imaginer que le comte tomberait si facilement dans ses excès ?

— Il n'en est point à ses premiers emportements.

— Et celui-ci pourrait lui coûter cher. Mais il faudra plus que ces bravades pour espérer un sursaut de la Foi.

— Le pape vous écoutera, le rassura Malaki.

— Ce n'est pas lui qu'il faudra convaincre. Je le sais réticent à agir mais prompt à trancher une fois sa conviction faite. Le problème est ailleurs, dans ces pouvoirs qui ont trop longtemps détourné les yeux et permis à nos ennemis de s'installer.

— Vous pensez au roi de France ?

— Lui, d'autres, qui s'accommodent d'un clergé affaibli pour pouvoir gouverner à leur guise. Trop orgueilleux. Trop arrogants. J'enrage ! En être réduit à quémander leurs secours quand la défense de l'Église devrait être leur priorité. N'ont-ils aucune espèce de dignité ?

Trois coups frappés à la porte vinrent l'interrompre.

— Oui !

Un page entra. Avec lui, le tumulte de la salle commune.

— Fermez donc ! s'emporta Pierre. C'est à ne plus s'y entendre.

L'autre repoussa l'huis et déposa le vin chaud que Pierre avait commandé.

— Le nécessaire a été fait auprès des autorités du port, monseigneur. Une barge sera affrétée à la première heure pour votre traversée.

— Sont-ils informés du nombre de mes gens ? Je ne tiens pas à ce que nous soyons retenus à Arles en attendant le reste des passagers.

Le page confirma, précisant que l'embarcation leur serait entièrement réservée.

— Bien. Qu'on me laisse.

Malaki attendit que le page sorte pour servir une coupe de vin qu'il apporta à Pierre. Le visage du légat avait changé de couleur. Plus pâle. Il transpirait maintenant, et ses yeux brillants scrutaient avec crainte l'intérieur de la cour.

— Cette terre est maudite. Le Mal empoisonne l'air. Je le sens, Malaki. Je le sens…

Il laissa ses mots se perdre, incapable de concevoir une pensée ou trop terrifié par celles qui le traversaient.

— … un vide.

Malaki porta le vin aux lèvres de Pierre. Le légat gardait la mâchoire fermée pour empêcher ses dents de claquer, mais il put boire de petites gorgées avant d'écarter la coupe. De minuscules flammes passaient sur le carreau poussiéreux, en même temps que des ombres dont les mouvements le troublaient. Ou était-ce cette fièvre qui venait le provoquer ?

— N'ayez crainte, monseigneur, murmura Malaki depuis les ténèbres qui masquaient un recoin de la chambre. L'aube saura vous répondre.

— Messire !

Raimon eut l'impression qu'on le tirait de sa tombe, qu'on l'arrachait à son corps. Dans l'obscurité, une ombre le dominait. Il reconnut le visage de son sénéchal penché sur lui.

— Messire, il faut vous lever.

À travers les archères, une lumière pâle annonçait le jour. Lui-même n'avait trouvé le sommeil que fort tard et peinait à s'extraire de sa torpeur.

— Par Dieu ! s'écria le comte, mécontent d'être éveillé si tôt. Vas-tu m'annoncer la fin du monde ?

— Un événement, monseigneur. Grave. Pierre de Castelnau…

— Eh bien !

— Assassiné.

Le comte se figea. Le sang reflua brutalement de son crâne.

— Que dis-tu ?

— Ce matin, au gué de Trinquetaille. Empalé d'un coup de lance.

Ce sang toujours, qui s'échappait maintenant de tout son être.

Un autre homme fit irruption. Ricaud lui ordonna de préparer un cheval et une escorte. La suite ne fut qu'une succession d'événements auxquels le comte ne prit part que de loin. On le leva, on l'habilla, on le mena aux écuries. Le chemin jusqu'à Saint-Gilles fut une perspective sans fin de paysages troubles que les brumes du fleuve rendaient plus irréelles.

Au seuil de l'abbaye, on conduisit le comte dans une pièce sombre éclairée de hauts cierges. Le légat reposait sur un drap blanc, les mains croisées sur le torse. Une tache sombre marquait son linceul, et ses traits disaient encore l'effroi, la terreur et l'incompréhension qui l'avaient saisi au moment où le meurtrier frappait.

Des moines en prière, Raimon n'eut pas le secours d'un regard. Mais il éprouva sans peine leur sentiment. Une colère identique se lisait dans les yeux des frères qu'il avait croisés en venant ici.

Sur sa demande, l'abbé de Saint-Gilles accepta de le recevoir, mais l'entrevue fut courte et sans politesse. Avait-il entendu sa consternation, sa promesse de faire la lumière sur ce drame ? Les mots restaient impuissants à obtenir la moindre grâce. Sa présence était ressentie par tous comme une insulte, aussi se décida-t-il à prendre congé.

Sur le parvis de l'abbaye, il eut besoin de marcher. Comme chaque jour, la foule était immense, mais le temps semblait s'être arrêté. Après la nouvelle du drame, les rumeurs les plus folles commençaient à courir, et l'on pouvait redouter la réaction des pèlerins. Saisissant le danger pour son maître, Ricaud le ramena sous la protection de son escorte.

— Comment est-ce arrivé ? demanda le comte, recouvrant peu à peu ses esprits.

— Comme je l'ai dit, messire. Une embuscade, menée par un cavalier.

— L'avons-nous retrouvé ?

— Non, messire. Il a pris la fuite dès son forfait commis.

Raimon continuait d'ordonner ses pensées, conscient de l'importance du temps et des décisions qu'il avait à prendre.

— Mande d'Alfaro sur place. Qu'il interroge tous ceux qui ont croisé la route du légat. Qu'il se rende aussi à l'endroit où Pierre a passé la nuit.

— Ce sera fait, messire.

Raimon s'écarta, pris d'un besoin furieux d'air et de lumière. Puis il revint vers son sénéchal, le visage dévasté par l'angoisse.

— J'ai prié, Ricaud, toute la nuit, pour que rien ne me fasse détourner de ma route, que je reste fort, droit et juste. Pour mon peuple.

Pour ma maison. Et voilà qu'un légat est assassiné sur mes terres, alors qu'il se trouvait sous ma protection. L'attitude de ces moines n'est qu'un avant-goût de ce que Rome me réserve. On ne me tiendra pas seulement pour responsable. On me désignera comme commanditaire.

— Rien ne peut le prouver.

— Nous n'en sommes plus là, Ricaud. Je t'assure que nous n'en sommes plus là.

Il se tourna vers son cheval qu'il enfourcha.

— Prie d'Alfaro de se hâter et retrouvez-moi au palais.

Une brume épaisse tenait toujours la campagne.

De la ville d'Arles, située sur l'autre rive, on ne percevait que les cris des mariniers et le passage des chariots sur les quais.

Hugues d'Alfaro s'arrêta un peu en amont de la berge, à l'endroit où venaient mouiller les barges. Il descendit de cheval et ordonna à ses hommes de l'attendre. Malgré le froid, l'air imprégnait les vêtements jusqu'au cœur et laissait une sensation désagréable de moiteur.

Le capitaine commença par dégrafer son manteau pour libérer ses mouvements puis se mit à examiner le sol. Il repéra bientôt une tache sombre sur laquelle de la terre avait été jetée. Tout autour, le sol avait été foulé. D'Alfaro imagina sans mal l'agitation qui avait suivi l'attaque. Pour une telle blessure, le légat n'était pas mort sur le coup. On avait tenté de lui porter secours, de le veiller pendant son agonie. Quant aux empreintes laissées par l'assassin, profondes et distantes, elles montraient un cheval lancé au galop qui avait fondu sur la victime et filé dès le forfait commis.

Une cible immobile sur un lieu dégagé où le brouillard garantissait la surprise et la fuite, une situation idéale pour un guet-apens. Des conditions qui ne devaient rien au hasard. Le projet d'assassinat devait remonter à plusieurs jours, temps nécessaire au bourreau pour repérer l'endroit et choisir le moment propice.

Descendu au ponton, d'Alfaro questionna le passeur qui avait assisté à la scène, un gros homme dépourvu de dents et aux cheveux maigres, qui parlait vite, avec un fort accent romain.

— Surgi comme un beau diable, monseigneur. Et sûr de son coup qu'il était. Le pauvre homme s'est trouvé broché comme du gibier.

D'Alfaro sonda le regard du passeur où la stupeur était intacte.

— Ce cavalier, pourrais-tu me le décrire ?

— Une ombre, monseigneur. Vêtu de noir de pied en cap.

— Son visage ?

— Couvert d'un foulard.

— Son cheval ?

— Comme le vôtre, je dirais.

— Point d'insigne ou de blason ?

— Rien que j'ai pu distinguer, monseigneur.

D'Alfaro posait les questions de manière mécanique, sans trahir d'attente ou d'impatience. Les réponses confirmaient en tout point son sentiment.

— A-t-il crié ou prononcé un mot ?

— Je n'ai ouï que les hurlements du prêtre et ceux de ses suivants.

— Personne n'a tenté de prendre le fuyard en chasse ?

— Pensez-vous. Ce beau monde arrivait de l'auberge tout ensommeillé. Les chevaux n'étaient même pas sellés.

La délégation voyageait avec une escorte légère, peu ou prou celle qui s'était présentée la veille au château. Une imprudence relative sur des terres où le comte tenait les routiers sous sa coupe. Et l'acte ne ressemblait en rien à celui d'un brigand.

— Ils ont fait halte à l'auberge, tu dis ?

— Pour la nuit, oui. Un peu plus haut, sur la route de Fourques.

D'Alfaro jeta une pièce d'argent au passeur et rejoignit les sergents qui patientaient.

Le coup avait été préparé. Par un homme d'armes aguerri. Venu par le sud, parti vers le nord. D'Alfaro penchait pour un mercenaire, recruté hors du comté. Seul, avec plusieurs heures d'avance et une bonne monture, le bougre pouvait être à l'abri des meilleurs pisteurs.

D'Alfaro se rendit à l'auberge indiquée par le passeur. C'était un ensemble de bâtiments en pierre situé au bord de la route qui traversait le bourg. Dans la cour, le capitaine mit pied à terre. Un palefrin le conduisit à l'intérieur où l'on finissait de débarrasser les tables et de balayer le sol. Des voyageurs s'apprêtaient à prendre la route. On comptait essentiellement des marchands et des pèlerins.

L'entrée du capitaine attira les regards, dont celui d'un homme grand au corps sec qui vint à sa rencontre. Il ne sembla pas surpris lorsque d'Alfaro expliqua les raisons de sa présence. L'assassinat du légat avait déjà fait grand bruit, et l'on s'attendait à une visite des hommes du comte.

De fait, l'aubergiste ne fit aucune difficulté à rapporter ce qu'il savait. Pierre de Castelnau était arrivé la veille, fort tard. On avait pu le loger dans une chambre avec une partie de sa suite. Le reste de l'équipage s'était installé dans les granges. Tous s'étaient levés avant l'aube pour prendre le premier bac.

Lorsque d'Alfaro l'interrogea sur les conversations qu'il avait pu surprendre, l'aubergiste assura que le légat s'était montré peu disert et que les membres de son escorte n'avaient évoqué aucun sujet particulier.

—Avez-vous remarqué un signe qui aurait pu vous alerter ? poursuivit d'Alfaro. Un voyageur inhabituel ? Des questions trop insistantes ?

—Il passe tant de monde. C'est déjà miracle de retenir un nom.

D'Alfaro n'insista pas. Il doutait que l'homme recherché ait pris le risque de se montrer dans une auberge la veille de son forfait. Une preuve encore, s'il en fallait, que rien n'avait été laissé au hasard.

La certitude ne le quitta pas tout le temps du retour jusqu'au palais de Saint-Gilles. Le meurtre de Pierre de Castelnau avait été prémédité, par un parti qui avait intérêt à ce que le comte soit accusé. Leur rencontre constituait le meilleur prétexte, et les menaces proférées une aubaine, ce qui avait dû persuader les commanditaires à agir.

Un traître donc. Parmi les hommes du comte ? Peu probable. Ils avaient trop à perdre si celui-ci se trouvait suspecté. Parmi les proches du légat alors, dont le camp avait tout à gagner en fragilisant la position des Occitans à l'égard de l'Église.

D'Alfaro songea soudain à ce moine que Ricaud et lui avaient remarqué parmi les conseils de Pierre. Ils n'avaient pas eu le temps d'évoquer ensemble le sujet, mais Hugues avait constaté combien sa présence les avait tous deux alertés, sans qu'il soit possible d'en déterminer la cause.

Il n'aurait malheureusement pas la possibilité d'interroger ce moine, encore moins d'émettre un soupçon. En l'absence d'assassin, on prétendrait que l'acte avait été commis par un courtisan trop enclin à plaire. On désignerait tel ou tel seigneur gangrené par l'hérésie. Par n'importe quel biais, Raimon devrait répondre de cette mort. La preuve encore que l'assassinat du légat servait bien la cause catholique.

Lorsqu'il fit son rapport au comte, d'Alfaro ne lui épargna aucun détail mais conserva pour lui ses réflexions. De son côté, le comte s'était déjà rangé à l'évidence.

—Alors nous en sommes là…

Raimon avait souhaité l'entendre seul, ne conservant près de lui que son sénéchal. Puis il avait écouté, sans interrompre, saisissant mieux que personne les incidences de ce drame.

—J'ai envoyé mes hommes sur la piste du fuyard, précisa d'Alfaro. L'assassin aura pu commettre une imprudence. Si par chance nous mettons la main sur lui…

—Sans doute, oui, fit le comte sans y croire. Sans doute.

Il marchait de long en large dans la chambre, incapable de tenir en place.

—Ainsi donc ils auront tout tenté.

—Messire, nous pouvons encore espérer que…

—Espérer? l'interrompit Raimon. Quel espoir, Ricaud? Arnaud Amaury, l'abbé de Cîteaux, sera informé de la situation dans la journée. Demain au plus tard, il viendra se recueillir sur la dépouille de Pierre. Pas par amitié, mais parce qu'on ne comprendrait pas qu'il agisse autrement. On lui rapportera la manière dont j'ai menacé Pierre de Castelnau et il filera à Rome sans chercher à m'entendre. Face à l'évidence, le pape n'aura d'autre choix que demander justice au roi de France. Il enverra alors un émissaire à Paris, peut-être Arnaud lui-même qui, pour rien au monde, ne manquerait l'instant de son triomphe. Alors Philippe tranchera. Combien de chances nous donnes-tu, sénéchal?

—Messire…

—Ne réponds pas, mon ami. Ne réponds rien. Fais venir mon secrétaire. Il ne sera pas dit que j'aurai rendu les armes sans combattre. D'Alfaro?

—Messire?

—Retrouve-moi ce chien d'assassin.

Rome

1208

La haine.

Elle montait par vague, cherchait à prendre possession de son être, menaçant à tout moment de le submerger. Alors Arnaud Amaury, abbé du puissant ordre de Cîteaux, marchait. Dans cette antichambre où on le faisait patienter, il comptait les pas qui le séparaient d'un mur à l'autre.

Reprendre la maîtrise de ce corps, ne pas se disperser.

Attendre d'abord.

Attendre.

On n'espérait plus de visite au Latran à cette heure de la nuit. L'air était froid, les travées silencieuses. Les chandelles allumées dans l'urgence donnaient aux pierres un éclat terne. Du vin avait été déposé sur une table près d'un plateau de fruits. Leur parfum n'avait éveillé ni sa soif ni son appétit. Il avait encore le goût du sommeil dans la bouche, les gestes lents et engourdis, mais ses pensées restaient claires, tournées vers un seul but.

Des jours qu'il espérait cette entrevue. Depuis l'annonce de la mort de Pierre de Castelnau, rares étaient les dignitaires à avoir approché le chef de l'Église romaine, même en privé. On le disait affecté, au-delà de la douleur. Innocent III se tenait pour responsable de ce crime. Il se reprochait d'avoir trop attendu, de n'avoir pas tenu compte des avertissements. Et pourtant, affirmaient d'autres, il continuait d'hésiter.

Le mot, à peine prononcé, avait plongé Arnaud dans une fureur irrépressible. Une nouvelle fois, par la voix de son guide, Rome faisait la démonstration de son inertie, de son ignorance, de son isolement. On tenait le pape hors des réalités. Après tout, qu'attendre de cette curie où pas un cardinal n'avait eu à affronter les ravages de l'hérésie, subir dans sa chair les outrages, les affronts, les humiliations. Il fallait être romain, sans doute, pour ignorer ces injures dont on couvrait les prêtres et attendre que l'un d'eux meure pour que les consciences s'éveillent.

Voilà des années pourtant qu'il suppliait Rome d'agir, insistant sur les dangers que leur faisait courir la dissidence albigeoise, la place dominante qu'elle prenait auprès de la noblesse du Sud. Pierre de Castelnau l'avait lui-même martelé avant sa nomination à la charge de légat. L'hérésie était partout, dans les foyers, aux tables des seigneurs, moquant l'Église et détournant ses fidèles. La mort d'un dignitaire avait été le prix de leur faiblesse, de leur vacuité. Rome ne pouvait plus reculer désormais. Elle devrait ouvrir les yeux. Se battre ou périr. Alors non, il n'était plus temps d'hésiter.

Un page se présenta bientôt, accompagné d'un sergent de la garde. On mena Arnaud dans les appartements du Saint-Père avant de l'introduire dans une salle de belle taille. Des chandelles hautes répandaient une lumière diffuse. Une cathèdre occupait le mur du fond, sur un plan surélevé. Le reste de la pièce paraissait inoccupé.

Son escorte disparut, le laissant seul et sans explication. Ne sachant quelle posture adopter, Arnaud décida d'attendre. Le silence occupait l'espace, pesamment. Le bourdonnement du Latran s'était éteint avec la nuit. Même le quartier ne bruissait plus de son tapage coutumier.

L'attention de l'abbé fut attirée par le dessin des fresques exposées sur les murs, des scènes de l'Ancien Testament lui semblait-il, même si la lumière trop faible ne permettait pas d'en distinguer les détails. En approchant un peu, il surprit un mouvement dans l'ombre. Puis un murmure. Dans le creux d'une absidiole, deux personnages s'entretenaient.

La surprise de l'abbé se mêla à l'incompréhension, puis à la gêne. Assistait-il à quelque rencontre secrète ? On l'avait peut-être conduit dans le mauvais lieu. Il songeait déjà à se retirer quand un moine de petite taille avança dans la lumière. Il avait un visage lisse, d'une blancheur de lin. Des traits familiers à coup sûr, bien qu'aucun nom ne lui vînt à l'esprit. Passant à sa hauteur, il lui adressa un sourire froid et se retira.

— Approchez, fit la voix restée dans la pénombre.

Après quelques pas, l'abbé reconnut les traits du Saint-Père assis sur un banc en pierre. Arnaud s'abaissa pour embrasser l'anneau, et l'autre, se levant, l'invita à marcher.

— Vous arrivez de France donc ?

— Je suis resté quelques jours à Saint-Gilles, le temps de me recueillir sur la dépouille de notre frère.

Innocent III laissa passer un silence durant lequel Arnaud sentit tout à la fois sa colère et son désespoir.

— Le comte de Toulouse se défend d'avoir commandité ce crime et met tout en œuvre pour retrouver l'assassin, me fait-on savoir. Il souhaite être reçu à Rome pour faire preuve de sa sincérité.

— Le recevoir ? s'étonna Arnaud. Alors que tout le condamne ?

Une expression douloureuse passa sur le visage d'Innocent. Le souverain ménageait sa fureur, mais il saurait montrer sa détermination. De cela, Arnaud en était convaincu. Il décida donc de ne rien brusquer.

— Le fidèle Malaki m'a conté dans le détail la façon dont ces traîtres ont agi.

Arnaud se tourna vers l'ouverture où le moine avait disparu. Malaki, c'était bien le nom qu'il cherchait. Recommandé par le pape, Pierre de Castelnau en avait fait son homme de confiance tout le temps qu'il avait passé en Occitanie.

Arnaud s'était d'abord montré méfiant vis-à-vis de ce frère qui, sans posséder de titre, pouvait approcher l'oreille du pape dans ses réflexions les plus intimes. Il voyait là trop de mystères, d'extravagances, bien que ce Malaki se soit toujours révélé fidèle et adroit dans ses opinions.

— Un coup de lance, gémit le pape. Ils n'ont même pas pris la peine d'utiliser du poison ou de masquer leur forfait sous le prétexte d'un larcin. Un coup de lance. Comme s'il s'était agi d'une vulgaire quintaine. Pierre… comment ai-je pu être aussi aveugle ?

— C'est notre foi qui nous aveugle, Votre Sainteté. Notre croyance dans la Lumière indéfectible de Notre Seigneur. Mais Dieu a aussi besoin de martyrs pour que Sa voix porte. Pierre est tombé pour la croix, pour que le visage du traître soit révélé aux yeux de tous. C'est maintenant que son sacrifice prend un sens.

— Maintenant, oui. Maintenant. Voilà un mot que je ne cesse d'entendre. Agir et maintenant.

Arnaud le trouvait vieilli, meurtri plutôt, tant les creux de son visage exprimaient sa souffrance, mais il refusait de s'abandonner à la pitié.

— Laisser ce crime impuni suffirait à le rendre légitime, insista Arnaud. Quel message serait alors adressé au monde ?

— Celui du pardon ?

Arnaud crut défaillir. Le pardon ? Pour un crime qui frappait la chrétienté entière ? Était-ce sa détermination que l'on tentait ici de mesurer ?

— N'est-ce pas le commandement que Dieu nous a laissé ? insista Innocent III.

— Certes oui, reconnut Arnaud. Mais l'Église n'a-t-elle point œuvré toutes ces années pour ramener l'ordre ici-bas ?

Ils étaient arrivés près de la cathèdre qui dominait la salle. Innocent III vint s'y asseoir et son silence invita Arnaud à poursuivre.

— Nous sommes aujourd'hui en passe d'obtenir une paix durable, paix qui n'a été rendue possible que par la volonté de Dieu et l'entremise d'une Église forte. Après nous, les rois. Derrière, les grands seigneurs. Ainsi le monde doit aller. Si la tête tombe, si l'Église échoue, le désordre se répandra de nouveau.

— Mais si c'était la volonté de Dieu justement ?

Arnaud sentait ses forces l'abandonner. Il s'était attendu au pire, préparé à toutes les épreuves, sauf à cette agonie de la Foi, au sein même du pouvoir censé l'incarner. Le chagrin avait-il atteint cet homme au point de faire chavirer sa raison ?

— Votre Sainteté…

Tandis qu'Innocent s'enfonçait dans son siège et fermait les yeux, Arnaud se tourna vers l'alcôve où le Saint-Père l'avait attendu. Une présence. La sensation furtive d'être épié, si évidente qu'il voulut approcher.

Sur son trône, le souverain était déjà revenu à lui. Son expression avait changé. Il semblait s'extraire d'un rêve, prenant conscience du lieu où il se tenait.

Son attention erra sur la pièce avant de se fixer sur Arnaud. Froide, résolue, telle que l'abbé de Cîteaux l'avait toujours connue. Puis sa voix s'éleva, sans la moindre brisure, comme s'il s'adressait à une assemblée invisible.

— Je vais me rendre en ma résidence de Viterbe pour quelque temps. Je vous confie la charge de me représenter auprès du roi de France afin de solliciter son aide. Les cathares doivent disparaître. Par tous les moyens. Nous avons suffisamment toléré leurs agissements et le fer doit être porté partout où la parole de Dieu est rejetée. On veut bannir Sa loi de notre monde. On veut offrir nos âmes aux tourments du Mal. Soit. Si la parole échoue, la force saura faire entendre raison à nos ennemis. Un chevaucheur partira avant ce soir pour informer Philippe de votre arrivée. Charge à vous de convaincre le souverain et de lever ses derniers doutes quant à la nécessité d'une croisade.

Tout à la surprise de ce retournement, Arnaud chercha dans le visage du Saint-Père une raison de douter. Un battement de cils, un frémissement de l'œil. Rien. Un seigneur sur son trône. Et une croisade donc. Le mot enfin, celui qu'il avait espéré, avec la perspective de faire rendre gorge à ces Albigeois. Et c'était à lui que Rome confiait la charge de mener l'entreprise.

Il oublia sur-le-champ les incertitudes et les atermoiements. Les errances de son maître s'effaçaient derrière ses paroles fortes. Le chef de l'Église avait repris sa place. Et lui, Arnaud Amaury, serait le bras de sa vengeance.

— Vos paroles me réjouissent, Très Saint-Père. Et j'entends accomplir en tous points vos commandements. Le roi entendra vos suppliques.

Innocent III posa sur l'abbé un regard d'une noirceur mate. Le frisson qu'Arnaud éprouva acheva de le fasciner.

— Je ne doute pas qu'il les entende, messire l'abbé. Mais attendez-vous au plus mauvais accueil.

— Philippe se montrerait-il réticent à offrir son aide ?

— S'il devait accéder à notre requête, il ne le ferait point de gaieté de cœur, croyez-le, confirma Innocent. L'homme est rusé, têtu, et ne se laissera dicter sa conduite par personne. Ce ne serait point la première fois qu'il ferait fi de notre volonté. Aussi prenez garde à la manière dont vous vous présenterez. N'ordonnez rien. Laissez venir puis séduisez, louvoyez. Avec mesure. De la fermeté mais sans brusquerie. Philippe ne doit pas se sentir obligé ou pris au piège. Et ne le laissez pas tourner la situation à son avantage.

— Oserait-il ?

— Il oserait, oui. C'est un souverain que vous devrez convaincre, un homme coiffé de la couronne de France depuis sa quinzième année. De mon côté, je ferai parvenir mes directives aux évêques. Ils sauront faire pression auprès des seigneurs qui ont voix à la cour. Réussissez, messire l'abbé, et l'on vous comptera parmi les grands.

Arnaud s'inclina et ne put s'empêcher de sonder l'ombre des alcôves en quittant le Saint-Père, persuadé qu'une présence s'y dissimulait.

En fait de présence, il ne trouva que le petit moine. Celui-ci attendait, une torche à la main, sur le chemin qui conduisait à sa chambre.

— Frère Malaki ? fit Arnaud, surpris.

L'autre s'inclina.

Le haut de son capuchon révélait un regard vide, inexpressif. Il proposa à Arnaud de l'accompagner. En l'absence de garde, l'abbé accepta.

— Comment l'avez-vous trouvé ? l'interrogea Malaki.

— Épuisé. Inquiet. Puis résolu, comme si deux hommes s'étaient adressés à moi dans le même temps.

— Il s'accable toujours de la disparition de Pierre.

— Ce qui ajoute à son drame. Vous avez, dit-on, assisté à ses derniers instants ?

— Une tragédie, messire, reconnut Malaki. Qui me hantera jusqu'à la fin de mes jours. Le pauvre homme a expiré dans mes bras. Ses dernières paroles ont été celles d'un saint, tel qu'il a toujours vécu.

— Oui... Bien sûr...

Le moine marchait d'un pas exagérément lent, comme s'il cherchait à ralentir le temps.

— Sa Sainteté vous a fait part de ses commandements ?

Méfiant, Arnaud garda le silence. Sa réaction arracha un sourire au visage roide du moine.

— Vous pouvez parler librement. Contraindre le roi de France à intervenir en Occitanie ne sera point chose aisée. Comme Sa Sainteté cherchait un homme sûr pour la représenter, votre nom m'est apparu comme une évidence. Avant votre rencontre, je l'assurais qu'il n'y avait pas de meilleurs choix. Nul ne connaît mieux notre ennemi que vous. Le roi vous écoutera.

— Vos certitudes m'honorent.

— Aux grands hommes, les grands destins.

— Sans doute. Mais à vous je peux l'avouer, celui de notre souverain me cause quelque inquiétude.

— Dans la nasse du Latran, au milieu de cette curie aux ambitions sèches, le pouvoir est un privilège qui se paie au prix fort. Rome est une cité aussi dangereuse qu'envoûtante.

Arnaud se souvenait de la dépouille de ce pape ramenée au Latran sous les jets de pierres des habitants quelques années plus tôt, comme de ces prêtres massacrés par une populace révoltée.

— L'entreprise occitane revêt d'autant plus d'importance à ses yeux, insista Malaki. L'Église attend une réponse forte. Il ne s'agit pas seulement de justice, voyez-vous. Nous devons certes honorer la mémoire de notre frère en s'assurant que les responsables de sa mort seront châtiés, mais l'enjeu n'est pas de simple justice. Notre échec à contenir la dissidence cathare nous causerait de grands torts, des torts irréparables.

— J'entends vos mises en garde…

— Conseils. Je préfère ce mot. On m'en a souvent prêté d'excellents.

— Je n'oublierai pas d'en quérir le moment venu.

— Et je me tiendrai à votre disposition.

Ils arrivaient devant la chambre où Arnaud résidait. Malaki l'accompagna jusqu'au seuil avant de s'incliner.

— Que Dieu vous accompagne, messire.

Paris

1208

Arrivé en vue de la capitale, Arnaud Amaury s'installa à l'extérieur de la ville, dans la jeune abbaye Saint-Antoine. On l'avisa très tôt que le roi était absent du palais, mais qu'il avait pris connaissance de la missive du pape et ferait savoir en temps voulu le lieu de leur rencontre. Arnaud mit ce délai à profit pour rendre quelques visites.

Ses déplacements le menèrent plusieurs fois dans Paris, qui changeait chaque jour de visage. Partout s'imprimait l'empreinte de son roi, à commencer par les rues principales qu'il avait fait paver de pierres pour ne plus supporter l'odeur des boues. La tour du Louvres, dont on venait d'achever la construction, veillait sur les rives du fleuve. Les halles avaient été rapprochées du cœur de la cité. Au nord, un mur épais tenait l'ennemi anglais à distance. Et Notre-Dame, silhouette inachevée, appelée à briller par sa promesse sur tout le monde connu. Symbole de la nouvelle Rome, prétendait-on. Ou de la dernière Gomorrhe dans l'esprit du légat. Pour s'en persuader, il suffisait de s'enfoncer dans ces quartiers entassés aux rues si étroites qu'on ne pouvait s'y croiser. Alors il n'était pas rare de tomber sur une maison où la chair s'offrait en marchandise et les hommes aux péchés.

Rive gauche, quartier de l'université, on frayait au milieu d'une population jeune et tapageuse venue des quatre coins d'Europe. Mais dans les collèges que Philippe faisait protéger par ses prévôts, on débauchait autant les esprits que les corps. Tandis que les maîtres professaient aux étages et passaient plus de temps à discuter des fondements de la Foi qu'à dispenser ses principes, les femmes grouillaient au parterre et achevaient de corrompre les âmes.

Lors d'une visite à Saint-Germain, l'abbé conta justement à Arnaud les difficultés qu'il rencontrait à préserver ses frères du vice.

— Savez-vous que Philippe a passé marché avec les juifs ?

Arnaud avait su, en effet. Après les avoir chassés de la ville pour s'emparer de leurs biens, le roi, pris à la gorge par ses créanciers, avait finalement accordé leur retour contre fortes rétributions, sommes que les bailleurs étaient invités à ne pas venir réclamer.

En échange, le roi offrait son pardon, autorisait l'ouverture de lieux de prière et garantissait la libre entreprise, comptant que des caisses pleines seraient une aubaine à taxer. Abbés et évêques avaient eu beau protester contre ce retour en grâce, Philippe Auguste, monarque avant l'âge, était un défi constant à l'autorité de l'Église.

Le différend remontait à l'époque où Philippe avait tenté de faire annuler son second mariage pour épouser une jeune noble bavaroise. Le pape s'étant opposé à l'union, le souverain franc ne cessait depuis de régler ses comptes, jusque dans les fêtes organisées sous son égide où l'Église était tournée en ridicule. On y voyait des putains défiler dans les rues le jour de la Sainte-Madeleine, des femmes juchées sur des ânes qui figuraient la Sainte Vierge, des diacres élus évêques, des fous rendant de fausses bénédictions. Certains s'affublaient de masques hideux, se couvraient de suie et paradaient presque nus, achevant souvent les sacrilèges en diaboliques orgies. Là aussi, songeait Arnaud à l'évocation de ces récits, dans cette ville, il faudra un jour porter le fer.

Au matin du sixième jour, on vint prévenir Arnaud que sa demande d'audience avait été accordée. Le roi l'attendait sous huitaine dans son château de Villeneuve près de Sens. Un délai et une distance tout juste raisonnables pour ne pas donner trop d'importance à la requête du pape, sans se montrer plus insultant à son égard. Manœuvre aussi habile que méprisante, telle que le roi concevait sa servitude envers le Saint-Siège.

La délégation se mit en ordre de marche sitôt l'invitation reçue.

Fondée quelque quarante années plus tôt sur les prairies de l'abbaye de Saint-Marien en échange de la protection du royaume de France, Villeneuve bruissait d'une force nerveuse et florissante.

Les travaux de construction et de fortification attiraient foule de menuisiers, de forgerons, de maçons et de tailleurs de pierre. Les marchands du Val de Loire y faisaient escale avant de se rendre aux grandes foires de Champagne. Se joignaient pour l'occasion les maisons des seigneurs, chevaliers et courtisans qui suivaient le roi dans tous ses déplacements.

Arnaud avait été informé des négociations engagées par le pape auprès des proches de Philippe. Avec le soutien des évêques, on avait exposé les plans de l'Église dans l'affaire albigeoise, en insistant sur les bénéfices que les seigneurs du Nord pouvaient tirer d'une croisade dans le Midi. Mais les grandes familles de France devraient obtenir l'accord du roi avant de constituer l'ost[1], et le soutien des ducs pèserait lourd dans la décision.

Le cortège du légat arriva par le nord et franchit les portes de Villeneuve en milieu de journée. Arnaud fut convié à se présenter au plus tôt en audience. Point de repos accordé, songea-t-il. Philippe ne laissait décidément rien au hasard. Mais s'il comptait profiter de la fatigue du voyage pour mieux conduire les débats, cet empressement pouvait aussi trahir sa nervosité. Roi à quinze ans peut-être, mais sacré par la main de Dieu. Et si l'homme faisait montre d'une habileté redoutable dans la conduite de ses affaires, il avait aussi à rendre compte au pape qui l'avait couronné.

Arnaud se présenta au château à l'heure dite, une forteresse austère édifiée par le propre père de Philippe, Louis VII, pour contenir les ambitions du comte de Champagne. On passait par une première tour avant d'accéder au palais. À l'intérieur, des pièces sombres aux plafonds voûtés se superposaient sur trois étages. Philippe en avait fait l'une de ses résidences royales, y tenant parlement depuis quelques mois.

À mesure qu'Arnaud s'élevait vers les appartements royaux, les murmures de la ville se turent. On le fit patienter dans une antichambre avant de le précéder en audience. Deux chanoines l'accompagnaient, tandis que les autres membres de sa suite s'occupaient de pourvoir à leur installation.

1. L'ost (ou host) désigne à la fois l'armée à l'époque médiévale et le service militaire dû par un vassal à son suzerain. À la différence des armées permanentes, l'ost est constitué sur des périodes courtes à l'occasion de croisades ou de campagnes.

L'endroit était conforme à la froideur des ouvrages militaires, mais agrémenté avec soin. Des coffres. Des tables. Des plats garnis de fruits. Quelques bouquets de plantes aromatiques pour rafraîchir l'air et suffisamment de lumière pour permettre aux secrétaires de prendre note des volontés souveraines.

Trônant sur un siège à dossier haut, Philippe II de France portait une tunique simple de belle étoffe. Des vêtements onéreux mais sans luxe affiché. Le roi n'était pas homme à se parer d'atours, mais tenait à marquer son rang.

Pour qui avait fréquenté les cours d'Espagne ou d'Occitanie, celle de France se démarquait par son dépouillement. Philippe aimait le vin, la chère, les femmes, et ne manquait jamais de générosité envers ses amis, mais avait peu de goût pour le frivole. Dangereux en intrigues, sa colère était aussi brève que violente, sa parole aussi impitoyable que sûre. Un engagement de Philippe valait son sceau, et un regard condamnation. Ses traits sévères portaient encore les traces de la maladie contractée lors du siège d'Acre. Une forte fièvre l'avait alors forcé à s'aliter. Puis il avait vu ses ongles et ses cheveux tomber, sa peau se détacher en lambeaux en laissant par endroits de vilaines cicatrices. Il ne voyait guère que d'un œil et couvrait l'autre de tissu lorsqu'il le faisait trop souffrir, mais son corps conservait une prestance égale.

Lorsque Arnaud vint se placer aux pieds du souverain, celui-ci ne montra aucune réaction. Il semblait absent, plongé tout entier dans la lecture d'un parchemin.

Auprès du trône, se tenaient le comte de Nevers et le duc de Bourgogne, deux de ses plus puissants vassaux. Arnaud reconnut également le comte de Saint-Pol et le grand chambellan de France, Gautier de Nemours, ainsi que frère Guérin qui dirigeait la chancellerie et ne quittait jamais la proximité du trône. En retrait, on trouvait d'autres chevaliers, de lignage plus modeste, dont Philippe aimait à s'entourer lors de ses conseils.

Il finit par tendre le parchemin qui l'occupait à un secrétaire et parut remarquer la présence d'Arnaud.

—Ainsi donc le pape requiert de nouveau mon intervention en Languedoc.

L'entame n'appelait pas de réponse, mais la voix rude avait pesé jusque dans les épaules de l'abbé. Ce dernier attendit, front bas.

— Prétextant l'assassinat de ce légat dont, vous me pardonnerez, j'ai oublié le nom.

Une chaleur vive enflamma le visage d'Arnaud, qu'il tenta aussitôt de contenir. La provocation était grossière mais le coup avait porté.

— Frère Pierre de Castelnau, Votre Altesse.

— Pierre de Castelnau, c'est cela. A-t-on retrouvé l'auteur du méfait ?

— Pas à ma connaissance, Altesse.

— Point de coupable donc. Mais Rome y voit la main du comte de Toulouse.

— La participation de Raimon VI dans ce complot fomenté par les cathares est une certitude acquise, Votre Altesse.

— Acquise, je n'en doute pas. Prouvée, j'en suis moins certain. Mais je reconnais qu'elle ouvre à vos ambitions une perspective inespérée.

Arnaud serra les dents. Il savait l'homme inflexible pour tout ce qui touchait à ses intérêts, cruel s'il le fallait, et sans indulgence pour qui aurait la faiblesse de l'oublier.

— Si ce crime a su prouver une chose, Votre Altesse, c'est que l'hérésie a soumis les peuples du Sud, jusqu'à pousser les plus éminents à commettre l'irréparable. Le comte Raimon n'a sans doute pas porté la lance qui a pourfendu notre frère, mais la mort a bien été donnée sur ses domaines. Faut-il voir dans ce geste l'ardeur d'un seigneur redevable ou d'un courtisan trop zélé, je ne saurais dire. Mais cette terre a été cédée aux démons, par faiblesse ou par duplicité, et elle doit être reprise aux démons.

— Des démons, dites-vous ? J'en ai combattu par centaines à Acre, sur l'insistance de vos cardinaux. L'entreprise m'aura coûté un œil. Et de ce que l'autre a pu voir, leur seul péché aura été de défendre leur foyer.

Encore cet élan douloureux. Arnaud se ferma comme il put.

Le comte de Nevers se pencha à l'oreille du roi et chacun put saisir la teneur de son intervention, à l'exception d'Arnaud qui ne désirait pas céder la main.

— Sire, les doutes peuvent être de mise lorsqu'il est affaire de justice, et je comprends vos réticences à condamner l'un de vos vassaux, mais nous ne pouvons laisser ce crime impuni.

— Je le sais fort bien, messire l'abbé. Je m'interroge seulement sur la façon dont Toulouse a été condamné. Par un tribunal sans juge où les présomptions tiennent lieu de preuves.

— Ma parole, Sire, devrait suffire.

— En mesurez-vous seulement le poids ?

— Ce que je mesure aujourd'hui sont les dangers qui guettent la chrétienté si un envoyé du pape peut être assassiné sur les terres du roi de France sans que celui-ci ne réagisse.

Philippe se redressa, trahissant pour la première fois une émotion dans le regard.

— Douteriez-vous de ma loyauté, légat ?

Arnaud sentit le sol se dérober. Il chercha aussitôt à assurer sa position, affichant ce que son visage pouvait contenir d'humilité, et s'accorda le temps d'une respiration pour se rassembler.

— Le comte de Toulouse a fait savoir au pape qu'il reconnaissait sa faute, dit-il, et s'est montré enclin à faire pénitence. Dans un souci d'apaisement, Sa Sainteté pourrait accéder à sa demande, mais nous craignons de nouvelles tromperies. L'homme est déjà revenu sur sa parole par le passé.

— Au fait, abbé. Au fait.

Les faits, voilà ce sur quoi Arnaud se concentrait désormais, et son ton se voulut aussi neutre que possible pour ne plus se risquer sur des sentiers hasardeux.

— L'affaire qui nous occupe peut être réglée sans délai si Raimon montre la volonté et l'attitude nécessaires. Celle des hérétiques demeure. Et d'autres drames surviendront s'il n'est pas mis fin à leurs agissements.

Il risqua un œil vers le trône. Le roi avait la posture d'un ours dérangé dans son repos qui hésitait sur la manière de châtier l'importun.

— Une croisade donc, ponctua Philippe. Sur les domaines d'un vassal, d'un parent. Est-ce cela que vous venez quérir ?

— La croix, oui. Et s'assurer que les cathares ne seront plus en mesure de nuire à la Foi.

— Des soldats, des routiers, déferlant par milliers sur des terres chrétiennes ?

— Qu'il reviendra aux chefs des armées de contenir. Si les cathares sont livrés, nulle exaction, nulle spoliation ne sera tolérée.

Philippe Auguste le toisait de son œil noir, refoulant à ses lèvres une colère que tous semblaient craindre. Finalement il se tut, et leva une main négligente pour renvoyer le légat.

— Allez ! Je vous ferai savoir ma décision.

Arnaud s'inclina sans excès et prit congé. Philippe attendit qu'il fût loin pour rompre le silence.

— Il me force la main.

— Le comte de Toulouse a commis une erreur, déclara Hervé de Donzy, comte de Nevers. Protéger des hérétiques est une chose, mais assassiner un légat…

— Ne vous montrez point si naïf, rétorqua Philippe. Raimon n'est certes pas un catholique fervent, mais ce n'est ni un lâche ni un assassin.

— Permissif pour le moins, nuança Eudes, duc de Bourgogne. D'aucuns lui reprocheraient ses largesses. Notez que ces cathares représentent une menace à bien des égards, et pas seulement pour le Saint-Siège.

— L'Église n'a besoin de personne pour se mettre en péril, entendez-le.

Philippe ordonna qu'on lui apporte une coupe, qu'il tourna lentement dans sa main une fois servie.

Le comte de Nevers et le duc de Bourgogne échangèrent un regard inquiet, soucieux de la rancœur que leur souverain entretenait à l'égard de Rome. Gaucher de Châtillon, comte de Saint-Pol, prit sur lui d'avancer ses arguments.

— Il est un point sur lequel nous pouvons nous rejoindre, Sire. Avancé par Arnaud lui-même. Un tel crime doit être châtié. Et la cause cathare ne saurait être innocentée puisque le légat œuvrait justement à sa perte. Avéré ou non, le lien est trop évident pour être ignoré, et les nuances s'effacent devant la brutalité des faits. En l'occurrence, il ne s'agit pas seulement de Rome. Les peuples vous regardent. Votre peuple, Sire, qui craint la colère de Dieu autant que la vôtre.

— Le sang doit donc couler, murmura Philippe.

— Telle la faute, tel le châtiment.

Toute colère avait disparu du visage du roi. Et sur ses traits ordinairement durs passa une ombre grise.

— Et qu'adviendra-t-il lorsque les troupes se mettront en marche ? Que les seigneurs occitans verront leur sol foulé par nos armées ?

— Vous craignez la guerre ? l'interrogea le comte de Saint-Pol.

— Elle aura lieu. Si des hommes en armes se présentent aux frontières du Sud, soyez certain que cette guerre aura lieu. Et Raimon, pour laxiste qu'il soit, ne peut l'ignorer. C'est pourquoi il s'est montré si pressé de quérir le pardon de l'Église. Bien avant tout le monde, il avait mesuré les risques que cette mort lui faisait courir. Et cela ne fait que confirmer son innocence à mes yeux. Non, décidément, il y a derrière ce crime des intrigues que j'ignore.

Le duc de Bourgogne approcha à son tour.

— Sire, confiez-nous la croisade.

— Je vous trouve bien empressés de défendre les intérêts du pape, répondit Philippe, surpris.

— Nous, oui. Et nous seulement.

Le souverain dévisagea son vassal, examinant la situation sous un angle nouveau.

— Ce qui me dégagerait de toute responsabilité.

— Et vous garderait tout autant les faveurs de Rome, confirma Eudes.

Philippe s'autorisa quelques pas pour ordonner ses pensées.

Avec l'âge, il avait appris à se méfier de son tempérament. Si l'avantage qu'il prenait sur son sang lui coûtait en aigreurs et impatiences, il savait distinguer les profits que chaque opportunité laissait entrevoir.

Le pape réclamait son aide et ne pardonnerait pas un nouveau refus. De fait, l'hérésie avait poussé trop loin son avantage pour que le roi de France détourne les yeux, et le prix d'une guerre qui ne coûterait rien au Trésor pouvait lui offrir l'indulgence d'une Église hostile mais dès lors redevable. L'empressement de ses vassaux à agir, que le duc de Bourgogne venait habilement d'exprimer, suivait une logique identique et libérait le royaume de tout engagement. Au regard de ses intérêts, le choix n'en était au fond plus un.

— Si le pape veut la guerre, qu'il la fasse, déclara Philippe d'une voix forte pour faire entendre sa décision. Pour ma part, je refuse d'engager la Couronne dans cette parodie de justice.

Il se tourna ensuite vers ses vassaux, unis autour du trône.

— Quant à vous, je vous laisse libres de confier vos hommes à son autorité, si tel est votre souhait.

Fanjeaux

1209

Le trajet, long d'une demi-lieue, traversait un paysage de pâtures et de haies sauvages.

Dès le lever du jour, on y croisait toute sorte de gens. Des camelots, des fermiers, des bateleurs, cheminant entre les marchandises chargées à dos d'hommes ou de mules. Suivaient les voyageurs et les pèlerins, mêlés aux troupeaux qu'on menait à la vente dans une procession lente.

En temps normal, Loup aurait couru au milieu des chèvres ou offert ses bras à un négociant. Au petit matin, le chemin de Fanjeaux était une mine d'opportunités, un terrain de jeu que le garçon parcourait comme un seigneur en son fief, avec plus de malice, de gouaille et d'effronterie.

Dans le village, on ne comptait plus les plaintes dont il était l'objet. Guillelme de Tonneins, qui tenait la maison cathare où on l'avait recueilli, s'était inquiétée très tôt pour cet élève frondeur et rusé. Lorsqu'il s'agissait d'amuser les novices ou de tourner un adulte en ridicule, le garçon n'était jamais avare de tours. Avec l'âge, ses talents s'étaient affûtés. Sa renommée avait atteint un point tel qu'elle faisait office de preuve. Il suffisait qu'un œuf disparaisse d'un poulailler ou qu'une barrique de vin se change en eau pour que la victime se précipite à la porte de Guillelme et demande réparation.

Toutes sortes de sanctions avaient été imaginées pour ramener l'enfant à la raison. Le jeûne, l'enfermement, la corvée n'avaient donné aucun résultat. Des heures agenouillé devant un mur laissaient Loup plus froid que roche. Des jours entiers, on l'avait vu transpirer au feu d'une forge ou déplacer des sacs de pierres sans émettre une plainte. Un diable, sur lequel rien ni personne n'avait d'emprise, à l'exception de son maître. L'adoration que Loup vouait à Guilhabert de Castres dépassait celle qu'un père pouvait espérer d'un fils, et le Parfait devait admettre une affection réelle pour le garçon, sans doute en raison des circonstances dans lesquelles l'enfant lui avait été confié.

Souvent, Guilhabert lui avait conté ce soir où, campant sur la route qui le menait de Barcelone à Fanjeaux, on l'avait trouvé au pied d'un arbre, couché dans un panier. Si le Parfait avait acquis la certitude que Loup était originaire du village où ils avaient fait halte, jamais le garçon n'avait demandé à s'y rendre. Loup se moquait de savoir qui l'avait abandonné et pour quelles raisons. Il se présentait partout comme le fils de Guilhabert de Castres et n'entendait admettre d'autre origine. À l'inverse, il vivait difficilement les périodes où le Parfait devait s'absenter.

Habituée à ses fugues, qui pouvaient mobiliser les hommes pendant des jours, Guillelme finissait par l'enfermer dans une chambre jusqu'à ce que la raison lui revienne. Et lorsque par miracle il s'accommodait d'une attitude plus sage, on le trouvait sur les remparts, à guetter le retour de son aîné.

Bien qu'inquiet de cet attachement, Guilhabert avait renoncé à détourner le garçon de ses sentiments. Il comptait que l'âge lui accorderait la sagesse. Et pour le temps qu'il passait à Fanjeaux, le Parfait devait accepter cette présence permanente à ses côtés, comme une ombre, un prolongement de son être, car c'était bien ainsi que le novice entendait être vu.

À l'occasion de ce déplacement, Loup avait justement exigé de porter la robe noire et le bonnet qu'il avait commandés auprès d'une jeune tisserande, dans le dos de Guillelme, comme il se devait, et sans l'accord de Guilhabert, qu'il espérait obtenir une fois l'ouvrage terminé.

Ce dernier avait d'abord refusé. Seuls les membres de l'ordre ayant reçu le consolament pouvaient revêtir la robe. Contrairement au baptême catholique, le sacrement des Parfaits ne pouvait être accordé qu'aux hommes et femmes en âge de le décider, conscients des responsabilités et des devoirs que l'engagement exigeait. Mais devant l'insistance de son protégé, Guilhabert avait une nouvelle fois cédé.

Pas par faiblesse, comme il l'avait expliqué à Guillelme, qui jugeait ce privilège d'un mauvais œil, mais par calcul. Si Loup souhaitait se vêtir comme un Parfait, alors il devrait en adopter l'esprit et la règle.

Ainsi Loup avançait, d'un pas sûr et fier, calquant son allure sur celle de Guilhabert, s'aidant du bâton qu'il s'était fabriqué pour parfaire l'imitation. Le sérieux qu'il mettait à se fondre dans son rôle provoqua bien quelques sourires, mais Loup ne réagit à aucune des moqueries, car un Parfait ignorait la colère.

En descendant vers la vallée, Guilhabert lui parlait de ses voyages, des paysages qu'on devinait à l'horizon, et des principes qu'un Parfait devait respecter à tout instant de son existence. Il lui contait comment le monde avait été créé, conçu pour emprisonner les consciences. Il le mettait en garde contre ces chemins qu'on jugeait évidents, ces penchants du corps qui éloignaient l'âme de son essence spirituelle. Il lui rappelait qu'un fil fragile le reliait à Dieu, si ténu qu'on lui devait un soin constant, mais que Dieu veillait, Lui, à ne jamais le rompre.

— Méfie-toi toujours de tes désirs, Loup. Le désir s'apaise mais jamais ne s'éteint. Il couve tel un feu dormant et te mène à l'obsession. Puis de l'obsession à la perdition. Haine et convoitise troubleront ton jugement. Ainsi se perdent les âmes. N'oublie pas, Loup. N'oublie pas.

Et Loup écoutait, ne s'exprimant que lorsqu'il y était autorisé, et tenant sa place lorsque son maître était sollicité.

La ferme où ils devaient se rendre se situait dans la vallée, près d'un petit cours d'eau. Les dépendances se répartissaient autour du logis principal au milieu des plantations de cèdres et d'oliviers.

Un familier occupé au verger leur apprit que le seigneur Guilhem de Durfort avait été appelé en urgence sur ses terres, après que des bandes eurent été vues en maraude. Venus à bout de leurs réserves constituées pour l'hiver, les routiers se déployaient souvent dans les plaines à l'approche du printemps. Si une partie était enrôlée comme mercenaires, d'autres préféraient vivre de rapines et n'hésitaient pas à faire couler le sang si nécessaire.

Guilhabert accueillit la nouvelle avec tristesse et proposa ses services ainsi que ceux de ses compagnons, mais déjà un panache de poussière ocre montait à l'horizon. Une troupe de cavaliers contournait la colline de Fanjeaux par l'est et venait en direction du château.

Loup suivait des yeux l'arrivée du détachement. La perspective de rencontrer le comte de Toulouse avait tenu le garçon en état d'excitation une bonne partie de la matinée. Maintenant que la silhouette du seigneur se distinguait, jamais on ne l'avait vu si concentré.

Raimon mit pied à terre dans la cour et vint embrasser Guilhabert tandis que ses sergents s'occupaient de panser et faire boire les montures.

— Le temps n'a donc point d'effet sur toi, s'étonna le comte.

— Comme il vous rend chaque jour plus fort, messire.

Malgré la joie qu'ils éprouvaient à se revoir, le Parfait découvrait un homme anxieux. Il ignorait les raisons qui avaient motivé cette rencontre, mais il laissa à Raimon le temps de prendre des nouvelles et de s'inquiéter des routiers que le seigneur de Durfort était allé combattre. Le comte promit de détacher des renforts à son secours et resta un moment sans plus rien dire, jusqu'à ce que les mots reviennent.

— Le roi a autorisé la croisade.

Il avait parlé d'un trait, comme on se libère d'un fardeau. Guilhabert imaginait combien ces mots avaient tourné et retourné dans sa tête, et comprit aussitôt son insistance à le voir.

— Le pape m'accorde son pardon pour la mort de Pierre de Castelnau, en échange de quoi je m'engage à faire pénitence en l'abbaye de Saint-Gilles. Je reconnaîtrai avoir favorisé et protégé des hérétiques. Ils m'exposeront à la foule comme un misérable. Devant ma famille, mes compagnons. Et comme l'humiliation ne sera pas suffisante, je devrai me joindre aux armées conduites par les seigneurs du Nord pour mater la dissidence.

— Contre vos propres vassaux ?

— Ceux qui refuseront de se soumettre, oui. En consentant à cet acte, je me place de fait sous la protection de l'Église. Ainsi la croix épargnera mes terres. Cela pourrait prêter à sourire, non ?

— Vous allez donc accepter ?

— Oui.

Il laissa passer un silence.

— Tu me trouves lâche ?

— Quel lâche renierait son orgueil pour venir au secours de ses frères ?

— Des milliers d'hommes se rassemblent, Guilhabert. Chevaliers, sergents, routiers. Le pape a promis qu'aucune attaque ne serait portée contre mes gens, mais comment le croire ? Je dois être là. Protéger mon peuple. Dis-moi que ce n'est pas là l'œuvre d'un Judas ?

— Alors vous seriez le plus juste des traîtres.

Raimon sourit, sans joie, mais plein de gratitude pour les mots du Parfait.

— Mon neveu, le vicomte Trencavel, a déjà fait savoir qu'il refusait de se rendre. Il s'est réfugié dans sa citadelle de Carcassonne et prépare Béziers au siège. C'est là que portera le premier coup. S'il résiste les quarante jours que dure l'ost, il est persuadé que les troupes céderont. Les nobles retourneront sur leurs terres, appelés à d'autres tâches, et nous aurons gagné notre liberté. Je loue son courage et j'envie son audace. Mais je sais que le pape n'abandonnera pas. Le roi de France me conseille déjà le parti de la paix, montrant sans le dire le camp qu'il s'est choisi. C'est un premier pas, et les suivants n'iront pas dans ma direction, je le crains. Ou suis-je déjà trop vieux pour garder tout espoir ?

— Vous êtes un homme sage, soucieux des vôtres et de votre prochain.

— Et soucieux de toi, mon ami.

— Oui. Mais vous connaissez la réponse à la question que vous êtes venu me poser.

— Ce n'est pas une question, Guilhabert. Les hommes qui se sont mis en marche viennent dans un seul but : éradiquer votre ordre. Ils vous traqueront. Partout. Dans les châteaux, les villages, les montagnes. Ceux qui seront pris devront abjurer ou seront condamnés.

— Les flammes.

— Les flammes, oui.

— Si c'est là notre sort, nous le subirons.

— Guilhabert, je t'en conjure. Vous devez fuir. Gagner l'Espagne. Nos frères catalans vous accueilleront. Quittez cette robe qui vous accuse, le temps que les croisés accomplissent leur œuvre. Ils en seront quittes pour chasser des fantômes, puis ils partiront. Et vous reviendrez.

Devant l'empressement, l'impatience même, de Raimon, le Parfait s'accorda un instant de réflexion, puis répondit :

— Laissez-moi à mon tour vous interroger, comte, si je le puis.

— Je t'écoute.

— Croyez-vous en moi ?

Raimon VI ne dissimula pas sa surprise.

— Bien sûr, oui !

— Et pourquoi cela ?

— Parce que…

Sans achever sa phrase, il baissa le regard.

— Je ne suis rien, fit Guilhabert. Rien de plus qu'un rat. Si je fuis devant la force, si je romps devant la peur, je serai ce rat. Si j'affronte l'une et l'autre avec la certitude qu'ils sont les ennemis de la vérité, alors je serai digne du message que je porte.

— Et qui portera ce message si vous n'êtes plus ?

— Les hommes ont la vérité en eux. Libre à eux de l'entendre. Je ne suis qu'un artisan, pas un prophète. Seule l'œuvre compte. Si les hommes veulent se perdre dans l'ignorance et la haine, qu'ils se perdent. Mais nul ne me fera dévier de notre route.

Loup aurait juré avoir vu les yeux du comte briller. Mais lorsque Raimon se redressa, il ne vit plus trace d'une émotion.

— Je dois me rendre au-devant de l'ost.

— Je comprends, oui, répondit Guilhabert.

Le comte remarqua alors le petit garçon vêtu de noir qui se tenait sur la margelle du puits, près du Parfait.

— Comment te nommes-tu, jeune page ?

— Loup, messire.

— Eh bien, Loup, sois fier de la robe que tu portes.

Le comte embrassa le Parfait, longuement, avant de donner l'ordre du départ à son escorte.

L'un comme l'autre ignoraient quand ils seraient amenés à se revoir, mais ils comprenaient, sans se le dire, qu'ils se trouvaient dorénavant dans deux camps ennemis.

Chapitre III

« Car quiconque fait le mal, hait la lumière. »
Jean, III, 20

Vallée du Rhône

1209

Depuis le rocher où il était assis, Simon observait le détachement se frayer un chemin au milieu des cantonnements. L'équipage comptait une dizaine d'hommes, signifiant un seigneur de moindre importance. À sa tête, un soudard à l'accent batave ouvrait la voie jusqu'à l'immense tente blanche qui occupait le sommet du tertre.

Parmi les centaines de pavillons dressés sur les bords du fleuve, ce devait être le plus haut et le plus imposant. Vers ce lieu cerné d'étendards et d'une garde fournie, Simon avait vu défiler tout ce que les royaumes chrétiens comptaient de puissant et prestigieux. Les maisons de Bourgogne et du Nivernais, celles de Saint-Paul, d'Auxerre, de Genève, du Forez, puis d'autres encore venues de Normandie, de Picardie, de Champagne, d'Auvergne, du Limousin ou de Gascogne, jusqu'aux confins du Saint Empire. Attirée par les promesses d'indulgences, la noblesse s'était croisée en nombre et venait prêter serment au chef des armées, le légat Arnaud Amaury.

— Du vin, messire ?

Simon saisit l'outre que lui tendait son capitaine, Gaucher de Tours, et but une longue rasade avant de jeter un œil vers les chevaux. Les plus jeunes s'agitaient, rendus nerveux par l'effervescence du camp.

— Va voir ce qu'ils ont, commanda Simon à l'écuyer qui se tenait près de lui.

Thibaud, le fils d'un vassal qu'il avait pris sous sa coupe à la demande de son père, s'exécuta aussitôt.

Sur les rives du Rhône, on continuait de charger les bateaux en prévision du départ. Pois, farines, poisson et viande séchés constituaient l'essentiel des réserves de nourriture. Les tonneaux de vin étaient entassés sous les ponts pour stabiliser les barges, et les servants vérifiaient avec soin l'arrimage des machines de guerre qui partiraient avec l'arrière-garde.

Dans les tavernes à ciel ouvert, les rumeurs les plus folles couraient sur le nombre d'hommes ici rassemblés. Dix mille. Vingt mille. Impossible d'en tenir le compte. Des forges étaient alimentées en bois jour et nuit pour équiper les hommes, des chapelles de fortune ouvertes sous des tentes, et pour quelques mauvaises pièces, on pouvait s'offrir les services d'un jongleur, d'un dresseur d'ours ou d'une garce.

— On dit que le comte de Toulouse a prêté serment ce matin, l'informa Gaucher.

Simon avait assisté à la venue de Raimon VI au pavillon du légat. On l'avait fait patienter de longues minutes à la vue de tous avant de recevoir son hommage. Puis on l'avait renvoyé dans ses quartiers sans lui accorder d'entretien.

En acceptant de rallier la croisade, le comte avait certes garanti la sécurité de ses domaines, mais en voyant ces colonnes immenses se rassembler, Simon ne pouvait qu'imaginer les tourments endurés par le prince occitan. Le danger venait surtout des routiers, ces bandes dépenaillées qui n'avaient cure des lois et des frontières. Le Franc les avait vus à l'œuvre sur les champs de bataille. Des vermines qui ne mesuraient l'importance d'une guerre qu'au nombre de ses opportunités, et le Midi était une terre riche.

— À quoi songes-tu ? demanda Gaucher.

— À ce comte dont je ne voudrais guère partager le sort.

— D'aucuns prétendent qu'il a creusé sa propre tombe.

— Il a peut-être péché par faiblesse, ce qui est déjà un crime pour un seigneur de son rang, mais point suffisant pour se voir humilié de la sorte. On voudrait se faire de cet homme un ennemi qu'on n'agirait point différemment.

Gaucher réfléchit un instant aux mots de son seigneur.

— Pourquoi accepter son hommage dans ce cas ?

Simon reposa l'outre avant de répondre.

— Voilà des années que Raimon VI fait promesse de bannir l'hérésie sans jamais agir. En l'accueillant dans ses rangs, le pape lui offre sans doute une dernière chance. Mais le légat ne porte point le comte en grande estime. Le duc de Bourgogne, avec qui je m'entretenais il y a peu, affirmait que Toulouse avait toujours été sa véritable cible.

— Par ce traitement, Arnaud pousserait donc Raimon à rejoindre la révolte menée par son neveu ?

— Connaissant Arnaud, je gage qu'il parviendra à ses fins. M'est avis, Gaucher, que ce seigneur qu'on afflige sera un adversaire redoutable.

Gaucher n'ajouta rien. Dans l'esprit des deux compagnons, le sort du comte semblait scellé.

— On dit que la Provence nous est ouverte, annonça le capitaine pour évoquer un autre sujet. Nous ne devrions pas rencontrer de difficultés avant Béziers. Le légat espère que la vue des troupes suffira à faire céder les habitants et qu'ils livreront les hérétiques sans opposer de résistance. Mais d'après la rumeur, Trencavel aurait renforcé la garnison de la ville et n'escompte point céder à la force.

— S'y trouve-t-il ?

— Rien n'est sûr. On dit qu'il s'est retranché à Carcassonne avec ses meilleures troupes. Si cela est avéré, nous nous retrouverions avec un siège à mener et un ennemi dans notre dos.

En contrebas, une délégation des Flandres quittait le pavillon d'Arnaud Amaury tandis qu'une autre la remplaçait. Des Saxons, jugea Simon à leurs couleurs. Las, il se détourna du spectacle de cette plaine battue par des milliers de fers et regagna son cantonnement.

Il avait fait installer ses lances[1] sur une prairie à l'écart. La position lui offrait une relative tranquillité, loin de l'agitation des berges.

Dès leur arrivée, les hommes s'étaient mis en quête de gibier. En soldat prévoyant, Simon avait aussi fait chercher une source pour compléter ses réserves d'eau. Consigne avait été donnée de ne pas se ravitailler au fleuve, qu'un tel rassemblement ne tarderait pas à

1. Nom donné à une compagnie entretenue par un chevalier. Une lance pouvait compter jusqu'à une dizaine d'hommes (écuyers, archers, arbalétriers, sergents, servants ou valets).

souiller, puis on avait doublé les rations de vin pour rendre l'attente moins pénible.

Devant sa tente, un valet aida Simon à se défaire de son haubert et du vêtement épais glissé sous les mailles. Il enfila ensuite une tunique et préleva un morceau de viande sur un cochon en broche avant de s'asseoir près du foyer.

C'était une journée grise et douce. Un ciel laiteux protégeait les peaux du soleil de juillet sans laisser craindre de pluies. Simon passa un moment à discuter avec ses hommes puis alla se reposer sous les arbres qui bordaient le campement.

Le soir venu, il se rapprocha du feu pour fourbir ses armes, tâche dont il aimait à se charger. Un de ses vassaux, Pierre de Richebourg, s'était joint à la veillée. Simon reçut aussi la visite de l'abbé des Vaux de Cernay avec qui il partagea le repas et échangea les dernières nouvelles provenant du commandement de la croisade. Il apprit ainsi que les derniers renforts allaient les rejoindre sous deux jours et que le départ vers le sud serait donné sitôt après. Le seigneur franc écouta sans émettre de commentaires, puis demanda des nouvelles de l'Île de France. Le clerc lui conta les échos favorables que recevait la croisade et rapporta que la cour se rendait en Touraine pour l'été.

— Le roi sera sûrement déçu de ne point t'y trouver, s'amusa Simon en se tournant vers son compagnon.

— À l'évidence, répondit Gaucher sans sourire.

Son prénom avait souvent été l'objet de plaisanteries entre les deux hommes, et Simon ne manquait jamais une occasion de railler ses rares maladresses à l'épée. Mais lorsqu'il évoquait son capitaine en privé, le Franc prétendait que de ses deux mains, la droite était la plus sûre et la gauche la plus meurtrière.

À mesure que l'heure avançait, on entendit des chants s'élever. Sur les berges, les servants s'activaient toujours à la lueur des torches. Le va-et-vient incessant d'hommes, de denrées et de matériels donnait l'apparence d'une gigantesque ruche en mouvement.

Pierre de Richebourg quitta le feu vers minuit et raccompagna l'abbé des Vaux de Cernay. Peu à peu les conversations se dissipèrent. Gaucher s'assura que les sentinelles étaient relevées, puis Simon, seigneur de Montfort et d'Épernon, se retira dans ses quartiers.

Le départ des troupes fut célébré par une grand-messe, rassemblant l'immense armée dans la plaine. Un impressionnant convoi d'hommes, de chariots et de navires s'ébranla à sa suite en direction de la côte.

Montpellier fut en vue au bout d'une dizaine de jours et réserva le meilleur accueil au commandement croisé. Au cours d'un bivouac, Montfort apprit qu'un château des Trencavel avait été enlevé près de Servian, sans combat, faute de garnison. Les éclaireurs avaient maintenant atteint les abords de Béziers et préparaient l'arrivée des troupes de siège. Quatre ou cinq jours, estimait-on, et l'avant-garde camperait sous les murs de la forteresse.

Peu de temps avant, une rumeur avait fait état d'une ultime conciliation tentée par le vicomte Trencavel auprès d'Arnaud Amaury. La nouvelle était venue jusqu'à Simon par la bouche de l'abbé des Vaux de Cernay. Fidèle à sa ligne, le chef de la croisade avait refusé la main tendue, prétextant qu'elle ne pouvait être le fruit d'un véritable repentir. En vérité, le prélat s'opposait à toute issue pacifique qui conduirait les Francs à se désengager de la croisade, faute d'ennemi à combattre. L'éradication des Parfaits incomberait alors aux seigneurs occitans, seuls maîtres sur leurs terres, et comme depuis trois siècles, ces derniers s'empresseraient de ne rien faire. La question de l'Occitanie reviendrait ainsi à son point d'origine, avec une Église affaiblie et une hérésie triomphante.

Il y eut bien quelques voix pour prendre la défense du vicomte, pressées qu'elles étaient de rejoindre leurs domaines et de ne pas engager plus de frais dans la croisade. Mais Arnaud resta en tout point intraitable. Pour Pierre de Castelnau, pour ses frères humiliés, pour l'Église entière, le sang devait couler.

L'armée prit ses quartiers sur les rives de l'Orb peu après la mi-juillet, et le légat convoqua les autorités de la ville. Seul l'évêque Renaud de Montpeyroux accepta de se présenter. Sur la base de son témoignage, les croisés purent établir une liste de deux cents noms, hommes et femmes convaincus d'hérésie, que Béziers fut sommée de livrer. La population, d'une seule voix, refusa.

En prenant connaissance de la réponse, Simon n'aurait su dire si Arnaud éprouva du regret, de l'indifférence ou du contentement. Le légat s'exprima d'un ton solennel et ordonna que des manœuvres militaires soient entreprises sur-le-champ.

Un conseil de guerre fut arrêté pour le lendemain, qui déciderait de la stratégie à adopter. Simon ne doutait pas de l'issue des débats. À moins d'un revirement, le siège serait engagé. Resterait à traiter des aspects matériels et celui, vital, du ravitaillement.

Avant de quitter la tente du comte de Nevers où les grands seigneurs avaient dorénavant l'habitude de se réunir, Simon remarqua un curieux échange entre Arnaud Amaury et un moine de sa suite, un homme petit au visage toujours dissimulé. L'effort qu'il mettait à passer inaperçu était sans rapport avec la place qu'il occupait dans l'entourage d'Arnaud. On le disait proche du pape. Le duc de Bourgogne l'avait confirmé. Mais il y avait dans cette relation trop de déférence. Jamais le légat n'engageait de décision sans avoir pris son conseil, et il arrivait qu'un débat s'interrompe pour que les deux hommes s'entretiennent en privé. Plus d'une fois, les seigneurs s'étaient inquiétés de son influence, car le légat n'était pas réputé pour sa mesure ni son écoute. Mais on avait fait comprendre que, sur ce point, il n'y avait rien à changer ou négocier.

Libéré de ses obligations pour la journée, Simon décida d'emmener Gaucher pour reconnaître les murs de la cité.

Partout, l'armée s'organisait en vue d'un long séjour. Flottait dans la plaine un air de campagne, sans le bruit du fer et la tension qui précédaient les combats. Certains s'étaient délestés de leurs armes et cheminaient sans cuir ni mailles, comme s'ils s'étaient trouvés dans leur village ou au milieu de champs. Les seigneurs les plus prudents avaient fait protéger leur position, preuve que Simon n'était pas le seul à craindre la riposte de Trencavel. Au vu du rapport de force, le vicomte ne prendrait sûrement aucun risque hors de ses forteresses, mais un homme acculé pouvait être capable de réactions imprévisibles, et Simon n'entendait pas se mettre à la merci d'un coup d'éclat.

L'inspection des défenses confirma les craintes du Franc. Des murs larges, des tours puissantes, une garnison fournie. Et les insultes qui tombaient des créneaux ne laissaient aucun doute sur la détermination des Biterrois. Quarante jours, se répétait-il en devisant avec Gaucher, le temps que durait l'ost, et Trencavel pouvait gagner le plus osé des paris.

De retour au camp, Simon prit des nouvelles de l'installation des hommes et des chevaux. Il demanda ensuite à entendre trois de ses gens qui s'étaient laissé entraîner dans une rixe avec des Frisons. L'affaire fut réglée par des amendes et des corvées.

Comme de coutume, Gaucher le rejoignit pour le repas. Dans la nuit claire, la citadelle de Béziers s'éclairait de dizaines de feux. Bien qu'à distance des remparts, Simon pouvait entendre les brocards et les railleries des habitants. En réponse, les maillets des servants s'activaient sans répit sur les machines de guerre. Les uns et les autres échangèrent jusque tard dans la nuit, encouragés par un air enfin clément et de solides rations de vin.

Et peut-être, aussi, par la peur.

Le matin du 22 juillet, Simon de Montfort se leva avec le soleil. Il déjeuna de pain et de lard avant de se préparer pour le conseil.

Malgré la chaleur déjà vive, il passa une robe de tissu épais sous son haubergeon puis une cotte frappée de ses couleurs, un lion d'argent à la queue fourchée sur fond écarlate, en espérant que les débats ne durent pas plus que nécessaire. Une fois Simon paré, Gaucher aida son seigneur à ceindre son épée puis l'accompagna au pavillon du comte de Nevers.

L'installation des troupes n'avait guère avancé durant la nuit, à l'exception des engins de siège dont les structures prenaient forme. De nombreuses compagnies n'avaient pas encore réglé la question de leur établissement, et des soldats étaient éparpillés sans ordre dans les prairies ou sur les berges pour profiter de la fraîcheur de l'Orb.

À cet endroit, Simon remarquait justement un homme épais au visage rond mangé d'une barbe rouge. Il connaissait le chef des ribauds de vue et de réputation. Si les seigneurs rechignaient à le côtoyer, tous savaient l'importance de ces égorgeurs dans le déchaînement d'une bataille. L'assassin lui adressa un signe de tête et Simon s'en fut sans plus de cérémonie.

Le comte de Nevers s'était choisi un emplacement privilégié qui offrait à ses visiteurs une vue dégagée sur la cité. Montfort se présenta à l'heure dite. Une table avait été dressée. Déjà présent, le duc de Bourgogne s'enquit de son état et sa situation. Puis le légat se joignit à eux. Des verres de vin et des corbeilles de fruits furent disposés. On échangea plaisanteries et mots aimables.

Au bout d'un temps qui parut presque long, Hervé de Donzy invita les participants à le rejoindre. Alors que Simon se fondait dans l'ombre du duc Eudes, une agitation attira l'attention des seigneurs. Des mouvements désordonnés, ponctués de cris, se répandaient sur les berges.

Comme le grabuge se prolongeait, Hervé de Donzy ordonna qu'on s'enquière de la situation. Près de l'Orb, des bras agitaient des étendards, des hommes se mirent à courir en direction de la ville. Parmi les meneurs, Simon crut distinguer un géant à la tignasse rouge.

Aussitôt, Simon s'écarta pour s'ouvrir une meilleure vue. Il songea que les Biterrois avaient pu tenter une sortie. L'entreprise paraissait folle mais, menée par un officier hardi, elle pouvait provoquer des dommages importants et affecter le moral des assiégeants. Les croisés, qui avaient fait montre de trop de relâchement, pourraient regretter leur manque de vigilance.

Les nouvelles tardant à venir, un banneret de Nevers empoigna un archer qui remontait de la rivière, pour l'interroger. Le soldat leur apprit qu'une porte avait été forcée et que des ribauds pénétraient dans Béziers.

Il y eut alors un long silence durant lequel les nobles se regardèrent, incrédules. Les cloches se mirent à sonner, un sergent appela aux armes quand d'autres rumeurs arrivaient, confirmant l'impensable. Des quatre coins de la plaine, fantassins, archers, sergents et cavaliers affluaient. Équipés à la hâte, pris d'une frénésie que seule l'odeur du sang pouvait exciter, tous se jetaient d'un même élan vers la cité.

Sans plus attendre, les seigneurs lancèrent leurs ordres. Le comte de Nevers, imitant le duc de Bourgogne, commanda à ses capitaines de rassembler les compagnies.

—Messire, fit Montfort en se glissant près du duc. Si Béziers est ouverte, les ribauds ne feront aucune distinction entre les chrétiens et les hérétiques.

—Alors pressez-vous de rejoindre la mêlée. Il faut à tout prix contenir l'assaut.

Simon faisait déjà signe à Gaucher de le suivre. Les deux hommes furent au bas de la plaine en quelques pas, se mêlant aux centaines de croisés qui se rassemblaient.

Autour de la brèche, les rues étaient pavées de corps. Broyés, mutilés, transpercés, par dizaines ils témoignaient de la violence des affrontements. La vague des assaillants avait balayé une milice désorganisée, prise au dépourvu, incapable de faire face. Et sur les visages baignés de sang, on pouvait encore lire l'horreur et la stupéfaction.

La porte des Carmes par laquelle l'armée s'engouffrait était une fortification puissante, protégée par deux tours et un pont mobile qui franchissait une large douve. Enlever une telle défense aurait coûté en hommes un prix démesuré et semblait impossible sans l'appui d'engins de siège. Or, pour une raison inconnue de Simon, les vantaux étaient ouverts, la herse levée, et rien n'indiquait que le passage avait été pris par la force.

S'éloignant du bastion pour monter vers la rue Droite, le baron découvrait peu à peu l'ampleur des massacres. Après les cadavres des soldats, ceux des habitants. Dans les logis, les échoppes, les auberges, on se livrait au pillage, se disputant le corps de femmes ou de fillettes qui n'avaient pas eu le temps de fuir. Du haut de leur monture, des seigneurs tentaient de reprendre la main sur les troupes, mais les ribauds n'avaient cure des menaces et se jetaient comme peste sur tout ce qui rendait un souffle ou se fourrait dans un sac.

Un chevalier de Bourgogne, dont le coursier se trouvait bloqué dans une impasse, hurla à Simon de se rendre à la Madeleine, où des soudards s'apprêtaient à embraser l'église. Conservant avec lui Gaucher et une poignée de piétons, Simon se hâta dans un passage qui menait vers les hauteurs. Arrivé sur les lieux, il eut le temps d'apercevoir les chanoines faire barrage aux soldats, les implorer de ne point porter atteinte au sanctuaire. L'un après l'autre, on les passa par l'épée avant d'enfoncer les portes de la nef pour s'abattre sur les réfugiés.

Les hurlements résonnèrent dans les têtes bien après que la dernière âme eut passé. Saisi par la folie de l'instant, incapable d'agir ni de réfléchir, Simon finit par s'égarer. Dans chaque recoin, sur chaque place, le spectacle d'une horreur insoutenable. Des malheureux tenant comme ils pouvaient leur ventre ouvert. Des visages et des corps qui n'avaient plus d'aspect. Dépassés par la sauvagerie de leurs troupes, les seigneurs s'attachaient à préserver les butins, exigeant que chaque prise leur soit immédiatement remise. En face, les ribauds se révoltaient. Des querelles éclataient sur les cadavres mutilés. On en venait aux mains, parfois à l'épée, pour des profits qui ne valaient pas leur poids. Puis soudain, le feu parut.

Simon ne sut si l'incendie était le seul fait des pilleurs. Favorisé par l'étroitesse des lieux, il se propagea entre les maisons. D'autres foyers se déclarèrent au palais et dans les quartiers juifs, formant tenaille aux quatre coins de la ville. Aussitôt, les croisés refluèrent.

Simon regroupa les fantassins qui l'avaient suivi depuis la plaine. Il reconnut des hommes de Bourgogne, de Saint-Pol, et d'autres portant les armes d'Auvergne. Des sergents, des archers, endurcis à la guerre, rompus à l'horreur, dont aucun ne semblait croire à ce qu'il voyait.

Les abords de la porte des Carmes seraient bientôt encombrés par les croisés qui cherchaient à fuir, et le risque était grand de rester pris au piège des murs, aussi Simon prit-il la direction du sud. La veille, il avait repéré une issue qui donnait sur un pont de pierre. Une fois l'Orb franchi, ils seraient hors d'atteinte des flammes.

Alors qu'il traversait la ville, Simon ne prêtait plus attention aux dépouilles lacérées, aux saccages, aux blessés qu'on achevait sur des pavés déjà rouges de sang. Les fumées répandaient des odeurs de fer, de bois, de chair brûlés. La chaleur, déjà suffocante, devenait irrespirable. On ne croisait que regards fous, ombres hurlantes, visages déformés. Simon songea alors à rebrousser chemin, craignant de tourner dans les mêmes rues sans jamais sortir de la nasse quand, sur un cri de son capitaine, les tours de la porte Canterelles surgirent devant eux.

Aussitôt on pressa le pas. Des bougres tentaient encore de s'extraire des maisons, aussitôt écharpés à coups de piques, de haches, de gourdins. Il n'était plus question de haine ou de peur. Une sorte de démence s'était emparée des têtes. Une soif implacable de mort.

Parvenu à l'entrée du pont, Simon s'assura que son dernier homme quitte l'enceinte puis ordonna à Gaucher de suivre la colonne. Il releva un archer tombé à ses pieds, un Gascon pétrifié par la peur, et le poussa au-dehors. Ne distinguant plus dans les fumées que des formes confuses, il se préparait à son tour à fuir, quand un détail attira son regard.

Sur l'instant, il n'aurait su dire ce qui l'avait troublé. La posture de cette silhouette ou son immobilité face au danger. À l'angle des remparts, les genoux au sol, on aurait dit qu'elle veillait un mort. Dans cet enfer qui menaçait de les dévorer, l'attitude avait l'apparence d'un miracle ou d'une folie plus grande encore. Alors que tant d'hommes et de femmes gisaient autour d'eux, que tant d'horreurs et de massacres étaient encore commis, du soin qu'elle prenait à son office émanait une solennité troublante.

Loin de fuir, Simon se trouva comme attiré. Son être entier se révoltait, sa raison menaçait de rompre, mais une force inconnue le poussait. Il voulait être là. Plus près encore. À mesure que la forme devenait plus réelle, le vacarme alentour s'apaisait. Dans le chaos assourdi, s'élevait maintenant un chant, une harmonie aux notes fragiles. Jamais le Franc n'avait ouï pareilles sonorités, semblables à une prière, mais prononcée avec une telle vérité, une telle douceur, qu'elle ne pouvait être inspirée que par une puissance supérieure.

C'est alors que l'inconnu se dressa pour se tourner vers lui.

On avait donné à ces démons tellement de noms, tellement exagéré leur vice et leur laideur, qu'il fut surpris de sa normalité. Ses cheveux ceints sous un foulard découvraient des traits fins, une peau claire et des yeux d'une beauté si grande que Simon céda au vertige. Sa robe noire déchirée au ventre laissait paraître une plaie qui aurait couché le plus solide des hommes. Il s'attendait à ce que la fillette s'effondre de douleur ou se jette à ses pieds pour implorer pitié. Elle fit face au contraire, bras ouverts, paumes offertes.

Le feu atteignait maintenant les maisons proches. Simon pouvait sentir son souffle. Quelques minutes encore et il suffoquerait. Mais rien ne l'aurait fait partir. Il voulait prendre cette enfant dans ses bras. La prendre et l'emporter. Ou qu'elle l'emporte lui. Il était prêt.

Une main le tira soudain en arrière. Il se sentit soulevé, arraché à son rêve. Revenu sur ses pas, Gaucher traînait son maître vers la porte encombrée par les fuyards et les fumées.

Simon le laissa faire, vaincu, fasciné, incapable de se battre ou protester. Au moment de franchir les murs, il grava dans son esprit l'image de la Parfaite, et de ses grands yeux clairs, offerte tout entière aux flammes.

Béziers brûla trois jours.

Après l'assaut, les croisés restèrent cantonnés dans les prairies alentour le temps que l'incendie s'épuise. En fait de repos, on attendait surtout de pouvoir achever le pillage. Simon en profita pour éclaircir les circonstances qui avaient conduit à la prise de la ville, prêtant l'oreille aux récits qui passaient le soir de feu en feu.

Sur ce que les témoins les plus fiables avançaient, des habitants étaient sortis par une poterne pour venir provoquer les soldats regroupés sur les berges de l'Orb. De pauvres bougres, prétendait-on, que le vin avait privés de raison.

Le chef des ribauds, que Simon avait croisé en se rendant au conseil, avait sitôt profité de l'aubaine et envoyé ses hommes sur la porte laissée béante. On avait ensuite ameuté les renforts à grands cris, et la milice s'était trouvée balayée par le nombre. Le reste se perdait dans des souvenirs lâches qu'on évoquait à mi-voix.

Cette imprudence des Occitans, encore impensable à l'heure où Simon en prenait connaissance, revêtait des accents de miracle dans la bouche de ceux qui en contaient le détail. Arnaud Amaury ne fut pas le dernier à saisir l'avantage de la situation, non seulement du signe que Dieu leur envoyait, mais de la terreur que le massacre sèmerait dans le pays. Les seigneurs hérétiques réfléchiraient à deux fois avant de s'opposer à l'œuvre de justice, s'écriait-il, car Dieu était à leurs côtés et Sa fureur était sans égale.

Dès que les rues furent de nouveau praticables, Simon laissa ses hommes participer à la curée. Le paiement des troupes sur les biens des vaincus était coutume de guerre, et aucun seigneur ne refuserait ce privilège aux soldats qui se battaient sous ses couleurs. La plupart des richesses avaient toutefois été réduites à l'état de cendres, tout comme les dix mille âmes que comptait la cité avant l'arrivée des croisés. On récupéra donc ce qui pouvait l'être, puis l'armée se remit en marche, tournée vers sa prochaine cible.

Carcassonne

1209

Il fallut moins d'une semaine pour rallier le repaire des Trencavel. Entre-temps, la longue colonne traversa une terre désertée. Les rares survivants de Béziers s'étaient rués vers les dernières places fortes susceptibles de leur offrir protection. La nouvelle du sac s'était répandue dans leur sillage, provoquant un vaste exode vers les montagnes ou les cités voisines.

Ainsi la grande armée se présenta dans la vallée de l'Aude, sous un ciel clair et une chaleur insupportable, forte d'une réputation qui dépassait toutes les peurs. Toujours opposé à la moindre conciliation, Arnaud Amaury réunit un conseil au plus vite, affirmant sa volonté de ne laisser aucun répit à l'ennemi. En prévision, le duc de Bourgogne chargea Simon de reconnaître les défenses de la cité. Celle-ci s'étirait le long d'une rivière qu'elle dominait depuis un promontoire sur sa façade ouest. L'enceinte flanquée d'une trentaine de tours avait été renforcée de hourds et paraissait au moins aussi solide qu'à Béziers.

— Ton avis, Gaucher ?

Le capitaine, qui avait suivi Simon dans son inspection, n'avait pas manqué de noter les détails qui pourraient être utiles à l'opinion de son seigneur.

— Les remparts sont puissants et les portes protégées. Une offensive de front serait par trop périlleuse.

— Les faubourgs donc ?

— Les faubourgs, oui. C'est là que se trouve la faille.

Au cours du temps, deux quartiers s'étaient développés aux extrémités de la ville : le Bourg Saint-Vincent au nord et le Castellar au sud. Deux quartiers ceints de murailles moins robustes.

— Si nous arrivons à prendre pied dans l'un d'eux, nous serons suffisamment proches de la cité pour saper ses défenses et ouvrir une brèche.

— Et vers quel quartier te porterais-tu en premier ?

— Le Bourg, répondit Gaucher sans hésiter. C'est le moins protégé des deux. Des lices en bois et en torchis pour ce que j'en ai vu. Le Castellar ensuite, pour ouvrir un deuxième front et obliger les défenseurs à diviser leurs forces.

Simon acquiesça, parvenu de son côté aux mêmes conclusions.

— Fais questionner les Narbonnais sur les points d'eau. À la taille du coteau qui sépare les habitations de la rivière, je suis prêt à parier mes titres que la plupart des sources se trouvent hors les murs.

— Bien, messire.

Lorsque Simon rentra au camp, on lui annonça que le duc de Bourgogne le faisait mander. Il s'y rendit sans attendre, laissant à Gaucher le soin d'organiser leur installation.

Eudes occupait un pavillon non loin de celui d'Arnaud Amaury. Le duc l'accueillit avec amitié et lui offrit de partager une coupe de vin avant de prendre place à sa table.

On avait relevé de grands carrés de toile pour laisser l'air circuler et rendre la chaleur moins suffocante. Allant et venant par les ouvertures, des servants s'occupaient de répartir le mobilier de campagne.

— Arnaud nous commande de prendre la ville sans tarder, annonça Eudes d'une voix neutre.

Simon ne montra aucune surprise. La prise de Béziers avait comblé les espoirs du légat, mais seule la chute du vicomte Trencavel signerait le succès de la croisade et ouvrirait la voie à ses véritables ambitions. Maîtres d'un domaine allant de la Méditerranée aux marches de Toulouse, les croisés installeraient durablement leur emprise sur le Sud. Pour l'obtenir, Arnaud ne se risquerait pas dans un long siège. Il devait prendre l'ennemi à la gorge, frapper vite et ne pas laisser de doute sur sa détermination, fût-ce au prix de milliers de vies.

— Il compte qu'un seigneur franc soit nommé au plus tôt à la tête de la vicomté, poursuivit Eudes. De là pourra être achevée la purification des terres occitanes. Tels sont les mots qu'il a employés.

— Un projet que vous ne semblez point partager avec enthousiasme, nota le baron franc.

Le duc s'assombrit.

Il était un peu plus jeune que Simon mais portait la même fidélité à son roi, y compris dans ses distances avec l'Église. Il avait naguère refusé de prendre la tête d'une croisade en Orient et n'avait pas exprimé plus d'intérêt pour l'expédition occitane, sauf à protéger Philippe d'un nouveau divorce avec Rome. Depuis plusieurs jours maintenant, il ne cachait plus son désaccord sur la manière dont l'entreprise était menée.

— Vous comme moi savons la haine que le légat porte au comte Raimon. Le rétablissement de la Foi n'est qu'un prétexte à ses ambitions. Il rêve de faire camper l'armée devant Toulouse et fera tout pour parvenir à ses fins.

— Le comte est sous la protection du pape.

— Il l'est, oui. Mais à quel prix...

Eudes se servit une autre coupe, complétant celle de Simon, puis son regard se perdit au loin, derrière les pans de toile lâches qui flottaient sous la brise.

Tandis qu'il portait le vin à ses lèvres, Simon s'égarait en pensée sur les rives de l'Orb, au pied de cette cité dont ils n'avaient laissé que cendres. L'un et l'autre n'avaient jamais évoqué l'assaut sur Béziers. Rares étaient les seigneurs à l'avoir fait. Les conversations se teintaient alors d'accents sombres et de pensées coupables. On se cachait derrière le service de la Foi, pour mieux le maudire en silence, seul avec ses songes. Les visages des cadavres, eux, ne laissaient aucun répit.

— Vous avez reconnu les fortifications ce midi, m'a-t-on dit.

— Selon votre commandement, répondit Simon.

— Des enseignements que nous pourrions exploiter ?

— Une approche par les faubourgs semble être la meilleure stratégie. Une première attaque pourrait se concentrer sur le nord où les défenses sont moindres. Une seconde sur le Castellar au sud. Une fois ces positions acquises, il sera possible de négocier la reddition de Trencavel ou d'organiser l'offensive contre la ville.

Eudes quitta son siège et avança de quelques pas pour observer le lent déploiement des croisés dans la plaine.

—Voilà ce que j'apprécie chez vous, Simon. Tout paraît simple, évident, aisé.

—Je m'efforce d'écarter les questions qui ne trouvent aucune réponse.

—Mais vous laissent-elles toujours en paix ?

—Je dois reconnaître que non.

Le duc garda un moment le silence, puis :

—Je vous remercie, seigneur Montfort.

Rien ne se passa dans la nuit du 1er au 2 août.

On rapporta que des Occitans avaient franchi les murs pour approcher du camp. Simon craignit que Trencavel ne profite du désordre et de la fatigue des croisés pour tenter une sortie, mais l'aube se leva sans qu'une attaque survienne.

Gaucher le rejoignit au matin. Il avait pris contact avec les Narbonnais, qui confirmaient la présence de sources au pied du plateau, à l'ouest. La ville disposait de puits à l'intérieur de l'enceinte, mais en nombre insuffisant pour alimenter les habitants. Comptant sur la chaleur qui ne tarderait pas à épuiser les nappes, le contrôle des berges pourrait suffire à faire plier l'ennemi.

Simon s'assura que l'information fut communiquée aux chefs de la croisade avant de prendre son repas au milieu de ses hommes. Le reste de la journée se passa sans heurts, puis le soir arriva avec un message transmis par la voix d'un écuyer. L'assaut serait donné au lever du soleil, sur le faubourg nord, suivant les recommandations de Simon. Ce dernier se vit également remettre un pli signé de la main du duc de Bourgogne. Entre autres mots figurait la mission que le commandement entendait lui confier.

Le contenu tenait en de courtes lignes, que Simon prit le temps de lire et de relire. Face aux risques encourus, on le laissait libre d'opposer ses doléances, ses objections ou son refus. Sur ce dernier point, l'issue était toutefois moins convenue et ne dispensait pas l'ombre d'une faveur.

Revenu de ses réflexions, Simon dicta sa réponse à l'écuyer. Il acceptait l'honneur qui lui était fait et formulait une requête. Il s'enferma ensuite dans ses quartiers pour prendre un peu de repos.

Le camp devint rapidement silencieux. La nouvelle de l'assaut s'était répandue bien au-delà des cercles francs, chassant les cris, les chants et les bravades qui animaient d'ordinaire les feux.

Ce soir, on veillerait les morts qui respiraient encore.

L'heure était encore sombre lorsque son capitaine vint le trouver. Gaucher avait peu dormi. Son visage était blanc, comme aux instants qui précédaient les heures de sang. Il annonça que le messager était reparu. Le duc de Bourgogne prenait acte de l'engagement de Simon et se chargeait personnellement de satisfaire sa demande. Ainsi trouverait-il les troupes requises à l'endroit convenu.

Gaucher aida ensuite son maître à s'équiper. Le gambison sur la chemise de lin, cotte épaisse chargée d'atténuer les frottements des mailles. Le haubert aux anneaux de fer pour parer les coups. Un casque rond et une robe de toile frappée de ses couleurs complétaient la tenue. Au moment d'ajuster l'épée, le capitaine murmura une prière à saint Michel, comme il avait coutume de le faire.

Lorsqu'il fut prêt, Simon avisa Gaucher de la tâche qu'on leur avait confiée. Un peu plus loin dans la plaine les attendait un détachement dont ils prendraient le commandement. Se joignant aux troupes d'assaut, ils franchiraient les murs avec les premières lignes et traverseraient le faubourg pour rallier la porte la plus à l'ouest. De là, ils descendraient vers les berges de l'Aude et prendraient le contrôle des points d'eau, profitant de l'effet de surprise et du chaos provoqué par les combats. La mission était d'importance et pouvait influer de manière décisive sur l'issue du siège. Mais si la prise du bourg échouait, ils se trouveraient coupés des lignes arrière et condamnés à une mort certaine.

Gaucher écouta, sans émettre d'objections. Quoi qu'il advienne, rien ne changerait au rôle qu'il entendait tenir, au côté de son seigneur, veillant aux coups qu'il ne pourrait parer.

Quittant le pavillon de Simon, les deux hommes contournèrent le camp pour rejoindre leur compagnie, des ribauds rapides, vicieux, légers, tels que Simon les avait souhaités. D'autres compagnies avaient pris position à l'écart et attendaient l'ordre de charger, tapies dans les prairies qui bordaient la plaine.

En plus de la moiteur, l'air s'était chargé d'une tension sourde. Les visages étaient fermés, les corps nerveux. On parlait à voix basse, maîtrisant ses mouvements. Des instructions passaient d'un officier à l'autre. Dans l'aube naissante, on repérait la ligne d'un mur, la silhouette d'une tour, le contour d'une porte, se prévenant des pièges et des fossés qu'il faudrait franchir.

En retrait, Simon aperçut le duc de Bourgogne et le comte de Nevers qui assistaient au déploiement. Il échangea un bref regard avec Eudes puis se porta auprès des premières lignes, gagné par ce sentiment de frayeur et d'exaltation qu'il connaissait bien. Gaucher le suivait d'un pas, silencieux, attentif aux places de chacun.

Puis l'attente.

L'ombre des sentinelles se distinguait à peine sur les remparts. Sur les positions les plus hautes flottait l'étendard or et argent des Trencavel. Derrière, les défenses de la ville dominaient le faubourg de toute leur hauteur.

L'engagement devait être court. Dès le pied dans l'enceinte, les croisés devraient tenir la ligne et se préparer à une contre-offensive. Besogne qui serait épargnée à Simon et ses hommes, appelés à d'autres offices.

Alors qu'une longue traîne grise fendait l'horizon, un mouvement agita l'arrière et se répandit vers l'avant, comme un frisson. Des bruits de fer, des piétinements. L'ordre fut bientôt repris, par une seule et même clameur, poussée par des milliers de poitrines.

Alors ce fut comme si la terre se soulevait.

Simon prit la tête de sa compagnie, débordée par les routiers qui se précipitaient vers les défenses. Dans le faubourg, l'alarme retentit. Des flèches se mirent à traverser le ciel, sifflant leur chant mortel. Au cœur des rangs croisés, on hurlait, braillait, se bousculait. Simon et Gaucher tentaient de maintenir le rythme. Déjà les premiers hommes se jetaient aux fossés.

Passé les lignes de pieux, les échelles se dressèrent comme des lames, sitôt gravies par des nuées hurlantes. Plus loin, des béliers étaient approchés des portes. On s'était équipé de poutres simples, sans armatures ni protection, moins efficaces mais plus maniables pour ne pas ralentir la charge. Couverts par les boucliers des fantassins, les servants se relayaient autour du boutoir qu'on projetait avec force contre les battants. Sous le déluge de traits et de pierres, les hommes tombaient par grappes, immédiatement remplacés par d'autres que la terreur et la fièvre rendaient fous.

Alors qu'un coup puissant faisait naître un espace entre les vantaux, Simon envoya des Saxons joindre leurs efforts à ceux du bélier. On attaqua le bois à la hache, les charnières à coups de pierres, tandis que les Occitans perçaient les imprudents de leur pique à travers les ouvertures.

Soudain un cri retentit, étouffé par le vacarme. Deux jets de poix tombaient des remparts. Devant la porte, des corps s'effondraient, se tordaient, expiraient dans une agonie insoutenable. Succédant aux hurlements, d'autres combattants se précipitaient, redoublant de fureur et de rage. On bouscula les blessés. On piétina les cadavres. Sur les courtines, des Frisons avaient pris pied et détournaient l'attention des Occitans. Profitant du répit, Simon se précipita sur le bélier, entraînant avec lui un groupe de piétons. On s'entêta encore sur la brèche, à propulser le boutoir, pataugeant dans une boue sanglante, prenant appui sur des corps dont certains imploraient secours, et la porte, enfin, finit par céder.

À la tête de sa colonne, le seigneur franc fut l'un des premiers à pénétrer dans l'enceinte. Une ligne de piquiers avait pris position pour protéger l'accès. Le choc fut violent, impitoyable. Simon plongea dans la mêlée, frappant de taille, à l'aveugle. Autour, les hommes hurlaient, suppliaient, bousculés par l'élan inexorable des croisés. Sous la pression, un passage s'ouvrit, puis la ligne plia, obligeant les défenseurs à céder du terrain.

Sans attendre, Simon s'enfonça dans le faubourg où la résistance ne tarda pas à s'organiser. Chaque rue, chaque demeure était tenue. Les accrochages se multipliaient, éparpillaient les forces. Simon pestait. Il perdait trop de temps, gaspillait ses hommes dans des corps à corps inutiles. Hélant Gaucher, il ordonna qu'on divise la compagnie. Un premier groupe resterait avec eux. Un second serait chargé d'ouvrir la voie et de maintenir les Occitans à distance. Dans les yeux de Gaucher, le seigneur franc crut voir une hésitation. Ils avaient déjà perdu beaucoup de forces dans l'assaut, et les deux Francs s'attendaient à une forte opposition autour des points d'eau mais, l'instant d'après, le capitaine s'exécuta, reprenant la marche aux côtés de son seigneur.

Celui-ci accéléra encore l'allure, se glissant dans les venelles pour contourner les positions les mieux défendues. Il progressait vite, ne rencontrant que de faibles obstacles que son avant-garde se chargeait de balayer.

En avant, on vit des miliciens battre en retraite. L'annonce de l'entrée des croisés avait dû se répandre et, parmi la garnison occitane, on cherchait maintenant à sauver sa vie. Simon comptait justement sur ce désordre pour empêcher une sortie des cavaliers, et resta à bonne distance des murs où les archers protégeaient la retraite de leurs frères d'armes.

Dans le cœur du faubourg, les rues se vidaient. On ne croisait plus que des habitants hagards, errant çà et là au milieu des fumées. Après avoir pris la direction de l'ouest, Simon retrouva le mur de terre qui fermait le quartier puis une porte que la garnison avait abandonnée. Une simple traverse condamnait l'ouverture. Derrière, un chemin se glissait dans la végétation pour rejoindre les berges. Simon laissa deux éclaireurs reconnaître la piste et suivit avec le reste de sa compagnie.

Ils parcoururent une centaine de mètres au pas de charge avant d'atteindre la rivière. Grâce aux indications des Narbonnais, ils découvrirent rapidement les sources et s'étonnèrent de les trouver sans protection. Simon se demanda si l'imprudence ne couvrait pas quelque piège, mais ne perdit pas de temps pour déployer ses hommes, ordonnant à chacun la plus grande méfiance.

Une fois les points d'eau sous contrôle, Simon se dissimula au creux d'un bosquet. Gaucher lui apprit que la moitié des hommes manquaient à l'appel. Morts, blessés, égarés. Le reste pourrait faire face à une petite troupe de fantassins, mais ne tiendrait pas longtemps contre une charge de cavaliers. Si une opération conjointe était menée pour reprendre le Bourg, ils se trouveraient pris entre deux fronts, sans possibilité de fuite.

Le baron envoya Gaucher en avant pour observer les mouvements de l'ennemi et s'accorda un moment pour boire. L'heure suivante passa comme une année.

Pour tromper sa nervosité, Simon se glissait d'une position à l'autre, encourageait ses hommes à ne pas baisser la garde. Les Occitans devaient maintenant être informés de leur présence. S'il voulait résister au siège des croisés, Trencavel n'aurait d'autre choix que de reprendre les berges.

Le bruit des combats resta malgré tout à distance et aucun éclaireur ne se manifesta. Simon envoya alors une patrouille pour s'assurer que les croisés avaient emporté le Bourg.

Lorsque la nouvelle de la victoire leur parvint, Simon se laissa choir sur le sable et attendit, à l'ombre d'un aulne, que les renforts viennent les relever.

La contre-attaque, elle, ne vint jamais.

Les échos des combats grondaient à travers les archères et tournaient comme des diables dans les pièces sombres du palais. Le fracas du fer, les cris des blessés, les hurlements des Francs rendus maîtres de la rivière et ceux des Occitans tentant de maintenir l'ennemi à distance; rien de ce que le vicomte Trencavel avait craint ne lui serait épargné. Pas même la douleur de ses sujets dont le désespoir l'accablait en tous lieux.

Dans quelques heures, on lui ferait reproche de tout. D'avoir dégarni les défenses du Bourg, sous-estimé la puissance de l'attaque et perdu les sources d'eau, indispensables à leur survie. On l'accuserait d'avoir abandonné Béziers, de ne pas s'être plié aux exigences du pape ou aux menaces des chefs de la croisade alors que ses conseils le pressaient de faire pénitence. De tout donc, jusqu'à ce choix de ne pas être sur les murs au moment où l'ennemi faisait assaut de toute part. Pourtant, la chute de sa maison ne viendrait d'aucune de ses décisions, ni de la chance ou du destin qu'il était si simple d'invoquer, mais de ce parchemin qu'il tenait froissé entre ses mains, à s'en briser les doigts.

Le roi Pierre II d'Aragon refusait d'apporter son aide.

Empêtré dans son conflit contre les tribus almohades, le souverain ne disposait pas de forces suffisantes pour venir au secours de son vassal. L'aurait-il pu seulement, le jeune vicomte n'espérait pas le voir franchir les Pyrénées pour s'opposer de front aux troupes croisées. Il avait en revanche toute autorité pour contraindre Rome aux pourparlers. Imposer la paix sur ses domaines relevait de son devoir de suzerain, un devoir dont il s'était finalement dessaisi. Par peur, par loyauté ou par calcul, Pierre brisait les derniers espoirs de la cité.

Trencavel releva la tête.

Dehors, le vacarme des combats s'était dissipé. La lumière du jour semblait plus terne. Il chercha une présence dans son dos. Astier, son sénéchal, réunissait autour de lui une poignée de fidèles. Depuis combien de temps l'observaient-ils, reclus dans son silence?

Le vicomte marcha jusqu'à la table où se trouvait un broc et versa un peu d'eau dans sa paume, songeant que chaque goutte vaudrait bientôt de l'or. D'un mouvement lent, il baigna son visage. La caresse l'apaisa. Sa main monta ensuite vers ses cheveux, à la manière de son parrain lorsqu'il voulait le consoler. Il imaginait les mots que le seigneur aurait prononcés en pareilles circonstances : « Tu es un seigneur, aurait-il dit. Un Occitan. Pense et agis ! »

Penser et agir.

La ville était condamnée. Aucune aide à espérer désormais, pas même du Ciel qui semblait avoir choisi son camp. Sous les coups des croisés ou par manque d'eau, Carcassonne vivait ses dernières heures. Restait à fixer le prix de ses titres, de ses terres, de ses gens. Le prix d'un seigneur occitan. De cela au moins, il restait maître.

La perte des sources portait un coup rude à ses forces. Fatal, s'il n'était question de temps. Ce même temps qui pourrait manquer au légat si les combats s'éternisaient. Et c'est sans doute pour cette raison, se persuadait Trencavel, que le combat avait été si tôt engagé, poussé par les seigneurs francs que l'éloignement de leur domaine pouvait contrarier. Ou par le pape, pressé de voir l'affaire se résoudre. Ou par orgueil, peut-être. Mais l'urgence laissait envisager un recours.

— Astier !

— Messire ?

— Vous allez faire porter un message à nos ennemis.

On ne posa aucune question. On ne fit entendre aucune opposition. Un secrétaire fut aussitôt mandé. Il prit note des mots du vicomte sur un feuillet simple qu'on remit à un cavalier.

Trencavel exigea ensuite qu'on le laisse seul et s'enferma dans une tour du palais pour attendre la réponse.

Celle-ci arriva dans la nuit.

Astier porta le vélin signé de la main d'Arnaud Amaury jusqu'aux appartements de son seigneur. Il le trouva face à une archère, le regard perdu dans des ruines encore fumantes. Plus rien dans son visage ne rappelait l'homme qu'il servait depuis son plus jeune âge, lorsque celui-ci avait hérité de ses titres à la mort de son père. Malgré le poids de la charge et la douleur causée par le deuil, le vicomte conservait de cette époque une sorte d'espièglerie, certains auraient dit d'insouciance, qu'il dissimulait derrière une fougue sans cesse renouvelée. C'était un seigneur fier, emporté, féru de sa terre comme de ses gens. Le seigneur de Saissac, qui avait assuré sa tutelle jusqu'à sa majorité, l'avait éduqué selon les principes dispensés par les maîtres Parfaits, mais avait échoué à lui transmettre sa patience et son sens de la diplomatie. Avant même d'être en âge de gouverner, Trencavel estimait qu'un seigneur devait tout à sa terre, jusqu'à sa vie, et ne devait transiger sur rien qui pût la corrompre.

Paré de ses vertus, il avait imaginé que Dieu siégerait à ses côtés jusqu'à la mort. Dans l'obscurité de cette pièce, où seule la flamme d'une chandelle continuait de briller, il se découvrait nu, seul, défait.

— La réponse est arrivée, fit Astier d'une voix douce, remarquant que son seigneur ne l'avait pas entendu entrer.

Ce dernier commanda qu'on dépose le message sur la table.

— Désirez-vous que je reste, messire ?

Trencavel approuva d'un mouvement de tête puis porta son attention sur le parchemin fermé par un cachet de cire. L'abord officiel ne présageait rien de bon. Pas de négociation ou de marché à bon compte. Ce serait à prendre ou à laisser.

— A-t-on recensé la totalité de nos pertes ?

— Pas encore, répondit Astier, même si le nombre sera faible, grâce à vos soins.

Trencavel avait ordonné que la garnison du Bourg soit réduite au minimum en raison de la faiblesse des murs. Sa défense aurait coûté trop d'hommes au regard des batailles qu'il restait à mener. Mais il ignorait alors que les croisés seraient informés de l'existence des sources. Fermant les yeux, il ruminait en silence ce qu'il considérait plus que jamais comme une trahison. La donnée serait évidemment différente lorsqu'il s'agirait de protéger le Castellar, ce qui ne manquerait pas de survenir si les exigences du légat se révélaient impossibles à tenir.

— S'est-on enquis de mon épouse ?

— Elle est aux côtés de votre fils. Le jeune seigneur s'est trouvé fort troublé par les événements de la journée.

— Il devra, je le crains, s'y habituer. À moins d'apprendre à plier le genou comme son valeureux parent, le comte de Toulouse.

— Messire…

— Je sais, Astier. Je sais. Il a été plus prompt que moi à céder à la menace, et je conçois combien cette humiliation a dû lui coûter. Voyons seulement si mon oncle aura su négocier la clémence du légat.

Trencavel se dirigea vers la table et brisa le sceau du parchemin. Il parcourut le message dans son entier et le reposa avant de revenir près de l'archère où les lueurs des brasiers se reflétaient sur ses traits, avec plus de noirceur semblait-il.

— Messire ?

Astier approcha jusqu'à se trouver tout près de son seigneur. Le visage du jeune vicomte n'était que détresse et douleur, aspiré par les flammes qui consumaient sa ville.

— Le légat accepte notre reddition, annonça-t-il d'une voix sèche. En gage de sa bienveillance, il m'offre de sortir libre de la ville avec douze hommes de mon choix.

— Vous ?

— Moi. En échange, je devrai abandonner la totalité de mes gens à son autorité.

Il ponctua d'un silence sa douleur.

— Voilà ce qu'il m'accorde, Astier. Voilà ce qu'il entend faire du nom des Trencavel. Celui d'un parjure et d'un lâche. J'étais disposé à lui offrir ma vie en échange d'un reste d'honneur et de fierté. Il préfère me dépouiller des trois et exigera à coup sûr que je lui embrasse les pieds pour grâce de sa bonté.

Astier voyait le poing crispé de son maître sur le pommeau de sa dague.

— J'aime mieux me donner la mort, entends-tu ? Ou me faire écorcher vif avec les miens plutôt que d'accepter ces conditions. Jamais je n'abandonnerai mon peuple à ces suppôts. Fais-lui parvenir ce message. Prestement. S'il veut cette ville, il devra venir la chercher.

— Bien, messire.

— Ordonne aussi de renforcer la garnison du Castellar et de doubler la garde sur les murs. À compter de ce soir, je dormirai avec les hommes.

— Il sera fait selon vos vœux.

Astier fit un pas en arrière et recula jusqu'au seuil de la pièce. Après un dernier regard vers le vicomte, qui semblait avoir basculé dans une autre vie, il s'effaça.

Sans bruit.

À cette heure, la chaleur rendait l'attente insupportable. Depuis les hauteurs de la cité, face aux compagnies déployées dans la plaine, elle donnait un aperçu de l'enfer qui menaçait de s'abattre.

Des jours plus tôt, prenant acte du refus de Trencavel de négocier, une charge violente avait été lancée contre le Castellar. Suivant une tactique identique à celle utilisée contre le Bourg, les croisés s'étaient rués sur les murs armés d'échelles et de béliers, avant d'être repoussés avec la même force et une rage décuplée.

Le seigneur de Carcassonne, fidèle à sa promesse, n'avait plus quitté la compagnie de ses hommes. En première ligne, l'épée à la main, s'exposant plus que de raison pour que derrière aucun ne cède. À deux reprises, on l'avait vu sortir au-devant de l'ennemi et reprendre une courtine sur le point de tomber, ramenant une blessure au bras quand tant d'autres avaient perdu la vie. On disait que son ardeur avait suffi à balayer les assaillants tant il semblait habité par Dieu. Ou par le Diable, s'inquiétaient ceux qui l'avaient vu combattre.

Vaincus, étrillés, les croisés s'étaient retirés en désordre, abandonnant un grand nombre des leurs au creux des fossés. Mais aucun cri de liesse n'avait résonné dans les rangs occitans, car nul ne doutait qu'un jour pris restait un jour de sursis.

Les premières pièces de bois firent leur apparition en arrière de la plaine, sur la rive gauche du Pech Mary. Des poutres épaisses et droites que les charpentiers se hâtaient d'assembler entre elles, sans plus laisser de doutes sur la stratégie adoptée par l'ennemi. À défaut de s'emparer du faubourg, il s'apprêtait à le broyer sous les pierres.

Astier supplia son maître de rejoindre la cité avec les derniers habitants, arguant que sa mort sous un boulet ne lui concéderait nulle gloire et achèverait toute chance de négocier. En réponse, le vicomte invita son sénéchal à faire le chemin à sa place, résolu à périr avec sa ville.

Perrières, trébuchets et mangonneaux se mirent en action un matin, peu après l'aube. Ce fut alors comme si le ciel s'était chargé de roches et laissait parler toute sa fureur. Les tirs cessèrent, alors que les habitations proches des murailles avaient été rasées. Trencavel fit aussitôt remonter ses hommes sur les chemins de ronde encombrés de moellons et de hourds dévastés. Des courtines étaient devenues impraticables, mais les murs avaient tenu. On réorganisa en urgence les défenses, réparant ce qui pouvait l'être, se réapprovisionnant en pierres et en flèches en prévision d'une nouvelle attaque, mais au lieu de compagnies à pied, ce fut un lourd bâtiment de bois que l'on vit sortir du camp ennemi. Pesant, massif, l'engin était posé sur d'énormes roues et poussé en son antre par un groupe de servants.

Le vicomte saisit aussitôt la manœuvre et commanda qu'on garnisse les flèches de tissus imbibés de poix. Il fit ensuite installer des braseros pour enflammer les pointes et ordonna de concentrer les tirs sur le chat. Couverte de peaux tout juste écorchées, la cible résista aux flammes et continua d'avancer vers la pointe sud du Castellar.

—Les fondations! hurla un sergent. Ils vont creuser les fondations!

Trencavel fit venir des pierres et des chaudrons de poix qu'on déversa sur l'engin lorsqu'il fut à l'aplomb des murailles. Bien qu'incendiée, la structure résista suffisamment longtemps pour permettre aux occupants d'aménager une niche et se mettre à l'abri sous le mur. On vit apparaître la sape dès l'instant où le bois fut consumé, et la panique se répandit dans les rangs occitans. Sous peu, un tunnel irait courir sous le rempart. Une fois la galerie achevée, les taupins mettraient le feu aux étais et profiteraient d'une aubaine pour prendre la fuite. La brèche serait ouverte à l'instant où les poutres céderaient et plus rien ne pourrait empêcher l'entrée des croisés.

Trencavel, sonné, se tourna vers le Castellar, labyrinthe de maisons basses, dernière marche avant la cité qu'Astier le pressait à nouveau de rejoindre.

Un claquement sec et puissant résonna dans la plaine. Le projectile d'une catapulte s'écrasa à moins d'une toise du seigneur, emportant la moitié d'un piquier dans sa chute. Un autre percuta le pied du rempart. Le pilonnage reprenait, autant pour achever la destruction des murs que pour prévenir la moindre sortie.

Face au désespoir de son maître, Astier s'empara du commandement et ordonna le repli vers la citadelle. Les hommes abandonnèrent aussitôt leur position. Une escorte fut chargée de conduire le vicomte jusqu'aux chevaux laissés à son intention. Celui-ci se laissa mener sans réagir. À peine avait-il enfourché sa monture qu'un bruit effroyable souleva un nuage ocre et sec.

La porte de Carcassonne était ouverte.

Les premières compagnies franchirent la brèche sans encombre.

Quelques hommes s'engouffrèrent dans les rues, disparaissant à la vue des suivants, mais la plupart avançaient avec prudence, surpris de ne rencontrer aucune résistance. Simon conserva avec lui un détachement d'auxiliaires et contourna le cœur du Castellar à la recherche d'un point d'observation.

Noyé sous les poussières, que la touffeur rendait plus suffocantes, le faubourg montrait une figure dévastée. Murs branlants, maisons éventrées, au milieu desquels pourrissaient les cadavres. Les bâtiments encore debout étaient fouillés. Par habitude. Après Béziers, on avait interdit les pillages, et aucun butin ne devait être conservé. L'Église exigeait la remise des biens des vaincus pour financer la croisade, dont le coût se révélait fort cher et que les grands seigneurs cesseraient de couvrir une fois leur service achevé. La récolte restait maigre toutefois. Les Occitans avaient abandonné leurs morts par nécessité, sans rien laisser, pas même les braies lorsqu'elles étaient récupérables. Les ribauds les plus chanceux ne trouvaient dans les décombres qu'un carré de soie, une bourse plate ou une vieille paire de sandales.

À hauteur d'une tour d'angle, Simon fit arrêter ses hommes et grimpa au sommet. Le bastion était désert, encombré du matériel que les défenseurs n'avaient pu ramener vers l'arrière.

— J'ignore à quoi joue ce jeune vicomte, confia Gaucher. Sait-il seulement ce qu'il risque en abandonnant la place ?

Simon ne répondit pas. Il examinait le mur d'enceinte qui formait comme une nasse autour du Castellar, puis l'intérieur du faubourg étouffant sous une brume ocre. Depuis la faille ouverte, les combattants croisés continuaient d'affluer, comme un poison lent. Faute d'adversaire, il serait aisé de prendre position. Resterait à organiser leurs défenses et attendre que la soif, la chaleur ou la faim viennent à bout des habitants. Simple donc. Trop pour ne pas éveiller les soupçons.

Simon retrouva ses hommes au bas de la tour. On vidait le contenu des outres à grandes goulées. La charge avait éreinté les corps, asséché les gorges. Les peaux macéraient sous les mailles, les cuirs et les casques. Les armes pesaient comme des chaînes et les yeux brûlaient sous l'effet de la sueur et des fumées, mais c'était bien la crainte d'une embuscade qui marquait les visages. Chacun gardait à l'esprit le souvenir du dernier assaut. La fougue et l'ardeur des Occitans, acculés par le nombre mais ne cédant pas un pouce de terrain, avaient gravé au sang les soudards les plus aguerris.

S'accordant avec Gaucher, Simon reprit la tête de la colonne. Ils longèrent à nouveau les fortifications, jusqu'au portail d'une chapelle dont la moitié du toit avait été emportée. Au moment d'atteindre l'édifice, une clameur se propagea, si soudaine que les hommes se figèrent. On perçut nettement l'écho de cris, puis celui du fer, que Gaucher situa à l'autre extrémité de leur position.

Menant son détachement vers le cœur du faubourg, Simon se faufila entre les décombres et finit par atteindre une petite place où des hommes s'affrontaient dans une cohue enragée. L'ennemi surgissait de toute part, comme une main immense guidée par l'homme qui flottait sur la mêlée. Le diable semblait ivre, fou. Frappant à gauche, à droite, courant au milieu des siens, hurlant partout ses ordres. Et à chaque croisé à terre, il semblait plus fort, plus puissant.

Simon percuta la colonne sans attendre et se trouva au milieu d'une mêlée effroyable. On ne distinguait plus qu'une masse confuse et des ombres qu'on enfonçait à coups de lames, de piques, de masses ou de haches. Malgré la violence de la charge, la piétaille occitane soutenue par la voix de son seigneur reprenait du terrain. Assaillie sur sa gauche, cédant sur l'avant, la compagnie commandée par Simon finit par perdre pied. Craignant d'être pris en tenaille, Gaucher fit reculer les hommes, puis organisa une ligne de défense à l'entrée d'une rue. Tenant la position, il fit évacuer le reste du détachement vers l'arrière. Simon s'assura ensuite de semer les poursuivants et rejoignit Gaucher près de la chapelle dépouillée où ils avaient fait halte un peu plus tôt.

Les deux hommes évaluèrent rapidement la situation. Les Occitans avaient lancé le gros de leurs forces vers la brèche et délaissé leurs flancs, pariant sur l'impact et la surprise pour repousser les croisés hors du faubourg. Simon estima qu'un pari identique pouvait être tenté en frappant l'adversaire à revers. Mais si les Occitans s'emparaient de la brèche, cette audace pouvait aussi les condamner.

Devant les réticences de son capitaine, conscient aussi des risques qu'il prenait, Simon resta froid. En réponse, l'officier mit les troupes en marche, laissant sur place les guerriers les moins vaillants. On comptait encore une cinquantaine d'hommes, que Simon mena par des chemins de traverse, à distance suffisante de la cité pour ne pas être la cible des archers. Lorsqu'il s'estima suffisamment avancé, il repiqua vers le sud.

Dans les rues, des corps, des membres. Des blessés à l'agonie rampaient vers les maisons pour y chercher refuge. L'odeur du sang était si forte qu'elle en devenait enivrante, et Simon n'attendit pas de voir la meute occitane pour donner la charge.

Le choc surprit l'ennemi et freina son élan au moment même où la faille était à sa portée. L'arrière-garde manœuvra en désordre pour faire face à l'assaut. La poussée menée par les hommes du vicomte fut aussitôt ralentie, et les croisés profitèrent de la diversion pour disposer leurs archers de part et d'autre de la brèche. Entre les deux camps, le front se stabilisa. Les Occitans combattaient avec toute leur énergie et leur rage mais, du côté croisés, les renforts continuaient d'affluer. Forts du nombre, et avec l'appui des archers, ils parvinrent à maintenir leur position.

Harcelant l'ennemi sur ses arrières, Simon resserrait toujours plus son étreinte et comptait que les deux fronts combinés finissent par disperser les rangs sudistes quand, flottant au-dessus des troupes, apparut la silhouette d'un seigneur fou. Ses hurlements couvraient les cris de rage et de douleur, les chocs des fers et des boucliers, les braillements de peur et d'agonie. Un jet de pierre les séparait. Venu au secours de ses hommes, son épée volait, taillait, tranchait. Une épaule, un torse, un bras. De son côté, Simon para l'attaque d'une pique avec son écu qu'il releva d'un coup pour briser la mâchoire de son assaillant. La voie se dégageait.

Il distinguait maintenant le visage de son adversaire. Jeune, des yeux exorbités, brillants de fièvre. L'image du diable encore, venant à lui. Les regards se croisèrent. L'autre se précipita. Simon s'apprêtait à lever son épée quand il surprit un cri. Un mouvement sur sa droite. Un choc l'emporta. Il se trouva à terre, sonné. Deux fantassins volèrent à son secours. Le visage de Gaucher apparut. Ses lèvres s'agitaient, mais Simon ne percevait aucun son. Il se sentit porté vers l'arrière. Une mêlée s'ensuivit. Il fut jeté dans un lieu sombre, une maison semblait-il. Couché sur le dos, incapable de bouger, il vit reparaître le visage de Gaucher, ses lèvres toujours muettes. Il voulut se redresser, chercha à se débattre. Gaucher le retint, hurlant des mots qu'il n'entendait pas.

— Ils reculent ! comprit Simon au milieu du vacarme et du sifflement qui lui perçait le crâne. Restez ici où nous serons piétinés.

Simon cessa de lutter. Ses forces le quittaient. Sa vue se troublait. Un goût de sang dans la bouche.

Le silence.

L'obscurité.

L'odeur plus que tout.

La chaleur et la faim pouvaient être supportées, la soif trompée, mais l'odeur, elle, vous pourchassait jusque dans votre sommeil.

Il n'existait pas de mots pour la décrire. Une puanteur âcre, si abominable qu'elle rendait l'air brûlant. Dans la ville encerclée, elle transpirait du sol, suintait des murs, rampait dans les demeures jusqu'aux combles du palais. Partout elle empoisonnait l'air, s'échappant des carcasses de bêtes, des cadavres de femmes, d'enfants et de vieillards dont on ne savait que faire, des combattants mutilés dont les râles ajoutaient au désespoir des vivants. Tous gisaient dans leur crasse et leurs excréments, guettant une pluie qui ne voulait pas venir.

Autour des puits, on se disputait une bouillie trouble au goût de lisier qui, à défaut d'étancher les soifs, répandait partout la maladie. La cité pourrissait de ses entrailles, respirait sa propre mort, et son maître, comme il l'avait souhaité, s'éteignait avec elle.

Spectre errant dans l'obscurité de son logis, le seigneur Trencavel s'employait à sa propre fin, revivant sans trêve l'instant de sa défaite. On le surprenait parfois, agitant à bout de bras une épée imaginaire, rejouant les combats du Castellar, ce moment où la brèche avait été à portée de main. Avec le sentiment que son existence entière s'était jouée sur cette tentative, anéantie par un coup qu'il n'avait pas vu venir, dans le dos.

Le reste du temps, on le trouvait prostré dans le creux d'un âtre, brisé par une folie dont lui seul mesurait l'abîme, insultant à l'envi ce Dieu qui l'avait trahi, se repentant sitôt après, s'abandonnant au désespoir comme s'il n'était d'autre refuge.

Il refusait de voir qui que ce soit, même son épouse. On avait épargné à son fils la vision de ce père dévasté. Seul le fidèle Astier parvenait à l'approcher sans provoquer de cris ou de manifestations de rage. Ainsi restait-il des heures durant, près de cet homme qui lui semblait un étranger, mais dont le sort de la ville continuait de dépendre.

Il avait fait installer sa couche dans la pièce que le vicomte ne quittait plus. Il y prenait ses repas, un seul chaque jour, d'os rogné trempé dans un brouet de racines. Un bol identique était posé près de son maître. On retrouvait parfois le contenu versé sur le sol. À d'autres moments, il avait disparu. Mais jamais on ne voyait le seigneur boire ou manger.

Les rapports des gardes continuaient d'être transmis, chaque matin. Astier s'imposait ce rituel, pour combattre l'évidence. Les informations mentionnaient l'état des forces, des provisions, et les prévisions d'orage que tous appelaient de leurs vœux. Le rapport évoquait parfois les naissances, mais ne disait mot des décès tant ils étaient nombreux.

Il ne parlait pas non plus des civils, qu'on le suppliait de livrer à l'ennemi pour épargner les ressources. Ses capitaines revenaient sans relâche à la charge, expliquant que leurs chances de résister au siège s'amenuisaient d'heure en heure. Mais, depuis Béziers, Astier ne nourrissait guère d'illusions sur la charité des croisés. Au temps où son esprit était encore sain, le vicomte avait fait serment de ne jamais livrer ses gens aux bouchers du Christ. Son sénéchal tenait bon donc, prolongeant l'agonie. Si tout était perdu, au moins ne pas trahir.

Une fois sa tâche accomplie et ses consignes transmises aux officiers, Astier s'allongeait sur sa couche, épargnant à son corps le peu d'efforts qu'il pouvait consentir. Dans les heures de silence, parfois de prière, il lui arrivait d'entendre le vicomte murmurer. Des sons qui ressemblaient à des gémissements.

Un soir, réveillé par la faim, il distingua des mots, une sorte de dialogue dont le sens lui échappait, mais qui sembla adoucir son seigneur. Lentement, le murmure s'atténua. Puis Astier le vit s'assoupir, avec un visage qu'il ne lui connaissait plus. Paisible. Serein. Il voulut approcher, s'assurer que son seigneur respirait encore. À cet instant, un message lui parvint. Un chevalier croisé se présentait à la porte Narbonnaise et souhaitait s'entretenir avec le vicomte. Astier demanda qu'on le fasse patienter et revint près de son maître. Il le trouva éveillé, les yeux grands ouverts.

— Je suis prêt, dit-il simplement.

Astier l'aida à se relever. Le vicomte tremblait sur ses jambes, mais il effectua bientôt quelques pas, adoptant une posture droite et familière.

S'apercevant de sa tenue, il demanda qu'on lui apporte des vêtements propres. Un valet l'aida à se vêtir. Durant ce temps, et bien qu'Astier tentât de nouer le dialogue, il resta absent. Son visage hâve, piqué de poils, n'exprimait aucune angoisse. Ses épaules maigres s'étaient relevées. Après ces jours de naufrage, Astier avait le sentiment d'assister à une seconde naissance. Ce qui le terrifiait en revanche, c'était ce regard plein, décidé, que nul sort n'effrayait.

Dès qu'il fut prêt, Astier l'accompagna à la porte où le chevalier patientait. Il était un peu avant minuit. L'air était chaud et sec. Trencavel franchit la herse à la lueur des torches brandies par les sentinelles tandis que son visiteur descendait de cheval pour venir à sa rencontre. Il était haut de taille, d'allure noble. Quelqu'un de familier, sans que le sénéchal soit en mesure de lui donner un nom.

Face au vicomte, le chevalier s'inclina. Il donna aussi son nom, qu'Astier ne retint pas, et s'exprima d'une voix douce.

— Messire, je suis envoyé par les chefs de la croisade en tant qu'ambassadeur. Ils souhaitent qu'un accord soit trouvé entre nos deux parties afin d'assurer le bien de vos proches et de vos sujets.

Trencavel invita l'émissaire à poursuivre.

— Avant toute chose, sachez que votre courage a suscité l'admiration des grands. Partout on loue votre vaillance. Mais cette résistance, aussi noble soit-elle, ne peut conduire qu'à des malheurs plus grands. C'est pourquoi je vous prie de céder à la raison. Trouvons une entente pour mettre un terme à ce conflit. Faisons cesser ces souffrances qui mèneront l'un et l'autre camp à l'abîme. Car, je vous le dis en vérité, si les croisés vous prennent de force, votre sort sera celui de Béziers.

Trencavel inclina la tête pour dire qu'il comprenait.

— Accompagnez-moi, dit le chevalier. Venez défendre votre cause auprès du légat. Pas avec une lame cette fois, mais avec ce cœur et cette force qui ne vous ont jamais quitté. De mon côté, je garantis votre sécurité ainsi qu'une attention sincère aux requêtes que vous présenterez.

Trencavel donna l'impression de réfléchir, puis se tourna vers Astier et demanda un cheval. Le sénéchal exigea aussitôt de l'accompagner. Le seigneur, à ce moment, le prit par les épaules.

— Vous m'avez bien servi, fit-il avec la tendresse d'un fils pour son père. Plus qu'aucun de mes fidèles. Mais votre place est ici, auprès de nos gens qui auront plus que jamais besoin de vous.

Grimpant sur le cheval, Trencavel s'adressa une dernière fois à son sénéchal.

— Si je devais ne pas revenir, commandez à mon épouse de se rendre auprès du comte de Foix. Adieu.

Disparaissant aux yeux d'Astier, Trencavel pénétra dans la lueur des feux qui entouraient le camp croisé. Une foule l'attendait, prévenue par la rumeur, et continuait de grossir à mesure que les deux hommes avançaient. De partout on accourait pour le voir, croiser le regard de ce seigneur qui tenait tête à la grande armée.

Calé dans ses étriers, Trencavel n'avait d'attention pour personne. Il fixait un point au loin, au-delà de l'horizon, auraient juré certains, comme tourné vers un destin qu'il était seul à connaître.

À l'approche d'un pavillon, le chevalier s'arrêta. Le vicomte mit alors pied à terre et tendit ses rênes à un écuyer. Puis il observa les seigneurs disposés en arc pour l'accueillir, s'arrêtant sur son oncle, Raimon de Toulouse, avant de fixer son regard sur le légat.

Hésitant sur la conduite à tenir, Hervé de Donzy s'avança, comme il l'aurait fait avec un hôte de marque.

— En mon nom et en celui des seigneurs présents, je vous souhaite la bienvenue, seigneur Trencavel.

Le comte l'invita ensuite à entrer sous son pavillon où le conseil des croisés se rassembla, saisi par un mélange d'estime et de stupéfaction pour ce vicomte qui faisait front, malgré la défaite, les souffrances, les privations.

Noyé dans la foule des barons, Simon de Montfort observait la scène avec intérêt. Boitant bas depuis que Gaucher l'avait ramené inconscient du Castellar, il serait volontiers resté près du feu pour reposer sa hanche, mais rien ne l'aurait fait manquer cette rencontre. Comme tous, il voulait apercevoir l'insoumis, l'approcher. Et comme tous, il s'étonnait de son sang-froid et de sa détermination.

Une fois l'assemblée réunie, Arnaud Amaury s'installa sur un siège, seule autorité à avoir sollicité ce privilège. Il attendit ensuite que les murmures s'apaisent, préparant avec soin son office. Au moment qu'il jugea opportun, on le vit se redresser. Ce fut pourtant le vicomte qui s'exprima le premier.

— J'accepte.

Le légat marqua le coup. D'autres seigneurs s'étonnèrent. Mais le silence tint.

— J'accepte de vous céder ma ville, poursuivit Trencavel. Ainsi que mes titres et possessions. En échange, mes gens devront être épargnés de toutes représailles. L'ensemble de mes gens. Sans partage ni distinction.

Arnaud Amaury dévisagea le vicomte, sans dissimuler sa surprise, puis son mécontentement.

— Vous estimez-vous en position de négocier ?

— Mes hommes se sont battus loyalement. Ils ne céderont rien tant que je serai à leur tête, et j'y demeurerai avec toute la ferveur qu'un seigneur doit à son peuple. Ceux qui vous entourent seront bientôt libérés de leurs vœux et se doivent aussi à leurs terres. Si le conflit dure, ma maison est perdue, mais le prix de cette victoire vous reviendra fort cher. Ma seule urgence est de préserver mes gens. La vôtre est d'enlever cette ville. Le marché est honnête et je n'en offrirai pas d'autre.

— Offrir ? s'emporta Arnaud, que l'attitude de son adversaire faisait maintenant enrager. Je pourrais vous faire arrêter sur-le-champ et condamner avant l'aube. Que me parlez-vous d'offrir !

— Votre messager m'a garanti un sauf-conduit.

— Lui peut-être.

Un murmure indigné parcourut le conseil, que la perspective d'un parjure proféré en leur nom saisissait d'une colère sourde.

Simon surprit le duc de Bourgogne se tourner vers le comte de Nevers pour échanger un regard lourd d'opprobre. Ce dernier se pencha à l'oreille du légat dont le visage changea aussitôt d'expression. Simon mesurait tout ce que d'effort et de maîtrise le religieux déployait pour contenir ses sentiments. Arnaud se rangea néanmoins à l'opinion des nobles, car son ton, auparavant menaçant, devint plus sage.

— Admettons que j'accepte cette proposition, concéda-t-il. Quelles garanties m'offrez-vous ?

— Moi.

— Vous ?

— Je me constituerais otage sur l'heure et resterais votre prisonnier jusqu'à ce que les conditions de la reddition soient satisfaites.

— Et ensuite ?

— Ensuite, je vous laisserais juge de mon sort.

Arnaud recula dans son siège et sembla réfléchir.

Derrière, les seigneurs faisaient sentir leur présence et leur volonté de voir cette médiation aboutir, mais le légat restait froid.

Il affrontait le regard de l'Occitan, goûtant l'attention qui lui était enfin accordée, puis avança ses mains pour les relier en un seul poing.

— Les hérétiques.

À l'évocation des Parfaits, Trencavel se redressa.

— Je sais que votre population les protège, poursuivit Arnaud. Livrez-les et j'accepte votre marché.

Le vicomte chercha un regard dans l'assistance et Simon eut la sensation que c'était lui qu'il observait. Ou peut-être cet oncle qui devait souffrir mille tourments à voir son parent traité de la sorte. Pourtant, Raimon de Toulouse, à l'image de son neveu, ne trahissait aucune émotion.

Trencavel revint vers le légat.

— Sans partage ni distinction, ai-je dit. Cela vaut pour chaque habitant de cette ville.

Arnaud se raidit. Sa fureur se faisait sentir jusqu'aux rangs les plus éloignés. Une vive discussion s'ensuivit avec les seigneurs francs, à mots suffisamment couverts pour que les échanges ne puissent être perçus, mais l'attitude des nobles trahissait l'isolement d'Arnaud. Ce dernier finit par couper court et s'exprima d'une voix forte pour que tous puissent entendre.

— La position du vicomte Trencavel a été clairement exprimée. Il convient maintenant de nous accorder sur la réponse qui lui sera donnée.

Les chefs de la croisade prirent ainsi acte de l'offre de reddition et s'apprêtaient à se retirer pour en discuter les termes. Hospitalité était offerte au vicomte, le temps pour le conseil de délibérer.

Dans la foule, plusieurs barons grondèrent. Trencavel s'était livré de son plein gré et l'invitation d'Arnaud avait toutes les apparences d'une captivité.

À la surprise de tous, Trencavel accepta, toujours étranger au moindre sentiment. Deux sergents furent désignés pour lui servir d'escorte et le conduire vers un pavillon proche. Les trois hommes se dirigèrent vers l'extérieur, abandonnant les dignitaires à leur querelle.

Dans une atmosphère pesante, le lieu se vida. Des seigneurs s'en furent vers leur quartier pour porter les dernières nouvelles. D'autres s'attardèrent dans l'espoir d'en apprendre davantage. Beaucoup laissaient entendre que de la décision prise dépendrait la suite de leur engagement, et la cause du légat trouvait peu de partisans.

Toujours gêné par sa hanche, et appuyé sur le bâton que Gaucher lui avait fait tailler pour lui permettre de se déplacer, Simon se faufila jusqu'à l'endroit où l'on menait le vicomte, un pavillon de taille modeste, vacant depuis la mort de son occupant sur la brèche du Castellar. Un vassal du comte de Nevers pour ce que Simon en savait.

Les sergents hélèrent un valet qui alluma de grandes torches. Un autre dégagea les pans de toile pour laisser l'air et la lumière entrer. On approcha également un siège où le vicomte s'installa, puis de l'eau et du vin auxquels il ne toucha pas.

Minuit était passé.

Après le rassemblement qui avait attiré une foule nombreuse, et le silence qui avait accompagné sa dispersion, le camp semblait s'éveiller de sa torpeur. Le cliquetis du fer, celui de la toile caressée par la brise et le hennissement des chevaux se mêlaient aux chants des cigales dans une symphonie apaisante. L'air était chargé d'odeurs de viande, d'épices et de crottin. Trencavel étendit ses jambes et se prépara à une longue attente.

Masqué par les ombres, Simon de Montfort l'observait. Ce qui avait d'abord piqué sa curiosité soulevait maintenant son admiration. Le calme, le détachement du rebelle occitan, tellement loin de la furie guerrière qui avait failli les emporter quelques jours plus tôt, continuait de le troubler. Qui pouvait croire que cet homme s'apprêtait à tout perdre ? Devant le parlement des Francs, on aurait dit un vainqueur venu réclamer sa couronne.

Comme Simon se décidait à approcher, les sergents affectés à la garde se levèrent. Aux couleurs de sa tunique, on le laissa passer sans faire de difficultés.

— Seigneur Trencavel ?

Le vicomte, qui s'était abandonné au repos, releva la tête.

— Je me nomme Simon de Montfort. J'ai combattu vos troupes dans le Castellar.

Trencavel le dévisagea avant de l'inviter à s'asseoir.

S'il s'étonna de cette visite, il ne montra aucune animosité. Il parut même apprécier cette compagnie soudaine et interrogea Simon sur la blessure qui le faisait grimacer.

Oublieux des motifs qui l'avaient conduit jusqu'à ce pavillon, le Franc se laissa aller à la confidence. Ils parlèrent des combats, de la manière dont ils les avaient vécus, puis de leurs domaines, qu'ils chérissaient avec le même orgueil, de leur famille, de leur histoire. À la lueur des torches, on aurait dit deux compagnons d'armes discutant à la veillée. Une étrange complicité commença de les unir, dont Simon prit tout à coup conscience. Soudain méfiant, il prit ses distances.

Trencavel remarqua le changement d'attitude mais ne fit rien pour le dissuader. Un silence suivit, durant lequel chacun s'observa. Simon, inquiet de cette fascination qui échappait à son contrôle, voulut se lever et partir, mais une part de lui l'incitait à rester.

— Vous ne devriez point faire confiance au légat.

Simon avait parlé presque malgré lui, et Trencavel montra pour la première fois de l'étonnement.

— Me voyez-vous d'autres choix ?

— Plus aucun, non. Mais il me déplairait que ce serpent vous abuse.

Le vicomte eut une expression que Simon eut beaucoup de mal à déchiffrer.

— Je vous imaginais différent, reconnut Trencavel.

— Différent ?

— Différent, oui. Il vous avait présenté sous un autre jour.

Simon se demanda tout à coup si l'homme n'avait pas été rendu fou par ces jours de siège et de combat.

— Nous sommes-nous déjà rencontrés ? demanda-t-il.

— Il se peut que votre épée ait tenté de m'occire il y a peu. Mais parler, non, ce sera bien la première fois.

Trencavel se mit à sourire, montrant un visage beau, presque enfantin malgré la crasse et les stigmates du jeûne.

— Avant demain, ils viendront vous offrir ma terre.

Simon recula, sidéré cette fois.

— Et vous accepterez, enchérit Trencavel. Même si tout en vous crie de n'en rien faire, que cela est injustice pour moi et déshonneur pour vous, vous accepterez.

— Vous vous leurrez, vicomte. Un successeur sera nommé dès la reddition signée, mais il y a ici des hommes puissants qui…

— Je ne parle pas d'autorité, baron. Ni de ces biens dont on va s'empresser de me dépouiller. D'autres forteresses vont se dresser sur votre route, et le légat aura besoin d'un bras pour emporter cette guerre. Un cœur noble qui, une fois investi, ira au terme de son engagement, quel qu'en soit le prix. Vous êtes ce bras, messire. Vous êtes ce cœur.

— Je n'entends rien à ces mots.

Trencavel se contenta de sourire, sans cette trace de démence que Simon espérait voir briller dans son regard.

— J'ai suivi l'enseignement d'un maître Parfait au cours de mes premières années, le saviez-vous ?

— Non.

— On m'a confié à son éducation peu après la mort de mon père. Il m'a toujours paru habité d'une force inexplicable. Quelque chose de… sacré. Jusqu'à hier encore, la plupart de ses leçons m'apparaissaient comme obscures, inabordables aux pécheurs que nous sommes, mais depuis j'ai vu la mort et tout se révèle de manière claire.

Simon songea à sa rencontre dans l'enfer de Béziers, à l'étrange attirance qu'il avait éprouvée pour cette femme à la figure blanche et au regard de ciel. Obscur et sacré, ce sont bien les mots qu'il aurait employés pour décrire ce sentiment.

Observant sa ville au bas de la prairie, Trencavel reprit.

— Dans cette guerre, il n'est question ni de foi ni de pouvoir, mais de Salut. Entendez bien ces mots, messire de Montfort, car c'est une œuvre maléfique que vous êtes venu soutenir, un dessein noir et funeste que les siècles seront impuissants à guérir. Même ce légat qui se dresse tout debout sur sa vantardise, persuadé de tenir nos destins dans le creux de sa main, ignore les ravages qu'il s'apprête à commettre.

Simon s'agitait. Les mots du vicomte, cette assurance avec laquelle il les prononçait suffisaient à l'ébranler.

— Ce monde a besoin de lumière, insista l'Occitan. De lumière et de vérité. L'une comme l'autre ne sauraient être portées par des suppôts avides de pouvoir et de richesse.

Ce guerrier, que ses hommes avaient suivi jusque dans la mort, ces paroles, cette sérénité face à un légat qui ne soulevait que vindicte et désapprobation achevaient de bousculer Simon. Un élan le surprit. L'envie de lui saisir la main.

Retenant son geste, il serra les poings et se tourna vers les bannières frappées de la croix qui flottaient à l'entrée de la tente. Alors une phrase de son père lui revint, qu'il répétait souvent lorsque Simon était enfant : *« Dieu, ton roi, ta maison. Ne te détourne jamais de l'un ou l'autre, mon fils. Et souviens-toi que le diable peut prendre bien des apparences. »*

Le vicomte nota le changement d'expression sur le visage de Simon, la distance qu'il venait à reprendre, mais ne fit rien pour le dissuader.

— Cette croisade a été commandée par le pape, autorisée par le roi de France et menée par ses vassaux les plus puissants. Ce que vous décrivez comme une œuvre maléfique s'attache à restaurer la Foi sur une terre devenue impie. Voilà sa seule intention. Toute autre allégation est hérésie et superstition.

Trencavel laissa passer un souffle, qui parut une éternité pour Simon.

— Que n'êtes-vous né sous la bonne croix, seigneur de Montfort.

Ils faisaient songer à du bétail, des veaux qu'on menait à la boucherie. Des bougres sales, fiévreux, amaigris, dont la plupart ne tenaient debout que par miracle et appelaient la mort de leurs vœux tant la terreur qu'ils enduraient était insoutenable.

Encadrés par les armées du Nord rendues maîtres de la cité, les habitants de Carcassonne sortaient un à un par une poterne étroite, vêtus de leurs seules braies pour les hommes et d'une chemise longue pour les femmes. Ordre avait été donné de tout abandonner sur place et de n'emporter ni or, ni arme, ni chevaux, ni possession d'aucune sorte. Des soldats déployés dans les rues veillaient au bon déroulement de l'évacuation et faisaient obstacle aux éventuels projets de pillage. Une fois les résidents chassés, on rassemblerait le butin à l'intérieur de la cathédrale sous la surveillance des officiers.

Jusqu'au dernier moment, Arnaud Amaury avait réclamé que les Parfaits lui soient livrés, mais aucun représentant du roi ne s'était plié à l'exigence. Parole avait été donnée au vicomte que ses sujets quitteraient la ville sains et saufs, et personne n'entendait revenir sur cet engagement.

— Quel sort pour le seigneur Trencavel ?

Après une nuit sans sommeil, Simon de Montfort avait répondu à l'invitation du seigneur Eudes de Bourgogne qui souhaitait l'instruire des dernières décisions du conseil.

Une table avait été dressée devant le pavillon pour le déjeuner. Jambons, saucisses, pâtés, fromages et pain composaient l'essentiel du menu. Simon s'était contenté d'une coupe de vin, comme le duc, qui n'avait d'intérêt pour aucun mets.

Après les mots d'usage, l'un et l'autre s'étaient enfermés dans le silence, sans parvenir à détacher leur regard de la procession des misérables bannis de leur foyer.

— Arnaud Amaury s'est opposé à la libération du vicomte, répondit Eudes. Il sera conservé comme prisonnier en attendant son jugement.

— Comment ont réagi les barons ?

— Le légat ne recueille guère d'assentiment mais, en tant que représentant du pape, il est seul décisionnaire sur la question.

— Il aura pourtant besoin des seigneurs pour poursuivre son œuvre.

— Et c'est le poids que nous avons fait valoir, mais l'homme est borné. C'est déjà miracle qu'il épargne la population.

Au bas de la prairie, les Occitans dépossédés s'éparpillaient dans la campagne, en direction de l'Espagne ou vers le nord et les montagnes noires.

Comme son regard remontait la file, Simon aperçut un vieillard qui marchait à l'écart. Il n'avait pas parcouru plus de quelques pas hors des murs qu'il tomba au sol sans pouvoir se relever.

Attiré par la scène, un chevalier franc descendit de cheval et récupéra une branche qu'il tailla à coups d'épée. Il aida ensuite le vieil homme à se mettre sur ses jambes et cala le morceau de bois sous son épaule pour lui servir d'appui.

— Ce sera vous, Montfort.

Quatre mots auxquels Simon opposa un silence froid. Quatre mots auxquels il s'était préparé toute la nuit. L'attitude d'Eudes à son arrivée l'avait aussitôt mis en garde. Une gêne mal dissimulée. Ainsi donc, comme il l'avait craint, on lui offrait la vicomté.

— Bien que vous le refusiez, ajouta le duc qui continuait d'éviter son regard.

— Je le refuse, oui. Et pour les mêmes raisons que vous.

Eudes le dévisagea, surpris.

— Vous pensez que cette offre m'a été faite ?

— Comme à chacun des chefs de la croisade qui, à l'évidence, ont tous décliné.

Eudes ne fit rien pour le contredire.

— Nos armées ont été assemblées pour chasser l'hérésie et non pour s'emparer de terres, ajouta Montfort.

— La croisade vous offre ce droit, répliqua Eudes. En s'opposant à l'Église, Trencavel a fait le choix de la dissidence et ne peut être restauré dans ses titres.

— Lui avons-nous seulement laissé ce choix ?

Le regard du duc se fit plus dur, et Simon regretta aussitôt ses paroles. Il était là question d'intérêts qui, de quelque manière, le dépassaient.

— Vous-même avez été comte naguère, reprit Eudes. Avant d'être dépossédé par Jean sans Terre. Les événements vous donnent l'occasion de recouvrer ce titre. De nouvelles terres. Un nouveau rang. L'égal d'un grand, que vous êtes, Simon de Montfort. Par le cœur et par l'esprit.

Un murmure agita la troupe. Des mains se levaient pour désigner un petit groupe que rien ne distinguait des autres, à l'exception de la femme qui marchait à sa tête. Droite, fière, couvant le fils du vicomte de son bras blanc sans un regard pour les soudards qui la scrutaient de pied en cap.

Eudes ajoutait :

— Vous auriez volé au secours d'un chevalier blessé lors du premier assaut contre le Castellar, m'a-t-on dit. Alors que les troupes fuyaient, que les flèches et les pierres tombaient de toute part, vous vous seriez jeté dans les fossés pour prendre cet homme sur vos épaules et le ramener vers nos lignes. Cet homme était de vos amis ?

— Il l'est devenu depuis.

— Comme tous ceux qui ont entendu cette histoire, j'imagine.

Simon prit soudain conscience du calme. Aucun cri ou éclat de voix du côté des vainqueurs. Pas de colère ou de révolte chez les vaincus. Comme si, de cette bataille, les deux parties n'avaient tiré que honte et désolation.

— Une trentaine de chevaliers ont déjà accepté de poursuivre la croisade, comptant cent à deux cents hommes dans leur équipage. Cela vous laisse près de quatre mille lames si l'on associe les routiers.

— Il faudra plus que cela, je le crains, dit Simon.

— Nous en appellerons au pape. Il ne refusera rien au seigneur qui accepte de pourchasser l'hérésie.

— Je ne parlais pas seulement de troupes, messire. Nous avons conquis Béziers et Carcassonne mais, Trencavel vivant, aucun chef ne sera reconnu légitime sur ces terres. Combien de vassaux refuseront de rendre hommage ? Autant de châteaux et de places qu'il faudra emporter par la force.

— Il convient de s'y préparer, admit Eudes. Nous devrons aussi nous attendre à des résistances de la part des populations, sûrement des insurrections. Des années de lutte seront nécessaires avant d'espérer une trêve à défaut d'une paix. Une entreprise où il sera aisé de tout perdre.

Il s'arrêta pour observer l'équipage de la vicomtesse qui s'éloignait sur le chemin du sud.

— Acceptez au moins de réfléchir à notre proposition.

Avant que Simon puisse répondre, un chevaucheur galopa dans leur direction. Il mit pied à terre devant le duc et attendit qu'on le fasse relever pour parler.

— Un message, messire, annonça-t-il. De messire l'abbé.

— Je t'écoute, fit le duc.

L'homme cherchait son souffle, pâle.

— Le comte de Toulouse, messire…

— Eh bien !

— Il a disparu.

Des poupées. Celles que les troubadours agitaient sur de petites estrades lors des grandes fêtes organisées au palais. Juché sur les genoux de son père, le jeune fils du vicomte ne manquait jamais une représentation, riant, pleurant, applaudissant à chacune de leurs frasques.

Des poupées, oui, voilà ce que le spectacle de ces corps pendus à leur corde lui rappelait.

— Par ici, fit une voix.

On souleva le garçon de terre. D'autres ombres se dressèrent. Le profil émacié de sa mère. Le port noué du vieil Astier. On chargea les épaules de ballots et de sacs puis la colonne se mit en marche.

Quittant la grange qui les abritait, ils s'écartèrent des gibets pour se faufiler dans une venelle. Entre les maisons basses, on avançait avec prudence, craignant autant les rabatteurs que les soldats francs dont les patrouilles dans le pays s'étaient multipliées.

Dès l'annonce de l'accord négocié entre le vicomte et le légat, le sénéchal avait joué de ses relations pour organiser leur fuite et chercher un lieu sûr pour les accueillir. Dans ce hameau dont la moitié des maisons avaient été abandonnées, ils avaient pu prendre du repos, se procurer de la nourriture, des vêtements, et trouver les contacts nécessaires.

On avait craint le pire lorsque des cavaliers francs avaient fait irruption deux jours plus tôt, mais leur halte n'avait pas duré plus d'une heure, le temps de rassembler les habitants sur la place et d'exécuter les cinq hères qu'ils traînaient enchaînés à leur selle. La cérémonie s'était déroulée dans le silence. Au moment de remonter en selle, un sergent avait hurlé qu'aucun cadavre ne devait être décroché, sous peine qu'un autre ne vienne les rejoindre.

On avait épargné au dauphin le spectacle de la pendaison, mais il se souvenait avec clarté du claquement de la corde au moment où les cous se brisaient. La puanteur des corps laissés sous la chaleur n'avait pas tardé à se répandre, rappelant avec violence les derniers instants du siège, et l'annonce du départ venait pour tous comme une délivrance.

À l'extérieur des murs, une vieille femme leur montra un bosquet un peu à l'écart du chemin. Le sénéchal pressa le groupe d'avancer tandis que, derrière eux, les portes du village fermaient pour la nuit.

Sous les arbres, ils étaient quatre, peu verbeux, et pressés d'emprunter la piste qui filait le long d'un gave. Le prix qu'on leur offrait ne garantissait pas qu'ils risquent leur vie, mais ils connaissaient les sentiers cachés, autant que des maquignons pouvaient les fréquenter. Deux à l'avant pour ouvrir la voie, deux à l'arrière pour effacer les traces. On avancerait vite, du crépuscule au petit jour. Astier insista pour rester avec les hommes de tête. Un des passeurs détailla le sénéchal de pied en cap, conscient que ses clients devaient être plus que de simples marchands, et finit par accepter.

La nuit passa dans un paysage d'ombres et de rocailles, sous le couvert d'une végétation sèche pour échapper à la lune claire.

Avant l'évacuation de Carcassonne, les rescapés s'étaient organisés en petits groupes. Astier avait laissé des instructions pour qu'on transmette les dernières volontés du vicomte partout dans l'arrière-pays. De Termes à Pamiers, de Minerve à Albi, un seul mot d'ordre. Détruire les maisons. Brûler les récoltes. S'armer. Défendre les places qui pouvaient l'être et n'abandonner derrière soi que des terres mortes, qu'il serait temps plus tard de ressemer, une fois l'ennemi chassé.

Autour de dame Agnès restaient les combattants les plus vaillants et quelques membres proches de sa suite. Le sénéchal voulait voyager vite et discrètement. Une compagnie trop importante aurait attiré l'attention et ralentit leurs mouvements, or la priorité était de conduire l'héritier des Trencavel sous la protection du comte de Foix.

Au sortir de Carcassonne, on avait trouvé de quoi se vêtir dans les villages proches, mais les pieds souffraient sur le sol sec. Les bandes de tissu enroulées de cordes sur des lattes de bois protégeaient mal, et les chairs à vif venaient à s'infecter. L'urgence avait aussi été de s'alimenter. Là encore, l'aide des populations avait été précieuse, quand les bourgs n'étaient pas déjà évacués et les biens plus rares à partager.

Les Francs avaient tenu parole en ne leur donnant pas la chasse, mais ils n'avaient pas perdu de temps pour faire valoir leurs droits sur les domaines du vicomte. Des révoltes avaient sitôt éclaté, donnant lieu aux premières répressions. D'autres seigneurs avaient préféré ouvrir leurs portes, redoutant de connaître le sort de Béziers. D'autres enfin avaient préféré fuir pour rallier les forteresses de Minerve, Cabaret et Roquefort où la résistance s'organisait.

Astier songeait que ces forces combinées pourraient constituer une opposition redoutable, à condition qu'un seigneur puissant parvienne à les liguer. Foix serait sous les feux de l'ost avant l'heure et n'aurait de vigueur qu'à sa propre défense. L'Aragon était loin, et les positions du roi ne laissaient guère espérer de nouvelles favorables. Restait le comte de Toulouse, le choix le plus improbable. Même s'il reniait son allégeance au légat, combien feraient fi des rancœurs pour rallier sa bannière. Trop peu sans doute, regrettait Astier.

À l'aube, on trouva une plage de galets sous un coteau planté d'arbustes. Certains étaient si épuisés qu'ils s'endormirent sans boire ni manger.

Le dauphin en profita pour rejoindre le sol, heureux de pouvoir marcher. Il déambula ainsi jusqu'à sa mère et s'arrêta près de sa nourrice, Ida, pour demander où se trouvait son père. On lui répondit que le vicomte était en guerre, qu'on ignorait quand il pourrait les rejoindre, mais qu'il était inutile de s'inquiéter. Un Trencavel ne craignait aucun ennemi et son père serait rentré avant longtemps.

Rassuré, l'enfant s'endormit avec le jour, bercé par les clapotis de l'eau. Il s'éveilla une première fois vers midi, une seconde avant le soir. L'arrivée de la nuit laissait espérer un peu de fraîcheur. On s'obligea à boire pour compléter les réserves au ru, puis on distribua les rations de pain et de fromage dont Astier tenait un compte rigoureux.

C'est au moment de partager le repas que des hommes brusquement se levèrent. Des voix ordonnèrent le silence. Une main s'enroula sur la bouche du dauphin. Dans le vallon, on n'entendit plus que le chant des cigales et un cheval au loin hennir.

Calé dans le giron d'Ida, l'enfant se plaignit du manque d'air et voulut se dégager pour entrevoir le visage de sa mère. Entre-temps, les bruits s'étaient rapprochés. Nombreux. Des pas. Et le claquement de sabots sur les graviers.

Partis en reconnaissance, les passeurs finirent par reparaître, ouvrant le pas à une vingtaine d'individus. On comptait essentiellement des hommes d'armes, reconnaissables à leur vêture. Quelques-uns étaient couverts de noir, et le dauphin leur trouvait un abord intrigant, plus qu'à ses soldats dont l'allure lui était familière. Un surtout, que tout le monde voulait approcher, et qu'on accompagnait justement jusqu'à sa mère.

— Dame Agnès, fit Guilhabert de Castres en serrant les mains offertes. Nous étions si inquiets.

Pour la première fois, le dauphin vit sa mère pleurer, sans réserve, et aurait probablement cédé aux larmes si Ida ne s'était précipitée pour le consoler.

— Par quel miracle nous avez-vous trouvés ? demanda Agnès tandis que le Parfait l'invitait à s'asseoir tant elle paraissait faible.

— Par un périple dont je vous conterai plus tard les détails. Mais dites-moi d'abord comment vous vous sentez.

— Vide, soupira la dame. Démunie. Depuis des jours nous vivons dans la tourmente. Astier s'occupe comme il peut de notre transport, mais notre nom n'y suffit plus. Nous payons chaque service à prix d'or, quand notre parole trouve encore de la valeur. Ces chiens de Francs ne nous ont rien laissé, hormis l'angoisse d'être pris ou dénoncés.

— N'avez-vous point reçu de sauf-conduit ?

— En parole, oui. Celle-là même dont bénéficiait mon époux pour se rendre aux pourparlers, et il croupit désormais dans ses propres geôles. Mais je m'inquiète surtout pour mon fils. Qui sait ce que le nouveau vicomte serait prêt à commettre si l'héritier des Trencavel venait à tomber entre ses mains?

Avant que Guilhabert ne trouve les mots pour la rassurer, le visage d'Agnès se ferma en découvrant le gaillard silencieux attardé près d'eux. Dans la figure piquée de cicatrices, elle reconnut le capitaine des armées de Toulouse.

—La raison de notre présence, expliqua le Parfait qui percevait son trouble. Le seigneur d'Alfaro s'est rendu à Fanjeaux sur ordre de votre oncle pour faire évacuer la ville. Il craignait que les croisés ne s'y rendent dès votre cité conquise.

—Le traître a donc recouvré un peu d'esprit, reconnut Agnès, amère. Je suis fort aise que vous ayez suivi ses conseils, car il y a fort à parier que son intuition se confirme.

—Je n'ai guère eu le choix, en vérité. Les habitants refusaient de partir tant qu'un Parfait demeurerait dans leurs murs, et vous savez le châtiment que l'on réserve à ceux qui nous protègent. Le seigneur d'Alfaro devait ensuite retrouver votre trace et s'assurer que vous ne couriez aucun danger.

—Délicate attention pour un homme qui, il y a une semaine encore, siégeait devant nos portes.

—Le comte tient plus que tout à votre sauvegarde, croyez-le. Il vous prie d'ailleurs de rejoindre sa maison, où vous serez accueillie et protégée.

—Je ne voudrais point que ma présence à sa cour mette en péril ses nouvelles amitiés. Mon époux a commandé que nous nous rendions à Foix, aussi lui obéirai-je.

—J'entends votre colère, et je gage que le comte souffre de la situation dans laquelle vous vous trouvez. Mais il est des enjeux qui dépassent parfois ceux du cœur.

—J'envie votre sagesse, maître Parfait, et je sais à quelle extrémité mon oncle a été forcé. Mais il est bien affaire de cœur justement, comme de temps, et je ne dispose à son égard ni de l'un ni de l'autre.

Guilhabert s'inclina avant d'ajouter:

—Le capitaine d'Alfaro a reçu ordre de vous faire escorte jusqu'à la destination de votre gré. Votre époux le vicomte serait rassuré de vous savoir protégée par ces épées.

—Et c'est à lui que je pense en acceptant l'office.

—Dans ce cas, hâtons-nous. Nous avons encore un long chemin.

Les préparatifs du départ avaient été avancés et on n'attendait plus que le signal de la vicomtesse pour prendre la route.

Rassurés par la présence des Toulousains, les réfugiés montraient un visage moins sombre, mais les passeurs étaient devenus plus nerveux. Ces derniers rechignaient à conduire les hommes du comte par des pistes qu'ils étaient seuls à connaître, de peur qu'on ne s'interroge sur leur véritable activité. Conscient du malaise qu'il suscitait, d'Alfaro proposa de tripler les gages promis et s'engagea à faire établir une lettre de grâce pour apaiser leurs craintes. La lettre eut moins d'effet que la bourse, mais la promesse parut suffire. On les laissa ensuite mener l'allure, et Astier se reposa sur le capitaine occitan pour tenir leurs guides à l'œil.

Comme la nuit précédente, l'itinéraire emprunta les fonds de gorges et les plis creux des reliefs. On mit aussi les chevaux à contribution pour permettre aux plus souffrants de se ménager, si bien que le convoi avança à bon rythme.

Guilhabert marcha près de la dame de Carcassonne, qui refusait d'occuper une monture. L'héritier, qu'on avait enveloppé d'une étoffe, dormait sur l'épaule d'un soldat toulousain.

— M'accompagnerez-vous jusqu'à Foix ? demanda Agnès à voix basse, comme il était exigé de parler.

— Jusqu'à ce que vous soyez en sécurité, oui, mais je ne pourrai demeurer avec vous dans la cité, répondit Guilhabert. Le comte serait sitôt accusé de protéger des hérétiques.

— Où irez-vous dans ce cas ?

— Dans les montagnes. Nos communautés s'y regroupent en attendant que la situation s'apaise. Les croisés ne prendront pas le risque de s'y hasarder.

— On dit qu'un nouveau vicomte a été investi.

— Je l'ai entendu également, reconnut Guilhabert.

— Un seigneur de faible parage, semble-t-il. À croire que notre couronne n'a aucune valeur aux yeux de ces grands nobles.

— Ces grands nobles estiment surtout l'injustice qui vous est faite. Et plus grande injustice encore de s'octroyer si beau pays de si vilaine manière.

— C'est injustice, oui, mais commise par l'épée et qui fait force de loi.

— Une loi qui aura bien du mal à soumettre vos sujets, j'en suis convaincu.

Sur le versant d'une combe, d'Alfaro ordonna une nouvelle halte.

Toute la nuit, il avait envoyé ses hommes en avant pour sécuriser la piste. Les Francs faisaient surveiller les passages vers Foix pour couper la retraite des Parfaits et prévenir une riposte occitane. Aussi voyait-on le capitaine plus nerveux à l'approche des terres du comte.

Agnès profita de ce répit pour reposer ses jambes. Guilhabert insista encore pour qu'elle monte en selle, ce qu'elle refusa. Elle ne souffrait pas plus que ses compagnons, et aurait supporté ces longues nuits de marche si la force seule avait suffi. Mais l'épreuve était ailleurs. Dans la rage et le chagrin qui l'affaiblissaient plus que son sort. Guilhabert la persuada de s'allonger puis se rendit à l'avant de la colonne où une conversation vive était engagée.

Une vingtaine de routiers, rassemblés sur un campement plus haut sur le sentier. C'est le rapport que l'on faisait à d'Alfaro tandis que le Parfait approchait. Impossible de contourner leur position, précisait le passeur, sauf à s'enfoncer dans les montagnes et perdre un temps précieux. D'Alfaro hésitait sur la conduite à tenir. Astier n'était pas moins embarrassé. Seuls les passeurs semblaient arrêtés sur un choix, celui de se tenir le plus loin possible d'un éventuel combat.

Dame Agnès, qui avait assisté à la scène depuis l'arrière, remontait justement la file pour se joindre aux échanges. On l'informa alors de la situation.

— Ne pourrions-nous rester dissimulés en attendant que la voie soit dégagée ? suggéra-t-elle.

— Nous ignorons quelle direction les routiers vont prendre, répondit d'Alfaro. D'autres bandes peuvent les rejoindre, et s'ils redescendent par ce bief, nous serons pris au piège. En frappant maintenant, nous bénéficions de l'effet de surprise.

— Les croisés ont fait promesse de ne point nous nuire, lança Astier.

— Ces bougres-là ne répondent à aucun seigneur, messire.

Le silence qui suivit laissa à chacun une impression désagréable, celle de garder pour soi ce qui devait être dit, et Agnès comprit à leur attitude que la décision devait venir d'elle.

D'Alfaro respecterait ses ordres, qui s'attachaient à préserver l'héritier de tout danger sans rien entreprendre qui pût le compromettre. Astier devait souffrir les mêmes tourments.

Guilhabert, par sa foi, ne conseillerait aucune résolution susceptible de faire couler le sang. Quant aux pisteurs, ils n'en voulaient qu'à leur argent et auraient déjà pris la fuite s'ils n'avaient craint la colère de d'Alfaro plus que la confrontation avec des mercenaires croisés. Ce serait donc à elle de choisir, bien qu'incapable de porter ce poids.

— Agissez en conscience, la réconforta Guilhabert. Selon ce qui vous est cher. Et ne vous souciez point du reste.

L'attention d'Agnès passait de l'un à l'autre, sondant les regards, puis elle parla d'une voix blanche, comme d'évidence.

— Je vous laisse soin de mener vos hommes, capitaine.

D'Alfaro donna aussitôt ses ordres et revint vers la dame dès les consignes passées.

— Si nous devions échouer et que ces ribauds venaient à vous prendre, faites-vous connaître. Ils vous garderont en vie pour la valeur que vous représentez.

— Merci, capitaine. Je suivrai votre conseil.

D'Alfaro avait fait recenser les hommes aptes à se battre. À la vingtaine de sergents et d'archers qui composaient sa troupe, il ajouta d'anciens soldats du vicomte, brûlant de venger l'outrage de Carcassonne. Il distribua ensuite les armes dont il disposait. Dagues, lames, épieux que les hommes avaient taillés et brûlés pour durcir la pointe. La troupe se mit ensuite en marche, se dispersant dans la combe à la suite du capitaine.

Durant le temps que dura le combat, Guilhabert ne quitta pas Agnès, tenant ses mains entre les siennes, l'accompagnant de paroles rassurantes. À leurs pieds, le fils de Trencavel plantait dans le sol un brin de sureau puis fouettait le ciel comme il l'aurait fait avec une épée.

Cette nuit-là, trois Occitans trouvèrent la mort et plusieurs souffrirent de méchantes estafilades. Les routiers qui gisaient à terre n'avaient pas cru bon de surveiller les alentours de leur campement, ou peut-être avaient-ils cédé aux appâts du vin. En l'absence de sentinelles, d'Alfaro et ses hommes n'avaient eu aucun mal à occire la moitié de la troupe avant qu'un ne réagisse. Ils avaient ensuite pris le temps de dissimuler les corps ainsi que toute trace de leur passage.

Guilhabert soigna les blessures les plus profondes, dont il s'attacha surtout à faire cesser le saignement. Puis on reprit rapidement la route, passant près des cadavres encore chauds jetés au creux de la gorge.

— Qui vient ?

D'Alfaro déclina son identité à travers la grille de la poterne. L'homme du guet lui ordonna d'avancer pour l'examiner à la lumière des torches puis, sans un mot, repoussa la trappe.

— Le diable si ces bougres acceptent de nous ouvrir, marmonna le capitaine en se tournant vers Guilhabert.

La trappe glissa à nouveau. Un sergent cette fois, que le garde était allé chercher, passait son visage dans l'ouverture.

— Je suis le seigneur Hugues d'Alfaro, répéta l'Occitan de son accent lourd. Je demande asile pour dame Agnès, épouse du vicomte Trencavel.

Les traits du capitaine devaient lui être familiers, ou peut-être la voix qui frappait les mémoires autant que le visage, car le sergent commanda d'ouvrir la poterne et envoya un garde prévenir le seigneur de Péreille. Passant derrière les réfugiés, d'Alfaro ferma la marche pour entrer dans Lavelanet.

Le bourg occupait une position surélevée sur les berges du Touyre et protégeait les limites ouest du domaine de Foix. Le capitaine se savait depuis plusieurs lieues sur le territoire du comte, mais il éprouvait un vif soulagement à se trouver entre les murs du *castrum*. Les dernières marches avaient été harassantes, à ne dormir ni le jour ni la nuit, veillant aux périls qui pourraient les surprendre.

Après la première escarmouche aux environs de Limoux, ils avaient échappé de justesse à des cavaliers dans la forêt de Saint-Blaise. Une autre fois encore, ils avaient contourné un hameau où stationnait un détachement ennemi. Comme d'Alfaro l'avait redouté, les croisés n'hésitaient plus à franchir la frontière pour venir provoquer les alliés des Trencavel.

Le seigneur de Péreille patientait dans la grande salle au premier étage de sa maison forte. Réveillés en hâte, des valets s'empressèrent de fournir eau, vin et nourriture avant de conduire ceux qui le désiraient vers les lieux où ils pourraient se reposer. Les quatre passeurs insistèrent pour être réglés de leurs gages et reçurent les sommes dues des mains du seigneur de Péreille. On ne les revit pas de la nuit, ni le lendemain, ce qui fit craindre un mauvais tour à Astier. Mais pour l'heure, l'instant était au soulagement. On profitait du confort des murs et d'une sécurité nouvelle pour se détendre, boire, manger, et sourire même, à satiété.

La grande salle se vida bientôt, car tous aspiraient à une longue nuit de sommeil. Le seigneur de Péreille conserva Astier près de lui, ainsi que Guilhabert, d'Alfaro et Agnès, dont le fils dormait dans les bras d'Ida, près de la chambre où elle-même était invitée à loger.

La conversation évoqua les interminables nuits de marche, les jours reclus dans l'angoisse, et la joie qu'on éprouvait à se revoir, avant d'en venir au siège de Carcassonne. Le seigneur de Péreille écoutait avec horreur le récit qu'on lui faisait des derniers jours de la cité.

— Nous avons cherché vos traces, s'excusa-t-il auprès d'Agnès, sachant par d'autres biais que vous tentiez de nous rejoindre. Mais nos frontières sont de véritables coupe-gorge et je redoutais qu'un incident avec les croisés ne vienne précipiter d'autres malheurs.

— Vous avez bien agi, le rassura dame Agnès. Le capitaine d'Alfaro a tenu son rôle et vous nous voyez auprès de vous grâce à lui.

Le seigneur s'adressa alors à l'Occitan qui, fidèle à sa manière, se tenait à l'écart des conversations.

— Je vous sais gré, messire, de ne point avoir failli.

Guilhabert nota que l'attitude de Péreille à l'égard du capitaine était loin d'être aussi hostile qu'attendu, mais il savait l'amitié forte entre les maisons de Toulouse et de Foix, malgré la position tenue par cette dernière dans le conflit.

— Un messager se mettra en route dès l'aube pour prévenir le comte de Foix de votre arrivée, reprit de Péreille en revenant vers Agnès. Il sera soulagé de vous savoir saine et sauve.

— Comme nous le sommes de jouir de sa protection. Avez-vous reçu des nouvelles de mon époux depuis la reddition ?

— Peu, ma dame. Les voyageurs sont rares, et ce que nous apprenons le matin peut être contredit le soir. Il semble toutefois que le vicomte soit tenu au secret à Carcassonne.

— Vif donc, soupira Astier.

— Nous pouvons l'espérer.

Le soulagement d'Agnès fut évident pour tous, car si personne ne l'avait encore évoquée, la question de la survie du vicomte ne quittait pas les esprits.

— Le roi d'Aragon aurait mandé ses émissaires pour négocier sa libération, continua de Péreille. J'ignore si cela est avéré ou si les croisés sont seulement disposés à négocier.

— Le roi a refusé d'apporter son aide lorsque nous en avions le plus besoin, s'indigna Agnès. Ce serait miracle qu'il songe maintenant à l'accorder.

Le seigneur se garda de répondre, même s'il partageait l'incompréhension d'Agnès sur l'attitude du monarque.

Pierre avait à répondre de sa fidélité envers l'Église et ne pouvait s'opposer de manière franche à la croisade. Mais il ne pouvait non plus se dispenser de ses devoirs, à commencer par le secours dû à ses vassaux. Ce repli ne manquait pas d'inquiéter les sujets du comte de Foix, qui dépendaient aussi de sa couronne.

— Savez-vous si un successeur a été désigné ? l'interrogea Agnès pour mettre fin au silence qu'avait suscité sa remarque.

— On dit qu'une bannière rouge flotte sur Carcassonne, répondit de Péreille. Frappée d'un lion argent. Est-ce une maison de votre connaissance ?

— Franque, intervint d'Alfaro. Mais point intime du roi.

— De second rang donc, en déduit de Péreille. Ce qui ne manque pas d'interroger sur les intentions des Francs.

— Ces grands seigneurs ont dû être refroidis par la résistance de nos hommes, fit Agnès. Ils savent que cette terre ne leur donnera rien, et ils redoutent d'y laisser trop de forces.

— À juste titre. Mais qui que soit ce nouveau prince, il devra obtenir les faveurs de l'Aragon. Tant que Pierre refusera l'hommage, les vassaux auront toute légitimité pour contester son autorité.

— Et pour quelle raison la refuserait-il ? s'étonna Agnès.

— Embrasser un fidèle du roi de France mettrait tôt ou tard sa suzeraineté en balance, répondit de Péreille.

— Renier le nouveau vicomte mettrait autant à mal sa relation avec le pape, renchérit Agnès.

— Pierre fera le choix du cœur, affirma Astier. Du sang et du cœur. N'a-t-il point promis devant vous de toujours soutenir ses frères occitans, Guilhabert ?

— C'est l'engagement qu'il a pris, oui, confirma le Parfait, se souvenant de son ambassade auprès du monarque avant que le conflit n'éclate.

— Alors il n'y a point à douter, ajouta le sénéchal.

— Puisse Dieu vous entendre, conclut Agnès. Pour ma part, je n'aurai d'espoir qu'en Dieu et en nos hommes. Maintenant, si vous le permettez, messires, j'aimerais me retirer.

— Je vous fais conduire, proposa de Péreille.

Il désigna un valet pour accompagner Agnès jusqu'à sa chambre, ainsi que le sénéchal, qui tenait à rester auprès de la dame. D'Alfaro s'effaça à son tour, laissant à Guilhabert un moment seul avec le seigneur de Péreille.

— J'aimerais partager l'enthousiasme du sénéchal, admit ce dernier en venant s'asseoir sur le faudesteuil qui trônait en bout de table.

Il avait été tiré du lit en même temps que ses valets, portant sur son visage les traces du sommeil et sur son dos une chemise ouverte qui le couvrait jusqu'aux chausses. Ses traits, habituellement enjoués, avaient pris dix ans.

— Pierre ne facilitera pas la tâche des Francs, c'est certain, mais ses marges sont limitées. Les croisés le savent. Ils n'hésitent d'ailleurs pas à venir nous harceler, violant nos frontières malgré les mandements du pape. Tôt ou tard, le sang coulera sous nos murs.

— Ce qui fait redouter le pire pour le seigneur Trencavel.

Le visage de Péreille s'assombrit un peu plus.

— Oui. Même captif, il représente une menace.

— Et qu'en dit le comte de Foix ?

— Il est inquiet, comme nous tous. Pour vous également. Ce que les Francs ont commis à Béziers et Carcassonne nous cause tant d'effroi. À croire que rien ne les fera reculer.

— Aussi vous sais-je gré de nous accueillir, malgré les risques que le geste vous fait courir.

Un sourire gris passa sur les traits du seigneur.

— En luttant pour votre ordre, nous luttons d'abord pour Dieu. Quel homme refuserait ce combat-là ?

Le seigneur de Péreille se leva de son siège pour venir face au Parfait.

— J'ai fait ériger un fort dans les montagnes, à quelques heures d'ici. Une escorte vous y mènera dès que vos forces seront revenues.

— Comment vous remercier ?

— En restant en vie, mon ami.

— Un vœu que nous tâcherons d'exaucer.

De Péreille passa un bras sur les épaules de Guilhabert.

— Venez d'abord profiter du confort de ma maison. L'endroit où je vous envoie n'a rien d'un palais, mais vous y serez en sécurité. Si proche des cieux que seul le diable pourrait s'en emparer.

Rome

1210

Les cavaliers franchirent les tours de garde et mirent pied à terre dans la cour supérieure, les traits tirés par la fatigue et le froid. On disposa rapidement des chevaux, que l'on fit mener aux écuries, puis un sergent approcha du chariot pour informer les passagers qu'ils étaient parvenus à destination.

S'arrachant à la chaleur de sa litière, Arnaud Amaury se pencha au minuscule ajour pour observer le ciel. L'après-midi était avancé. Un voile gris enveloppait les murs de la cité léonine et la neige menaçait à nouveau de tomber. Le temps de passer un manteau sur ses épaules, le légat ordonna qu'on s'occupe de ses coffres et fut conduit auprès du pape.

Tandis qu'il traversait la place, prenant garde à ne pas glisser sur le sol gelé, Arnaud mesurait l'ampleur des travaux engagés par le Saint-Père sur cette partie du Borgo. Longtemps réduit à de vieilles bâtisses regroupées autour de l'antique basilique, le quartier semblait s'éveiller d'un long sommeil. Outre le projet de résidence sur les pentes du *Mons Saccorum*, de nouvelles constructions avaient vu le jour et s'apprêtaient à accueillir les offices de la curie.

Pour le soin des clercs et des pèlerins, le pontife avait également fait élever un hôpital à ses frais, près de l'église Saint-Esprit-En-Saxe sur les bords du Tibre. Un presbytère, des chambres, une chapelle, une boulangerie, un cellier, des cuisines, une forge et une enceinte s'ajoutaient aux aménagements, confirmant la volonté du Saint-Père d'abandonner progressivement le vieux Latran pour un palais moins exposé aux troubles de la cité.

On accédait à la partie ouest du faubourg par un entrelacs d'escaliers et de venelles encombré de blocs de tuf, de marbre et de lourdes pièces de bois. Au milieu des pèlerins venus se recueillir sur la tombe de saint Pierre, groupés autour de minuscules braseros, les ouvriers s'activaient sur les parties basses des maçonneries, manipulant les roches les moins fragiles.

Aux abords de la maréchalerie, le cortège se dirigea vers le bâtiment le plus imposant et emprunta une porte en ogive pour rejoindre un rez-de-chaussée aux plafonds voûtés. Un escalier récent donnait accès à la salle royale située à l'étage.

Le légat s'attendait à croiser la foule traditionnelle des familiers qui composaient d'ordinaire la cour pontificale. L'endroit était étonnamment désert. De larges tentures tenaient le froid à distance, privant les lieux de la lumière du jour.

En contournant la tribune où le Saint-Père siégeait lors des audiences, on fit approcher Arnaud d'une tapisserie aux teintes sombres qui masquait l'intérieur d'une chapelle. À genoux, face à l'autel, Arnaud reconnut la longue silhouette vêtue de blanc du pape Innocent III.

— Sa Sainteté a-t-elle été informée de mon arrivée ? demanda-t-il à mi-voix.

— Nous l'avons fait prévenir, confirma le secrétaire qui l'accompagnait.

— Il n'a fait aucun commentaire ?

— Aucun.

Arnaud hésita à s'avancer.

— Ne serait-il pas préférable de repousser l'audience ?

— Je ne saurais vous dire, reconnut le secrétaire. Ces dernières semaines, Sa Sainteté s'enferme de longues heures dans la prière et accorde peu de temps aux visites.

Arnaud se tourna vers les religieux qui composaient sa suite, et le regard qu'il échangea avec frère Malaki le décida à franchir le seuil.

Des chandelles réparties sur des candélabres rendaient au lieu une clarté diffuse. Le Saint-Père ne parut pas remarquer sa présence ou n'y prêta aucune attention. Arrivé à sa hauteur, et ne sachant trop ce qu'on attendait de lui, le légat choisit à son tour de s'agenouiller pour se recueillir.

Le froid éveilla bientôt les douleurs du voyage, et Arnaud regretta de s'être délivré de son manteau, laissé à l'entrée de la chapelle par souci d'étiquette. Il ruminait encore sa méprise lorsque le pontife se décida à parler.

— J'ai fait un rêve, dit-il, laissant les mots s'éteindre dans l'air épais.

À l'attitude du Saint-Père, ce regard levé vers la croix, Arnaud se demanda si les mots lui étaient bien destinés.

— Il y a des mois de cela. Un rêve qui ne me quitte plus.

La voix résonnait, s'étouffait dans la pierre, comme une plainte qu'on voulait taire.

— J'ai vu un homme vêtu de rien, soutenant à bout de bras les ruines du Latran. Le moment était si réel, si intense... Ce ne pouvait être qu'un message, ai-je sitôt pensé. Un message que Dieu m'envoyait. La vision d'une Église à reconstruire, simple et vertueuse, telle que le Christ l'avait commandée. Et c'était à moi que la tâche était confiée. Par ce rêve, c'était à moi que le Seigneur s'adressait.

La voix s'éraillait, blessée par l'émotion.

— Longtemps je l'ai cru. Mais dès que la nuit tombe...

Son attention se perdit sur les dalles blanches. D'un mouvement de tête, Arnaud chassa le malaise qui venait l'étreindre et prit sur lui d'intervenir.

— À chaque jour qui passe, le Seigneur nous adresse plus de signes de Sa volonté. Je suis moi-même témoin de Sa puissance et de la force qu'Il met à soutenir notre œuvre en Occitanie.

Sur le profil du pape passa une expression douloureuse.

— Nous ne sommes qu'à une marche de la victoire, poursuivit Arnaud sans se laisser troubler. Partout où la croix a été portée, nous avons restauré notre pouvoir et les conversions se font par centaines.

— On me le dit, oui, comme tout ce que l'entreprise exige de sang et de souffrances.

Le légat se souvint de leur dernière conversation avant son départ pour l'ost et du trouble qu'il avait ressenti alors. L'intuition que cet homme pouvait être habité d'une foi inébranlable autant que de pensées contraires et de trop de doutes.

Depuis la prise de Carcassonne, Innocent III suivait pas à pas les avancées de la croisade conduite par Simon de Montfort. Sitôt investi, le nouveau seigneur de Carcassonne avait pris possession de ses fiefs, exigeant que les principales villes lui rendent hommage. Castres avait cédé. Cabaret, Fanjeaux, Montréal, Lombers,

Mirepoix étaient occupées. Limoux et Albi s'étaient livrées sans coup férir. Jusqu'à Pamiers et Saverdun, prises sur les domaines de Foix après que la présence de Parfaits eut été signalée. Mais l'entreprise avait aussi fait face aux premières révoltes. Les *faydits*[1] qui refusaient de se soumettre venaient grossir les rangs des populations exilées et beaucoup ralliaient le comte de Foix, qui s'était engagé dans une guérilla sans merci sur la frontière sud.

Pour tragiques qu'ils furent, ces troubles confortaient le légat dans la nécessité de poursuivre la lutte. Autant de preuves, arguait-il, de l'emprise du Mal sur ces terres félonnes. Mais il savait l'incertitude que ces malheurs pouvaient semer dans l'esprit du pontife.

Le départ des bannerets de Philippe Auguste après la prise de Carcassonne et la désignation de Simon de Montfort à la tête de l'ost avaient porté le premier coup. Malgré l'insistance du légat pour les maintenir à son conseil, aucun des grands vassaux n'avait souhaité poursuivre son service. Pour tous, la destitution du vicomte marquait la fin des opérations militaires. La maîtrise des révoltes revenait désormais au seigneur désigné. Aucun n'en avait accepté les titres, prétextant que le pays était trop éloigné de leur fief pour en assurer l'administration. Mais Arnaud connaissait les raisons profondes de cette retraite.

À voir la puissance de Dieu s'abattre sur l'un des leurs, ils s'étaient pris de haine pour l'homme par qui venait Sa justice. Et derrière cette haine, c'était toute l'Église que les nobles cherchaient à punir. En nommant ce Montfort, ce baron insignifiant, pour mener l'expédition, il s'agissait autant de compromettre sa réussite que de fragiliser la position du Saint-Siège dans le concert des puissants. Philippe ne gardait-il pas rancœur au clergé de lui tenir tête dans ses projets ? L'occasion était belle pour le Franc d'affaiblir son adversaire.

Il n'était d'ailleurs point le seul souverain à manifester son opposition. D'autres voix s'élevaient en Europe pour dénoncer les exactions, notamment dans les royaumes d'Espagne, qui ne dissimulaient plus leur soutien au peuple occitan.

Avec le temps, Arnaud redoutait que les opinions hostiles à la croisade ne finissent par s'allier. Aussi le soutien de Rome était-il devenu indispensable pour achever la purification du Midi.

---

1. Seigneur occitan dépossédé par la croisade.

Un soutien que le légat était bien décidé à obtenir, étant disposé à tous les actes pour parvenir à ses fins.

— De sang et de souffrances certes, reconnut-il, car c'est bien d'une guerre dont il s'agit. Une guerre que nous pouvons encore perdre, car il reste un obstacle à franchir.

— C'est de ce sujet que vous souhaitiez m'entretenir.

— La raison de ma venue, en effet. Toulouse sert plus que jamais de refuge aux hérétiques, et les anciens vassaux des Trencavel rejoignent en nombre les armées du comte. Partout la révolte gronde, encouragée par Raimon lui-même.

— J'entends vos craintes, messire légat, et j'ai reçu vos missives me suppliant de prononcer l'excommunication.

— Devant tant de fourberie, quel autre choix ?

— Aucun à l'évidence. Et une fois la sentence actée, ne resterait qu'à fondre sur Toulouse à la tête de vos armées.

Arnaud sentit que le ton avait changé, plus vif, moins fuyant.

— Prendre la ville, poursuivit Innocent III. Abattre ses gens et destituer ses princes.

— Parce que la Foi l'exige, Votre Éminence.

— Est-ce aussi pour le triomphe de la Foi que la mort du vicomte a été commandée ?

Arnaud se tut. Après le malaise, un vertige. Le légat vit les yeux du pape se fermer, sa bouche murmurer, les muscles de son visage se tendre.

Trois mois après la prise de la cité, le corps de Trencavel avait été trouvé sans vie dans sa cellule. Emporté par la maladie, avaient prétendu ses geôliers. Assassiné, clamaient partout ses partisans. Dans les faits, la résistance opposée par le jeune noble en faisait une prise bien encombrante, et sa disparition mettait fin à tout espoir de renversement. Un drame encore, que le Saint-Père avait publiquement regretté, dans une entreprise qu'il avait pourtant souhaitée irréprochable.

— Le roi Pierre d'Aragon refuse l'hommage de Simon de Montfort pour les terres prises aux seigneurs du Sud, annonça le pape.

— J'ai su, oui, reconnut Arnaud.

— Vous avez su. Mais mesurez-vous vraiment les conséquences ?

— Redoutables. Sans cette reconnaissance, Simon de Montfort est affaibli et les *faydits* ont toute latitude pour lui contester son autorité. Seulement, Pierre est aussi vassal de Rome. Si vous l'ordonnez, il acceptera l'hommage et reconnaîtra Simon comme seigneur légitime.

— Pierre est un roi. Les rois font et défont à leur guise et tolèrent mal que leur autorité soit piétinée. Les terres de Trencavel ont été prises sans qu'il soit consulté, alors que le pouvoir de dépossession appartient au suzerain seul.

— Cette terre a été prise parce qu'elle était terre de péchés.

— Elle est aussi terre aragonaise! s'emporta le Saint-Père. En la confisquant au profit d'un seigneur franc, Pierre peut non seulement s'estimer lésé mais aussi dépouillé de ses droits. Qu'il refuse l'hommage de Montfort est déjà une mauvaise chose. Il pourrait aussi lui venir en tête de reprendre son bien.

— Et lever l'épée ? Contre l'armée du Christ ?

— Vous estimez-vous à l'abri du risque ?

— Non… à l'évidence, mais cela ne rend-il pas votre intervention plus nécessaire ?

— Excommunier le comte de Toulouse pour mieux le réduire ? Porter la croisade contre un parent de Pierre ? Ce même Pierre qui pourrait n'attendre qu'un prétexte pour se faire justice ? Et entraîner le roi de France, suzerain de Montfort, dans le conflit ? Avez-vous comme projet d'embraser la moitié de l'Europe, messire l'abbé ?

Le silence qui suivit plongea Arnaud dans l'abîme. Il chercha une présence dans son dos et aperçut frère Malaki, debout à l'entrée de la chapelle.

Sous la lueur ocre des chandelles, sa robe grise formait une ombre dont seul son visage parvenait à s'extraire. Son expression restait égale et, malgré la distance, le moine donnait l'impression de ne rien manquer de leurs échanges.

— Frère Malaki est avec vous.

Ce n'était pas une question. Même si le Saint-Père n'avait pas évoqué sa présence jusqu'ici.

— Il l'est, oui, confirma Arnaud. Comme vous l'aviez auguré, sa loyauté et ses conseils m'ont été précieux. Il y a quelques instants encore, alors que nous franchissions les murs, il me suppliait de ne pas me détourner de mon but. J'ignorais encore la nature des obstacles auxquels je serais confronté.

— C'est cela, abbé. Vous ne savez rien.

Innocent laissa sa phrase en suspens, et son expression changea presque aussitôt, comme s'il avait été saisi de visions terribles.

Après l'éclat des derniers instants, il redevenait cet homme indécis, traînant, loin de l'image qu'il donnait partout à voir. Arnaud usa de toute sa maîtrise pour conserver son calme.

— Je ne puis qu'imaginer les doutes qui vous assaillent et le soin que vous prenez à toujours défendre les intérêts du Saint-Siège. Il est toutefois des épreuves auxquelles nous ne pouvons nous soustraire. Le sang a coulé et coulera encore. Bien après que nos vies auront passé. Et bien après celles des rois dont nous ménageons la cause. L'œuvre, elle, demeure : préserver la foi, la transmettre plus forte à ceux qui nous suivront. Cette œuvre-là se place au-dessus des intérêts et des destins.

Rien ne passa sur le visage du souverain. Une absence.

— Prenons Toulouse, Votre Sainteté ! Mettons fin à cette menace. Il sera temps ensuite de négocier avec le souverain d'Aragon.

Innocent revint à lui. Arnaud nota que ses yeux étaient plus noirs.

— Le comte a des amitiés douteuses, mais je n'y vois point motif à le déposséder, déclara le pape. Apportez-nous des faits, messire légat, des preuves que Raimon agit contre les intérêts de l'Église, car je ne condamnerai pas un homme sur des rancœurs et des suspicions.

— Votre Sainteté…

— Il suffit. Cette croisade sera œuvre de vérité ou ne sera plus.

La neige était tombée avec la nuit.

Le légat avait gagné ses appartements dès la fin de son entrevue avec le pape, une chambre garnie d'un lit à dais, d'une table de travail et de chaises à dossier haut assemblées dans les meilleurs bois. S'y trouvaient aussi ses coffres et effets, si bien qu'il put changer de vêtements et se débarrasser des poussières du voyage.

Un page entra peu après, portant un plateau de fromages, des fruits, une miche de pain blanc et un plat de viandes grasses dont l'odeur aurait pu suffire à le distraire. Arnaud demanda qu'on dépose le tout sur la table et se fit servir un verre de vin avant de congédier les domestiques, pressé d'être seul.

Le vin chaud dégageait un léger parfum d'épices. Arnaud s'en détourna, négligeant aussi la nourriture, et s'enroula dans une cape de laine avant de s'installer près du feu. Il ressentait toujours ses douleurs, plus vives malgré la chaleur, mais rien n'égalait sa rage et son désarroi.

— Je ne comprends pas, murmura-t-il.

Comme surgi de l'ombre, invisible aux yeux des pages qui s'étaient succédé, Malaki approcha à son tour de l'âtre.

— Ses craintes, messire ?

— Les miennes. Alors que tout m'apparaissait de manière claire, voilà que je ne sais plus comment agir.

— Vous doutez des commandements du pape ?

Arnaud se tourna vers le moine. Les lueurs vacillantes faisaient ressortir les creux de ses joues et son teint exagérément pâle. L'impression d'une statue de cire froide, consciente malgré tout de l'effet qu'elle produisait.

— Serais-tu saisi de folie à ton tour ?

— Je ne fais que m'interroger, se fendit Malaki.

Arnaud quitta son siège et, s'éloignant du feu, resserra la cape sur ses épaules.

— Je me sens dans la peau d'un veneur sommé d'épargner sa proie. Rassembler les preuves de la duplicité de Raimon exigera des mois d'enquête. Les faire reconnaître par un concile en demandera au moins autant, en espérant que la procédure aboutisse et que le pape approuve la sentence. Des mois… alors que l'ennemi est à notre merci.

Il tourna dans la chambre puis revint près de l'âtre, incapable de se réchauffer. Malaki choisit alors d'intervenir.

— Messire, si je puis ?

— N'est-ce point là ton office ?

Au sarcasme, le moine opposa sa distance habituelle, se contentant de poursuivre d'une voix vide.

— Nous ne pouvons aller à l'encontre des décisions du pape, vous l'avez dit. Et celui-ci ordonne de rassembler des preuves de la duplicité du comte.

— Aucune évidence ne t'échappe, ponctua le légat avec ironie.

— Une pourtant. Qu'attendons-nous pour lui offrir ce qu'il demande ?

Le légat dévisagea son conseiller, laissant paraître son impatience.

— Que tu me fournisses ces preuves, probablement.

— Ne vous méprenez point, messire. Je réfléchis. À haute voix. Dès lors que le but est évident, le chemin ne peut être obscur. Et plutôt qu'espérer un faux pas de l'ennemi, pourquoi ne pas le pousser à commettre ce que nous pressentons ?

— Je ne comprends mot !

— Amenons Raimon à se découvrir. Qu'il sente le pouvoir de l'Église l'étreindre jusqu'à l'étouffement. Alors il n'aura d'autre choix que provoquer sa chute.

— Et tu vois un moyen d'y parvenir ?

— Peut-être...

Malaki ramena ses mains dans les emmanchures de sa robe.

— Sa Sainteté exige que le procès soit instruit par un concile, aussi je vous suggère de réunir ses membres sans délai.

— Si prestement ?

— Ne laissez point le temps à l'ennemi de deviner la manœuvre. Une fois les évêques rassemblés, convoquez le comte sous prétexte de faire confirmer le serment prononcé à Saint-Gilles. À cette occasion, il fera montre de son allégeance et se présentera comme un fidèle serviteur de l'Église.

— Comme chaque fois qu'il s'est vu mis en accusation.

— C'est ce qu'il faut espérer. Vous lui ordonnerez alors de congédier les compagnies de routiers qu'il avait promis de démanteler.

— Se défaire de ses armées ? Allons, Malaki, comment le comte pourrait assurer la défense de ses domaines si...

Le légat s'interrompit, commençant à saisir les pensées de son conseiller.

— Vous voyez clair, confirma Malaki. Pourquoi engager des mercenaires pour se protéger de la croisade si l'on prétend servir Rome en sujet fidèle ?

— L'argument s'entend, mais c'est une contradiction qu'il retournera à son avantage.

— Il le fera. Mais l'opposition à l'Église sera bel et bien actée, ouvrant une première brèche dans ses défenses. Vous le sommerez ensuite de réparer les dommages causés par l'hérésie.

— Une fortune, ne serait-ce que sur les dîmes non levées et les biens saisis aux abbayes.

— Une fortune, en effet. Qu'il ne pourra en aucun cas rassembler. Il devra en outre s'engager à chasser les Parfaits de ses États et les livrer à vos soins dans un délai d'un an.

— Ce que nous le sommons de faire depuis trois ans bientôt.

— En vain. Vous l'obligerez enfin à faire raser les places fortes prises aux seigneurs *faydits*. Ajoutez ce que vous consentirez d'amendes et de sanctions, puis ordonnez au comte de faire pénitence en Terre sainte jusqu'à son pardon complet.

— Ce qui le tiendrait éloigné de ses domaines pendant…

— … des années, oui, et laisserait à Simon de Montfort le loisir de disposer de ses fiefs et d'y établir une noblesse fidèle à Rome.

Alors que l'intrigue se nouait dans son esprit, le légat ne parvenait plus à masquer son excitation.

— Raimon refusera.

— Tout, en effet. Rejeter une seule de ces conditions suffirait à le condamner. Le concile pourra dès lors prononcer le parjure, puis l'excommunication.

— Certes oui, murmura Arnaud qui aussitôt se rembrunit. Les évêques nous suivraient sans difficulté mais la ruse est grossière. Le pape verra le piège.

— Sa Sainteté pourrait rejeter la sentence, en effet, mais cela reviendrait à renier publiquement la croisade. Entendez bien qu'en cette affaire, l'Église n'a rien à prouver. L'Église est juge. Et le pape, gardien de la foi, doit faire montre de son engagement auprès des seigneurs comme des fidèles.

Le visage du légat s'illumina brusquement.

— Tout cela…, murmura-t-il, au comble de l'émerveillement. Tout cela pour contraindre le Saint-Père à accomplir son devoir.

— Vous y êtes, messire. Il ne s'agit point de prouver la culpabilité du comte, criante aux yeux de tous, mais d'astreindre le chef de la chrétienté à tenir son rang. Et malgré ses doutes, faire connaître au monde sa détermination. Car c'est ce que le monde retiendra.

Arnaud réfléchit encore.

— Quel allié effroyable tu fais, Malaki.

Chapitre IV

« Je ne tire point ma gloire des hommes. »
Jean, V, 41

Toulouse

1212

Marchant entre les abris de toile, Guilhabert de Castres se rendait à l'entrée du faubourg Saint-Cyprien où l'on procédait à la distribution de nourriture, un bol de soupe maigre et un morceau de pain brun pour chaque bouche. D'aube en aube, depuis que les croisés avaient franchi les frontières du comté, une foule innombrable de réfugiés se massait aux portes de la ville.

Après la chute de Cabaret, dernière poche de résistance sur les anciennes possessions des Trencavel, les feux de la croisade s'étaient tournés vers la cité toulousaine, et le comte Raimon VI avait pu mesurer la haine du légat à son égard. Son départ précipité de la croisade trois ans plus tôt avait déjà jeté le doute sur la sincérité de son repentir. Dès lors qu'il avait refusé de livrer les hérétiques présents sur ses domaines, sa mise en accusation était devenue inévitable. L'imminence de son procès l'avait surpris cependant.

Le concile chargé de l'instruction avait été réuni à Saint-Gilles à l'été 1210, soit un an seulement après la chute de Carcassonne. À l'annonce de sa tenue, Raimon avait fait part de ses craintes à son entourage, mais aussi de son soulagement. Il voyait dans cette audience une occasion de faire entendre sa voix et de rappeler son attachement à Dieu. Le pape ne lui avait-il point promis un traitement équitable lors d'une visite à Rome ?

En fait de procès, le comte dut faire face à une véritable exécution. Lors des débats, tout lui avait été reproché. De protéger des Parfaits, de s'assurer les services de routiers, jusqu'à employer des juifs dans son administration. Il avait eu beau crier à la conspiration, prétendre que les poursuites se fondaient sur des supposés et des intentions, l'assemblée des évêques était restée sourde à ses protestations. Après une procédure expédiée, sans un instant accordé à sa défense, le comte avait été déclaré relaps et condamné à l'excommunication.

Quelques semaines plus tard, une nouvelle assemblée siégeait en la ville d'Arles pour soumettre au banni les conditions de paix. Le renvoi des mercenaires qui assuraient sa protection, le paiement de dommages que cinq générations de comtes ne suffiraient pas à combler, jusqu'à l'exil en Terre sainte qui revenait à livrer ses domaines aux chiens du pape. « Le baiser du diable », avait murmuré Pierre d'Aragon lorsqu'il en fit la lecture. Mais toujours engagé dans son combat contre les Almohades, le souverain espagnol n'avait pu intercéder en faveur de son parent. Refusant de se soumettre au chantage de l'Église, Raimon avait rejeté une à une les propositions. Tenu par le jugement du concile, Innocent III n'eut d'autre choix que confirmer la relapse, autorisant Simon de Montfort à porter la croisade sur les terres toulousaines.

S'était ensuivie une année de combats et d'exactions durant laquelle Raimon avait tenté par tous les moyens de s'opposer aux incursions catholiques. En dépit d'une résistance farouche, forteresses et *castra* avaient capitulé l'un après l'autre, et les populations avaient accouru vers la capitale pour y chercher protection, investissant les auberges, les logis vacants et les cloîtres désertés par les moines.

Lorsque l'espace avait manqué, on avait érigé un camp de toiles à main gauche de la Garonne, sur une prairie mise à disposition par le comte. C'était un lieu de désolation, creusé de fondrières aux premières pluies, peuplé de rats autant que de miséreux. Et si le dernier hiver avait été clément, les maladies restaient communes et la mort fréquente.

En longeant le fleuve, Guilhabert passa près des lavandières occupées au linge. De nouvelles tentes étaient apparues dans la nuit. Au passage du Parfait, des réfugiés trouvaient encore la force de quérir sa bénédiction, malgré la détresse et l'épuisement.

Dès la reddition de Trencavel, Guilhabert avait fui Fanjeaux pour échapper aux purges menées par les hommes de Montfort. La petite ville du Lauragais avait été l'une des premières cibles des croisés en raison de son importante communauté cathare. Après son passage à Lavelanet, le Parfait avait séjourné à Montségur avant de rejoindre le conseil de Raimon VI et porter secours aux victimes de la croisade. S'il assistait parfois aux audiences, on le voyait surtout au petit matin dans les couloirs du palais, les yeux creusés par les heures de veille passées en compagnie du prince.

Autant que les menaces pesant sur ses domaines, la chute de son neveu, le vicomte Trencavel, puis sa mort en captivité continuaient de hanter Raimon VI. En privé, il se reprochait son ralliement aux croisés et cherchait dans les paroles du Parfait quelque raison de ne pas désespérer.

De son côté, Simon de Montfort poursuivait la croisade avec une énergie décuplée. Ses troupes s'étaient remises en marche dès la sortie de l'hiver, et les éclaireurs rapportaient de nombreux mouvements aux frontières. En moins de dix mois, le Franc était parvenu à balayer la résistance occitane et isoler la cité toulousaine de ses soutiens. La dernière forteresse chargée de tenir l'ennemi à distance venait d'être évacuée. Puylaurens ne possédait pas de défenses suffisantes pour s'opposer à la puissance croisée, aussi Raimon avait préféré abandonner ce bastion et conduire la population vers sa capitale, malgré sa volonté d'en découdre et de ne plus céder un arpent à l'ennemi.

Une dizaine de lieues séparaient maintenant Toulouse des forces d'invasion, et ordre avait été donné de se préparer au siège, même si l'attaque ne pourrait survenir avant des semaines. Face aux puissances coalisées, Raimon ne comptait que sur un faible contingent d'alliés, un carré de fidèles qui s'épuisaient en escarmouches, mais Simon savait la puissance de la citadelle toulousaine pour s'y être brisé une première fois au printemps 1211. En stratège avisé, le Franc prenait le temps de la réflexion pour mener son assaut, temps que Raimon mettait déjà à son profit.

Charpentiers, maçons, forgerons avaient été réquisitionnés sur les chantiers de fortification. Les vivres affluaient des terres encore libres, et l'on ne comptait plus les chevaliers et les *faydits* venus mettre leur épée au service du comte. Quant aux compagnies de routiers, elles s'entassaient dans les bastions qui protégeaient l'enceinte.

Les rues de la cité bruissaient alors d'une agitation fébrile et les marchés continuaient d'animer les places, bien que certains articles aient atteint quatre à cinq fois leur prix ordinaire.

Ce matin encore, les camelots se bousculaient sur la *via Tolosana*, si nombreux qu'en approchant de l'église Saint-Nicolas, Guilhabert dut s'écarter de l'artère principale et emprunter une rue voisine pour rejoindre le parvis. Au pied de l'édifice qui servait désormais d'entrepôt, des chaudrons mijotaient, alimentés en continu de farines, de pois et de tubercules. On trouvait aussi du pain noir que l'on distribuait à mesure des besoins.

—De nouvelles familles sont arrivées dans la nuit, annonça Bertran qui s'était joint aux volontaires pour la distribution de nourriture. Nous avons fait le nécessaire pour les accueillir mais nous manquons déjà de tout. Je pensais faire porter un message au comte pour le prévenir.

—Le comte est déjà fort occupé. Vois plutôt avec nos frères tisserands, ils trouveront ce qui te manque auprès de leurs connaissances.

—Nous l'avons déjà fait. Ils sont eux aussi à court de ressources.

—Et pour la nourriture ?

—Il nous reste de quoi tenir quelques jours. Deux semaines au plus. Et plusieurs livres de blé ont encore disparu dans la nuit.

Bertran avait fait part de son inquiétude au sujet des vols, persuadé que des espions de Montfort s'étaient infiltrés dans les rangs des réfugiés pour saper l'organisation des secours.

—Je verrai avec les hommes du guet s'ils peuvent nous prêter main-forte.

Tandis qu'il accompagnait Guilhabert vers le pavillon réservé aux soins, Bertran lui proposa un peu de soupe, qu'il refusa. L'état de son maître l'inquiétait. Fidèle à ses vœux, et à sa volonté de se détacher des choses du monde, Guilhabert mangeait peu et ignorait à l'excès les besoins de son corps, mais Bertran doutait que la piété soit seule raison de son abstinence.

Depuis des mois, le Parfait souffrait de la détresse causée par la croisade. Bien qu'il ne s'en soit jamais ouvert, il se sentait comptable de ses ravages. Et maintenant que la guerre arrivait aux portes de la ville, que l'éventualité de son échec se faisait jour, il affrontait des tourments plus douloureux encore.

Sous les toiles, la chaleur était déjà étouffante. Les familles avaient marché sans repos sur les dix lieues qui séparaient Puylaurens de Toulouse. Des visages d'hommes, de femmes, d'enfants hagards, terrassés par la fatigue et la terreur, jusqu'aux nourrissons qui n'avaient plus la force de pleurer.

Parmi les Parfaites dévouées aux soins, Guilhabert reconnut la dame de Foix. Marquée elle aussi par l'épuisement, Esclarmonde se multipliait pour apporter eau, nourriture et réconfort, sans se distinguer des autres sœurs. Six enfants mis au monde lui avaient laissé le geste tendre et apaisant d'une mère. Par sa nature bienveillante, elle dissipait les humeurs. D'une parole ou d'un geste, elle calmait les angoisses. Avec ces gens accablés par l'épreuve, s'installait une proximité immédiate et rassurante.

Dix ans plus tôt, elle avait manifesté le souhait de rejoindre l'ordre et reçu le consolament des mains mêmes de Guilhabert. La cérémonie avait rassemblé toute la haute société occitane et fait grand bruit hors du Midi. Elle avait aussi ancré l'attachement de ces deux êtres, au-delà des savoirs que leur condition de Parfaits les amenait à partager, bien que ce lien soit vécu différemment pour l'un et l'autre.

Les sentiments d'Esclarmonde pour le Parfait remontaient à leur rencontre à la cour de son frère, le comte de Foix. Séduite par l'homme autant que par sa foi, elle avait aussitôt embrassé la cause. Pour Guilhabert, le lien était autre. Consacré à sa tâche, il s'interdisait tout sentiment susceptible de l'en écarter. Mais il devait reconnaître à cette femme, outre une grande beauté, une hauteur d'âme qu'il était le premier à admirer.

Dès son ordination, Esclarmonde avait fondé une *domus*[1] dans la cité de Pamiers. Avec le soutien d'autres sœurs, et selon les principes fondateurs de l'ordre, elle avait accueilli les nécessiteux et dispensé les enseignements de Dieu, jusqu'à ce que la guerre s'abatte sur le pays. Elle se consacrait désormais aux blessures de son peuple, bien qu'impuissante à guérir certaines plaies, comme celles de ces femmes qui refusaient de se convertir ou de ces enfants qui ne comptaient pas plus que du gibier.

Guilhabert commençait justement l'examen de ces derniers, se concentrant sur les soins les plus urgents. Sur la dizaine examinée ce matin-là, on ne comptait que des blessures légères et des signes

1. Maison commune.

d'épuisement. Les corps souffraient de faim et de désespoir, mais nécessitaient tout autant écoute et attention.

Une femme raconta le sac de son village survenu dix jours plus tôt. Les viols, les pendaisons, les simples gens passés par l'épée, jusqu'aux plus jeunes dont aucun n'était épargné. Le pire venait de ces ribauds qui parcouraient les chemins sans ordre et frappaient à l'aveugle. On les disait attirés par le gain, mais la femme qui pleurait dans les bras de Guilhabert jurait que le sang devait être leur seul plaisir tant ils prenaient de joie à le répandre.

Le Parfait écoutait, entourant parfois un visage de ses mains. Dans ces moments, on lui demandait compte de l'absence de Dieu. Il répétait inlassablement que Dieu n'était pour rien dans ces horreurs, mais qu'Il savait tout des souffrances qu'on infligeait en Son nom. Il répétait aussi qu'un autre monde viendrait et avec lui la délivrance. Alors les âmes parfois s'apaisaient.

Tandis que Guilhabert s'arrêtait près d'un enfant souffrant de maux de ventre, Bertran poursuivit son rapport, ramené aux exigences du moment.

— J'ai envoyé des messagers vers l'Aragon. Nos frères ne manqueront pas de nous venir en aide mais nous devrons nous montrer patients. Avec les combats, les routes deviennent peu sûres.

— Tu as bien fait. En attendant, j'irai parler au comte.

— Merci, maître. Vous vous souvenez peut-être de Loup ?

Le Parfait se tourna vers le garçon occupé à changer les grabats. Le nourrisson recueilli dans la forêt lors de leur retour d'Espagne était maintenant un adolescent robuste.

— Loup ! Bien sûr. Comme tu as grandi.

L'orphelin s'agenouilla et attendit la bénédiction du Parfait avant de se relever.

— Il est très brillant et fort habile de ses mains, poursuivit Bertran. Il ferait un bon Parfait, s'il avait un bon maître pour le former.

— Peut-être l'a-t-il déjà trouvé, soupçonna Guilhabert devant l'enthousiasme de son *socius*.

Bertran baissa les yeux, soudain emprunté.

— Depuis combien de temps as-tu commencé son enseignement ?

— Bientôt un an, répondit Bertran, gêné de ne pas s'en être ouvert plus tôt, et soulagé que son maître ait deviné ses intentions.

—Le temps que l'on consacre à un élève pour estimer s'il est digne d'endosser la robe.

—Oui, maître.

—Je suppose que de ceci aussi, tu souhaitais m'instruire ?

—Oui, maître. Je pensais... je pense que Loup a toutes les qualités requises pour compter parmi nos frères.

—Et la volonté ?

—Oui.

—Et la discipline ?

Loup baissa les yeux, affichant du mieux qu'il put son humilité. Guilhabert faisait clairement allusion aux rapports qu'on lui avait adressés lorsque, enfant, Loup séjournait dans la *domus* de Guillelme de Tonneins à Fanjeaux. On le disait alors turbulent, impétueux, bravache. Un diable pourvu de trop de rouerie et de nerfs, mais respectueux cependant des enseignements de ses maîtres.

—Bien, dit le Parfait. Nous en reparlerons en son temps.

Bertran s'inclina et prit la direction du faubourg, où des chariots de provisions attendaient d'être déchargés.

Tandis que Loup filait derrière lui, Guilhabert retourna près du jeune patient qu'on avait allongé sur une natte. Quatre ou cinq ans, estima Guilhabert en se lavant les mains dans une décoction de racines de saponaire. Il toucha le front du garçon puis souleva sa chemise et se mit à palper l'abdomen.

—Comment s'appelle-t-il ? demanda-t-il.

—Lubin, répondit la jeune mère qui suivait l'examen avec angoisse.

Guilhabert demanda qu'on porte le garçon sur un grabat. Il donna ensuite les ingrédients d'un remède à base d'anis vert, de sanicle bouillie et de réglisse que l'on compléterait de poudre de gingembre. Il conseilla enfin à la jeune mère de nourrir son enfant avec mesure le temps qu'il recouvre la totalité de ses forces, puis il se préparait à poursuivre ses visites en ville lorsque Bertran revint précipitamment du faubourg.

Un prêtre demandait à le voir.

Il était assis près d'une file de chariots, à l'ombre des oliviers.

Bertran s'était d'abord inquiété de la présence d'un catholique de ce côté-ci de la Garonne. Ceux qui n'avaient pas rallié la croisade s'étaient joints à la confrérie blanche, une faction constituée en milice qui menait la chasse aux hérétiques à l'intérieur même de la cité.

Le soir venu, on voyait ses membres s'armer et se répandre dans les rues pour affronter les partisans du comte et les soutiens de la cause cathare. Il était peu probable pourtant de les voir opérer de jour, seul qui plus est, et au beau milieu des malheureux piétinés par les armées du pape.

Celui-ci prétendait s'être joint au convoi en provenance de Montauban et aurait pu passer pour un réfugié s'il n'avait ôté son capuchon pour laisser paraître le creux de sa tonsure ; geste probablement prémédité, avait estimé Bertran au moment de leur rencontre.

Guilhabert donna aussitôt l'impression de le connaître, impression qui se confirma lorsque l'un et l'autre s'embrassèrent.

Dominique de Guzmán, ainsi que Guilhabert le présenta, avait un visage long, avenant, et une expression pleine de douceur. À bien des égards, sa physionomie rappelait celle du Parfait, quoique plus jeune en âge et de taille plus modeste. Bertran se souvint alors de ce prêtre venu d'Espagne à une époque où le roi de France restait sourd au projet de croisade. Ils avaient été quelques-uns à répondre à l'appel du pape pour battre les campagnes occitanes et contenir le développement de l'hérésie par la force du prêche.

Comptant parmi les volontaires, celui qui n'était encore que l'assistant de l'évêque d'Osma s'était installé près de Fanjeaux, là où l'ordre des Parfaits était le plus implanté, dans un petit monastère accroché à l'église Sainte-Marie de Prouilhe.

En fait de monastère, on ne trouvait que quelques masures, un château en ruine, un vieux moulin et un enclos de trente pas de large alimentés par une source et un ruisseau. Les travaux de restauration avaient commencé avant l'arrivée des croisés, et Dominique n'avait cessé depuis d'œuvrer à son développement.

D'une communauté de douze moniales, dirigée par une prieure, était née une abbaye. Le lieu ne disposait pas encore de cloître, et ne pouvait justifier de son titre en l'absence d'un abbé ou d'une abbesse, mais la présence de son fondateur suffisait à son rayonnement.

C'est depuis ce lieu que les premiers frères prêcheurs vinrent à la rencontre des Occitans. Appliquant à la lettre les principes soutenus par l'évêque Diègue d'Acébès, Dominique défendait la doctrine romaine en embrassant en tout point la philosophie des premiers chrétiens, ressemblant pour beaucoup à celle des Parfaits. Il allait ainsi pieds nus, de village en village, prêchant le retour à l'Église de Rome.

D'autres frères suivirent son exemple, jusqu'à ce que la croisade ne mette un terme au projet. Dominique fut parmi ceux qui s'obstinèrent, affirmant que la violence et la peur ne pouvaient être un moyen de ramener une âme à Dieu. C'est à l'occasion d'une controverse, ces débats contradictoires organisés dans les villages entre Parfaits et catholiques, que Guilhabert de Castres avait fait sa connaissance. Et à les voir converser, Bertran les soupçonnait de se connaître plus qu'ils ne voulaient l'admettre, voire de dissimuler quelque amitié.

— Quel hasard t'amène ici ? demanda Guilhabert alors que Dominique évoquait son voyage depuis Fanjeaux et les difficultés rencontrées sur le trajet.

— Point de hasard. Je vais où Dieu m'appelle.

Il se tourna vers les chariots.

— J'ai avec moi des provisions qu'il faudrait distribuer.

— Dieu te bénisse. Aurais-tu dépouillé les réserves de ton abbaye ?

— Les récoltes ont été bonnes, c'est vrai. Et on ne manque jamais de seigneurs pour se racheter de quelques fautes.

Dominique avait ajouté cette phrase d'un air amusé, ce qui ne manqua pas de faire sourire le Parfait, laissant Bertran sans voix.

— Voilà des indulgences qui seront bien utilisées, répliqua Guilhabert sur le même ton. Peux-tu conduire ton chargement vers cette église là-bas ?

Dominique revenait déjà vers ses charretiers pour transmettre ses instructions. Bertran s'occupa ensuite de les guider dans les rues qui longeaient la *via Tolosana* pour éviter l'encombrement provoqué par les camelots.

Tout en marchant aux côtés de son *socius*, Guilhabert le pria de garder l'identité du moine secrète pour ne point risquer une émeute. La mort de Pierre de Castelnau restait vive dans les mémoires, et la prudence ne pouvait écarter le geste d'un désespéré. Dominique prenait d'ailleurs soin de dissimuler son visage sous la capuche de son sayon, et sa défroque avait aussi peu de tenue que celle des pauvres gens rassemblés dans le camp, ce qui assurait sa plus entière discrétion. Probablement selon son vœu.

Bertran écouta les recommandations sans émettre de commentaires, mais son visage dissimulait mal son émotion.

— Tu ne sembles point approuver sa présence, remarqua alors Guilhabert. Toi qui t'inquiétais ce matin de l'étendue de nos réserves.

— Maître, je vous en prie ! s'emporta Bertran sans plus masquer son humeur, et bien que l'engagement des Parfaits interdît toute colère. Ces gens sont cause de tous nos malheurs et vous l'accueillez comme un frère.

— Ces gens, dis-tu ? Mais tu ne le connais pas.

— C'est un catholique.

— Ah oui... un catholique.

Guilhabert laissa passer quelques pas avant de reprendre.

— Je me souviens du temps où Dominique poursuivait ses études en Espagne. C'était un séminariste très brillant et promis à un avenir remarquable, jusqu'à ce que la famine s'abatte sur le pays et décime une grande partie de la population. Il décida alors de vendre ses livres et dépensa l'argent gagné pour nourrir les pauvres. Ses frères tentèrent de l'en dissuader, prétextant l'inutilité du geste devant l'ampleur de la catastrophe. Il leur répondit qu'il ne voulait pas étudier sur des peaux mortes pendant que des hommes mouraient de faim.

Sur le visage de Bertran, la colère avait laissé place à un sentiment amer.

— Si cet homme a rejoint l'Église, c'est par amour, ajouta Guilhabert. Le même amour qui l'a conduit ici, au secours de ces gens. Aujourd'hui, Bertran, c'est un catholique qui te montre la voie.

Jusqu'au parvis, Bertran ne prononça plus un mot, puis il s'éloigna pour rassembler des bras et resta à l'écart tandis qu'on déchargeait les marchandises.

Une fois les ballots et les caisses déposés, Guilhabert proposa à Dominique de partager un peu de vin. Ils prirent alors la direction du fleuve et s'installèrent sur les berges, se laissant aller à contempler la vie, surpris par les rires d'enfants qu'aucun malheur ne parvenait à faire taire.

— Voilà plus de six ans que je parcours ces terres, fit Dominique, le regard voguant au milieu des réfugiés. Six ans. Et je pourrais me réjouir de n'avoir rien abandonné. Mais quand je vois ces malheureux, je me demande où j'ai bien pu échouer.

— Tu avais envisagé une autre issue ?

— Espéré, oui.

— Et tu aurais agi autrement en sachant cela ?

— Non. À aucun moment, non.

— Alors pourquoi parler d'échec ?

Le clerc retourna un air agacé.

— Allons, Guilhabert, nous ne sommes pas ici dans une querelle d'universitaires, à ergoter sur le sens d'un verset ou le prix nécessaire de la souffrance.

— Il s'agit bien d'une querelle, Dominique. Aujourd'hui, elle n'aura d'autres conséquences que de nous fâcher. Mais demain, elle nous conduira vers l'abîme.

— Vas-tu encore soutenir que je n'entends rien aux paroles de Dieu ?

— Tout au contraire. Mais tu ne te bats point pour Dieu, tu te bats pour une Église. Pour des hommes qui sont bien plus éloignés du Ciel que nous ne le sommes l'un de l'autre.

— Je me bats pour la foi. Et je n'ai rien à voir avec cette croisade que Rome entend mener.

— Tu continues malgré tout de lui être fidèle. Malgré cette rage et cette violence qu'ils sont capables de déployer.

— C'est ici l'œuvre des hommes, non celle de Dieu.

— En cela tu me rejoins. À ceci près que j'y vois moi l'œuvre du diable, celle du pape que tu sers.

Dominique se rembrunit. C'était un catholique fervent mais lucide sur les dérives du clergé auquel il appartenait.

— Le pape est attaché à la foi.

— Un homme prisonnier du pouvoir ne peut prétendre parler au nom du Bien.

— Tu me crois donc prisonnier ?

— D'une pensée, oui, et qui repose sur des mensonges. Vos sacrements sont vides de sens. Vos richesses renient les serments de vos pères. Les hommes qui vous soutiennent le font par peur ou par nécessité. Tes frères vont jusqu'à monnayer le pardon de Dieu.

— Je sais tout cela, Guilhabert, à l'exception des sacrements dont je pourrais t'enseigner le sens. Et je sais la colère qu'on peut ressentir devant cette folie, car je la partage. Mais Dieu ne peut parler que d'une seule voix, portée par une seule Église, ou elle se perdrait. Plus que n'importe qui, tu as ta place dans cette Église. Si tu acceptais de me rejoindre...

Dominique s'interrompit au moment où Guilhabert détournait le regard. Ils avaient eu cette conversation si souvent, essayant de se convaincre l'un l'autre du bien-fondé de leur cause, qu'ils souffraient de ne jamais y parvenir.

— Je n'ai aucun doute sur ton engagement, Dominique, mais l'Église est le Mal, et tu ne peux être à la fois son ennemi et son bras. Tu penses qu'en te montrant partout pieux et irréprochable, tu obligeras ceux qui gouvernent à te suivre. Mais en agissant ainsi, tu ne fais que renforcer le pouvoir de Rome. Tant que ce pouvoir existe, tant qu'un homme pourra en gouverner un autre, le Mal survivra.

— C'est pourtant le chemin que j'ai choisi.

— Libérer les âmes, voilà ce que Dieu nous ordonne.

— Obéir à Sa loi, voilà le premier de Ses commandements, rétorqua Dominique. Et les hommes auront toujours besoin d'un guide pour le leur rappeler.

— Alors j'aurai échoué. Et toi aussi. Et l'Église restera. Et par son existence, le message du Christ tombera dans l'oubli.

Une heure passa, sans beaucoup de mots, avant que les deux hommes ne regagnent le parvis où l'on avait cessé la distribution de nourriture.

Les chariots avec lesquels Dominique était arrivé patientaient là. On trouva les conducteurs dans une taverne proche, puis on prépara les attelages. À l'instant du départ, Guilhabert embrassa longuement le moine.

— Un jour prochain, ces criminels se serviront de toi. L'Église se servira du message que tu portes pour asseoir un peu plus son emprise sur le monde.

Dominique parut réfléchir.

— Je parlerai au pape. Il faut que ces souffrances cessent.

— Peut-être le persuaderas-tu. Mais les papes changent.

— Je lui parlerai toutefois. De ton côté, fais en sorte que le comte apaise la situation. Sa résistance est pour beaucoup dans ces malheurs.

— Crois-tu que je le pousse à lever des armées ?

— Non. Mais je connais Simon de Montfort. Pour accomplir sa tâche, il devra venir à bout de cette ville. Aussi le fera-t-il. Avec toute sa force et son opiniâtreté. Ensuite, il mènera la chasse aux hérétiques, sans pitié aucune. Et la traque ne cessera qu'au jour où le dernier membre de ton ordre sera jeté au bûcher. Ce que j'essaie d'accomplir de manière pacifique, au milieu des hommes, il le prendra par le fer, malgré eux. Et point de miséricorde à attendre.

— L'Église obtiendra alors ce qu'elle souhaite.

— Et nous, mon ami ? Et nous ?

Sur un ordre venu de l'avant, le convoi s'ébranla. Dominique promit de revenir avec de nouvelles provisions et pria Guilhabert de prendre soin de lui.

Le Parfait assista au départ le cœur sombre, puis envisageait de visiter les malades en ville quand un message arriva.

Il était attendu au plus tôt au palais.

Bâti sur l'emplacement de l'ancienne porte antique, le château narbonnais contrôlait l'un des principaux points d'accès à la ville et servait de résidence aux seigneurs de Toulouse depuis sa transformation en palais par le père de Raimon VI. D'aspect austère, les travaux obéissaient avant tout à des visées militaires, même si le comte avait entretenu dans ces murs une cour réputée pour la beauté de ses dames et le talent de ses artistes.

Prévenu de la visite du Parfait, le sergent qui commandait la garde désigna un archer pour lui servir d'escorte. Celui-ci ouvrit la marche entre les routiers qui stationnaient à l'intérieur de l'enceinte et occupaient leur temps au maniement des armes ou à celui des dés. Raimon avait fait doubler leur nombre en prévision des affrontements, et dans la cour carrée, qui servait d'ordinaire à l'exercice des chevaux, il restait à peine un espace pour circuler.

Sur l'insistance du comte, Ricaud avait attendu l'arrivée du Parfait dans une salle basse de la tour du Midi pour le mener au conseil sans tarder. Guilhabert s'étonna de tant d'empressement, mais le sénéchal n'en connaissait pas davantage la raison.

Parmi les membres déjà rassemblés, Guilhabert reconnut le comte de Foix, usé par deux années de raids et de revers contre les troupes de Montfort, ainsi que le comte de Comminges et le vicomte de Béarn, derniers soutiens du seigneur toulousain. Le Parfait aurait volontiers profité de l'occasion pour demander des nouvelles de dame Agnès depuis sa fuite de Carcassonne, mais le conseil avait déjà débuté et faisait peser sur tous une humeur sombre. Un peu en retrait, comme une énigme au milieu des parements pourpres des consuls, le capitaine Hugues d'Alfaro tenait la droite du fils de Raimon VI.

Durant les trois années nécessaires à Simon de Montfort pour prendre possession des terres de Trencavel, Raimon s'était épuisé en intrigues et diplomatie aux fins de soutenir les révoltes, protéger ses vassaux et faire valoir ses droits auprès du pape et du roi de France. À mesure que l'étau croisé se resserrait et que s'éloignait l'espoir d'une trêve, on le voyait morne, triste, souvent isolé et n'ayant goût à aucun plaisir.

Dans les moments les plus noirs, lorsqu'il s'abandonnait à la confidence, il considérait cette vie comme la pire des sentences. L'instant d'après, la rage lui revenait. Il songeait aux combats à venir et promettait de les mener à leur fin, en mémoire de son neveu, sans chercher de pardon.

Guilhabert n'aurait su dire lequel des deux hommes se tenait devant eux en cet instant.

— Nous avons reçu missive du légat, glissa Ricaud à l'intention du Parfait.

Ce dernier prêtait justement l'oreille aux débats qui agitaient les seigneurs. Deux camps se détachaient sur la conduite à tenir. Les uns voyaient dans le geste d'Arnaud Amaury une ultime mise en garde, signifiant que l'affrontement était inévitable. D'autres estimaient qu'il ouvrait voie aux pourparlers et encourageait à la mesure.

Au milieu du tumulte et des éclats de voix, Raimon finit par demander le silence et attendit que l'attention lui revienne pour s'exprimer.

— Mes amis..., commença-t-il. Il convient de vous donner lecture du texte dans son entier. Cela vous éclairera, j'en suis certain, sur les intentions de nos ennemis.

Raimon tendit le parchemin à son sénéchal. Ce dernier parut d'abord surpris puis, saisissant la volonté de son seigneur, récupéra le vélin et procéda.

— « Au nom de Sa Sainteté le pape Innocent III et de par lui Notre Seigneur Jésus-Christ, nous, Arnaud Amaury, abbé de l'ordre de Cîteaux et archevêque de Narbonne, chargé par légation de ramener paix et Foi sur les terres du Midi, portons à l'attention du comte de Toulouse les décisions qui s'appliqueront en toute loi sur les terres conquises ou qui feront allégeance dès leur approbation en bonne et due forme par un siège de justice. »

Il fit une courte pause avant de reprendre.

— « En premier lieu, quiconque sera convaincu d'avoir conduit des vivres ou des hommes à tout ennemi du Christ perdra de fait son héritage et ses autres biens. En second lieu, les chevaliers natifs d'Occitanie ne pourront être tenus au service des armes et seront exclus de toute carrière militaire pour les vingt années qui suivront la désignation du nouveau comte. En troisième lieu, les dames de noblesse occitane ne pourront épouser de seigneurs natifs sans l'autorisation des chefs de la croisade, et ce pendant la durée de dix années. En quatrième lieu, nul croyant d'hérésie, même réconcilié, ne pourra prétendre aux fonctions de prévôt, de bailli, de juge, d'avocat ou d'assesseur. Il en sera de même pour les sujets de confession juive. En cinquième lieu, chaque maison de la terre conquise devra payer un impôt annuel de trois deniers tournois en couvrement des dommages causés par les entreprises hérétiques... »

— Il suffit, ordonna Raimon VI.

Il n'avait pas eu besoin d'élever la voix tant le désarroi et l'incompréhension avaient saisi l'assemblée. Le fils du comte tenait les yeux rivés au sol pour ne rien montrer de sa colère.

— Voici, reprit Raimon. Voici ce que l'Église entend faire de notre justice, de nos gens, de notre histoire.

Dans le silence, il considéra un à un ses vassaux qui, plus que n'importe qui, mesuraient l'ampleur de l'outrage.

— Cette croisade n'a point pour but de s'emparer de ma couronne. Dès l'instant où Toulouse tombera, les seigneurs occitans seront dépossédés de leurs titres, nos gens de leurs biens, nos chevaliers de leurs armes. Quant à nos filles, elles seront cédées aux barons du Nord pour ultime humiliation. Notre sang, offert comme trophée aux valets du royaume de France.

— Provocation ! s'insurgea le vicomte de Béarn.

— Crois-tu ? rétorqua Raimon. Les contingents croisés grossissent de jour en jour quand nos forces ne font que diminuer. Et par ces mots, ils viennent nous le rappeler.

Le comte laissa aux siens l'espace d'un répit, sans autre rumeur que celle causée par les routiers cantonnés dans la cour et le souffle du vent qui s'engouffrait entre les archères.

— Bientôt, oui, bientôt nos ennemis se présenteront à ces portes et enverront au néant tout ce que nous sommes.

— Alors battons-nous ! s'emporta le comte de Comminges.

Raimon se tourna vers son allié qui avait déjà vu la moitié de ses possessions passer sous contrôle des croisés.

— Et combien de temps tiendrons-nous ? De partout l'ennemi nous enserre. Le Rouergue, le Quercy et l'Agenais sont tombés. De villes, il ne me reste que Toulouse et Montauban.

— Appelez-en au roi de France.

— Il ne bougera pas.

— Vous êtes son vassal.

— Tout comme Simon. Et si Philippe se tient éloigné de la croisade, il refusera de prendre parti contre le pape. Sans compter l'évêque Foulques et sa confrérie blanche qui mèneront cette cité à la guerre civile, avec la certitude que, tôt ou tard, Toulouse leur sera offerte.

Le comte embrassa ses alliés du regard.

— Je suis las, mes amis. Las de m'humilier, de négocier, de transiger. Tolérer cette honte. Être réduit au servage. M'avilir un peu plus chaque jour. Et pour quoi ? Plus de malheur et de misère ?

Il s'arrêta sur Guilhabert, le regard insistant, et l'œil soudain mauvais.

— Pour quoi ?

Peu à peu, les regards glissèrent vers le Parfait, dont certains découvraient justement la présence. Comme le silence s'obstinait, on ne laissa plus d'attention qu'à ces deux hommes.

Guilhabert fendit alors le cercle des seigneurs, trop abattus pour s'étonner de ce mouvement inhabituel. Arrivé à hauteur de Raimon, il s'exprima à voix basse pour ne pas être entendu des autres.

— Je dois vous parler.

— Je t'écoute.

— En privé.

— Et quel secret pourrais-je avoir à dissimuler ?

— J'insiste, pourtant.

Raimon dévisagea le Parfait, comme si de son expression allait dépendre sa réponse.

— Parlons alors.

Par sa situation isolée, la pièce garantissait aux échanges la discrétion attendue. Mais le comte ne l'avait pas choisie pour satisfaire aux exigences du Parfait, juste pour laisser à sa colère le loisir de se répandre.

— Quand te serais-tu décidé ?

Le ton dissimulait mal la confusion de ses sentiments. Aucune place ne serait laissée à l'amitié, Guilhabert le comprit aussitôt.

— Vous attendiez donc que je fasse ce pas vers vous.

— Je l'attendais, oui. Depuis longtemps. Depuis que ces suppôts ont décidé de s'en prendre à nos maisons et que j'ai fait le choix de soutenir votre parti.

— Le vôtre, messire.

Guilhabert vit une lueur mauvaise dans les yeux du comte, l'étincelle d'une rage qui ne demandait qu'à éclater. L'étincelle hésita, flottante, puis Raimon se détourna, comme si la vision du Parfait l'empêchait de tenir ses pensées.

— Mon choix, tu as raison. Et je serais un bien piètre sire si je devais t'en rendre comptable. Mais maintenant que je m'apprête à tout perdre, je veux savoir, Guilhabert.

Il revint vers le Parfait.

— Maintenant que je m'apprête à disparaître comme seigneur, comme homme, je veux savoir pour quoi je me bats.

Ses épaules, d'habitude si larges, avaient plié d'un coup. Il continuait pourtant :

— Je t'ai maintes fois interrogé sur ce que tu étais, qui tu étais. Tu m'as toujours répondu que ton existence n'avait nulle valeur, mais que des intérêts supérieurs dépendaient de toi, de nous. J'ai toujours respecté ton silence. J'ai accueilli et protégé votre ordre, malgré le prix, parce qu'il faisait œuvre de bonté et de vérité, sans cesser de m'interroger sur les secrets qu'il pouvait dissimuler. Aujourd'hui, après ces années de peine, de malheurs et de souffrances, j'ai le droit de savoir.

En l'espace d'une respiration, vingt années avaient passé sur le visage du comte.

— Je dois savoir, insista-t-il dans un souffle.

Touché par la détresse du seigneur, troublé même par la sincérité de son aveu, le Parfait marcha vers l'ouverture où passait un trait de lumière.

— Nous n'accordons aucune vertu au serment, vous le savez.

— Je le sais, oui, confirma Raimon.

— Ai-je toutefois l'assurance que rien de ce qui sera dit dans cette pièce ne sera révélé ? Et que plus jamais nous ne serons amenés à l'évoquer, en quelque occasion que ce soit ?

Raimon réfléchit, conscient que sa parole ne pardonnerait aucun écart.

— En quelque occasion, je te l'assure.

Guilhabert joignit ses mains dans un geste que Raimon ne parvint pas à interpréter. Il ferma ensuite les yeux avant de revenir à lui.

— Ce que je suis n'a aucune valeur, vous l'avez dit, commença le Parfait. Et cela, je puis le certifier. Mais ce que je m'apprête à vous dévoiler changera votre regard. Sur moi. Sur vous. Sur ce monde. Sur ce que vous vous préparez à commettre. Aussi, ne jugez point avec trop de hâte. Prenez le temps de mesurer les conséquences. Et gardez-vous de croire que cette vérité vous libérera. Car vous serez alors lesté d'un fardeau sans égal et sans nom.

Guilhabert interpréta le silence du comte comme une invitation à poursuivre.

— Notre ordre a vu le jour il y a des siècles de cela, en un lieu où nul ne pourrait trouver nos traces. Nous n'étions alors qu'un murmure. Puis est venu le jour où nos frères ont passé un pacte avec Rome.

— Un pacte ?

— À cette époque, le monde n'était que chaos. Parce que les hommes s'étaient détournés de Dieu. Parce que l'Église avait échoué à porter la parole de Son fils. Et parce que rien de bon ne pouvait advenir sur cette terre. Alors nous avons offert notre aide. En contrepartie, l'Église s'est engagée à protéger notre ordre et, le moment venu, à nous abandonner le secours des âmes.

Raimon regardait Guilhabert avec une expression nouvelle, comme s'il le voyait pour la première fois.

— Le moment venu ? De quel moment parles-tu ?

— Un enfant.

— Tu veux dire…

— Un autre, oui… Mille ans après.

— Par la sainte Croix ! s'emporta Raimon.

Il se mit à marcher en tous sens, déroulant des pas nerveux dans une pièce subitement trop étroite.

— C'eût été un autre, je l'aurais fait pendre pour folie, mais toi, Guilhabert de Castres, toi… Un enfant de Dieu, ici ! En Occitanie !

— Il viendra à nous.

— Quand ?

— Je ne peux le dire avec précision. Bientôt, oui.

Raimon continuait d'arpenter la pièce, poussé par cette vigueur nouvelle qui ressemblait à s'y méprendre à de la peur.

— Que je sois damné ! Que je sois… Le roi de France est-il informé de cette prophétie ?

— Non. Les Parfaits seuls. Et le pape bien sûr.

— Le traître !

— Il n'est point seul responsable. L'Église tout entière a voulu cette croisade.

— Mais en les laissant agir, il se parjure.

— Comme nous nous parjurons en nous soumettant à ce monde. Et notre devoir de chrétien est justement de le combattre.

Raimon VI dévisagea Guilhabert. D'autres questions le pressaient que le Parfait préféra contenir.

— Vous en savez déjà beaucoup. Assez pour choisir votre camp. Vous pouvez vous rendre ou lutter. Je ne vous conseillerai ni l'un ni l'autre. Vous rendre sauverait de nombreuses vies, lutter n'en ferait pas moins. La seule question est : avez-vous foi en Notre Seigneur ?

À l'écart de la ville, protégés par les arbres, les Parfaits se retrouvaient sur cette courte grève dès la fin du jour pour s'offrir prières et repos. Après des heures à veiller au secours et au confort des réfugiés, ils profitaient aussi de ce répit pour prendre leur seul repas de la journée et échanger les nouvelles qu'ils avaient pu glaner.

Les rumeurs que les partisans de l'évêque Foulques faisaient courir en ville occupaient ce soir-là l'essentiel des conversations. On rapportait que le comte avait reçu une lettre du légat et que celle-ci avait causé grand trouble au sein du conseil. L'imminence d'une attaque sur Toulouse ne faisait désormais plus de doute, et les princes occitans, sûrs de leur défaite, négociaient en secret les conditions de leur reddition.

Interrogé par ses frères, Guilhabert ne disait mot. Il confirmait l'existence de la lettre, mais ne connaissait rien des projets du comte. Il rappelait de même que la place des Parfaits se trouvait aux côtés du peuple, quels que soient les événements à venir, et que rien ne devait les distraire de leur office. Si Toulouse devait être le dernier rempart aux armées du Mal, on ne laisserait point d'innocents périr seuls à sa défense. Les frères se rallièrent à l'avis du Parfait, persuadés que cette lutte déciderait tout autant du sort de leur ordre.

Les conversations profitaient aussi de longs silences et revenaient sur des questions plus matérielles qui ne pouvaient être repoussées, sur l'approvisionnement en nourriture en premier lieu, quand Bertran parut en compagnie du jeune Loup. On mit aussitôt fin aux palabres pour accueillir les nouveaux venus.

Au terme de son année de noviciat, Loup avait obtenu la bénédiction de la communauté pour rejoindre l'ordre, et l'on avait choisi cette nuit pour procéder au sacrement. La décision d'ordonner le garçon, bien que largement partagée, n'avait pas suscité chez Guilhabert la réaction attendue. Malgré la confiance qu'il accordait à Bertran et son attachement pour le jeune Loup, le Parfait affichait ses doutes sur les capacités du garçon à revêtir la robe noire. Il refusa toutefois de s'en ouvrir et se soumit au jugement de ses pairs, qui acceptèrent sans réserve la requête du novice.

Dans une procession lente et convenue, ces derniers remontèrent la plage vers l'abri fait de branches et de toile où serait donné le consolament, laissant Guilhabert seul avec le maître et son élève.

— Bertran nous a fait part de ton souhait de rejoindre notre ordre, déclara le Parfait. Me confirmes-tu ce désir ?

— Oui, maître, répondit Loup.

Le novice tenait le visage incliné en signe de soumission.

— Tu as conscience qu'en recevant le sacrement unique, tu t'engages à mener une vie en tout point exemplaire. À respecter toute croyance, à pratiquer la charité, la pauvreté, la pureté, la vérité. À rejeter le mensonge, le pouvoir, la violence, les préjugés. À ne craindre ni la mort ni la souffrance.

— J'en ai conscience.

— Tu renonces de même à la chair, car ton âme devra se tourner vers l'esprit et ignorer les désirs du corps. Tout cela tu l'as entendu de la bouche de ton guide.

— Oui, maître.

Le crépitement du feu, les bruissements du fleuve et les voix des bateliers qui rejoignaient le port à la lueur de leurs falots donnaient à l'instant une profondeur irréelle. Sans que rien ne change dans l'attitude de Guilhabert, Loup sentait une onde s'emparer de son être, une chaleur diffuse qui ne portait en elle ni douceur ni bienveillance, et qui le terrifia.

— Laisse-moi t'éclairer à mon tour sur d'autres vérités, essentielles, et que tu dois entendre, insista Guilhabert. En devenant Parfait, tu deviens la parole de Dieu sur terre. Tes actes et pensées seront les témoins de Ses commandements. Si tu t'écartes de Sa loi, si tu renies tes vœux, tu n'auras à craindre ni ma colère ni celle de tes frères, mais celle de Dieu. Car c'est Lui et Lui seul que tu trahiras. Comprends-tu cela également ?

— Oui, maître, je comprends.

Guilhabert laissa passer un silence, scrutant les réactions du novice.

— Jusqu'à maintenant, tu n'as fait qu'éprouver ton corps. En le soumettant aux privations, tu as appris à le maîtriser pour qu'il ne soit plus une faiblesse mais une arme, celle que tu opposeras aux ennemis de Dieu. Dès l'instant où le sacrement te sera accordé, les vérités du monde te seront révélées. Des vérités que nous dissimulons aux hommes et qui bouleverseront tes croyances les plus fortes. Aussi souviens-toi : aucun manquement ne sera pardonné. Car tu ne seras plus homme, tu seras Parfait.

— J'entends, maître.

— Bien. Dans ce cas, tu peux te rendre auprès des tiens.

Loup prit la direction de l'abri sous le regard de Bertran et de Guilhabert.

— Vous désapprouvez ce choix.

— La communauté s'est prononcée.

— Mais vous désapprouvez néanmoins.

Guilhabert se tourna vers Bertran dont le ton montrait sa déception, non contre son maître mais sur une erreur de jugement qu'il aurait pu commettre.

— Je ne vois aucune hésitation dans ses yeux.

— Et cela vous inquiète ?

— Oui. Celui qui ignore ses faiblesses refuse de les affronter. Je ne doute ni de Dieu ni de la tâche que j'ai à accomplir, mais de moi oui, à l'excès. Et c'est ce doute qui me maintient sans relâche aux aguets.

Bertran observait son élève évoluer au milieu de ses pairs, conscient des mots qu'on attendait de lui et du poids qu'ils auraient auprès de Guilhabert.

— Il apprendra, dit-il avec certitude.

Un voile passa sur les traits du Parfait, que Bertran ne parvint pas à déchiffrer.

— Dans ce cas, ne les faisons pas attendre.

Ils gagnèrent l'abri de fortune édifié sous les arbres et s'apprêtaient à prendre place pour la cérémonie lorsqu'une clameur s'éleva des remparts sur l'autre rive du fleuve. Partout sur les courtines, des torches se mirent à courir, puis des cris indistincts couverts par le son des cors et le raffut des cloches.

Sur la plage, on songea aussitôt à une offensive croisée. Les troupes les plus proches n'étaient pas signalées à moins de trois ou quatre jours de cheval, mais Montfort était connu pour ses coups de force et son habileté à monter des raids.

Sans même se concerter, les Parfaits quittèrent leur refuge pour remonter le sentier en direction du faubourg. Sur la distance qui les séparait des premières habitations, les cris devenaient plus perceptibles et ne laissaient bientôt plus de doutes sur leur nature.

— Les Sarrasins, messire ! s'exclama le premier homme qu'ils croisèrent. Battus ! Écrasés !

— Battus, tu dis ? répéta Bertran. Mais où ? Quand ?

— Il y a dix jours. Dans le sud de l'Espagne.

Happé par une foule en liesse, l'homme n'eut pas le temps de s'étendre. Les Parfaits, stupéfaits, n'osaient croire la nouvelle. Depuis des semaines, on espérait la victoire de l'armée rassemblée près de Tolède. Conduites par les rois d'Espagne, Alphonse de Castille, Sanche de Navarre et Pierre d'Aragon, cent mille épées chrétiennes se préparaient à fondre sur l'Infidèle qui occupait toujours le sud du pays. Face à un tel déploiement de force, les Almohades avaient choisi une première fois de fuir, abandonnant leurs possessions en Castille pour se replier au nord-est de Cordoue. Ils s'étaient ensuite terrés dans leurs retranchements, comptant sur leurs archers pour balayer la cavalerie chrétienne, mais les rois avaient mené telle charge que pas un démon n'avait survécu.

Ainsi s'échangeaient les détails de la bataille, de bouche en bouche, tandis qu'on avançait au pas sur le pont Vieux pour rejoindre la cité.

Dans le quartier de la Daurade, les habitants se ruaient de toute part, oublieux de la chaleur, de l'affluence et du manque d'air. Les échos emballaient les cœurs, échauffaient les âmes, emportaient les sens. Au pied du château narbonnais, on hurlait au comte de se joindre à son peuple, de fêter avec lui la victoire, de se nourrir de cette force que tous sentaient renaître. Les routiers qui montaient la garde avaient juste eu le temps de fermer les portes pour empêcher qu'on pénètre dans l'enceinte, mais la foule continua de se rassembler et chanta d'une seule voix à la gloire des armées d'Espagne, à la vie, à Dieu, à l'oubli.

Les réjouissances durèrent ainsi jusqu'à l'aube. Pas un quartier où l'on ne dansa et but jusqu'à l'ivresse. C'est au matin qu'une nouvelle rumeur se répandit, saisissant les foules, jetant l'effroi et l'incompréhension sur les visages éprouvés.

Raimon VI était en fuite.

Saragosse

1212

Il les avait choisis seul. Cinq hommes, anciens vassaux de son neveu, prêts à braver les enfers sans regrets ni conditions. N'emportant avec eux que leurs armes, des couvertures épaisses et quelques provisions, ils avaient quitté le palais de nuit, en secret, pour prendre la direction des montagnes. Le sénéchal Ricaud avait tenté par tous les moyens de convaincre son maître d'envisager une autre issue, mais dans l'esprit du comte la décision était prise, sans possibilité de retour.

Après l'entrevue avec Guilhabert et ses révélations sur la prophétie, Raimon avait repris le cours de son gouvernement. En audience, beaucoup s'étonnèrent de son changement d'attitude. Une sérénité affichée, mélange de certitudes et de résolution, malgré les bruits qu'on continuait de répandre sur ses projets de reddition.

L'armée croisée campait alors à trois jours de Toulouse dont elle hésitait à entreprendre le siège, se contentant de ravager les terres pour affaiblir un peu plus la population. Un répit qui ne jouait pas en faveur des Occitans. Les ressources s'amenuisant, les esprits devenaient nerveux, et la menace d'une famine causait autant de dommages que la perspective des combats.

Pour rassurer ses sujets, on avait incité Raimon à paraître en public et se montrer auprès des habitants, mais il s'était refusé à ces manœuvres. Il répétait à l'envi ne pas nourrir d'inquiétudes et encourageait chacun à s'armer de patience, sans s'étendre sur le sens de ses paroles.

Jusqu'à cette nuit.

Jusqu'à la fuite.

Le trajet par les cols fut épuisant, à dormir dans des refuges, parfois de simples trous bardés de feuilles et de branchages. La petite troupe ne s'arrêtait que quelques heures pour permettre aux montures de se reposer. Empruntés seulement par les pâtres et les bergers, les passages sollicitaient autant les hommes que les bêtes, mais Raimon maintenait l'allure, si bien qu'ils furent en vue de Saragosse en seulement six jours.

C'est à l'occasion d'une halte dans une auberge qu'ils apprirent la victoire des armées chrétiennes sur l'envahisseur musulman. Le groupe avait pris la décision de se défaire des chevaux pour prendre l'aspect de simples voyageurs. Ils achevèrent ainsi le chemin à pied, au milieu des seigneurs, des pèlerins, des marchands et des dignitaires qui venaient rendre hommage au libérateur des terres d'Espagne et confirmaient à chaque rencontre l'improbable rumeur.

Dès son arrivée en ville, Raimon loua une chambre chez un marchand du quartier juif. L'ancienne Saraqusta étouffait jour et nuit sous l'affluence et la chaleur. Les armées d'Espagne remontaient depuis les chemins du sud, et avec elles, les récits des combats dont aucun ne ressemblait aux autres. Les tavernes étaient pleines de ces soldats qui se piquaient d'avoir mené la dernière charge aux côtés du roi. À leur manière, ils rapportaient comment l'ennemi avait été pris à revers, enfoncé sur son flanc par l'offensive aragonaise. On en oubliait presque l'assaut mené par Alphonse de Castille au centre de la mêlée. Pierre, disait-on, avait tué plus de Maures qu'il n'en restait en vie dans tout le pays, et ceux qui avaient échappé à sa colère étaient gainés de cordes ou maintenus aux fers.

Des milliers de prisonniers suivaient ainsi les compagnies victorieuses, condamnés à l'esclavage pour ceux qui survivraient à la captivité. Parqués sur des prairies, exposés aux portes de la cité ou à l'entour des marchés, les plus faibles étaient traînés dans les rues et offerts comme trophées à la rage des habitants.

Depuis la fenêtre de sa chambre, Raimon assistait résigné au spectacle de ces tueries. Son père lui avait décrit pareilles atrocités commises sur des chrétiens lors d'expéditions en Orient. Il était là question de guerre, de guerre sainte, où la pitié n'avait aucune place. Mais la vue de ces soldats qu'on menait comme des bêtes lui rappelait avec douleur l'humiliation de Saint-Gilles. Pour Raimon, la pénitence infligée pour le meurtre de Pierre de Castelnau brûlait comme une blessure mal refermée. Était-il si différent de ces hommes alors ? Avait-il ressenti plus de honte lorsqu'on l'avait fait s'agenouiller à demi nu devant la foule pour le fouetter à coups de verge ? Dans l'esprit des serviteurs du Saint-Siège, son nom valait sans doute moins qu'un Maure, car eux, pensaient-ils, n'avaient pas trahi leur Dieu.

Cette pensée si présente poussait l'Occitan à redoubler de prudence. Le roi d'Aragon accepterait sans réserve de le recevoir, au nom des liens qui les unissaient, mais Raimon tenait à conserver sa visite secrète. Pour ne point obliger le souverain, qui restait un vassal du pape d'abord. Pour ne laisser courir aucune rumeur surtout. Car une rencontre entre le roi d'Aragon et le prince le plus puissant au sud du royaume de France ferait naître trop de spéculations. Aussi avait-il imaginé cette approche, sans être certain de parvenir à ses fins.

Sept jours durant, il prit patience dans cette chambre, songeant aux tourments de ses proches qu'il avait laissés dans l'ignorance. Par peur que les partisans de l'Église n'en soient informés. Par peur aussi qu'on ne cherche à le dissuader en invoquant des arguments maintes fois considérés. Par peur enfin de faire naître trop d'espoirs et qu'un nouveau revers n'achève les dernières volontés encore debout.

Une peur qu'il éprouva avec plus de force lorsque la nouvelle attendue lui parvint. Un membre du conseil du roi était parvenu à mettre sur pied une entrevue. La rencontre devait se tenir le soir même. Raimon se rendrait auprès d'un émissaire pour être conduit vers un lieu discret du palais.

Il remercia son messager, conscient des obstacles encore à franchir. Le reste de la journée s'épuisa en heures interminables jusqu'à ce que le ciel se teinte d'ocre et de parme. Raimon dissimula alors son visage sous une coiffe de lin et quitta sa chambre entouré de sa garde.

Dans les rues, on avançait à pas lents en évitant les attroupements devant les échoppes et les tavernes. S'y croisaient toutes les langues du monde connu, dans une cacophonie bruyante, tellement qu'on était vite étourdi.

L'homme qui ouvrait la marche finit par s'écarter des voies principales et chercha un passage moins fréquenté en longeant l'enceinte primitive. Il répondait au nom de Valens. C'était un jeune *faydit* qui avait hérité d'un domaine près d'Albi avant d'être dépossédé par les croisés. Raimon l'avait chargé de porter les messages et d'établir un contact avec le sénéchal de Barcelone, un proche du roi d'Aragon qu'il tenait en amitié. Acquis à sa tâche, Valens avait mis ces jours à profit pour reconnaître les différents quartiers et s'y déplaçait maintenant en familier.

Arrivé sur une sorte de place, Valens prit le minaret de la grande mosquée comme repère et les mena à l'extrémité d'une impasse où s'élevait une chapelle. Il pria ensuite le comte de patienter et pénétra dans l'édifice avant de le faire entrer.

L'intérieur était sombre et silencieux. On comptait quelques bancs dans la nef étroite et, au bout, un autel sans éclat. Flottait dans l'air une odeur de poussière relevée d'épices et de musc. La seule lumière provenait d'un trou ouvert dans le toit.

— Par ici, messire.

Valens entraîna Raimon dans l'allée pour rejoindre le prêtre qui patientait. Se présenter ainsi à un serviteur de l'Église semblait au comte aussi absurde que hasardeux, mais le sénéchal de Barcelone avait donné sa garantie, aussi ne posa-t-il aucune question. En guise de salut, le clerc abaissa sa capuche et inclina la tête.

— Messire, je me nomme Diègue.

Il avait le crâne chauve, le regard tranchant et la moitié droite du visage déformée par une blessure ancienne.

— Ne vous fiez point à cette robe, ajouta l'homme avec un fort accent catalan. Je ne suis pas plus prêtre que vous n'êtes maure.

La comparaison fit sourire le comte, songeant qu'il se voyait plus de points communs avec les infidèles que son interlocuteur ne pouvait l'imaginer.

— On m'a chargé de vous escorter jusqu'au palais, poursuivit Diègue. Ce que je ferai sans défaut. Le marché implique toutefois que vous soyez seul et désarmé.

— Est-ce votre cas ? répliqua le comte.

L'homme sourit, et les ombres creusèrent un peu plus ses cicatrices.

— Vous êtes ici dans la cité du roi d'Aragon qui, si j'en crois la rumeur, reste plus sûre que vos propres rues. Nul n'attentera à votre vie, vous pouvez en être certain. Vos gardes pourront vous accompagner jusqu'aux portes du palais si tel est votre souhait. Cependant, aussi forts et anciens que soient vos liens avec notre souverain, je ne ferai point entrer d'homme en arme dans son entourage. Ou il vous faudra choisir une autre voie.

Raimon dévisagea le faux prêtre, qui ne détourna pas le regard.

— Savez-vous qui je suis ?

— Je le sais, affirma Diègue. Bien que cette information n'ait aucune incidence sur mes conditions.

Comme Raimon donnait l'impression d'hésiter, l'autre finit par ouvrir les bras, révélant le manche d'une épée courte sortant de sa ceinture.

— Ayez foi, monseigneur !

Pour rejoindre le palais depuis la médina, on passait à travers des terres pauvres plantées de vignes et d'oliviers jusqu'à la Puerta del Portillo.

C'était un lieu plein de symboles, expliquait Diègue en longeant les habitations groupées autour de l'ermitage dédié à San Blas. Un siècle plus tôt, les tribus almoravides avaient lancé leurs troupes sur ce passage pour reprendre la cité aux Espagnols. Mais alors que les défenses étaient proches de céder, la Vierge était apparue au-dessus des murs pour mettre les infidèles en fuite.

— La Vierge ? s'étonna le comte.

— La légende le dit, confirma Diègue. Et son corps pouvait l'être. Mais sa main devait brandir une belle lame de Tolède.

Débouchant sur une vaste esplanade, Diègue invita les *faydits* à patienter dans une taverne avant d'escorter le comte à l'entrée du palais royal.

La vision de l'Aljaferia procurait toujours à Raimon une émotion particulière. On ne pouvait contempler semblable architecture dans tout le monde connu, alliant à la fois puissance et esthétisme, comme un défi à la rudesse des citadelles chrétiennes. Son organisation défensive répondait à une disposition propre dont son père lui avait maintes fois expliqué les détails. Entre les ouvrages d'angle, les murs étaient flanqués de fortifications en demi-cercle capables de briser des armées entières. L'accès à la porte principale était protégé par une large douve que l'on franchissait par un pont de pierre.

À cet endroit, les sentinelles filtraient les allées et venues avec plus de rigueur. Raimon resserra le voile qui couvrait son visage tandis que Diègue remontait la colonne des visiteurs pour se présenter au capitaine des gardes.

Un mot suffit à leur ouvrir la voie, et Raimon put pénétrer dans une première cour entourée de façades aux reliefs peints. Les ouvertures en arcs brisés rappelaient avec goût l'influence de l'art islamique et donnaient sur des intérieurs ornés de sculptures et de décors en stuc.

Chaque espace était organisé selon son office. Entre les salons, les dépendances, les appartements princiers et les lieux de représentation du pouvoir, campaient des portiques majestueux, des patios ombragés et des bassins d'eau claire hérités de la taïfa houdide[1].

La seule tour carrée couvrait la partie nord des fortifications. Érigée avant la chute du califat de Cordoue, c'était un endroit austère et dépourvu d'ornements destiné aux seules fonctions militaires. Au cinquième niveau, Diègue fit entrer le comte dans une pièce sombre dont les murs conservaient l'air à une température supportable.

— C'est ici que nous nous séparons, l'informa Diègue. Le roi vous rejoindra dans quelques instants.

— Soyez remercié, don Diègue.

L'autre s'inclina avant de disparaître et Raimon approcha d'une archère qui donnait sur le pied des remparts. Le soir passait. Avec lui, un souffle tiède et des rumeurs lointaines.

Durant tout le périple qui l'avait mené depuis Toulouse jusqu'à ce lieu caché, il n'avait jamais éprouvé de doutes. Des regrets à bien des égards, de la honte plus qu'il n'en méritait, des affres sans fin, mais jamais d'hésitation sur le parti à prendre. Elle survint à cet instant, pareille à une douleur, venue du creux du ventre, si forte qu'il ignora le roulement des bottes qui montait des étages inférieurs. Déjà la porte s'ouvrait, laissant paraître l'ombre d'un colosse.

Découvrant son parent, le roi balaya tout protocole. D'une enjambée, il vint étreindre Raimon qui manqua d'étouffer sous l'accolade. Le comte sentit alors combien ces jours l'avaient vidé de toute force.

---

1. Royaume musulman issu de la dissolution du califat de Cordoue en 1031. D'origine yéménite, les Houdides ont occupé la ville de Saragosse entre le XIe et le XIIe siècle.

Après les embrassades et les témoignages d'affection, le souverain proposa de leur servir du vin. Perdu dans ses songes, Raimon n'avait pas remarqué la table qu'on avait dressée à son intention.

— Buvons, mon frère! s'exclama Pierre en levant sa coupe. Buvons à l'Espagne!

Pierre avala le contenu d'un trait tandis que Raimon se contentait d'une courte gorgée.

— Comme j'aurais aimé que tu sois là! s'écria le roi d'une voix forte, porté par l'enthousiasme de sa victoire. Deux cent mille Maures face à nous, retranchés derrière leurs pieux. Rangs après rangs, les nôtres se brisaient sur leurs défenses, pris sous les bordées de flèches. Jamais je n'avais assisté à tel massacre. Pas un coin de terre qui ne fût baigné du sang des nôtres. Et c'est au moment où tout semblait perdu qu'Alphonse de Castille décida de mener la charge. À mon tour, je me lançai, puis Navarre derrière nous. Pris en tenaille, ces démons n'eurent d'autre choix que reculer. Tu aurais dû voir ça. C'était comme si... comme si le Ciel nous avait bénis de Sa grâce.

Raimon observait le roi plongé dans les derniers instants de la bataille. Bien après cette heure, à laquelle il repenserait toute sa vie, il se répéterait que rien alors n'aurait pu le faire reculer.

— La ville entière résonne de vos exploits, Sire. Et pas un cœur qui ne chante vos louanges. De l'Aragon au Saint Empire, c'est toute la chrétienté qui vous rend grâce.

— Notre terre, fit le roi en posant ses lourdes mains sur les épaules du comte. Nous avons retrouvé notre terre.

— Votre terre, oui, Sire.

À l'expression du comte répondit celle de Pierre. Le sourire, les élans, la fougue s'effacèrent. C'était une qualité du souverain, autant qu'un drame pour son entourage, de passer d'un sentiment à l'autre sans s'accorder de pause.

— J'ai appris le malheur qui frappe ton pays et me cause grande peine.

— Nous vivons des heures terribles, oui, reconnut Raimon.

— On ne mentait point donc. Comment se porte ma sœur ton épouse?

— Inquiète, comme nous tous. Marquée par les souffrances de nos gens mais fidèle à notre cause. On dit que le légat Arnaud Amaury vous a rendu visite?

— Il s'est précipité dès la nouvelle de la victoire connue. À l'entendre, Dieu nous envoie là un message. Il affirme partout que d'autres succès viendront, sans dissimuler vers quel lieu se tourne son ambition.

Raimon sentit un léger vertige. Le vin peut-être. Ou l'absence de nourriture. Pierre eut le temps de le saisir au bras avant qu'il ne s'affaisse. Il l'aida ensuite à s'asseoir et congédia sa suite. Puis il obligea le comte à boire et à manger avant de consentir à d'autres efforts.

— Dans quel état es-tu, mon frère.

— Désespéré, fit Raimon qui achevait un quartier de fromage sans plus d'appétit. Ce diable de Montfort ravage mes terres, massacre mes gens et dresse des bûchers dans tout le pays. Il a brûlé quatre cents Parfaits dans la seule ville de Lavaur.

— Quatre cents ! s'exclama le souverain. Par le Christ ! Guilhabert est-il... ?

— Non. Grâce à Dieu. Mais si Toulouse devait tomber... Pierre, au nom de nous, je vous en conjure ! Vous devez nous venir en aide.

Ému, le souverain se garda pourtant de réagir. Ménageant sa réponse, il approcha un siège et pesa longuement ses mots.

— Mon frère, je partage sans mesure le malheur qui vous accable. Et je rage, entends-le, de l'injustice qui vous est faite. Mais si je m'oppose à la croisade, je prends ouvertement position contre le pape, mon suzerain, et contre le roi de France qui détient un droit sur les fiefs conquis, sans qu'aucune loi ne m'y autorise.

Accablé par la détresse et l'épuisement, Raimon tentait d'ordonner ses pensées. Les phrases se perdaient, se chassaient, se bousculaient. D'un instant à l'autre, Pierre se lèverait, offrirait quelques paroles de réconfort et l'assurerait de son amitié avant de retourner à son triomphe. Et ce serait fini.

Fini.

Il se sentit partir, s'éteindre, disparaître. Et c'est là, à cet instant, que le roi choisit de sourire. Point de ce sourire de cour qu'on sert aux diplomates, mais de ce sourire d'enfance qui brillait sur leur visage de princes, indifférents aux querelles de leurs pères et au poids de leur héritage. Menteurs, hâbleurs, railleurs. Prêts aux défis les plus sots, aux outrances, aux bravades, sans jamais s'embarrasser des périls ou des conséquences.

De ce sourire, Raimon puisa la force nécessaire. Sa vision devint claire. Les mots s'imposèrent. Et avec soulagement, il les sentit quitter son corps.

— Vous souvenez-vous de ce pacte que nous avons signé, il y a bientôt dix ans, près de Millau ?

Le roi s'assombrit.

— Je m'en souviens, oui, mais il serait malaisé de…

— Ce n'est point de ce traité que je veux vous parler, l'interrompit Raimon. Point de ces impostures qu'on déchire à la première querelle, mais de l'affection qui nous lie, l'un à l'autre, et qui ne se compte ni en or ni en mots.

À mesure qu'il parlait, son corps se redressait, envahi par une vigueur nouvelle.

— Moi-même, je ne suis vassal du roi de France que par un jeu d'écriture. Jamais Philippe n'a levé un doigt pour me porter secours. S'il s'est détourné de la croisade, c'est pour mieux lâcher ses chiens sur mes domaines, car il n'a cure de l'Occitanie. Pas une goutte de notre sang ne coule dans ses veines. Notre sang, Altesse. Les gens massacrés sur mes terres sont les mêmes qui chantent votre gloire. Pierre, ce sont nos frères et nos sœurs qu'on assassine.

Le roi écoutait, sans montrer d'émotions, mais Raimon pouvait sentir le trouble qui l'agitait.

— Si je tombe, mon épouse, votre sœur, sera dépossédée de ses titres. Le comté reviendra à Simon de Montfort, ainsi que ceux de Foix, du Béarn, du Comminges, bien que ces derniers vous soient légitimement rattachés. Car plus rien n'arrête cette bête enragée.

D'un bond, Raimon se leva. Il ne ressentait plus ni peur ni épuisement. Les mots, ses mots, ne demandaient qu'à fendre l'air.

— L'Église ment, Sire. Le pape ment lorsqu'il prétend qu'il s'agit là d'une croisade. C'est une guerre de conquête. Les sujets qui périssent à mes portes sont des gens de bien, des croyants sincères. Et si nous refusons d'agir, ce pays basculera sous la couronne capétienne. Alors ce ne seront plus des montagnes qui nous sépareront, ce seront des mondes.

Maintenant, s'emporta le comte. Ce chemin. Ces combats. Ces souffrances. Pour ce moment. Pour cette décision qu'il avait prise depuis son entrevue avec Guilhabert. Seule la peur de faillir le faisait encore hésiter. Échouer à convaincre. Mais ne pas reculer.

— Si… si je renonce à ma suzeraineté à votre profit, vous me devrez protection, n'est-ce pas ?

Pierre tressaillit, d'abord surpris, puis effaré.

— Si je prête allégeance à votre royaume et vous cède pouvoir sur mes terres, insista Raimon, vous aurez à charge de protéger le comté contre ses ennemis, quels qu'ils soient ?

— Comte ! Tu n'y penses pas ?

Raimon plongea son regard dans celui du souverain.

— Une fois mon serment acquis, vous serez maître d'un empire qui s'étendra des rives de l'Èbre aux contreforts des Alpes, ceint d'une couronne qui aura libéré l'Espagne du joug des Maures. Quel souverain, quel pape pourrait encore s'opposer à vous ?

N'y tenant plus, Pierre se dressa à son tour et se mit à tourner comme une bête qu'on aurait éperonnée.

— As-tu conscience de ce que cela implique ?

Raimon se tut. L'instant ne nécessitait aucune parole. Ce qui devait être dit l'avait été.

Il n'attendait plus que la réponse du roi.

L'épée siffla sur sa gauche.

Pierre d'Aragon eut le temps de tourner les épaules pour éviter la lame puis recula de deux pas pour se replacer. En face, Blasco avait repris sa position, le visage fendu d'un large sourire.

— Votre Majesté souhaite-t-elle reprendre son souffle avant de poursuivre ?

Pierre essuya son front sur l'intérieur de son bras. Ses poumons lui faisaient l'effet d'une forge. Contre un adversaire aussi jeune, il payait au prix fort ses derniers jours d'excès.

— Je poserai mon séant sur ton corps lorsqu'il sera couché en bonne place.

Sa phrase achevée, il lança une nouvelle attaque. Son adversaire para sans difficulté et pivota en projetant sa lame à revers. Pierre profita de son élan pour plonger vers l'avant et éviter le choc. Le temps de se rétablir, Blasco et sa morgue lui faisaient déjà face.

— Pousserais-tu l'injure jusqu'à retenir tes coups ? s'irrita le roi.

— Rien ne m'importe plus que votre santé, Altesse.

Pierre avait choisi une arme en acier plutôt qu'en bois pour donner un avantage à sa puissance, mais Blasco bougeait vite, avec une telle souplesse que ses propres insuffisances l'excédaient.

— Qu'il ne te prenne point l'idée de m'épargner, ragea Pierre. Ou ce sera sur ton cadavre que je m'allongerai.

— De plus jolies proies vous attendent, Sire. Bien plus douces et plus tendres que ma pauvre dépouille.

Pierre reprit l'offensive.

Le choc des lames résonna dans leur bras, mais le roi avait mis un tel poids que Blasco, surpris, recula. Pierre enchaîna, frappant de taille, obligeant son adversaire à rester sur ses talons.

L'exercice prenait une tournure brutale, et le visage inquiet du jeune noble suffisait au roi. Il ne sortirait pas vainqueur de l'affrontement, mais au moins pourrait-il épargner son orgueil. L'air déjà lui manquait. Blasco lisait ses déplacements avec plus de facilité et changeait sa défense pour ne prendre aucun risque.

Sur un mouvement, il frappa le roi à la taille. Protégé par son gambison, Pierre sentit à peine l'impact, mais la touche aurait dû achever le duel. Il repartait à l'assaut pourtant, redoublant de coups et de rage.

Pris de court, Blasco chercha à se sortir du piège. D'un geste, il entoura l'épée du roi et chercha à faire levier pour le désarmer. L'autre s'accrocha ferme, revint à la charge, jetait tout ce qu'il lui restait de force dans un baroud désespéré. Blasco reculait, sans plus se voir d'issue. Le combat n'aurait d'autre dénouement que sa propre mort ou l'épuisement du roi, aussi choisit-il de rompre, genou à terre et bouclier levé.

— Grâce, Sire ! Grâce.

Le roi aussitôt recula, bras pendants, le corps en nage. Sa vue se brouillait. Le sang battait si fort dans ses tempes qu'il manqua de s'évanouir. Visant son adversaire au sol, il lâcha ses armes et leva les yeux au ciel. L'air lui revint. Puis l'esprit. Il se mit à rire. Un rire si fort qu'il se communiqua à Blasco, et le jeune prince n'eut pas le temps de se relever que le roi était sur lui pour l'embrasser.

— Ah, fils !

Des valets se hâtèrent de porter des brocs de vin frais que les deux combattants burent à pleines goulées tandis qu'on leur ôtait heaume et gambison. On leur glissa ensuite un linge humide sur les épaules et des chemises plus légères pour laisser leur peau respirer.

Rejoints par le sénéchal de Catalogne, Guilhem de Montcade, qui avait assisté au combat depuis l'autre extrémité du patio, ils franchirent les arcades qui donnaient sur le jardin intérieur. À leurs pieds s'étendait un bassin où Pierre vint tremper son visage avant de s'effondrer sur un siège qu'on avait posé à leur intention.

— Voilà bien ce dont j'avais besoin, soupira le roi.

— Suer tout votre soûl ? s'amusa Blasco.

— Me rappeler à ma condition d'homme…

Il passa le linge frais sur sa gorge avant d'ajouter :

— … et au pouvoir insignifiant d'une couronne.

L'allusion du roi intrigua le jeune prince, qui lui trouvait une humeur maussade depuis la veille.

— Une couronne ne protège certes pas des coups, admit Blasco pendant que le sénéchal congédiait les valets. Mais pour ce qui est de votre condition, vos succès parlent pour vous.

— Mes succès parlent pour l'Histoire, qui est une amante capricieuse. Et je ne déteste rien plus que décevoir une amante.

Après la campagne du sud, le retour à Saragosse avait donné lieu à tant de festivités qu'il n'y avait rien d'anormal à ce que le souverain montre un peu de lassitude, aussi Blasco décida de le divertir en lui rapportant les derniers bruits de cour. Pierre était friand de ces rumeurs sur l'intimité des grands. Il les accueillit cette fois avec détachement, souriant à peine aux mésaventures d'un courtisan qu'il portait pourtant peu dans son cœur.

— Raimon de Toulouse me demande d'intercéder auprès du pape pour obtenir sa grâce.

La phrase fut lâchée au détour d'un silence.

Blasco ignorait l'existence de ces démarches mais ne montra pas d'étonnement. Le comte s'était épuisé en ambassades auprès du roi de France et du Saint-Siège pour mettre fin à la guerre, sans succès. L'Aragon devait être sa dernière chance de gagner un soutien, bien que Pierre se soit plutôt montré distant à son égard, comme le regrettait Blasco qui s'en était plusieurs fois ouvert au souverain.

— Une affaire sensible que cette croisade, admit-il, dont le comte ne pourra aisément sortir indemne.

— Une crainte dont il m'a personnellement fait part, confirma Pierre. Et je ne me montre guère optimiste quant à ses chances de conserver ses fiefs.

Une rencontre donc, conclut Blasco, piqué dans sa curiosité. Voilà qui était nouveau, et qu'aucune rumeur ne l'ait ébruitée était plus surprenant encore.

Pierre se leva de son siège et marcha jusqu'au bord du bassin où il vint poser le pied. Son dos large penché vers l'avant donnait l'illusion d'un titan écrasé par le poids du monde. Quel genre de fardeau pouvait-il avoir sur le cœur, se disait Blasco, pour répugner ainsi à s'en défaire ?

— Raimon envisage de me prêter allégeance et de placer ses domaines sous notre protection.

Cette fois, Blasco dissimula mal sa surprise et vit, à son absence de réaction, que le sénéchal avait été mis dans le secret.

— Au mépris de ses liens avec la France ? questionna le noble.

— Qui ne tiennent à rien, je lui accorde, admit Pierre en se retournant. Mais le marché me met en position fâcheuse.

— Une position à laquelle vous avez déjà réfléchi, supposa Blasco.

La remarque s'adressait autant à Pierre qu'à Guilhem de Montcade qui choisit justement de répondre.

— S'agissant du droit pur, les actes commis par Simon de Montfort sont protégés par la croisade, à condition cependant que les terres assiégées soient reconnues comme impies.

— Ce qui n'est point le cas du Béarn ou du Comminges, où les Francs se sont rendus coupables d'agression contre nos alliés, nota Blasco. Vous seriez donc légitime pour demander la restitution de ces domaines.

— Mais ces terres offrent aussi asile aux Parfaits, rappela Pierre. Ce qui ne m'assure point d'être entendu par Rome et n'apporte aucune solution au problème toulousain. Et tandis que je libère mes frères du sud du joug des infidèles, on asservit ceux du nord sous de mauvais prétextes.

Blasco entendait toute la frustration du monarque auquel son entourage reprochait le serment fait à Innocent III lors de son couronnement à Rome huit ans plus tôt. Pierre avait reçu le trône en 1196, dans sa vingtième année, mais n'avait obtenu la bénédiction du pape que huit ans plus tard, en acceptant de soumettre l'Aragon à la suzeraineté du Saint-Siège. L'acte lui avait certes permis d'asseoir son autorité, mais le coût politique lui devenait insupportable. Les épisodes de Béziers et de Carcassonne, préludes aux exactions commises dans le Languedoc, lui étaient rappelés avec insistance par ses fidèles. Rien ne servirait de repousser les Maures jusqu'en Orient si, dans le même temps, l'Occitanie était abandonnée aux Francs. Aux yeux de tous, il resterait un laquais de l'Église, impuissant à protéger les siens.

— Parlons sans fard, Sire, si vous consentez à entendre mon avis.

Pierre fit un signe de la main qui encouragea Blasco à poursuivre.

— Vous ne pouvez vous engager dans un conflit avec le pape, de cela nous pouvons convenir, et le rattachement de Toulouse à votre trône y conduirait tout droit.

— Je n'abandonnerai point mes frères, Blasco. Que cela soit dit.

— C'est entendu. Négocions donc.

— L'Église a fait de la déchéance de Raimon le préalable à toute discussion. Je ne vois guère, dès lors, ce qu'il pourrait rester à négocier.

— L'essentiel justement.

Le roi, dont l'expression avait changé, s'étonnait toujours de la vivacité de son conseiller. Celui-ci avait justement quitté son siège, l'esprit soudain trop agité pour tenir en place.

— Dans ce genre de commerce, on peut être tenté de faire parler la force. Plier l'adversaire à sa volonté plutôt que l'amadouer. Mais cette stratégie conduit plus sûrement à l'escalade que nous voulons éviter.

— Que proposes-tu donc ?

Blasco écarta les bras comme pour souligner l'évidence.

— Donner à l'adversaire ce qu'il souhaite.

Le roi resta un moment interdit, se demandant si cette vivacité n'était finalement pas exagérée.

— Céder Toulouse ?

— Non. Il s'agit là de l'objet du litige sur lequel aucune entente n'est possible.

— Par Dieu ! s'écria Pierre. Tu m'as suffisamment fait souffrir pour aujourd'hui. Porte le coup et cesse de me tourmenter.

Blasco posa le linge qui entourait ses épaules et profita de ce répit pour repasser ses arguments.

— L'Église veut mater la rébellion occitane et éliminer la menace cathare. Mais elle veut surtout faire taire les armes. Vous présentez l'image d'un souverain rassembleur, défenseur implacable de la foi. Usez de cette image pour conforter Rome et écarter tout danger d'un schisme en Languedoc.

— Mais comment rassurer le Saint-Siège quand le seul moyen de le satisfaire consiste à me tenir loin du conflit ?

— Au contraire, Altesse. C'est par votre intervention que les conditions d'une paix durable pourront s'exercer. Le comte de Toulouse devra rendre ses titres, c'est inévitable, mais trop de crimes ont été commis sous couvert de la croix. Jamais les Occitans ne se soumettront à la loi franque, ou ce sera au prix de longues années de guerre.

— Alors quoi ? Devrai-je, après les Francs, m'emparer du comté par la force ?

— Non. Mais plutôt que l'abandonner à Montfort, demandez qu'il soit confié au fils de Raimon.

— Son fils ? s'exclama le roi.

— Votre neveu, oui.

Pierre prit le temps de réfléchir à cette perspective. Condamner Raimon sans déposséder son clan pourrait être une clause raisonnable aux yeux de l'Église, à condition de l'assortir de garanties suffisantes comme le suggérait Blasco.

— Ce fils est fort jeune, releva Pierre.

— Seize ans, précisa le sénéchal.

— Malheur..., fit Blasco, d'un air faussement chagriné. Le garçon aura besoin des conseils d'un régent pour l'accompagner dans les premiers temps de son règne, un parrain nanti de la confiance de Rome pour le conserver dans la foi et s'assurer qu'il ne succombera pas aux sirènes de l'hérésie.

— Un seigneur d'une si grande probité qu'on ne pourrait l'accuser de vouloir nuire, s'empressa d'ajouter le sénéchal qui saisissait le raisonnement du jeune noble. Un roi que les peuples d'Oc se hâteront d'embrasser.

— Comme je vous vois venir mes amis…, fit Pierre dans un sourire. La tournure est belle, mais tant de choses dans ce projet peuvent échouer.

— Il faudra s'y préparer. Le risque le plus grand, à mon sens, est que l'Église rejette l'offre. Mais elle aurait alors de dangereux arguments à avancer.

— Comme ?

— Comme admettre la nature déviante de la croisade qui, dès lors, ne saurait être reconnue comme une entreprise de paix.

— Poussons pourtant le raisonnement, persista Pierre. Innocent III refuse la destitution de Raimon au profit de son héritier ainsi que ma tutelle sur le comté. Qu'en sera-t-il ?

Blasco haussa les épaules.

— Nous envisagerons la situation si elle se présente. Vous pouvez aussi ne rien tenter et laisser Raimon affronter l'ost seul. Il perdra tout. Ainsi que votre sœur. Et le Languedoc passera sous autorité franque.

Pierre parut réfléchir, se tournant vers la surface du bassin qui frissonnait sous l'effet de la brise.

— Que Raimon admette ses fautes et demande le pardon de Rome ! insista Blasco. Placé sous votre protection, sans ce vœu d'allégeance qui pourrait irriter le pape et la France, le comté toulousain finira tôt ou tard par vous revenir. À Rome la victoire. Au Languedoc la paix. Et à votre couronne…

— Un empire, conclut le sénéchal.

— C'est cela, Sire, répéta Blasco. Un empire.

Chapitre V

« Seigneur, quel est celui qui va te livrer ? »
Jean, XXI, 20

Province du Latium

1213

Il était au milieu des arbres, suffisamment éloigné pour ne plus être dérangé par les bruits. Ses soliers foulaient un tapis de feuilles souples. La fraîcheur du sous-bois éveillait des parfums d'écorce et de terre brune.

Avec la pénombre, les murmures vibraient avec plus de clarté. Un chant d'oiseau, le bruissement d'une ramure, le piétinement d'un archer qui le suivait à distance. Seul, avait-il ordonné. Juste un instant. Et voilà déjà qu'une meute s'organisait.

Innocent III s'enfonça un peu plus dans la forêt.

Passant sous des fougères hautes, il écarta les bras. Ses doigts effleuraient les feuilles longues. Son visage s'abandonnait à leurs caresses. Levant les yeux vers les cimes, il s'imagina parmi les hauts chênes, laissant derrière lui toute trace d'humanité.

Au sentiment de paix, s'ajoutait une impression de légèreté. Loin, très loin au fond de lui, il eut la sensation que quelque chose cédait, comme une gangue. Son esprit s'ouvrait, prenant conscience de son corps, un corps qu'il avait oublié. Des sensations si anciennes qu'elles paraissaient nouvelles.

Il marcha ainsi jusqu'au bord d'une clairière, un cercle de verdure ouvert par la chute d'un arbre. Sur le ciel étroit, des étoiles venaient de naître. Innocent se débarrassa de son manteau, de ses soliers, de ses tissus brodés d'or, pour ne conserver qu'une chemise de lin blanc. Le vent était frais. Ses pieds nus embrassaient l'humus. Il chercha dans ses souvenirs un lieu sûr et isolé, éprouvant la sensation de se fondre dans la nature tandis que dans son dos des pas approchaient.

Sa présence avait longtemps agi comme une onde, une vibration rassurante. Maintenant c'était une brûlure, plus douloureuse lorsqu'il cherchait à s'en détacher, comme ces insectes pris dans la lueur d'une flamme et qui reviennent encore et encore, jusqu'à la mort.

— Le convoi vous attend, dit Malaki.

Le pape ferma les paupières, espérant que ce simple geste suffise à le faire disparaître.

— La route vers Rome est encore longue et les gardes sont nerveux. La forêt est peu sûre à cet endroit.

Tout en parlant, le moine contournait l'arbre mort. Dans les brumes naissantes, son corps donnait l'impression de voler au-dessus du sol.

Innocent ne gardait aucun souvenir de leur première rencontre. Ils s'étaient connus à Paris, alors que le futur pape étudiait la théologie, de cela il était certain. Mais les circonstances lui échappaient. Malaki s'était imposé à son entourage comme une évidence. Le prolongement de sa pensée lorsque celle-ci devenait hésitante, une conscience dont il n'avait jamais redouté le jugement. Mais quelque chose en lui continuait de le craindre.

— Dieu est à vos côtés, murmura le frère.

— Tu le dis. Qu'en sais-tu ?

— Il vous a mené sur ce trône.

— Mené ? gémit Innocent. Je l'ai désiré, Malaki. Plus qu'aucun autre, je l'ai désiré.

— Et maintenant ?

Le pape se tut. Maintenant, tout était si glaçant.

Après la mise au ban de Raimon VI, Rome avait dû faire face aux pressions de l'Aragon. Libéré pour un temps de l'envahisseur maure, Pierre s'était soudain porté au secours de son frère en contestant la légitimité de la croisade et les sanctions qui frappaient ses vassaux.

S'il fallait y voir une manœuvre du comte, comme le prétendaient ses opposants, les torts commis à la couronne aragonaise étaient quant à eux bien réels. Pour ce qui était du fief toulousain, dont les possessions dépendaient du royaume de France, Pierre ne disposait d'aucune autorité. Tout juste pouvait-il regretter le préjudice causé à sa sœur, épouse du comte, et la perte des biens acquis par cette alliance.

Concernant les domaines de Foix, du Comminges, du Béarn, la situation était tout autre. Pierre avait établi point par point les atteintes à son droit de suzerain. Depuis la destitution du vicomte Trencavel jusqu'au procès de Raimon VI, son réquisitoire avait porté une lumière crue sur les agissements des chefs de la croisade, contraires à toutes les lois féodales et canoniques. Les terres dévastées, les seigneurs destitués au profit d'une noblesse franque étaient autant de provocations qu'un souverain ne pouvait admettre. Et si le bouillant monarque s'était gardé de régler l'affaire par les armes, l'offre de paix qu'il avait adressée à l'Église avait tous les accents d'un ultimatum.

Dans le marché dont il avait chargé ses ambassadeurs, Pierre faisait admettre à Raimon VI sa responsabilité dans le développement de l'hérésie et obtenait que le comte abdique en faveur de son fils. Trop jeune encore pour gouverner, ce dernier se plaçait sous la tutelle aragonaise qui assurerait la régence et se porterait garante de la Foi jusqu'à la majorité du prince. En échange, l'Église devait mettre un terme à la croisade et ordonner à Montfort de se replier sur Carcassonne dont la possession lui serait confirmée par Pierre.

Outre les préjudices établis, Innocent savait les excès perpétrés par l'ost, les serments illicites que Montfort imposait aux nobles défaits, les exactions qui frappaient sans distinction hérétiques et catholiques malgré les promesses faites. L'orgueil des évêques goûta peu les manières espagnoles, et l'ingérence du roi dans leur commerce reçut le plus mauvais accueil, mais Innocent perçut sans délai l'opportunité offerte par sa démarche. En dénonçant ces forfaits, Pierre lui offrait une occasion unique de reprendre la main et de mettre un terme aux affrontements. D'autant que le roi de France, toujours absorbé par l'Angleterre, se tenait soigneusement à distance de la bourbe occitane.

D'emblée, Innocent décréta la suspension de la croisade, arguant qu'une proposition de paix se devait d'être envisagée. Puis il ordonna la restitution des terres injustement soumises, pour preuve de sa bonne volonté. La réaction du clergé fut telle qu'attendue, vive et indignée, sans pour autant faire vaciller le pape dans sa résolution. Mais pour faire taire les armes, il restait un écueil à franchir.

Tenu par le serment de ne rien trancher sans l'accord des évêques, Innocent devait à nouveau s'en remettre à leur sentence. L'Église dans son entier devait embrasser le projet, aspirer à cette paix, ou la trêve n'aurait aucune chance d'aboutir. Que les prélats acceptent les propositions du roi et c'en serait fini de ces années de cauchemar. Qu'ils repoussent cette main tendue et, du cauchemar, le monde basculerait dans le chaos. Là était l'enjeu de ce nouveau concile dont les délibérations paraissaient une vie.

— Les barons parlent, poursuivit le moine. La curie se ronge et vos gens s'inquiètent. En soutenant le parti de Pierre d'Aragon…

— Le parti de la paix, Malaki ! Est-ce un mot si honteux aux yeux de tous ?

— De la paix ou de l'échec ?

Innocent frissonna. Cette présence si particulière, ce regard où jamais une émotion ne passait, quand lui n'éprouvait plus que désespoir et amertume.

— Quinze années, Malaki. Depuis quinze années, je ne cesse de m'interroger sur ce que Dieu attend de moi. Et ce n'est que maintenant, à cet instant précis, que la vérité m'apparaît.

Le Saint-Père leva les yeux vers le ciel.

— La vérité, Malaki, c'est que le pouvoir n'existe pas. Pas plus à Rome qu'ailleurs. Rien ne m'a jamais appartenu. Ni le titre, ni la charge, ni la destinée. Je n'ai été qu'un témoin, sans savoir qui du Bien ou du Mal commandait aux événements. Tout juste avais-je le choix du camp.

— Et vous craignez d'avoir abandonné ce choix ?

— Au contraire, Malaki. Au contraire.

Innocent III observait la clairière qui baignait dans une lumière bleue, presque irréelle, où il se sentait désormais comme un intrus. Malaki avait déjà rassemblé ses effets et l'aida à se chausser, à revêtir sa tunique et à passer sa longue cape, avant de le ramener à son escorte.

Le convoi reprit la route en bon ordre et arriva en vue du Borgo au petit matin. Innocent III, les traits défaits par le manque de sommeil, fut accueilli par son camérier, le cardinal Ottaviani, dont l'expression suscita aussitôt l'inquiétude.

— Un chevaucheur est arrivé cette nuit de Lavaur, Votre Sainteté.

Lavaur, la ville où le concile était réuni pour étudier l'offre du roi d'Aragon. Une douleur sourde saisit le Saint-Père au ventre. Mais le camérier ne laissa pas le temps à Innocent de donner corps à ses angoisses.

— Les évêques ont rejeté le plan de paix !

Les portes étaient closes et des gardes postés à chaque issue.

Dès l'aube, on s'était pressé aux abords de la chancellerie, mais seuls les représentants des grandes familles et les hauts dignitaires de la curie avaient été autorisés à l'audience.

Le verdict du concile avait causé une émotion vive dans les couloirs du Vatican. Le rejet de la conciliation tentée par l'Aragon, que le pape avait personnellement soutenue, suscitait peu d'étonnement tant elle comptait d'adversaires. En cela, les évêques avaient moins repoussé l'initiative de Pierre que confirmé la condamnation du comte de Toulouse. Mais la réaction du pape était, elle, plus qu'attendue.

Désavoué par ses pairs, s'offraient à Innocent deux alternatives dont aucune ne pouvait le satisfaire. Suivre l'avis du concile au risque de déclencher une réaction brutale de l'Aragon, ou récuser la sentence et porter un coup violent, certains disaient mortel, à l'institution dont il avait la charge.

C'est en songeant à ce choix impossible, seul au milieu de tous, qu'il restait les yeux clos, cherchant à s'isoler du brouhaha qui s'amplifiait avec l'attente.

— Votre Sainteté...

Ouvrir les yeux. Les découvrir tous, face à lui, comme on venait assister aux massacres dans les travées des anciens cirques.

— Votre Sainteté, insista le camérier. Ils vous attendent.

Le pape releva la tête. Par ce mouvement, il fit venir le silence.

Un souffle traversa la grande salle, qu'il devait être le seul à percevoir. Une respiration qui passait comme un cri à l'oreille du Saint-Père.

Le camérier avait repris sa place près des dignitaires et invitait maître Thédise à s'avancer. Ayant ployé le genou face au trône, l'envoyé du concile prit la parole.

— Votre Sainteté. Conformément à vos souhaits, l'ensemble des pièces portées à la connaissance des évêques a été soigneusement étudié, et les engagements pris par le souverain d'Aragon pour le rétablissement d'une paix durable en Occitanie ont été accueillis avec intérêt.

Sa voix était lente et donnait l'impression de réciter.

— Toutefois, au regard des fautes et des crimes commis à l'endroit de la foi, Raimon VI de Toulouse s'est rendu indigne de tout pardon. De même, l'absolution ne peut être apportée à sa maison ou à sa descendance, complice par le fait de la cause hérétique. Telle est la décision du concile, qui vous conjure de ne point lever l'excommunication et de mettre un terme définitif à la menace cathare en proclamant la destitution pleine et entière de ses protecteurs.

Ni faiblesse ni émotion dans le timbre, malgré la gravité de l'instant. Dans l'assistance, on attendait la réaction du Saint-Père avec une avidité effrayante.

— Le roi d'Aragon est-il informé de cette décision ?

— Oui, Votre Sainteté.

Un goût aigre dans la bouche. Innocent enrageait. Allait-il devoir lui arracher les mots un à un ?

— Et quelle a été sa réaction ? demanda-t-il d'une voix égale.

— Il est entré en grande fureur, affirme-t-on. Au point que toute raison l'aurait quitté. Mais nous ignorons encore quelle sera sa position.

De la fureur. Chez un souverain doté d'un tel sang, elle ne pouvait être pire conseillère, songea Innocent III. Dans les plis de ses manches, ses doigts serraient l'anneau papal avec plus de nervosité. Si le roi poussait trop loin son engagement, il se pourrait qu'aucun drame ne soit évité.

— Je vous sais gré d'être venu à nous, maître Thédise. Nous allons maintenant nous retirer afin de prendre conseil et ferons savoir notre décision aux évêques.

Sur un signe du Saint-Père, le camérier signifia la fin de l'audience.

Dans la grande salle, la stupéfaction devint murmure, puis grondement. Le rapporteur parut tout aussi désemparé. Un ajournement ? Dans un moment si solennel ? On était proche de protester, de manifester au souverain son mécontentement. Une telle hésitation relevait d'une offense, non seulement envers les évêques.

Des cardinaux se pressaient déjà auprès du pape pour demander des comptes. Des ambassadeurs francs s'offusquaient du peu d'estime rendu au sacrifice de leur sang. Des diplomates germains se vexaient du trop d'importance donné à l'affaire et le camérier tentait en vain de ramener le calme, quand un moine, surgi de la foule, se précipita vers le pontife pour l'interpeller :

— Très Saint-Père !

Il avait parlé d'une voix si haute qu'elle s'imposa à tous. Les visages se tournèrent, figés dans leur expression, pour envisager l'importun avec un mélange de stupeur et de curiosité.

Le camérier menaçait déjà de faire donner la garde lorsqu'on entendit le Saint-Père s'exclamer :

— Frère Dominique ! On ne m'avait point prévenu de votre visite. Approchez, je vous prie.

Dominique de Guzmán vint embrasser l'anneau puis se tint devant le pontife tandis qu'un cercle se formait autour d'eux.

— Pardonnez mon audace. Je suis arrivé ce matin et n'ai point eu le temps de me faire annoncer.

— L'élan qui vous anime dispense de tout protocole, s'amusa le Saint-Père pour étouffer la tension que faisait naître son irruption.

Près de lui, l'attitude du camérier traduisait à elle seule le sentiment général. Quelques sourires affectèrent les visages. Ils furent rares.

— Un élan, en effet, répondit Dominique. Plein de désespoir. Et c'est parce que je ne puis me résoudre au silence que je viens ainsi à vous.

— Cela a-t-il quelque lien avec l'affaire qui nous occupe ?

— En effet, Très Saint-Père. Un lien qui ne peut être tu plus longtemps.

Ainsi donc, songea Innocent III en mettant fin aux murmures qui montraient maintenant leur hostilité. Ainsi peut-être que viendrait le signe.

— Je vous en prie, ajouta-t-il à l'adresse de Dominique. Parlez à votre guise.

Le moine prit une courte inspiration avant de commencer.

— Votre Sainteté. J'ai écouté avec attention le jugement rendu par le concile. Un jugement empreint de vérité auquel je souhaiterais toutefois apporter mon éclairage.

— L'Église a donné son avis par la voix de ses évêques, s'opposa le camérier. Elle n'a nul besoin de…

— J'entendrai tous ceux qui le souhaiteront avec la même attention, l'interrompit le pontife. Car Dieu peut se manifester à travers chacun de Ses fils, pour peu que cet avis soit exprimé d'une parole sainte et honnête. Je vous écoute, frère Dominique.

Ce dernier ignora le regard du camérier et joignit les mains autour de la bible qu'il avait dissimulée dans ses manches pour se donner le courage nécessaire.

— Votre Sainteté, voilà sept années que je prêche sur les terres occitanes, au milieu de ce peuple dont vous décidez aujourd'hui du sort. J'y suis venu sans rien, porté par ma seule foi et la volonté de faire reculer l'hérésie partout où elle avait pris racine. Après bien des obstacles, notre communauté accueille chaque jour de nouveaux convertis. L'entreprise reste modeste cependant, et la tâche immense, tant l'hérésie est forte.

Ses doigts longs serraient le livre saint avec plus de force.

— L'hérésie est forte, oui. D'abord et surtout parce que nous nous sommes menti.

Le Saint-Père vit les mines alentour se fermer. Les réactions étaient contenues toutefois, et on laissa Dominique poursuivre.

— Durant ces années, j'ai vu les soldats de la croix déferler par légions. J'ai vu des villes tomber, des bourgs et des villages saccagés. J'ai vu des innocents mourir de bien des façons, mais je n'en ai vu aucun revenir à Dieu sous la contrainte d'une épée.

Dominique s'accorda une respiration, avant de reprendre d'une voix plus forte.

— Vous-même savez, pour l'avoir très tôt dénoncé, combien certains de nos frères ont pu se montrer faibles. Faibles face au pouvoir. Faibles face à la tentation. Et lorsque nous faisons appel aux armes pour nous défendre, cette faiblesse est plus criante encore aux yeux du monde.

L'agitation montait, des protestations s'élevaient depuis l'arrière, au point qu'Innocent dut lever la main pour imposer le calme.

Dominique attendit son tour, sans laisser paraître de doute ou de peur.

— Les ennemis du Christ doivent être combattus partout. Pied à pied. Par la force quand la force s'y oppose, de cela je peux convenir. Mais après quatre années de guerre, de quelle victoire pouvons-nous nous réjouir ? De combien de bûchers pouvons-nous nous enorgueillir ?

Dans le regard du pape, Dominique vit un éclat étrange. Plus qu'une curiosité. Il pesa alors ses mots, mesurant la difficulté du chemin sur lequel il s'engageait.

— Je ne saurai remettre en cause le jugement du concile. Les preuves avancées sont irréfutables et la culpabilité du comte de Toulouse évidente. Nul ici n'en doute. Comme nul ne doute de l'attachement de nos évêques à faire respecter les commandements de Dieu. Mais ce n'est point de cette question qu'il convient de débattre. Ce qu'il convient de décider, c'est de la nature véritable de cette croisade.

Les murmures prirent un ton menaçant cette fois, et le Saint-Père ne s'y trompa pas. La plupart lui étaient adressés, lui reprochant sa passivité devant les charges répétées du frère. Il regretta alors de ne pas avoir entendu Dominique en privé, mais il était trop tard désormais.

— Votre Sainteté. Si nous persistons sur la voie de la guerre, le roi d'Aragon peut décider à tout moment de porter assistance à son parent, le comte de Toulouse. Que ferez-vous alors ? Que ferez-vous si le libérateur des terres d'Espagne se dresse face à vos armées ?

— Le roi se rangera aux ordres de Sa Sainteté, intervint le cardinal Ottaviani. Car il ne peut en être autrement.

— Vraiment ? Ce roi fier et impétueux laisserait sa propre sœur, épouse du comte Raimon, dépouillée de ses titres sans protester ? Il accepterait sans mot dire que le comte de Foix, son vassal, plie sous les coups des croisés ? Puis il regarderait l'Occitanie basculer sous la couronne de France avec la bénédiction papale ?

— Pierre est un vassal du Saint-Siège. Il doit…

— Obéissance, oui. Comme nous tous, à notre vœu. Celui de servir Dieu.

Le silence tint cette fois, devant des seigneurs qui écoutaient, épiaient chaque réaction du chef de l'Église.

— Mais où est Dieu dans tout cela, Très Saint-Père. Où est Dieu ?

— Frère Dominique ! s'emporta le camérier, dont le visage avait pris une couleur vive.

Le cardinal s'apprêtait à répondre lorsqu'un bruit survint au fond de la salle, interrompant les échanges. Fendant l'assemblée, un page se précipitait vers le trône.

— Votre Sainteté, dit-il après s'être incliné. Des nouvelles nous parviennent à l'instant d'Occitanie.

Innocent III dévisagea le jeune clerc, incrédule.

— D'Occitanie ? répéta le cardinal Ottaviani.

— Oui, Votre Éminence. Le roi d'Aragon fait savoir que le comté de Toulouse est désormais rattaché à sa couronne.

— Que dis-tu là ? bredouilla le Saint-Père.

À ses côtés, les traits de Dominique s'étaient défaits.

— Le serment d'allégeance a été prononcé en présence des seigneurs du Midi. Son Altesse a aussitôt convoqué les chefs de croisade pour faire valoir ses droits sur ses nouveaux fiefs.

Dans l'effervescence, les cris et les indignations, ils furent rares à voir les lèvres du Saint-Père trembler, et pas un pour entendre les mots qu'il murmurait.

— Dieu, qu'avons-nous fait ?

Comté de Toulouse

1213

Les cavaliers ajustèrent leur broigne et leur baudrier, puis ils menèrent les chevaux à la rivière sous le regard de Simon de Montfort, assis à l'ombre d'un châtaignier.

— Gaucher ! appela-t-il.

Occupé à vérifier les sangles des montures, le capitaine approcha.

— Messire ?

— Fais savoir au légat que nous repartons.

— Bien, messire.

Au centre de la clairière, entouré de ses pages et de ses notaires, Arnaud Amaury tenait conseil.

Près de lui, frère Malaki écoutait, le regard perdu en d'autre lieu. Le conseiller dut toutefois sentir l'attention dont il était objet, car il releva la tête pour croiser le regard du seigneur franc. L'instant dura jusqu'à la gêne, mais son visage resta vide et, comme toujours, d'une froideur terrifiante.

Arrivé de Rome quelques jours plus tôt, frère Malaki avait rejoint l'entourage du légat, porteur des ordres du Saint-Père sur la conduite à tenir dans les affaires albigeoises. L'Église refusait de reconnaître l'allégeance de Raimon VI au royaume d'Aragon et ordonnait à Pierre de ne plus interférer dans la croisade.

Des deux côtés de la croix, on observait l'escalade avec une inquiétude grandissante, à l'exception d'Arnaud Amaury qui semblait investi d'une force qu'aucun pouvoir n'aurait pu entraver. Une détermination saluée par le clergé occitan, mais qui n'avait rien fait pour rapprocher le légat de son chef militaire.

Entre Arnaud et Simon de Montfort, la rupture était maintenant consommée. Tout les opposait avant la guerre, rien n'aurait pu les unir dans les événements qui avaient suivi, excepté un but commun : en finir avec la rébellion occitane.

Dans cette ambition, ils s'étaient accordés jusque sur la méthode, menant une chasse impitoyable à leurs ennemis. Il avait fallu l'intervention de Pierre d'Aragon pour entraver leur projet. Pas seulement en raison du poids militaire du souverain, probablement supérieur aux troupes que les croisés étaient en mesure de rassembler, mais par la nature même de ce nouvel adversaire.

Si la querelle devait aboutir au conflit, Simon, vassal de Pierre pour ses terres prises au vicomte Trencavel, aurait à choisir entre l'allégeance et le parjure. La négociation semblait dès lors la seule issue raisonnable, quitte à perdre Toulouse, pour sauver ce qui pouvait l'être. Mais conforté par Rome dans son action, Arnaud refusait fermement cette alternative. Le légat n'aurait de repos tant que Raimon de Toulouse jouirait de sa position, et il se tenait prêt à fouler la couronne d'un roi pour l'en chasser.

Le retour de Gaucher annonça le départ. Simon étouffa les braises à coups de botte et enfourcha son palefroi.

Au signal, deux hommes partirent en avant pour reconnaître la piste. Simon resta en arrière, laissant au légat le soin d'occuper le centre du détachement.

— Nous serons proches des terres de Raimon, regretta Gaucher qui avait pris le pas à ses côtés.

Le capitaine avait déjà évoqué ses craintes sur le lieu choisi pour la rencontre avec Pierre d'Aragon. Il aurait préféré un endroit moins isolé, où aucun seigneur n'aurait l'idée de tenter un coup de force. La présence conjointe des chefs militaire et spirituel de la croisade offrait aux rebelles une opportunité unique de priver leurs ennemis de leurs stratèges. Simon avait rassuré Gaucher, expliquant que la présence du roi les préservait de toute menace. Il le pensait. Comme il pensait aussi le contraire.

— Avez-vous pu échanger quelques mots avec le légat ? s'inquiéta le capitaine.

— Il veut aller au bout, Gaucher. Et il ira, je le crains.

— Et vous, messire ?

— Je le crains aussi.

Gaucher s'enferma dans un silence que Simon ne connaissait que trop.

— Tu réprouves ?

— Seulement si vous l'exigez.

La remarque dérida Simon, qui reprit sitôt le fil de ses pensées.

— Nous avons tout à perdre dans un conflit ouvert. Tous autant que nous sommes. En faisant appel à Pierre, Raimon ne désirait point en venir à l'affrontement. J'en veux pour preuve cette tentative de conciliation rejetée par Rome.

— Mais en acceptant l'hommage des seigneurs occitans, le message envoyé est tout aussi clair, insista Gaucher. Voici un souverain qui ne reculera pas.

À l'approche des marches toulousaines, ils avançaient dans un paysage de friches et de landes sèches. Les troupeaux étaient rares, les vignes ravagées, les vergers brûlés ou laissés à l'abandon. Les derniers habitants vivaient reclus sans nouvelles du monde extérieur depuis que les camelots avaient fui le pays.

Même si les deux camps parvenaient à un accord, songea Simon, ce pays allait souffrir longtemps des malheurs qu'on y avait apportés.

Les cavaliers ralentirent avant la rivière et franchirent le gué au pas pour se glisser sous les chênes qui bordaient la berge.

Le roi Pierre d'Aragon mit pied à terre, suivi par le comte de Toulouse, tandis que des écuyers récupéraient les rênes de leurs palefrois. Les hommes d'armes, nerveux, restaient en selle pour surveiller les alentours.

— Le légat est arrivé, indiqua Raimon en désignant les chevaux regroupés sur les hauteurs aux abords d'une ferme isolée.

Trois soldats montaient la garde au portail et des sentinelles visibles à leurs torches étaient postées autour des bâtiments.

— Arnaud craint cette rencontre plus que nous, remarqua Pierre.

— Le croirait-on, répondit le comte, incertain.

Les deux seigneurs s'engagèrent sur le chemin qui montait à la ferme escortés par des *faydits*.

Le comte avait choisi ce lieu pour sa situation à la frontière de ses domaines. Les derniers occupants avaient fui les combats des mois plus tôt et laissé la place à un entrelacs de ronces et d'herbes hautes, si dense qu'on avait dû marquer le sentier à l'aide de flambeaux pour se repérer.

Le ciel était encore clair mais la nuit tomberait sous peu. Raimon songea qu'elle pourrait être longue.

Arrivé dans la cour, Pierre d'Aragon se laissa guider par un page jusqu'à l'entrée du mas. Le comte ordonna à ses hommes de patienter à l'extérieur puis rejoignit le roi dans une pièce basse au sol en terre battue qui avait dû servir de salle commune.

Le légat campait au centre, sévère et droit sous la lumière des torches. La silhouette de Montfort se fondait dans un angle. En partie dissimulée par les ombres, on devinait sa main posée sur la garde de son épée. Les rôles étaient ainsi distribués, et le roi ne montra d'intérêt que pour l'ambassadeur du pape.

— Messire légat, sachant l'un et l'autre le motif de notre présence, je ne perdrai pas de temps en politesses ni élégances. J'ai sollicité cette entrevue sur l'insistance de mes conseils afin que ma position soit clairement exprimée au Saint-Siège. À ce titre, vous avez été instruits des alliances récentes passées entre les maisons de Toulouse et d'Aragon.

Le légat inclina la tête en signe d'assentiment, laissant au roi le soin de poursuivre.

— Par force de loi, moi, Pierre II le Catholique, suis reconnu souverain et protecteur des territoires occitans, garant de la paix et de la foi d'un point à l'autre de leurs frontières, et n'entends céder cette charge à aucun autre.

Le visage du légat se fit plus grave, mais il prit sur lui de ne pas intervenir.

— J'exige dès lors qu'il soit mis fin aux opérations militaires sur les fiefs dépendant de mon autorité. Les ordres devront être transmis à vos capitaines séance tenante et le repli des troupes planifié sans délai. En retour, je m'engage à ce que le seigneur de Montfort soit confirmé dans sa pleine autorité sur les vicomtés de Carcassonne, de Béziers, d'Albi, de Razès, et reconnu comme vassal de plein droit. Je vous laisse le soin de transmettre ces conditions à Rome, dont aucune n'est négociable. Vous assurerez ainsi le Saint-Père de mon dévouement ainsi que de ma détermination à clore l'affaire qui ensanglante depuis trop longtemps nos familles.

Le légat s'était préparé à la charge du roi, mais sa présence lui donnait une force et une puissance qu'il n'avait pas anticipées. Il prit le temps nécessaire pour se rassembler, puis usa de la voix la plus assurée qu'il put.

— Votre Altesse. Je crains qu'il n'y ait méprise. Nous ne sommes point ici pour reconnaître votre autorité, en tout état incontestable, mais pour rappeler les raisons de notre présence. Les comtes de Toulouse et de Foix, ainsi que ceux du Comminges et du Béarn, se sont rendus coupables de protéger des hérétiques, de combattre des troupes chrétiennes et de s'opposer au rétablissement de la foi sur leurs domaines. Il ne saurait être question de leur accorder licence ou pardon. Sa Sainteté Innocent III reconnaît la générosité de votre geste et loue votre volonté à trouver une solution pacifique au conflit, mais ces seigneurs se sont rendus indignes de tout pardon et devront répondre de leurs actes devant Dieu.

Pierre avança d'un pas. Son corps imposant serré dans sa cuirasse étouffait l'air de toute sa présence.

— Regardez autour de vous, messire. Voyez-vous quelque tribunal ? Une assemblée qu'il faudrait convaincre ? Un concile qui n'attendrait qu'un signal pour se verser à vos pieds ?

Le légat se raidit, surpris autant par l'attitude du roi que par son changement de ton.

— Répondez, légat ! Voyez-vous cela autour de nous ?

— Sire, je...

— Rien. Personne. Il n'y a que vous. Et moi. Vos soldats ont volé des terres, massacré des populations, spolié des seigneurs, s'autorisant tous les crimes sous prétexte d'une croix cousue sur la poitrine. Et vous prétendez, en ma présence, qu'il était là question de foi ?

— Votre Altesse, reprit le légat, se forçant à poser sa voix que tous sentaient hésitante. Les actes que vous évoquez avaient pour seul but de protéger nos fidèles et de rappeler leurs devoirs aux seigneurs occitans. Tous ont eu le choix de se soumettre ou de combattre.

— Il suffit !

Au rugissement du roi, une sentinelle croisée se précipita. Un *faydit* voulut s'interposer. Le comte intervint pour repousser les hommes et ramener l'ordre. Lorsqu'il regagna l'intérieur du mas, la tension n'avait pas diminué et la main de Simon de Montfort serrait un peu plus la garde de son épée.

— Trêve d'ambages, assena le souverain. J'ai proposé une entente honorable dans laquelle je m'engageais à ce que les vœux de l'Église soient en tout point exaucés. Vous avez rejeté cette entente, preuve que la croisade poursuit d'autres buts que la paix. Je viens à nouveau tendre la main. Une seconde fois. Prenez cette main, légat, car vous n'aurez pas d'autre occasion.

Arnaud sembla sur le point de céder, comme écrasé par la puissance du monarque et la gravité de l'instant. Raimon songea alors que Dieu ne pouvait être indifférent à leur sort.

L'instant suivant, on vit le légat répliquer :

— Sa Sainteté a validé en pleine conscience la sentence du concile et confirmé l'excommunication du comte de Toulouse. Si Raimon accepte de céder ses titres et de ne pas s'opposer à notre entreprise, aucun tort ne sera causé à sa ville.

Pierre se redressa, saisi d'une colère froide.

— Pareil discours a été tenu au vicomte Trencavel avant qu'on l'assassine dans vos geôles. En ces temps, vous avez amplement bénéficié de mes largesses. Ce temps est révolu. Je suis roi, maître sur les terres que vous convoitez et seul détenteur du pouvoir de destitution. Vous n'avez aucun droit d'exiger la reddition de mon frère.

— Le vicomte Trencavel a payé pour ses errements ! se défendit sèchement Arnaud. Et c'est également en qualité de suzerain que le pape vous ordonne d'abandonner la protection offerte aux seigneurs *faydits*. Je n'ai nulle intention de vous convaincre, mais de rappeler ici vos devoirs. Vous avez prêté allégeance à l'Église, et toute ingérence dans les affaires de la croisade apparaîtrait comme un soutien à ses ennemis.

— La même allégeance que vous me demandez de trahir en abandonnant Toulouse à vos hommes.

Le légat mesura ses mots.

— Nous savons tous deux dans quelles conditions le serment a été prononcé. Par ailleurs, nous avons pu juger de la parole du comte en d'autres lieux.

Ce dernier voulut réagir, mais Pierre lui somma de rester en arrière.

— J'étais présent à Saint-Gilles après le meurtre de Pierre de Castelnau, poursuivit le légat sous le regard noir de Raimon. J'ai vu votre parent supplier notre pardon, se répandre en déclarations pour s'en détourner aussitôt.

— Sachez que je suis homme à respecter les miennes, rétorqua le roi. Et las d'argumenter sur vos paroles. Une dernière fois, j'exige que vos armées restituent ce qu'elles ont pris à mes vassaux.

— Votre Altesse, supplia le légat. Je vous conjure de m'écouter...

— Il suffit ! Je vous ai fait savoir mes intentions. À compter de ce soir, vos armées quitteront mes fiefs en bon ordre. Passé un délai de sept jours, toute troupe résidente sera considérée comme ennemie et traitée de la sorte. Vous pouvez repartir à Rome et transmettre mes paroles au pape.

Pierre s'autorisait déjà à prendre congé lorsque le légat l'interpella.

— Je n'en ferai rien.

Dans l'ouverture de la porte, demeuré un instant immobile, Pierre se retourna.

— Ai-je entendu ?

— Sa Sainteté le pape m'a fait dépositaire de son autorité. C'est donc ici, et non à Rome, que nous devrons trouver accord ou acter notre opposition.

Pierre s'avança.

— Est-ce une menace ?

— Nulle menace. J'exprime en termes clairs les conséquences de votre choix. Si vous persistez dans cette voie, vous vous exposez de fait aux sanctions canoniques et aux coups de la croisade.

— Vous lanceriez vos troupes contre le libérateur des terres d'Espagne ? s'indigna Raimon qui n'y tenait plus.

Le légat hésita avant de répondre, incapable en cet instant de dissimuler son malaise.

— Le pape vous sait gré du sang versé...

— Il me sait gré ?! s'insurgea à son tour le roi. Après cinq siècles d'occupation, de pillages, d'humiliations, je lui offre un royaume et il me sait gré ?!

Au comble de sa fureur, il se tourna vers le Franc :

— Seigneur de Montfort, en tant que vicomte opportun, je vous somme de retirer vos troupes et d'abandonner les terres prises à mes sujets.

Simon avança dans la lumière.

Son visage avait une expression grave mais déterminée. Raimon songea à intervenir avant qu'un mot puisse être prononcé, hurler que tout ceci n'était que folie. Il crut lire la même incompréhension dans le regard de Simon, mais la voix du Franc ne trembla pas au moment de parler.

— Je m'y refuse.

Dans le silence qui suivit, on crut entendre les cœurs battre.

— Soit, fit le roi. Je les récupérerai donc moi-même.

Aux abords du château narbonnais, le calme était revenu.

Tout le jour, les contingents d'archers et d'arbalétriers avaient fait mouvement vers les campements provisoires installés en bord de fleuve. Dans leur sillage, vassaux, chevaliers et *faydits* s'étaient succédé en audience pour renouveler leur serment et assurer la maison de Toulouse de leur soutien.

En campagne comme en ville, on ne parlait plus que de l'outrage fait à Pierre. Les forges tournaient à plein. Les chevaux s'entassaient dans les cloîtres, sur les places, sur les parvis des églises. Les consuls armaient la milice qui grossirait les rangs des compagnies de routiers. À l'aube de l'affrontement, désormais inévitable, on n'attendait que le retour du roi pour fondre sur l'ost.

Sitôt le conflit déclaré, ce dernier avait fait route vers le sud, précédé de dizaines de courriers porteurs d'un seul et même ordre. Des quatre coins d'Aragon et de Catalogne, des seigneurs répondaient à son appel pour se joindre aux forces du Midi. Un millier de chevaliers au moins. Autant d'écuyers. Plus de piétons qu'on ne pouvait en compter. Pierre n'avait reculé devant aucune mesure.

À l'annonce de ce déploiement, une fièvre meurtrière s'était emparée de la capitale occitane. Des fidèles du comte, impatients d'en découdre, avaient repris des positions tenues par des garnisons croisées et offert leurs captifs à la furie des habitants.

Longtemps, Raimon avait espéré que l'intervention de Pierre ferait plier le pape et obligerait les parties à négocier. Amer, il ruminait toute l'étendue de son échec.

Occupé par ses projets de débarquement en Angleterre, Philippe Auguste n'avait rien fait savoir de ses intentions, mais il n'était pas homme à se laisser dépouiller. Si le roi de France venait à reconnaître les possessions de Montfort, Jean sans Terre s'inquiéterait à son tour du sort réservé à l'Agenais, conquis par les Francs mais acquis à l'Angleterre, et l'un comme l'autre ne craindraient point de défier l'Espagne s'il en allait de leurs intérêts. Quant à l'Église, contrainte de ne pas céder, elle assisterait impuissante à la curée.

Si Dieu poursuivait un but, comme l'affirmait Guilhabert, Raimon était bien incapable d'en percevoir le sens. Faire naître un enfant au milieu de ruines ? Mais pour quelle cause ? Et dans quel monde ?

Songeant aux heures qui s'annonçaient, Raimon observait son reflet sur le métal poli de sa coupe. Préserver sa famille autant qu'il était possible, ses gens pour ce qu'il en restait, voilà les seuls buts auxquels il s'employait. Et si Dieu exigeait qu'il rende l'âme pour accomplir Son œuvre, alors il pouvait la prendre. Ce serait, à choisir, plus qu'un soulagement.

— Encore dans vos pensées, mon époux.

Entrée sans bruit dans la chambre, Éléonore vint glisser ses mains sur les épaules du comte.

— Un peu de repos vous serait profitable.

— C'est que le sommeil ne se laisse guère apprivoiser, souffla Raimon.

Comme elle restait derrière lui, il prit ses mains pour les embrasser.

— Il serait prudent que vous gagniez l'Espagne, lui confia-t-il. Je serai éloigné du palais pour longtemps et plus tranquille de vous savoir en sécurité.

— Est-ce ce légat qui vous cause si grande crainte ?

— Au contraire, il n'existe pas d'être plus évident. S'il venait à disparaître, un autre prendrait sa place, avec la même haine et la même détermination. Mais si tu avais vu Simon de Montfort se dresser face à ton frère. Deux lions, dont pas un ne reculera.

— Et cela te cause grande peine ?

— En vérité, je songe à mon père. Lui qui n'avait de cesse de se battre pour unifier le comté. Je me demande quel héritage je léguerai à notre fils. De la poussière mêlée de cendres, pour ce qu'on m'en laissera.

— Ou le souvenir d'un homme qui se sera battu jusqu'au bout, fit Éléonore en contournant le siège pour venir poser sa tête sur les genoux du comte.

— Un peu de fierté et d'orgueil pour supporter l'intolérable, reconnut-il en caressant les cheveux qu'elle avait détachés. Tant d'humiliations, Éléonore. Tant de colères ravalées. J'aurais cent fois préféré mourir aux côtés de mon neveu sur les murs de Carcassonne.

— Et le pape aurait eu la victoire belle.

Un valet entra dans la chambre pour annoncer la visite de Guilhabert de Castres. Raimon ordonna qu'on le fasse entrer.

— Je vous laisse, mon aimé, fit Éléonore. Dieu a peut-être d'autres desseins pour vous.

Guilhabert se présentait justement et adressa ses hommages à la dame de Toulouse avant de saluer Raimon.

— Comte, vous m'avez fait mander ?

Raimon, surpris, se tourna vers son épouse restée au seuil de la pièce avant de s'effacer.

— Je vois, fit Guilhabert. Sans doute n'ai-je point saisi de qui venait l'invitation.

— Elle aurait dû t'être adressée par moi, reconnut le comte. Approche.

Comme les deux hommes s'embrassaient, le Parfait remarquait les traits tirés, le regard fuyant, les épaules basses, confirmant les rumeurs sur l'état de santé du seigneur occitan. Il n'était pas un pas de porte, une place de marché, une table de taverne où le sujet n'était évoqué.

Le rattachement de la maison de Toulouse à celle d'Aragon avait soulevé un enthousiasme immense, bien au-delà de la cité. Mais derrière les sourires, les peurs demeuraient. Sur les combats à venir. Sur les tensions entre les communautés. Sur le devenir du comté enfin, car si la coalition occitane faisait espérer une victoire sur les croisés, elle interrogeait sur les capacités de Raimon VI à relever un État affaibli par des années de guerre. Trop âgé, murmurait-on. Trop abîmé. En abandonnant sa suzeraineté à Pierre, ne venait-il pas de reconnaître l'échec de sa politique et son impuissance à protéger ses fiefs ? Aucun parmi ses proches n'aurait admis l'évidence, mais sur la figure usée, Guilhabert devinait que le doute était passé.

— Vous vivez des temps cruels, fit le Parfait d'une voix douce.

— Cruels, oui.

Revenu sur son siège après avoir invité Guilhabert à le rejoindre, le comte observait le liquide pourpre tourner au fond de sa coupe.

— Le soutien de Pierre ne vous apporte point de réconfort ? demanda le Parfait.

— Au moment où nous parlons, des milliers d'hommes se rassemblent sous les bannières de France et d'Espagne. Deux armées chrétiennes qui n'attendent qu'une occasion pour s'entre-déchirer. Quel réconfort pourrais-je en tirer ?

Raimon soupira, songeant à l'acharnement qu'il avait mis à obtenir une trêve. Se voir contraint à la guerre, après tant de périls et de brimades. Comme si, par toutes les issues, la violence était inévitable.

Il reposa sa coupe. Son regard se perdait dans un horizon abstrait, en partie sous l'effet de l'alcool qu'il avait bu en quantité.

— Cet enfant, parle-m'en.

Guilhabert se redressa.

— Messire...

— Je sais, oui. Nous ne devions plus aborder le sujet, mais vois-tu, nous sommes seuls et je serai peut-être mort dans quelques heures.

Le Parfait scruta la mine défaite, les yeux brillants. Le chantage n'était point feint. Raimon VI mourait. De l'intérieur. De douleur. De chagrin.

Quittant le siège qu'il occupait, Guilhabert s'écarta de quelques pas pour considérer la supplique du comte non du point de vue de la règle qui avait guidé toute sa vie mais de celui du cœur. Le souvenir des jours d'effroi, des nuits de glace, des épreuves traversées. Le lien impénétrable qui les unissait, au-delà de l'âme, l'un seigneur et maître d'un monde que l'autre exécrait. Tout ce que ces années avaient permis de bâtir, ces petites victoires dont ils n'avaient tiré que peine. L'évidence de ce que l'un et l'autre s'apprêtaient à perdre et du chagrin qu'ils en éprouveraient. Pour ce chagrin peut-être. S'il lui était donné de trahir ses vœux, ne serait-ce qu'une fois, Guilhabert de Castres, Parfait parmi les Parfaits, le ferait pour cet homme.

Alors il parla.

— Pour que tout vous paraisse de manière claire, je dois remonter aux origines de notre ordre, à ce jour où Dieu envoya Son Fils aux vivants.

Dans la retenue du Parfait, Raimon devinait la gravité, la dimension de l'instant. Il ne ressentait plus de douleur, plus de chagrin, car tout son être, dans la seconde, s'y consacrait.

— À ce Fils, Dieu confia Son esprit et Sa parole pour qu'il l'enseigne aux hommes et les conduise vers le Salut. Ainsi le Christ vint au monde, pur de tout péché.

Le comte observait son ami, debout au milieu de la pièce. Ces mots, il les avait entendus cent fois, mais jamais avec une telle ardeur. Il y avait dans sa voix une peine déchirante.

— Pur de tout péché… et dans le plus grand mensonge. Car rien de sa véritable histoire n'a jamais été révélé.

Un frisson parcourut les épaules du comte. Avait-il bien saisi ?

— On ignore quand et comment l'enfant naquit, poursuivit le Parfait sans varier de ton. À l'époque, le souverain de Judée avait ordonné la mise à mort de tous les nourrissons, redoutant la naissance d'un roi juif annoncée par les oracles dans la région de Bethléem. Ses parents avaient pu chercher à protéger leur fils en le dissimulant aux soldats. Ou peut-être étaient-ils trop pauvres pour le nourrir et l'avaient-ils abandonné dans l'espoir qu'il soit recueilli. Rien ne permit jamais de connaître son histoire. À l'endroit où Marie le trouva, il était couché dans un panier. Un fermier nommé Gabriel, alerté par ses cris, avait mené la jeune femme près de lui. Marie, qui était bonne âme et dont le corps ne pouvait enfanter, décida de le garder. Elle le soigna, le protégea, lui donna un nom et l'accompagna dans ses premières années tandis qu'il grandissait en grâce et en sagesse.

Les paroles avaient beau venir à lui, Raimon était incapable d'en percevoir le sens, comme si sa conscience refusait de s'y soumettre. Lorsque enfin ce sens devint évident, son cœur se mit à battre plus fort.

— Contrairement aux dires, aucun homme ne prit part à l'éducation du garçon. Aucune mention d'un Joseph ne figure dans les premiers écrits, et nulle part dans les Évangiles vous ne trouverez de paroles prononcées par lui. Ce nom fut ajouté par l'Église, longtemps après, pour préserver la pureté de Marie. Car une femme seule ne peut élever d'enfant sans attirer reproches et médisances.

Guilhabert accorda au comte un nouveau sursis.

Au-delà des mots, de leur puissance, de leur cruauté, et du feu qu'ils faisaient naître en lui, Raimon acquit la certitude que le Parfait évoquait de véritables souvenirs, et que ces souvenirs pouvaient être les siens.

— Lorsque Jésus atteignit l'âge d'homme et qu'il put dispenser le savoir hérité du Céleste, Marie fut parmi les premières à recevoir son enseignement. Sur les chemins, sur les places, dans les foyers, alors que son nom rassemblait des foules toujours plus grandes, elle fut à ses côtés. Au pied de la croix, alors que tous les disciples avaient fui, elle l'assista dans ses derniers instants. Et du cortège qui mena son corps au tombeau, elle occupa la première place.

Le sang du comte cognait contre ses tempes. Il fut soudain envahi d'une colère terrible, emporté par un élan qu'il ne maîtrisait pas.

— Par Dieu ! Je n'ose croire…

Le Parfait vit dans son regard l'envie de le saisir au col, d'écraser sa gorge entre ses mains pour faire cesser ses mots.

— Vous ressentez de la colère et c'est chose bonne. Mais la diriger contre moi ne la fera point disparaître.

La vision de sang s'estompa. Raimon se servit du vin qu'il but en deux gorgées, puis une coupe encore, tandis que le Parfait s'expliquait :

— Nous sommes dans un monde d'apparences, messire. D'apparences et de mensonges. Le fils de Dieu, un enfant trouvé, élevé par une pécheresse. Le beau Seigneur que voilà. Impossible de laisser cette réalité survivre. Pour que l'Église s'impose aux peuples, Jésus devait être plus qu'un être de chair. Un destin supérieur. Un presque dieu. Et ce destin devait s'exprimer dès sa naissance, dans les premières heures de son apparition. On dissimula donc son origine en imaginant deux Marie. Une mère chaste, épouse vertueuse, qui assurerait au Christ sa sainteté. Puis une autre, qu'on s'empresserait de salir, pour mieux la faire disparaître, y compris dans ses écrits.

— Dans ses écrits ! Tu veux dire ?

— Un Évangile, oui, qui relate la vie de celle qui fut à la fois mère, disciple, amie et confidente. L'Église ne manquait pas de raisons d'en taire l'existence tant ce témoignage mettait à mal ses fondements. Aussi les évêques le firent-ils disparaître des textes officiels, comme tous ceux susceptibles de révéler la manipulation.

— Je ne puis y croire… Guilhabert, jure-moi que tout cela est pure vérité !

Il vint s'asseoir face au comte.

— Savez-vous que la mère de Jésus n'est jamais évoquée sous son nom dans les mémoires des apôtres ? Savez-vous encore que

Marie de Magdala et elle ne se croisent jamais dans le même lieu, qu'elles n'ont jamais le moindre contact, bien qu'elles aient été les femmes les plus proches du prophète ? Marie Madeleine, l'impure, la possédée, et Marie de Nazareth, mère de miséricorde, bénie entre toutes les femmes : une seule et même personne. Une vérité qu'il m'est facile d'affirmer et que les Écritures ne peuvent contredire si l'on en fait une lecture exacte. Pourtant, voyez comme votre raison la rejette. Elle préfère imaginer un enfant né d'une vierge, annoncé par la visite d'un ange, dont la vie serait parsemée de mystères et de prodiges. Rien de plus invraisemblable.

— Mais pourquoi, Guilhabert ? Pourquoi ce mensonge ? J'entends le besoin de l'Église de magnifier l'existence du Christ, ou de déshonorer une autre pour préserver sa pureté, mais les écrits ne sont-ils point destinés en premier lieu à nous transmettre Ses enseignements ?

— En effet.

— Alors pourquoi tant d'intrigues, si ce n'est…

Il suspendit sa phrase, portant les mains à son visage.

— Vous avez saisi, fit Guilhabert. Si ce n'est pour dissimuler un secret plus grand encore.

Raimon retint son souffle. Durant une seconde, sa vue se troubla. Il ne parvenait plus à fixer ses pensées.

— Je puis cesser, dit Guilhabert.

— Cesser ?

— Vous n'avez nul besoin de vous imposer ces souffrances.

L'expression du comte passa de stupéfaite à atterrée. Sur la conduite à tenir, il sembla hésiter. Poursuivre, sans savoir vers quelles abominations cela le conduirait. Puis la certitude, au milieu du vertige, qu'il devait aller au bout. Surmonter cette épreuve, pour ne plus supporter le doute.

En retrait, Guilhabert suivait le fil de sa pensée et attendit que le seigneur lui prête une attention plus maîtrisée pour reprendre.

— Après la nativité, les miracles. Et pour garantir au fils Sa gloire et Son immortalité, vint la résurrection. Je pourrais vous conter en détail l'imposture, mais nous pouvons, je crois, nous épargner cette peine.

— Je veux l'entendre, Guilhabert. De ta bouche. Je veux te l'entendre dire.

Le Parfait dissimula ses mains dans les manches de sa robe. Un geste que Raimon le voyait exécuter lorsqu'il choisissait ses mots.

— Point de résurrection, non. Mort sur la croix, des souffrances qu'on lui avait infligées. Car aucun corps ne revient. Seules les âmes renaissent.

Raimon se crispa. La tête lui tournait, il avait la gorge sèche, la conscience incertaine. Il s'accrochait à la voix du Parfait, ce fond de voix, la dernière chose dont il ne pouvait se défier.

— Au cours du repas qui précéda son arrestation, et sachant qu'il allait être trahi, Jésus délivra aux disciples ses derniers commandements et à Marie le secret qui la condamnerait à l'oubli.

— Attends…

Le comte se leva, trouva ses jambes sans force et dut s'appuyer sur la table pour ne pas tomber. Guilhabert se précipita pour le soutenir ; Raimon l'écarta. Il tira sur le col de sa tunique pour gagner un peu d'air, puis marcha, sans but, pour ne point perdre pied.

— Si vous voulez mentir, ne mentez point à moitié, continuait Guilhabert. Grossissez le trait avec tant de force qu'on ne pourrait entrevoir l'illusion. Ajoutez les messes en latin et les faux sacrements. Interdisez les bibles en langues vulgaires. Cultivez l'ignorance. Ornez vos rituels de ce qu'il faut de pompe et d'apparat. Et si cela ne devait point suffire, menacez la fronde des pires enfers. Telle est l'Église qui vous commande et se prétend de Dieu.

Guilhabert suivit le comte dans le creux d'une alcôve où il s'était réfugié. Le vieux seigneur secouait la tête, hébété, incrédule.

— Jésus savait. S'il se trouvait un fidèle parmi les douze pour le trahir, combien d'autres une fois son séjour sur terre achevé ? Combien de temps avant que sa parole ne soit pervertie, détournée, manipulée ? Parce qu'il est fils de Dieu, pénétré des secrets divins, Jésus savait. Aussi prit-il deux dispositions avant d'être livré à ses bourreaux. La première fut de léguer à Pierre, le premier des apôtres, la Parole Sainte. Charge à lui de fonder Son Église et de porter Sa voix dans chaque foyer. Ce que Pierre fit, avec l'aide des autres disciples.

— Et la seconde ? demanda Raimon qui sentait la douleur passer de ses entrailles à sa poitrine.

— Pour la seconde, il confia à Marie son bien le plus précieux. Ce bien qui devait lui survivre et traverser les générations. L'Esprit.

Et pour le préserver de toute corruption, Marie fonda l'ordre chargé de le protéger.

Une étincelle commença de briller dans les yeux de Raimon.

— Les Parfaits…

— Ainsi nos premiers frères reçurent le consolament des mains de Marie, ce baptême qu'elle avait elle-même hérité du Christ. Puis d'autres âmes furent à leur tour instruites. Génération après génération, tel que Jésus l'ordonna.

Guilhabert baissa les yeux.

— En apprenant qu'un tel don avait été offert à une femme, Pierre tomba dans une rage folle. Les apôtres, redoutant de voir Marie s'imposer à eux, s'éloignèrent d'elle aussi promptement. Mais cet orgueil tint le secret mieux protégé encore, comme Jésus l'avait auguré. Sous l'impulsion des premiers pères, une communauté chrétienne vit le jour à Jérusalem. D'autres suivirent jusqu'à la fondation de la sainte Église sur le lieu du martyre de Pierre, à Rome. Des décennies plus tard, lorsque les Évangiles furent réunis pour délivrer le message sacré, les évêques se chargèrent d'achever l'ouvrage en écartant les textes qui auraient pu révéler l'influence de Marie. Et celle-ci disparut tout à fait.

— Mais en agissant de la sorte, l'Église s'opposait par nature à l'œuvre de Dieu.

— En toute chose, l'Église se soucie d'abord d'asseoir son influence. Mais pour qu'une vérité soit plus éclatante, que l'Esprit se révèle dans toute sa lumière, sans doute faut-il que le Mal soit à sa mesure.

— Tu veux dire… que c'était là la volonté du Seigneur ? Laisser le Mal commander aux destinées de l'Église ?

— Point Sa volonté, non, Sa conviction. Car le Mal va au pouvoir. Toujours.

— Et en confiant Son pouvoir à un pape…

— Dieu donnait un visage à Son ennemi.

— Folie ! s'exclama le comte, vacillant.

— Folie ? Tous ces mensonges, ces prières qui ne trouvent jamais de réponse, ce salut qui ne s'obtiendrait qu'à force de sacrifices, de souffrances et de soumissions. N'est-ce point folie plus grande de voir Dieu derrière ceci ?

Le saisissement était tel que la gorge de Raimon formait comme un étau. Il sentait son sang refluer, l'air lui manquait. Sa peau était livide.

Guilhabert parla plus bas, soucieux de ménager le comte.

— Au commencement était le verbe, nous dit l'Évangile. Et le verbe est vie. Et le verbe, par le Christ, est devenu chair, pour guider les hommes vers la lumière. Car ce monde est nuit.

L'évidence, oui. Elle frappait Raimon, l'aveuglait, au point que son corps se refusait à l'entendre.

— Ces secrets... pourquoi ne point les révéler ? Si vous savez la voie vers Dieu, pourquoi ne point nous en donner la clé ?

— Des frères l'ont tenté. Au cours de l'histoire. Sous divers noms. Renonçant à l'engagement qu'ils avaient pris lors de leur baptême, avec l'espoir que les yeux s'ouvrent enfin. Tous ont connu des sorts funestes. Par centaines ils ont été persécutés, torturés, brûlés. Car la Vérité ne peut s'imposer aux hommes. Et le chemin exige une force que peu d'âmes possèdent.

Guilhabert tourna le dos au comte avant de continuer :

— Il y a quatre siècles, alors que du nord au sud du continent les royaumes sombraient dans le chaos, un pape a eu le courage d'admettre son échec. Dès le pas franchi, nous savions que l'heure était venue pour nous d'agir et nous nous sommes portés à son secours, avec l'engagement d'agir en tout pour et par Dieu. Depuis nous luttons. Avec nos armes. Sachant les risques et les obstacles. Voilà la vérité, Raimon. Voilà ce pour quoi vous vous battez.

Il dévisagea le comte.

— Vous regrettez d'avoir abandonné votre neveu, je le sais. Vous vous accusez de sa mort et donneriez ce qui vous reste de souffle pour réparer vos torts. Mais sans vous, tout ce que nous avons bâti aurait sombré dans l'oubli. En nous accordant asile, en tenant l'ennemi loin de vos frontières, vous avez permis à notre ordre de s'établir. En acceptant nos frères et nos sœurs au sein de vos familles, vous avez laissé nos paroles se répandre. Ce sont des hommes tels que vous qui rendent l'espoir possible.

— Cet enfant donc...

— Cet enfant, oui.

— Son enfant, Guilhabert. Imagines-tu ? Comment le pape peut-il chercher votre perte en ayant cette certitude ?

— C'est bien de certitude qu'il manque, et de foi, mais surtout de soutien. Et si Innocent devait nous reconnaître aux yeux du monde comme les élus, il se trouverait plus seul encore. Car de sombres forces s'agitent autour du trône.

—Mais Dieu, Guilhabert ! Dieu !

—Est loin. Le Mal, lui, est partout.

—Je dois parler à Pierre.

—Non ! s'exclama le Parfait. La prophétie révélée ne causerait que peur et chaos. Car la Vérité ne peut s'imposer aux hommes, je vous l'ai dit.

—Mais si nous échouons ? Si la croisade l'emporte...

—C'est une guerre, comte. Et une guerre peut se perdre, oui.

Raimon voulut crier que cette guerre-là ne pouvait admettre de défaite, qu'il n'aurait de repos tant qu'une menace pèserait sur les cathares, et qu'il sacrifierait le dernier souffle du dernier Occitan pour que l'enfant à naître n'ait à redouter ni roi ni Église, mais la précipitation avec laquelle Ricaud pénétra dans sa chambre l'empêcha de parler.

—Messire ! s'écria le sénéchal, hors d'haleine. Pardonnez mon intrusion. Le roi d'Aragon vient de franchir la frontière à la tête de ses armées.

—Vers quel endroit se dirige-t-il ?

—Muret.

Rome

1213

Une masse grouillante, impénétrable, nouée dans la pénombre et les chuchotements. À la tombée du jour, on ne distinguait rien de plus dans les décombres du temple.

— Sommes-nous certains de l'endroit ? demanda Giulio, hésitant.

— Certains, messire, confirma le sergent qui commandait l'escorte.

Une vingtaine d'archers l'avait accompagné dans le bourbier du Trastevere ; plus que suffisante pour tenir la vermine à distance. Mais son oncle avait insisté pour qu'il pénètre seul dans le sanctuaire. Et ce qui avait paru sur l'instant comme une simple formalité lui semblait maintenant insurmontable.

Il y avait dans ce bas-fond tout ce que la ville comptait de plus méprisé. Brigands, assassins, mendiants. Pratiquant le vice et la rapine. Se nourrissant de carcasses et de gibier de vase.

On ne lui avait rien dit de l'homme qu'il devait retrouver, ni des services qu'il était censé leur rendre, mais les ordres de son oncle avaient été de ne point céder, ni à l'horreur ni à la peur, pas même lorsque l'Innommable se dresserait.

— Nous ne devrions point nous attarder, messire.

Giulio voyait le sang disparaître du visage effrayé du sergent et se demanda si l'homme aurait le courage d'attendre son retour. Conscient du regard des archers, et de leur nervosité, le jeune noble décida pourtant d'avancer. Lentement d'abord, les pieds englués dans une fange répugnante qui soulevait des relents de mort.

Arrivé au pied des marches, il chancela tant l'apparence des êtres le révulsait. Ces corps crasseux à moitié nus, qui n'exprimaient rien d'humain, semblaient ailleurs. Comme plongés dans une sorte de transe. À contempler cette horde, on se demandait quel maléfice avait pu les frapper.

Bientôt, les formes s'écartèrent pour dévoiler les degrés qui menaient au seuil de l'édifice. Un pas après l'autre, Giulio parvint à franchir le premier cercle et se tourna une dernière fois vers son escorte avant qu'il se referme.

À l'intérieur, la puanteur était insoutenable. Une pâleur grise, presque argentée, se reflétait sur les toisons souillées. Un rat fila entre ses jambes, saisi à la volée par des mains avides.

Giulio sentit son estomac lui venir aux lèvres tandis que les formes se disputaient les viscères. Il tituba, dégorgea sur des corps, s'attendit à être dépecé à son tour. Mais la meute reprit sa ronde lente et paresseuse, sans lui accorder d'importance.

Six ou sept toises restaient à parcourir sur un tapis de boue et d'excréments. À mi-parcours, il put distinguer le cœur du temple, un cercle de pierres épargné par la fange. Une silhouette se tenait assise sur un morceau de roche brisée. Son aspect était effrayant. Par son reflet. Par sa froideur. Son oncle l'avait mis en garde pourtant, y compris sur sa cécité. « Il te verra, avait-il dit. Mieux que tu ne le penses. »

— Approche, Giulio.

La voix ne ressemblait à rien que Giulio ait déjà entendu. Une harmonie puissante à laquelle on ne pouvait se soustraire. Ainsi Giulio pénétra dans l'orbe où aucune forme n'était admise. La nuit était si dense qu'on ne distinguait plus les contours du temple.

— Ton oncle doit te tenir en grande estime pour t'envoyer à moi.

La voix résonnait comme une onde, vibrait à l'intérieur de son corps. Giulio baissa la tête, ne sachant ce qu'il devait entendre derrière ces mots, puis se concentra sur le message qu'on l'avait chargé de délivrer.

— Mon…

Giulio s'interrompit pour chercher sa salive. Dans les profondeurs du temple, il crut distinguer des mouvements, comme des volutes plus sombres qui flottaient.

— Mon oncle vous fait dire que la croisade en Albigeois prend une tournure inquiétante.

L'homme portait une longue robe, et le bâton posé sur son épaule lui donnait l'air d'un pèlerin. Giulio se demandait quel diable il pouvait bien prier.

— Ton oncle t'a-t-il dit qui j'étais ?

— Non.

— En ce cas, l'a-t-il oublié ?

— Je... je suis bien incapable de...

— Incapable. Voilà bien une tare.

Giulio déglutit. Sa gorge le brûlait. Ses tempes battaient trop fort. Et les murmures alentour allaient menaçant.

— Ton oncle ne te porte guère dans son cœur.

Giulio se sentit mis à nu. Son oncle Cencio ne lui avait jamais prêté attention, sauf à le sortir d'affaires où il avait pu se compromettre. Aussi avait-il été surpris de se voir confier une mission qui, selon les termes de son parent, lui vaudrait un destin au-delà de toute espérance.

— Regarde autour de toi, ordonna le pèlerin.

Giulio hésitait. Les corps emmêlés, les chuchotements, les murs éclairés par ce halo gris moiré. Rien de ce qui l'entourait ne semblait réel ou seulement possible.

— Pour quelle raison ton oncle si puissant, cardinal de la sainte Église et prétendant affiché au trône, t'adresserait-il à un individu tel que moi ?

Pourquoi, oui. Voilà bien la seule question qui hantait l'esprit du jeune noble.

— J'ignore ce que...

— Incapable et ignorant. Ton parent est prince de Rome mais s'avère fort négligent quant au choix de ses serviteurs.

Malgré la peur, Giulio s'insurgeait. Il n'était habitué ni à l'ironie ni à l'arrogance, sauf dirigées vers d'autres. Et l'espace d'un instant, il s'oublia.

— Mon oncle ne tient point à me mêler à ses affaires et je lui en sais gré. Avez-vous quelque message que je puisse lui transmettre ?

Sa phrase à peine achevée, il sentit une douleur dans son crâne, la sensation qu'un fer brûlant venait d'y pénétrer. La douleur cessa aussitôt, laissant un vertige, un vide, qui disparut à mesure que les murmures diminuaient.

Giulio surprit alors des pas dans son dos, distincts des autres piétinements. Entre les corps anonymes, un moine avançait. Petit, maigre, une allure d'enfant, malgré le sentiment de menace qui s'en dégageait.

Il entra à son tour dans le cercle et, parvenu près du pèlerin, releva son capuce. Le jeune Savelli découvrit un visage familier, bien qu'aucun nom ne lui vienne en mémoire.

— Ton oncle tient rigueur au pape de l'avoir écarté du pouvoir, déclara le pèlerin, reprenant leur conversation. Je ne dévoile là aucun secret. Mais ces querelles sont une aubaine pour qui veut gouverner au destin des États.

Giulio connaissait cette histoire. Après avoir servi fidèlement le pape Célestin III, le cardinal Cencio Savelli avait encouragé Lotario à accéder au trône, et ce malgré les rancœurs notoires entre leurs familles respectives. Une fois élu, Innocent III avait récompensé son soutien par des charges moins glorieuses qu'attendu.

— Je vais te dire une leçon, jeune Giulio. Tirée d'une expérience précieuse. Peut-être te fera-t-elle méditer sur les secrets de ce monde.

Il se pencha en avant, traversant Giulio de ses yeux morts avant de reprendre :

— Le pouvoir n'est dangereux que lorsqu'on le possède. Aussi ton oncle devrait-il montrer moins d'empressement à se le voir confier. Voilà le message que tu pourras lui apporter.

— C'est que... j'ai peur de ne point saisir.

— Nul doute, cher Giulio, que ces considérations dépassent ton entendement. Et ton oncle n'en conservera rien de plus. Il désire le trône ? Il l'aura. De cela, tu peux l'assurer.

— Bien... messire.

À l'évocation du titre, le moine sourit.

— Quant aux tournures de la croisade, l'avenir dira si elles doivent ou non être considérées comme inquiétantes. Maintenant, va, Giulio, va avant que d'autres désirs ne m'animent.

Un bruissement derrière lui. Les corps s'écartaient. Giulio fit un pas en arrière, sentant la menace qui pesait désormais sur lui. S'engouffrant dans le passage, il disparut. Malaki se pencha alors à l'oreille de son maître et parla d'une voix blanche.

— Le comte de Toulouse a été initié.

Muret

1213

Des milliers.

Des dizaines de milliers d'hommes, de chariots et de chevaux, étirées d'un point à l'autre de l'horizon, dont les mouvements faisaient gronder les profondeurs du sol jusqu'aux entrailles de leurs montures.

— Les milices toulousaines ont porté une première attaque ce matin avant de se retirer.

Posté sur les collines qui dominaient le val, Simon de Montfort écoutait le rapport de son éclaireur sans détourner le regard de la plaine. Au bord du fleuve qui séparait les deux camps, la ville de Muret donnait l'impression d'une bête couchée sur le flanc, attendant la mort. Des gerbes de fumée s'échappaient du faubourg, témoignages des combats récents.

— Elles auraient pu prendre la place sans difficulté, murmura Gaucher à ses côtés.

— Elles ne sont pas venues pour ça.

Simon considéra ses propres rangs. Quelques centaines de cavaliers levés en hâte, marchant comme un troupeau que l'on menait à la saignée. Bouchard de Marly et Guillaume des Barres, fidèles à la croix depuis le siège de Béziers, avaient supplié Simon de ne point se rendre au-devant des Espagnols avant d'avoir réuni des forces suffisantes. Mais les renforts promis par l'Église ne seraient pas mobilisés avant des semaines, et l'on ne comptait plus les seigneurs du Nord qui avaient fui l'ost à la fin de l'été, préférant affronter l'ire du pape que celle du souverain espagnol. Quelques centaines seulement, pour faire barrage aux armées du Sud. Il ne pouvait espérer plus.

— Menez les hommes, commanda Simon.

— Bien, messire.

Les ordres transmis, Simon prit la tête de l'avant-garde et franchit le fleuve à hauteur du pont laissé volontairement intact par les Occitans. Ils longèrent ensuite les murs pour pénétrer dans la ville par la porte de Sales sous le regard impavide des assaillants.

Parmi la garnison rassemblée sur la place du marché, aucune liesse. Depuis deux jours qu'on attendait l'ordre d'évacuer, l'arrivée des renforts sonnait comme une condamnation.

Un sergent se saisit de la monture de Simon tandis qu'un autre l'accompagna au prieuré Saint-Germier. Se trouvaient là une poignée de chevaliers et de religieux qui avaient organisé la défense de la ville. Un seigneur fit son rapport sur l'assaut mené à l'aube par les milices toulousaines. La faiblesse des remparts avait forcé les croisés à se replier sur la citadelle, laissant l'ennemi se livrer au pillage du faubourg avant d'abandonner la place.

Simon interrompit le chevalier à ce moment du récit et requit l'aide d'un écuyer pour le débarrasser de ses mailles. Il demanda aussi qu'on apporte du vin, laissant la faim et la fatigue pour plus tard.

Revenu du mercadar, Gaucher de Tours se joignit au conseil à l'instant où les religieux priaient Simon d'engager des négociations avec le roi d'Aragon. Celui-ci écouta, sans mot dire, puis assura les prélats que tout serait fait pour protéger les intérêts de l'Église. Il revint ensuite vers le seigneur qui lui avait fait accueil.

— De combien d'hommes disposez-vous ?

— Une trentaine de chevaliers. Trois cents hommes au total.

L'Angevin répondait au nom d'Abélard et combattait depuis près d'un an au côté des croisés. Ce guerrier sans fortune, venu à la croisade pour ses opportunités, semblait avoir l'ascendant sur les autres chevaliers, ce qui faisait autorité pour le moment.

— En comptant vos hommes et le contingent de Corbeil, cela monte nos forces à mille cinq cents combattants, poursuivit Abélard. Dont la moitié de fantassins qui ne pourront servir à un assaut.

Ils devaient être quelques-uns à l'envisager, songea Simon. Non dans l'espoir d'une victoire, car aucun n'imaginait l'issue possible, mais pour l'honneur d'une dernière charge. Périr en lion plutôt qu'en chien.

— Où en sont les réserves ? poursuivit Simon qui écartait cette éventualité pour le moment.

— Un jour de nourriture, deux au plus si l'ennemi nous laisse le temps d'en disposer. Les murs sont juste bons à repousser les brigands et les maraudeurs. La citadelle constitue la seule défense digne de ce nom, mais l'artillerie aura tôt fait de venir à bout des fortifications.

Simon se défit de son gambison puis demanda à se rendre sur les murs. Abélard rassembla aussitôt quelques gardes qui s'équipèrent de torches pour les accompagner à la porte de Toulouse.

Devant l'ouverture flanquée de deux tours, un pont franchissait le cours de la Louge et rejoignait les collines de Perramon où stationnait la grande armée.

Sur le mur ouest, Abélard indiqua l'endroit où les assaillants avaient investi le faubourg. Des tirs de mangonneaux avaient endommagé les moellons, mais les Toulousains n'avaient pas eu la patience d'ouvrir une brèche. Profitant du nombre, ils avaient envahi les courtines à l'aide d'échelles et repoussé la garnison vers la vieille ville.

Simon écouta le récit du combat sans mot dire puis se tourna vers l'est. À la confluence de la Garonne et de la Louge, la citadelle dessinait une ombre épaisse dans la nuit claire. Les défenses du faubourg étaient telles qu'on lui présentait. Des fossés faibles. Des courtines basses que les piétons n'auraient aucun mal à emporter. Pour un croisé posté sur ces remparts, il viendrait trente, peut-être quarante Méridionaux. Un pour quarante. Quelle armée pouvait contenir une telle vague ?

Simon revint vers Gaucher, jusqu'ici silencieux.

— Que pouvons-nous espérer ?

— Un miracle.

— Est-il à notre portée ?

Gaucher s'en tint à un haussement d'épaules, laissant à son seigneur le soin d'examiner les alternatives.

Les intentions de Pierre ne pouvaient être plus évidentes. Provoquer l'affrontement entre les deux camps, que le roi savait à son avantage. La ville qui servait d'assise aux raids menés sur les terres de Foix et de Toulouse était la cible idéale pour parvenir à ses fins.

Une cible que les Francs ne pouvaient se permettre de perdre. Et ce siège avait clairement atteint son but. Certes Simon pouvait encore refuser le combat et se retirer cette nuit de Muret. Dans sa retraite, il devrait abandonner les places prises, pour rassembler ses forces sur Carcassonne. Poussant son avantage, Pierre ferait valoir ses droits sur les anciens domaines de Trencavel. Les populations saisiraient l'aubaine pour se soulever. Le pape prendrait peur et chercherait à négocier. Ne l'avait-il pas déjà envisagé lorsque l'Aragon avait soutenu son plan de paix ? Pierre profiterait sitôt des dissensions. Par la diplomatie ou par la force, Rome plierait et Simon serait la tête à sacrifier. Aucun choix en réalité, si ce n'était de périr ou de vaincre.

Il embrassa du regard les milliers de feux dispersés dans la plaine, comme une immense gueule ouverte sur le bastion croisé. Puis il quitta les remparts pour gagner la citadelle.

Après s'être assuré que la totalité de ses hommes avait rejoint la cité, il soupa d'un morceau de pain trempé dans un brouet maigre. Il ordonna ensuite que des piétons soient postés autour de la porte de Toulouse, avec ordre de bloquer les rues avec tous les chariots, tonneaux, coffres, caisses ou ballots de foin que l'on pourrait trouver.

Simon fit ensuite mander un notaire et dicta son testament.

Le soleil pointait à l'est lorsque Raimon céda sa monture à un écuyer et précéda son capitaine Hugues d'Alfaro dans le pavillon du roi.

Sous la grande toile, des valets distribuaient du vin et disposaient des plats, évoluant au milieu des gentilshommes rassemblés pour le conseil. Le jeune Blasco de Alagón picorait des raisins lorsque le comte de Toulouse vint le saluer. Il croisa aussi d'autres seigneurs liés à la maison de Barcelone, dont Miguel de Luesia, l'un des proches du roi.

Annoncé avec quelque retard, Pierre se présenta le visage blanc. Son corps alourdi par la boisson et le manque de sommeil s'écroula sur un faudesteuil.

Raimon surprit des sourires et des regards entendus, mais l'œil du souverain restait étonnamment clair, comme si l'imminence de l'affrontement suffisait à raviver ses sens.

Jetant en arrière ses cheveux humides, Pierre demanda une coupe de vin puis parla :

— Quelles nouvelles de Muret ?

— Les croisés ont pris position dans la ville, déclara don Miguel. Et n'en sont point sortis pour l'heure.

— Simon de Montfort est-il parmi eux ?

— Les éclaireurs l'ont confirmé.

— Ainsi donc l'ennemi ne recule point devant le défi, déclara le roi d'un air ravi. L'aurions-nous mal jugé ?

— Gageons qu'il préfère abréger ses souffrances, plaisanta don Miguel, provoquant le rire des chevaliers à l'exception des seigneurs du Midi, ce que ne manqua pas de remarquer le roi sans le relever toutefois.

À nouveau grave, Pierre interrogea :

— A-t-on évalué les forces dont il dispose ?

— Un peu plus de mille hommes avec les troupes entrées hier.

— Et les nôtres ?

— Trois mille cavaliers en comptant vos bannerets. Quarante mille hommes à pied. D'autres contingents doivent encore arriver d'Espagne et prient Sa Majesté de ne point engager les hostilités sans leur soutien.

— Du soutien ? ironisa le roi. Plus serait péché. Qu'on me parle plutôt de la manière dont nous allons réduire cette engeance. Don Blasco ?

À l'évocation de son nom, le seigneur aragonais s'avança. Malgré son jeune âge, il passait pour un esprit fait que le roi aimait à consulter.

— L'assaut d'hier a mis en lumière la faiblesse des défenses et je ne vois guère comment la ville pourrait soutenir un siège. Il suffirait de contenir l'ennemi dans ses murs pour qu'il pourrisse sur pied.

— Je vous reconnais bien là, don Blasco. Guère sensible aux plaisirs de la chasse.

— Je me méfie toujours d'un gibier acculé, répondit le prince, suscitant l'amusement du souverain.

— C'est en cela que votre avis m'importe. Mais face à une armée qui ne peut ni se défendre ni attaquer, quel serait notre intérêt à ne point agir ?

Le souverain fut en cela rejoint par la plus grande partie des nobles, dont Raimon devinait l'irritation. Pour tous, l'assaut était entendu. Seule importait la place qu'ils occuperaient durant l'engagement.

— Comte, vous semblez bien maussade, s'étonna le roi en revenant vers Raimon. La perspective de brandir la tête de ce Montfort ne vous réjouit donc point ?

— Rien ne m'apporterait plus de bonheur, répondit Raimon.

— Une émotion que vous dissimulez fort bien.

— Autant que mes doutes, Altesse.

— L'affaire vous paraît donc si mal engagée ? piqua le souverain dont le visage avait perdu son sourire.

Quelques rires. Des murmures. On attendit la réaction du comte avec curiosité.

— Le rapport de force joue à l'évidence en notre faveur, commença Raimon d'une voix mal assurée. Nous disposons de l'avantage du nombre et de celui du temps. Je suis toutefois seul à avoir combattu Simon de Montfort, avec les seigneurs de Foix et de Comminges ici présents, et je crains l'homme au moins autant que je le hais.

L'agitation autour du roi fut contenue par un regard de Miguel de Luesia. Celui qu'il adressa au comte se révéla plus lourd de sens. Pierre reprit :

— Nous n'ignorons aucun de ses succès, mon frère. Et vous êtes le plus à même de juger de ses qualités. Mais à un contre cinquante... Lui prêteriez-vous quelques pouvoirs ?

— Point de pouvoirs, mais de la ruse et de l'expérience, oui.

— Dans ce cas, éclairez-nous, fit le souverain d'une voix plus sèche.

Le comte rassembla ses esprits, conscient que Pierre lui offrait là une occasion de se raviser. Il persista pourtant.

— En l'absence de réserves, Muret n'est point en mesure de soutenir un siège, vous l'avez dit. Les croisés devront donc prendre l'initiative.

— L'initiative de fuir..., ironisa un noble catalan.

Le roi mit fin aux rires d'un geste, laissant son parent poursuivre.

— Plutôt que risquer nos troupes dans une offensive, retranchons-nous sur les collines, organisons nos défenses et attendons l'assaut.

Raimon perçut les murmures, propres à le faire faillir, mais il s'entêta :

— Simon dispose de peu d'hommes, aussi devra-t-il concentrer sa charge sur un objectif et laisser ses flancs à découvert. En le contrant par nos arbalétriers, puis en lançant nos cavaliers sur son revers, nous le réduirons sans difficulté.

— Des tirs d'arbalètes ? Une charge à revers ? Est-ce donc ainsi que l'on s'attire les honneurs de ce côté-ci des montagnes ? s'indigna un banneret du nom de Rodrigo.

— J'ai vu suffisamment de bon sang couler pour accorder de l'importance au vôtre, rétorqua Raimon.

— Le mien me renierait à nous voir agir de la sorte, rétorqua Rodrigo.

Don Miguel de Luesia dut à nouveau s'interposer pour ramener le calme. Puis le roi s'enferma dans le silence, ce qui ne laissait rien augurer de bon dans l'esprit de Raimon.

Pierre finit toutefois par revenir vers lui.

— Laissez-moi vous poser une question, comte. Une question à laquelle je vous demande de répondre avec la plus grande honnêteté. Laisserais-je un petit seigneur du Nord me tenir tête jusque dans la mort tandis que je resterais ici, terré derrière des palissades et des chariots ?

Raimon resta muet, saisi par les regards fixés sur lui.

— Répondez, Raimon. Donnez votre opinion.

Le comte se raffermit, porté par cette voix, à l'intérieur de lui, qui hurlait de ne point fléchir.

— L'Occitanie est vôtre depuis le jour où vous l'avez décidé. Vous n'avez rien à gagner dans un assaut inconsidéré.

Pierre se redressa et son regard brillait d'une lueur cinglante.

— L'Occitanie est au souverain qui a reçu votre hommage en bravant l'interdit de l'Église et qui tiendra tête à Philippe de France lorsque celui-ci viendra réclamer son dû. Ce souverain ne peut afficher au monde plus de faiblesse. Comprenez-vous, mon frère ? Ce n'est point du sort de Montfort que nous décidons aujourd'hui.

Le fer. C'était un goût de fer et d'acide qui lui montait dans la gorge, en même temps que la honte. Raimon gardait pourtant une certitude, la conviction qu'il ne pouvait tenir un autre discours à l'homme qui devrait gouverner leur destin.

Il eut encore le courage d'affronter les réactions des seigneurs, qui le comptaient désormais pour moins qu'une piétaille. Son sort n'appelait aucune clémence, dans leur cœur comme dans la bataille qui s'annonçait. Mais il n'en avait cure. Que ces guerriers courent à leur gloire pourvu qu'on lui rende sa terre.

— Sire. Je me range à votre avis, finit-il par admettre d'un ton neutre. Mais il était de mon devoir de faire entendre une voix qui déplaise.

— Et soyez remercié pour cela, répondit le roi dans un souci d'apaisement. Toutefois ma décision est prise. J'emporterai la dépouille de l'usurpateur avant ce soir. Et celle de tout croisé à qui viendrait l'envie de me défier.

Le reste de la matinée fut consacrée à la distribution des commandements dont Raimon fut tenu à l'écart. Malgré l'insistance des Aragonais pour mener la première attaque, le comte de Foix obtint de diriger l'avant-garde. Le roi s'octroyait quant à lui le second corps tandis qu'un troisième patienterait en réserve.

Avant que la fin du conseil soit annoncée, le comte de Toulouse avait rejoint les hauteurs de Perramon où il assisterait seul à la bataille.

Du haut de la tour Prime, les croisés observaient le déploiement des troupes ennemies.

Le premier corps représentait la menace la plus immédiate. Composé pour l'essentiel d'archers et de piétons, appuyés par les hommes du comte de Foix et quelques chevaliers catalans, il rassemblait à lui seul vingt fois plus de combattants que tous les Francs réunis.

Descendus en désordre des collines, les hommes s'étaient répartis de part et d'autre du gué de la Louge face à la porte de Toulouse. Des chariots circulaient entre les rangs pour alimenter les machines en pierres tandis que les charpentiers vérifiaient treuils, verges, ressorts et armatures.

Ainsi que Simon l'avait escompté, son rival ne faisait aucun mystère sur ses intentions : réduire les murs par un pilonnage massif puis lancer l'assaut pour obliger les défenseurs à sortir de la cité avant de les écraser sous une charge de cavalerie.

— Messire, fit un sergent qui se présentait à Montfort. L'ennemi se présentera bientôt sous nos murs.

— Nos fantassins sont-ils en place ?

— Derrière les barricades, en arrière de la porte de Toulouse, comme vous l'avez exigé. Ils se préparent à repousser l'attaque.

— Bien. Trouvez les seigneurs de Barres et de Roucy. Qu'ils me rejoignent sur l'heure au prieuré.

Dans la plaine qui déciderait de leur destin, des escadrons coalisés avaient pris position près du marais des Pesquiès, portant haut les couleurs du roi et de ses hommes liges. L'absence de l'étendard toulousain laissa Simon songeur, mais il laissa là ses pensées et gagna l'entrée de la citadelle où l'attendait sa monture. Il rejoignit sans tarder le prieuré. Guillaume de Barres, Bouchard de Marly et Alain de Roucy se trouvaient au réfectoire lorsque Simon y pénétra. Le jeune Abélard les avait également rejoints, ainsi que Guillaume des Contres. Les visages étaient graves. Aucun n'avait pris de repos.

— Nos ennemis sont en marche, lança Simon dès qu'ils furent rassemblés.

La grande salle donnait à sa voix une tonalité lourde et solennelle.

— J'ai fait poster nos fantassins dans les rues proches de la porte de Toulouse afin de bloquer la progression de l'ennemi lorsqu'il se présentera. Nous gagnerons un peu de temps, mais le nombre finira par l'emporter. Il faudra alors nous replier vers la citadelle ou fuir. Dans un cas comme dans l'autre, nul espoir que la mort, l'exil ou la captivité.

Il les considéra un à un, jugeant de leur réaction, avant de poursuivre.

— Je sais les sacrifices que vous avez consentis. Je sais vos doutes sur nos chances de survivre à cette journée. Nous n'avons aucune pitié à attendre, mais il nous reste toutefois une chance de l'emporter. Une chance inconcevable à laquelle Dieu seul pourrait nous laisser croire. Aussi je vous demande de me faire confiance. Une dernière fois.

Guillaume des Barres hocha la tête. Les autres soutinrent le regard de leur commandant. Au bout du silence qui lia leur sort, Simon se tourna vers Gaucher de Tours et donna l'ordre sans une trace d'émotion.

— Fais ouvrir les portes.

Tandis que l'artillerie reprenait avec force, une pluie de carreaux et de traits s'abattait sur les courtines pour tenir les croisés à distance.

Dès l'ouverture d'une brèche, les milices à pied se précipiteraient dans les rues comme une coulée de mort. S'ensuivrait une lutte acharnée pour une ville déjà vaincue, mais Raimon pestait sans relâche contre ces manœuvres ordonnées en dépit de toute mesure.

Avant de quitter le pavillon du roi, il avait tenté de rallier le comte de Foix à sa cause. Cette offensive leur faisait prendre un risque inconsidéré, non de perdre la bataille mais de sacrifier un grand nombre de vies. La tentation était forte de venir déloger l'ennemi dans son trou, mais le terrain lui était en tout point favorable et Montfort n'abandonnerait la place qu'au prix du sang. Un prix insensé pour une victoire déjà acquise, avait-il insisté.

Si le vieux Raimon-Roger de Foix partageait ses vues, il s'était d'ores et déjà rallié aux exigences de Pierre. La volonté royale était autant d'anéantir la croisade que d'envoyer un message clair au monde. Cette bataille serait l'acte de naissance d'un nouvel État dont il entendait rester maître. De cela, Raimon devait convenir. Ce dernier obtint toutefois que les milices toulousaines soient écartées des premières vagues où les pertes seraient à coup sûr considérables.

Près de lui, son fils Raimon le Jeune assistait silencieux aux premières heures de la bataille. L'essentiel était peut-être là, songea le seigneur. Dans le regard exalté de ce garçon. Son propre orgueil se trouverait d'autres prétextes. Sa maison était sauvée et cela suffisait à son cœur.

Le fracas des boulets ramena son attention sur la plaine où l'artillerie continuait d'affaiblir les remparts. Au pied des collines de Seysses, les compagnies s'assemblaient autour du roi d'Aragon dans un désordre surprenant quand d'autres tentaient de rallier les premières lignes, pressées de monter au front.

Face à une telle confusion, Raimon redoutait de voir le Franc leur échapper. Avec plus d'hommes, plus de temps, et dans une cité mieux armée, les croisés opposeraient une tout autre résistance. Une opportunité nouvelle pour tous ces seigneurs d'Espagne de se couvrir de gloire, fulminait Raimon, et de mauvaises nuits pour lui. Le pont sur la Garonne restait toutefois désert, et l'on ne distinguait aucun mouvement dans la cité qui laissait penser à une retraite. Il n'y avait désormais qu'à attendre et prier pour que…

— Les portes ! s'écria tout à coup Raimon le Jeune, arrachant le comte à ses pensées.

D'un geste, le garçon désigna l'ouverture béante entre les deux avancées fortifiées. Un nuage de poussière masquait le saillant criblé d'impacts, et le comte dut s'y prendre à deux fois pour distinguer une forme dans les fumées. Au bout du pont qui franchissait la Louge, les lourds battants de bois étaient bel et bien ouverts.

— Par quel prodige ? s'exclama le comte tandis que son fils poussait des cris de joie.

Près du gué de la Louge, les miliciens s'étaient déjà mis en mouvement. Les cavaliers du comte de Foix se préparaient à leur tour à pénétrer dans la ville tandis qu'archers et mangonneaux cessaient leurs tirs pour laisser le champ libre aux troupes d'assaut.

— Disposons-nous de complices à l'intérieur de la cité ? s'interrogea le comte à haute voix.

— Rien dont je ne sois informé, reconnut Hugues d'Alfaro qui semblait tout aussi étonné.

— Et là, père, regardez ! s'écria à nouveau le prince en désignant un autre point.

Raimon suivit la direction indiquée par son fils, sur la partie nord de Muret, à l'opposé des combats. Ces prairies avaient été laissées sans surveillance en raison de la présence de la citadelle qui empêchait toute approche. Un seigneur un peu habile aurait vu l'intérêt d'occuper le terrain pour enfermer les croisés de ce côté-ci de la Garonne, mais l'éventualité d'une sortie par ce pont n'avait jamais été envisagée.

— Des corps de cavalerie francs, murmura d'Alfaro. Ils ont dû longer le fleuve par l'arrière de la cité pour échapper à notre surveillance.

Et rejoindre le pont Saint-Sernin, songea Raimon qui connaissait l'existence de ce passage. Protégé lui aussi par la citadelle, il permettait de rejoindre la route de Toulouse qui remontait au nord. À tout dire, et ce fut la première réflexion du comte, cette issue coupait Montfort de ses bases et présentait plus de risques qu'une retraite vers l'est.

— Le pleutre ! s'exclama aussitôt Raimon le Jeune qui avait saisi la manœuvre. Le lâche ! Il faut prévenir le roi.

— Le roi est informé, répondit d'Alfaro. Vois ! Ils sont en train de former les lignes.

Les escadrons coalisés tardaient pourtant à s'organiser. Aux allées et venues des bannières, on devinait la précipitation des Aragonais, qui tentaient de s'insérer dans les lignes, et la nervosité des autres, qui se cherchaient une place près du roi.

Masquant son dépit, Raimon ne put que reconnaître l'habileté de Montfort. En ordonnant à ses hommes d'ouvrir les portes, il avait permis de fixer l'attaque sur l'est et laissé à ses troupes le temps d'évacuer la cité par le nord. Une diversion grossière pour des adversaires qui ne l'étaient guère moins.

— Il aura pris la nuit pour réfléchir, supposa d'Alfaro qui partageait la même réflexion. Étrange que l'évidence ne l'ait point frappé sur le moment.

— Son orgueil l'aura aveuglé, s'emporta le jeune Raimon.

— D'orgueil il ne manque point, reconnut le comte. Mais aveugle, ça non, je peux te l'assurer.

Le pont sur la Louge était maintenant noir de piétons qui se ruaient à l'assaut de la ville, ignorant la dérobade de l'ennemi. Archers, miliciens et sergents couraient en tous sens, laissés à leur propre sort par des seigneurs pressés de cueillir les croisés dans leur nid. Une fois la porte franchie, ils se heurtaient pourtant à une résistance farouche qui ajoutait au désordre des assaillants.

Au nord, les cavaliers francs achevaient de se rassembler. Raimon était frappé par le calme avec lequel l'ennemi opérait, tellement éloigné du désordre qui régnait dans leurs propres rangs, quand brusquement son visage se décomposa.

— La garnison...

— Messire ? fit d'Alfaro.

— Je ne vois aucun fantassin parmi les cavaliers.

Le capitaine chercha au loin la présence d'hommes à pied.

— Il les aura positionnés dans la cité pour contenir l'assaut, supposa l'officier.

— Et après ? Les abandonner à leur sort ?

D'Alfaro se glaça à son tour, comme sidéré.

— Par le sang du Christ... Il va charger.

Simon de Montfort donna des deux fers pour rejoindre la sortie du pont Saint-Sernin.

En amont de la Louge, on pouvait apercevoir les milices toulousaines s'engouffrer dans la faille que les défenseurs avaient eux-mêmes ouverte. Leur progression avait été rapidement freinée par les troupes positionnées derrière les barricades, créant un immense engorgement à l'entrée du pont.

Profitant de cette diversion, Simon rassembla ses capitaines et rappela une dernière fois ses ordres.

À la tête de leurs hommes, Alain de Roucy et Bouchard de Marly suivraient la direction du nord pour maintenir l'illusion d'une fuite. Dès le mouvement engagé, Guillaume de Contres chargerait les milices qui menaçaient la porte de Toulouse, afin de soutenir les fantassins restés dans la cité. Une fois l'avant-garde dispersée, il piquerait vers le roi d'Aragon qui stationnait près du marais des Pesquiès.

À cet instant précis, le premier escadron reviendrait sur ses pas et s'élancerait vers la position tenue par Pierre, pour soutenir la charge de Guillaume.

Dans l'intervalle, Simon opérerait un mouvement tournant pour prendre à revers la réserve espagnole positionnée au pied des collines de Seysses puis fondrait à son tour sur le souverain espagnol.

— Restez unis, insista le Franc. Chargez sans ralentir. Leurs montures sont rapides mais la puissance des nôtres suppléera le nombre.

Le cheval de Simon se cabra, pris de nervosité. Le baron franc tira avec force sur les rênes et ramena son destrier au calme.

— N'oubliez pas, répéta Simon. Une fois l'avant-garde traversée, dirigez-vous sur le roi. C'est là que nous nous retrouverons.

Tandis que les seigneurs gagnaient leur poste, Simon conserva près de lui son capitaine, Gaucher de Tours.

— Prends Abélard avec toi et trouvez place dans le second escadron. Restez autant que possible à l'abri des coups et ne plongez dans la mêlée qu'une fois le roi atteint.

Comme les mâchoires de Gaucher marquaient son désaccord, Simon le serra brièvement au bras.

— Je sais tes pensées, mais c'est bien là que tu me protégeras le mieux, sois-en certain. Garde-toi, mon ami.

Alors que Simon remontait la colonne pour rejoindre ses hommes, un cri retentit dans la plaine, repris par des centaines de gorges enragées.

Guillaume des Contres venait de s'élancer.

— Ils se ruent sur nos hommes ! s'écria Raimon le Jeune alors que les croisés allaient s'abattre sur l'avant-garde.

Découvrant la menace, les soldats du comte de Foix improvisèrent une ligne de défense, soutenus par des piquiers catalans. Quelques traits volèrent en direction des Francs, en quantité trop faible toutefois pour les ralentir.

Le choc des deux corps emplit le val d'un fracas épouvantable. Du ciel aux enfers, on aurait dit que la terre se déchirait. Sur la piétaille ainsi offerte, la charge eut l'effet d'une lame s'abattant sur un champ de blé mûr, ne laissant derrière elle qu'une interminable traînée de cadavres.

La confusion saisit aussitôt les assaillants et, dans le regard de son capitaine, le comte de Toulouse prit conscience de toute l'horreur de la situation. L'instant avait passé comme un souffle, suspendu entre la folie et l'entendement. Parmi les proches de Raimon, on espéra un ordre, au moins une réaction, mais ce dernier restait sidéré par le coup de force croisé.

La stupeur laissa aussitôt place à l'effroi lorsque la cavalerie croisée opéra un mouvement par dextre et, sans ralentir l'allure, poursuivit sa course vers le marais des Pesquiès où les troupes royales étaient rassemblées. Celles-ci avaient finalement pris forme autour du monarque et s'élançaient maintenant au secours des compagnies de siège.

L'initiative fit naître un nouvel espoir dans l'entourage de Raimon. La maynade[1], grossie de seigneurs aragonais et de Catalans, serait un adversaire autrement plus coriace que des fantassins à découvert. Et l'escadron croisé ne devait guère compter que trois ou quatre cents Francs, trop peu nombreux pour constituer une menace si, depuis la route du nord, Alain de Roucy et Bouchard de Marly n'avaient rebroussé chemin pour donner à leur tour l'ordre de charger. Traversant la plaine dans un effroyable grondement de sabots, le second corps croisé venait au soutien de Guillaume des Contres.

Simon avait conduit sa centaine d'hommes le long du ruisseau des Pesquiès. Le cours descendait des collines de Seysses, au pied desquelles le troisième corps des coalisés patientait.

1. Faction des seigneurs et chevaliers qui composent la maison royale d'Aragon.

Occupés par les combats qui se déroulaient dans la plaine, aucun des cavaliers n'avait remarqué le contournement opéré par l'escadron croisé qui avait mis à profit les dénivelés pour se tenir hors de vue.

À l'instant d'entrer dans la bataille, Simon eut le temps d'apercevoir la charge conjointe menée par ses vassaux. À cette distance, impossible de dire où allait l'avantage, mais dans son dos, hommes et chevaux trépignaient. Simon saisit alors la poignée de son épée et fit glisser la lame hors du fourreau.

La réserve espagnole ne découvrit la présence ennemie qu'à l'ultime instant, alors que celle-ci avait franchi le relief pour fondre sur leur position. Bien que supérieurs en nombre, ils furent incapables de contrer l'attaque. Éventrés, bousculés, écrasés par la puissance des percherons francs, les fins chevaux arabes s'éparpillèrent dans la plaine, vidés de leur maître ou traînant leur cadavre sur des centaines de toises.

Sitôt la menace écartée, Simon posa son regard à l'endroit où ses vassaux livraient combat. Il fit alors tourner sa monture et, dans un cri, plongea vers la mêlée.

Gaucher avait suivi à la lettre les consignes de son seigneur. Placé en arrière des lignes, où il avait été épargné par la violence de la charge, il chercha aussitôt la présence du roi. Dans le vacarme et la poussière, des ombres surgissaient. Heurtées, confuses, désordonnées. Les coups tombèrent bientôt de toute part, ponctués de cris, de plaintes, de hurlements. Il n'y eut plus ni sens ni direction, ni certitude ni espoir, juste une cohue épouvantable et l'angoisse du fer qui menaçait à tout instant de vous traverser.

D'un coup d'estoc, Gaucher abattit un premier homme, puis il surprit un autre à la gorge. Évitant de peu une lame, il enfonça la sienne sous une épaule et ragea contre ses gestes qu'il trouvait trop lents. La fatigue se faisait sentir au pire instant. Relevant son écu pour s'écarter du danger, il chercha un repère parmi les bannières. La puissance de l'impact avait permis de percer les lignes espagnoles au plus profond, et il devait être tout proche de la position occupée par Pierre.

D'un mouvement de torse, Gaucher esquiva une pique avant de tendre son épée à l'endroit où les mailles d'un Catalan laissaient une ouverture. Il para sur sa droite, sur sa gauche, repoussa un seigneur qui tomba au sol pour être écrasé par les sabots de son destrier. Et dans les tombereaux de poussière soulevés par les milliers de chevaux, le roi enfin apparut.

Malgré la protection de sa garde, Pierre d'Aragon semblait en difficulté. Sa capture pouvait suffire à la victoire, avait répété Simon, mais Gaucher craignait qu'un mauvais coup finisse par l'atteindre.

Profitant d'une ouverture, il se glissa plus près. Ses gestes étaient pesants, son attention moins vive. L'excitation et l'impatience lui faisaient perdre toute prudence. Il frappait en tous sens, soucieux d'ouvrir une brèche tandis qu'autour du roi l'affrontement tournait au massacre.

Tout près de s'en saisir, Bouchard de Marly appela ses hommes à lui. Abélard surgit soudain sur leur dextre, taillant l'espace à coups d'épée et poussant d'autres chevaliers à le rejoindre.

Face à la furie croisée, le roi donnait l'impression de reculer. Il montrait moins de vigueur qu'attendu, et Gaucher songea que cette victoire impossible pouvait être à leur portée, quand un hurlement retentit.

— Un piège ! s'écria un homme.

— À ma bannière ! hurla Bouchard de Marly.

Gaucher s'élança vers Abélard tandis que les rangs espagnols se reformaient.

— Un leurre, pesta l'Angevin dont les mailles ruisselaient de sang. Par le diable ! Un maudit leurre.

Gaucher comprit aussitôt que le seigneur pris pour cible n'était autre qu'un vassal paré des armes du roi. Une ruse qui les avait attirés au centre de la mêlée et les laissait cernés de toute part, sans idée de l'endroit où se dissimulait le monarque.

Conscient du danger qui désormais les menaçait, Bouchard de Marly exhorta ses hommes à ne point faiblir. Montfort avait dû fondre sur les troupes de réserve et s'apprêtait à prendre l'ennemi à revers. Ils seraient bientôt assez nombreux pour espérer l'emporter, à condition de maintenir leur position, position depuis laquelle Gaucher continuait de chercher leur cible.

Le roi d'Aragon n'était point connu pour se soustraire au danger, et si ses fidèles l'avaient persuadé de troquer ses couleurs pour assurer sa protection, jamais il n'aurait consenti à fuir un combat dont l'issue se présentait autant en sa faveur. Saisissant l'importance de ce détail, Gaucher se tourna vers Abélard qui luttait près de lui.

—Avec moi !

Sans réfléchir, le chevalier se précipita derrière le capitaine, entraînant avec lui une poignée d'hommes. Sous les yeux de Bouchard qui comprit aussitôt la manœuvre, ils se précipitèrent vers le seigneur qui avait servi d'appât. Les chevaliers chargés de sa protection montraient déjà moins d'ardeur à le défendre, et les croisés se trouvèrent soudain si proches qu'ils menaçaient de l'occire.

La réaction espérée ne tarda pas à venir. Surgissant à senestre, un géant maniant la masse avec vigueur venait au secours de l'imposteur. Le premier Franc qui s'opposa perdit la moitié du visage. Un autre vit son écu fracassé par le fléau avant de s'effondrer de cheval. Pierre d'Aragon venait au secours de son vassal et rien ne comptait plus que défendre cette vie.

Dévalant la plaine depuis les collines de Seysses où il avait réduit les contingents de réserve à néant, l'escadron de Simon de Montfort n'était plus qu'à une centaine de toises des combats. Les troupes royales seraient bientôt prises dans l'étau croisé, et la perspective causa au comte de Toulouse autant d'effroi que d'incompréhension.

Dans un accès de panique, il songea à faire donner les milices puis se ravisa. Ces compagnies seraient trop longues à rassembler, plus longues encore à mettre en marche, et se révéleraient inefficaces face aux cavaliers. Reprendre l'assaut contre la ville, interrompu par la charge des croisés, n'apporterait pas plus de secours au roi.

Raimon envisagea alors de se jeter dans la bataille, sans même y croire, tant l'issue semblait inévitable. Se rendre au-devant de la mort, sans esprit ni calcul. Sauver un peu d'estime à défaut de raison. Mais parce que la certitude d'une défaite se faisait désormais jour, que sa mort comme celle de son fils sonneraient la fin de la maison de Toulouse et que le véritable enjeu, qu'il était seul à connaître, dépassait le sort d'une bataille, il renonça.

Préserver leur vie, coûte que coûte, pour qu'un espoir subsiste, aussi faible soit-il. Et le regard qu'il adressa à son fils acheva leur douleur. Il n'y aurait point de charge audacieuse, de lames toulousaines tirées au clair pour venir au secours de leurs alliés. Point de glas dans l'honneur. Le comte de Toulouse se tiendrait à l'endroit où on l'avait relégué, loin de la tuerie, à maudire ce destin qui semblait s'acharner.

Dans sa détresse, il manqua le coup de grâce porté par l'escadron de Montfort. Lancé au grand galop, ce dernier s'engouffrait furieusement dans la mêlée, brisant tout sur son passage.

Gaucher bataillait au milieu des ombres lorsqu'une vague puissante ramena les combats vers lui. Un élan brutal fit reculer les lignes et, l'espace d'une seconde, la violence le céda à la confusion. Montfort venait d'entrer dans la bataille.

Sous l'impact de la charge, des intervalles s'ouvrirent, sitôt mis à profit par les croisés qui prenaient l'avantage sur les coalisés. Guillaume des Contres, suivi de Bouchard de Marly, reprit la tête de l'offensive. Les bannières espagnoles reculèrent, mais le roi, lui, continuait de leur échapper.

Gaucher ne l'avait plus revu depuis son apparition fracassante au cœur de la mêlée, et le désordre était tel qu'il craignait de jamais le trouver en vie. Une frénésie sauvage s'était emparée des combattants. Les chocs se faisaient plus furieux, plus féroces. Gaucher lui-même se sentait grisé, comme pris de folie. Il accompagnait la poussée franque, plongeant son épée dans le flanc d'un homme avec une force qui le surprit, puis se détourna pour rejoindre Simon qui venait de faire la jonction avec les autres corps. Sur le visage de son seigneur, Gaucher ne notait aucune euphorie. Tant de choses pouvaient encore échouer.

— Où est le roi ? s'écria Simon lorsqu'il fut à portée de voix.

Gaucher hurla qu'il l'ignorait et se prépara aux reproches de son maître, mais celui-ci était déjà tourné vers d'autres lieux.

— Leur milice tente de reprendre la ville !

Il désignait le pied des collines de Perramon, où des piétons venaient de quitter le camp pour rejoindre la porte de Toulouse.

— Prends ces hommes avec toi et repousse leurs troupes avant qu'elles n'atteignent le pont.

Gaucher fit passer le mot aux chevaliers qui l'entouraient. Au son des cors, plusieurs dizaines de cavaliers francs se détachèrent du front derrière Gaucher, qui partait au galop en direction de la ville.

De son côté, Simon poussait son avantage. Dispersée par les assauts successifs, la cavalerie espagnole abandonnait le terrain et se repliait vers la Garonne où elle espérait trouver refuge. Des centaines de corps gisaient déjà au sol : hommes, chevaux, empêtrés dans les mailles et broyés par les sabots. Le roi pouvait être là, parmi les cadavres, agonisant peut-être. Simon hésita à suspendre l'engagement pour se mettre en quête de la dépouille, mais les Aragonais profiteraient du répit pour se regrouper, avec plus de force si Pierre était encore parmi eux, et la victoire pouvait alors changer de camp.

Hurlant ses ordres en direction de Bouchard de Marly et Guillaume des Barres, Simon reforma aussitôt la ligne. Poussés par leurs seigneurs, les croisés se mirent à la poursuite des fuyards, déterminés à ne laisser derrière eux qu'un champ de morts.

Toulouse

1213

Passé le porche bas, un escalier en pierre s'enfonçait dans l'obscurité.

Les caves creusées sous le château comtal servaient d'ordinaire au stockage de réserves pour l'approvisionnement de la cité. Ici les barriques de vin, là les sacs de farine et les pièces de viande sèche. Des rats venaient encore y mourir, laissant échapper une odeur de charogne, mais l'endroit résonnait désormais de bruits vides.

Chaque soir, les Parfaits trouvaient refuge dans ces souterrains pour échapper aux rafles menées par les membres de la confrérie blanche. Sitôt le départ de Raimon pour Muret, l'évêque Foulques avait organisé des battues dans toute la ville, profitant du couvert de la nuit pour, disait-il, purger les rues de la pouillerie cathare. Il n'y avait guère qu'en ces lieux, protégés par une poignée de gardes fidèles au comte, que les Parfaits pouvaient encore se sentir en sécurité.

Ils avaient regroupé leurs paillasses dans une pièce longue où l'air était plus sec et l'odeur de vin aigre moins forte qu'ailleurs. Pour s'épargner de longues heures d'obscurité, ils avaient également fait provision de torches et de chandelles. Ainsi passaient les veillées, à parler et prier, attendant la venue de l'aube.

Le jour n'écartait pas pour autant tout danger. Dans les quartiers sud, autour de la cathédrale Saint-Étienne où les fidèles de l'évêque avaient l'habitude de se rassembler, les Parfaits étaient fréquemment pris à partie, insultés, menacés. Il arrivait qu'un corps finisse roué de coups dans une impasse ou rejeté par le fleuve en aval de la cité, mais la communauté, même diminuée, restait présente auprès de la population.

Ce soir-là, les conversations étaient rares. On refusait de prêter l'oreille aux nouvelles venues du sud. L'armée espagnole, selon la rumeur, avait été défaite. On annonçait même la mort du roi, ce qui faisait sitôt douter de son fondement. La victoire de Montfort, si elle était avérée, portait en elle trop de conséquences. Pour la ville. Pour le comté. Pour l'espoir que la nouvelle religion tentait de préserver. Raimon vaincu, les cathares seraient à nouveau contraints de fuir, de se cacher au monde. Qui alors pour porter la Parole Sainte ? Qui pour guider les âmes vers le Salut ? Du message, plus rien. Resteraient des mots vides, proférés par des prêtres à la foi erronée.

En un jour tout aurait vécu, songeait Guilhabert qui se préparait au milieu de ses frères à de nouvelles heures sans sommeil. Sur l'issue d'une bataille qui disait tout ce que cette terre avait de contraire à l'Esprit. Ainsi cet enfer, qui n'avait de sens que pour asseoir et servir le Mal, aurait assuré son emprise sur les âmes.

Quatre siècles maintenant que l'Église, poussée au gouffre, avait fait le choix de s'en remettre aux Parfaits. Quatre siècles de martyre où le Saint-Siège, loin d'apporter son soutien, avait encouragé la répression sous le regard de papes qui, par doute ou lâcheté, avaient laissé les massacres se perpétrer. Rhénanie, Italie, Flandres, Champagne, jusqu'en Orient et plus à l'est encore. Les récits des grands bûchers de Liège et de Cologne restaient vifs dans les mémoires. Tant de frères et de sœurs poursuivis, torturés, assassinés, avec pour seul bouclier un message de foi et de paix.

Au vertige qu'il ressentit, le Parfait ferma les yeux et chercha l'appui du mur dans son dos. Personne ne remarqua son geste. Un novice, près de lui, s'était levé pour remplir un bol de bouillon aux épices.

Bertran vint les rejoindre, porteur de nouvelles peu rassurantes. Au-dehors, les conversations confirmaient l'impensable. On n'avait pas de mots assez forts pour évoquer la boucherie de Muret. Des cadavres à perte de vue. Des prairies jonchées de corps. Les milices toulousaines avaient payé un lourd tribut. La débâcle paraissait pourtant si improbable que l'effarement l'emportait souvent sur la détresse.

L'enthousiasme soulevé par l'intervention de Pierre, les forces colossales qu'il était parvenu à rassembler face à des troupes ennemies réduites n'avaient jamais laissé de doute sur l'issue de l'affrontement. On s'inquiétait de la possible réaction de Philippe de France qui, se voyant dépouillé du comté toulousain, pourrait légitimement réclamer justice, mais l'éventualité d'un conflit entre les deux couronnes restait trop lointaine, trop aléatoire. Celle d'une défaite contre les croisés n'avait, elle, jamais été envisagée. Si elle se confirmait malgré tout, le temps que Raimon mettait à rallier la capitale pouvait trouver là une explication. L'inquiétude de voir Montfort pousser son avantage encourageait probablement le comte à organiser sa défense, à rassembler les derniers hommes valides pour renforcer la garnison. La survie de sa cité devait être pour l'heure sa seule préoccupation, et le Franc, qui avait déjà tenté de prendre la place de force, serait impatient de s'en rendre maître.

Mais Dieu Lui-même ne laisserait pas commettre telle injustice, répétaient en tout lieu des familles éplorées. Et le mot rapporté par Bertran achevait le supplice de Guilhabert. Dieu... Derrière ce sang...

Un gémissement dans la pénombre. Guilhabert se leva pour approcher de Loup qui gisait sous une couverture mitée.

Pris dans une échauffourée avec les hommes de l'évêque, son protégé n'avait dû sa survie qu'à l'intervention d'habitants qui l'avaient ramené à demi mort au château. Son visage était méconnaissable, si couvert de plaies et de tumeurs qu'il n'avait plus figure humaine. Des dents manquaient sur la partie gauche de sa mâchoire qui ne fermait plus. D'autres mouvements lui étaient impossibles, comme se lever et marcher, et il avait perdu la vue d'un œil. Guilhabert tentait comme il pouvait d'apaiser ses souffrances, mais lorsque les drogues n'étaient plus assez fortes, on entendait ses prières monter dans la pénombre.

Autant de blessures que le Parfait ne pouvait supporter. Elles n'étaient pas seulement le cri de ces vies détruites. Elles venaient l'accuser lui. Lui reprocher son orgueil et son entêtement. Trop de cruautés avaient été commises. Trop de malheureux sacrifiés à leur lutte. Une position ralliée par la plupart des frères depuis que la victoire de Montfort se confirmait. Si la croisade devait avoir raison de leurs soutiens, alors peut-être fallait-il que la cause s'efface, pour un temps au moins.

Des suppliques que Guilhabert refusait d'entendre, comme il refusait d'endosser la responsabilité de ces horreurs. Point de retraite devant le Mal. Point de faiblesse devant l'ennemi. La vérité triompherait des obstacles. Et la parole de Guilhabert valant sur toute autre, nul n'aurait osé la contester. Mais la lassitude et le chagrin l'emportaient peu à peu sur les cœurs. Le Parfait le sentait, comme il en éprouvait aussi les effets. Alors qu'il avait toujours été habité de certitudes, aucune issue ne lui paraissait certaine désormais.

Un écho le tira de ses réflexions. Un bruit de bois frappant la pierre, venant des profondeurs des souterrains. Aussitôt, Guilhabert tendit l'oreille, rejoint par Bertran, puis d'autres.

— L'un de nous manque-t-il à l'appel ? demanda Bertran, nerveux.

— J'ai verrouillé le portail après mon passage, répondit un autre.

Le bruit continuait d'approcher. Rude et brutal.

— Des membres de la confrérie blanche ? s'inquiéta un troisième.

— Ils ignorent où nous nous cachons, affirma Bertran. Et je les sais trop lâches pour se frotter aux hommes du comte.

Une plainte jaillit soudain entre les pierres, un cri si déchirant que Bertran vit son maître blêmir. L'instant d'après, Guilhabert se précipitait sur une torche, laissant ses frères sans réaction.

— Que pas un de vous ne sorte ! lança-t-il avant de disparaître par une ouverture.

Le passage filait sur plusieurs dizaines de toises, reliant une succession de salles avant de rejoindre l'escalier qui menait vers la surface. Devant ou derrière, on ne distinguait qu'un mur de ténèbres. Guilhabert tenta d'évaluer la distance qui le séparait de l'écho. Le son avait perdu en intensité, mais le Parfait distinguait nettement son origine. Quelqu'un, ou quelque chose, approchait.

Ses pieds s'engagèrent dans le tunnel. Le froid le pénétrait comme un écrin de givre. Des formes glissaient dans la nuit. Rien de distinct. Rien de vivant. Entre tous, un sentiment le dominait, qui n'avait rien de commun avec la peur. La peur, toutes les peurs, pouvait être affrontée. Ce sentiment-là n'avait pas de maître. Il prenait à la gorge et battait au cœur comme le marteau d'une forge.

La silhouette finit par apparaître, confuse d'abord, puis distincte. Étroite, ridicule, un bâton noueux dans une main et le visage rentré sous un capuce gris.

— J'ai tant espéré ce moment, fit Malaki.

Les questions se mêlaient, se fondaient, se heurtaient dans la tête du Parfait. Sur la présence et les intentions de cet être. Sur la manière dont il avait échappé à la surveillance des gardes et parcouru les souterrains dans la nuit la plus totale. Il les écarta d'une pensée, se fermant à toute émotion, mais sa gorge faillit au moment de parler.

— Hors d'ici, suppôt !

Le moine avança en pleine lumière, à distance suffisante toutefois pour garder son visage dissimulé.

— Je ne suis point venu en ennemi.

Sa voix vibrait entre les pierres, enfermait l'espace dans une douceur glaçante. Il se mit à examiner les murs, le sol, la voûte noircie.

— Pour un ordre béni par la Lumière, se voir rejeté en un lieu si sombre…

Guilhabert sentait la présence du moine dans chaque partie de son corps, jusqu'à ses os qui pesaient une vie de peines. Mais de tous les dangers, il redoutait surtout ses propres réactions, conscient que pas une pensée, pas une attitude n'échapperait au démon.

— Les armées d'Espagne ont été balayées, annonça froidement Malaki. La croisade se rendra bientôt maître de la cité et vous n'aurez plus un endroit où fuir.

Il mentait. Il devait mentir, se persuadait le Parfait. Ses paroles se jouaient des fourberies et des réalités. Il continuait d'ailleurs, suave et malin.

— Résister n'a plus de sens. Je vous le dis, ce combat que vous menez n'en est déjà plus un.

Guilhabert gardait le silence, conscient que son esprit ne concevait rien de clair ni de certain.

— Cette terre est nôtre, poursuivit le moine. Ce monde que vous prétendez vouloir sauver vous est étranger.

— Ce monde m'indiffère, répliqua le Parfait qui retrouvait un peu d'assurance. Nous sommes ici pour les âmes que vous tenez enfermées.

Il sentait le froid le traverser par vague, allant et venant au rythme des formes qui tournaient autour d'eux.

— Vous vous préoccupez d'enfants qui n'agissent que par caprices ou intérêts, qui ne s'inquiètent ni des conséquences ni de la portée de leurs actes, répondit Malaki. Nous connaissons leurs rêves.

Nous savons ce que ces âmes désirent. Mieux que vous, nous leur offrons ce qu'elles souhaitent.

— En les obligeant à se corrompre et s'avilir.

— Ces âmes ne sont soumises à aucune contrainte, quoi que vous en pensiez.

— Alors laissez-nous agir. Laissez-nous leur dire le choix qui s'offre à elles.

Guilhabert mesurait combien le moine prenait d'ascendant sur lui, combien la peur qu'il inspirait l'empêchait de réfléchir.

— Vous vous méprenez, maître Parfait. Il ne s'agit point de juger qui de votre parti ou du nôtre doit l'emporter, qui de l'esprit ou de la matière nous est supérieur. Les vivants sont, tout comme vous, pourvus de sens et de raison.

— Que vous trompez par la ruse et la fourberie!

Malaki inclina la tête puis la releva légèrement, de sorte que Guilhabert pût apercevoir son visage.

— Je mesure votre peine, n'en doutez point, et je peux y mettre fin, comme à celle de ce frère que vous tentez désespérément de maintenir en vie.

Malaki avait prononcé ces mots avec un tel détachement, une telle hauteur, que Guilhabert ressentit plus qu'une provocation. Le moine reprit :

— Vous gardez l'espoir que les vivants, un jour, marchent dans les pas du Christ. Soit. Vous prétendez défendre une noble cause. Je l'entends. Nous affirmons nous aussi défendre une cause noble. Mensonge encore, direz-vous. Je dirai moi que vous méconnaissez la nature profonde des âmes, avides autant de frissons et d'interdits que de paix et de grâce. Avides de fièvre, oui, et point seulement de cet amour exalté dont Dieu vous a faits les chantres. Vous cherchez à faire d'elles des demi-êtres, des individus sans substance, dépourvus de sentiments. Notre tort, à vos yeux, serait de les livrer à leurs instincts. Je le concède. Ce que nous leur promettons va bien au-delà d'une éternité béate. Là est l'enjeu, frère Guilhabert. Entendre les âmes comme nous les entendons, point comme vous les espérez.

— Il n'existe qu'une vérité, rétorqua Guilhabert qui sentait le rythme de son cœur s'accélérer.

— En cela je vous rejoins. Mais vous concevez mal cette vérité. Car c'est en se confrontant à sa part la plus sombre qu'une âme peut comprendre et accepter Dieu. Sans cela, rien ne peut être. Ni grandeur ni absolu.

— Et au prix de combien de cruautés ? Pour l'accomplissement de quelles chimères ? Si vite oubliées qu'elles ne laissent derrière elles que plus de peur et de désespoir.

— C'est là l'essence même de notre combat. Nous jugeons le nôtre nécessaire. Le vôtre est une impasse dont vous devez vous extraire.

La flamme de la torche se mit à vaciller, bien qu'aucun souffle ne passe dans les souterrains. Elle menaça de s'éteindre puis reprit sa forme longue, son bercement souple.

Malaki tourna son regard derrière le Parfait.

— Approchez. Venez vous joindre à nous.

Guilhabert se tourna au moment où son *socius* sortait de l'obscurité. Bertran avançait, un œil sur le Parfait, l'autre sur le moine, sans savoir lequel suscitait chez lui le plus d'inquiétude.

— Retourne auprès des nôtres ! ordonna Guilhabert dont l'expression disait tout son trouble.

— Loup vous réclame, répondit Bertran.

Guilhabert lui tendit une bourse de cuir qu'il ôta de sa ceinture.

— Donne ceci à Pascau. Il saura quoi faire.

Bertran hésitait, pris entre l'expression de son maître dont les yeux imploraient secours et son attirance inexplicable pour le visiteur.

— Obéis ! s'écria Guilhabert.

Bertran finit par reculer, plus inquiet encore, puis s'effaça. Guilhabert attendit que les pas s'éloignent pour revenir vers Malaki.

La flamme de la torche avait gagné en intensité. Elle soulignait les traits du moine avec plus de précision, leur donnait une forme nouvelle, plus dure, qui transpirait la froideur et l'arrogance.

À l'observer ainsi, Guilhabert fut pris à la gorge. Une image lui vint à l'esprit, une image de son être plein d'une force brutale, tourné vers un seul but, une pensée meurtrière. Il suffisait d'un pas, de serrer les doigts sur ce cou frêle. Un pas, un geste, et les pouvoirs s'en trouveraient bouleversés. Il ferma alors les yeux et chercha au plus profond de son être une pensée qui saurait l'apaiser.

Un visage apparut, parmi des milliers, une silhouette à la chevelure argent qui venait le visiter lorsqu'il était enfant. Dans ses songes, elle était vêtue d'une longue robe noire, toujours la même robe. Sa peau était sombre et son œil noir. Il avait d'abord éprouvé de la peur à voir cet être qui le fixait sans rien dire, dont les traits disparaissaient au réveil et revenaient chaque nuit, plus réels. Puis lorsqu'il avait été en âge d'entendre, elle avait posé ses mains sur son front et Dieu était venu.

Lorsque le Parfait ouvrit les yeux, apaisé par le souvenir, tout ressentiment avait disparu. En une seconde, tout lui revint. Il dévisagea le moine, songeant à ce qu'il restait de lui. Puis il parla :

— Vous avez gagné, suppôt. Si ce que vous prétendez est vrai, si l'Église est parvenue à ses fins en marchant sur les corps de milliers de chrétiens, alors je laisse à ce monde notre souvenir et à vous le loisir de le gouverner. Mais entendez ceci. Si notre histoire doit s'achever cette nuit dans cette cave, ou demain sur un bûcher, elle aura existé. Si vous devez effacer nos traces, les guerres, elles, laisseront leurs empreintes. Cette croisade dont vous clamez si opportunément la victoire aura prouvé combien vos racines sont fragiles. Un jour, on se demandera quels torts avaient pu commettre nos frères pour susciter une telle haine, et les consciences s'éveilleront. Vous pourrez salir notre cause, nous accuser des pires vices, vous trouverez des âmes plus fortes, plus libres, qui révéleront au monde notre existence. Maintenant, suppôt, retournez ramper auprès de votre maître. Je vous abandonnerai nos dépouilles le jour où vous daignerez les emporter. Avant cette heure, vous nous trouverez parmi les peuples, au service de Dieu.

Durant un bref instant, le regard de Malaki changea. Guilhabert crut voir les traits de son visage se tendre avant de redevenir lisses, puis glacés. Le moine recula. Un pas après l'autre. Lentement. Jusqu'à disparaître dans la nuit.

— Comme je me réjouis, tonna sa voix dans les ténèbres. Comme je me réjouis des instants d'agonie que vous vous apprêtez à vivre.

Guilhabert ne se souvint pas du temps où il resta seul, ni de l'heure qu'il mit à rejoindre ses frères. Lorsqu'il les retrouva, la cave était silencieuse, éclairée par deux chandelles, dont une qu'on s'empressa d'éteindre pour économiser le suif.

Bertran était à genoux près de la paillasse où Loup reposait. À ses côtés, un frère tirait une couverture sur le cadavre.

Le regard de Guilhabert passa sur les visages sales, maigres, épuisés, vidés de cette force qui les avait tenus en vie toutes ces années.

Et à son tour, il ne sentit plus rien.

Chapitre VI

« Encore un peu de temps, et vous ne me verrez plus. »
Jean, XVI, 19

Rome

1215

Debout sous les chapiteaux de la basilique Saint-Sauveur, à l'ombre du palais qui l'avait vu naître pape, Sa Sainteté Innocent III considérait la dernière marche de son œuvre.

Quatre cents évêques et archevêques, huit cents abbés et prieurs. Les empereurs, les rois, les princes et les barons représentés. On n'avait plus vu telle assemblée depuis le premier concile de Nicée, neuf siècles plus tôt. Tous les pouvoirs de la chrétienté, réunis sous une même croix. Par lui. Pour lui. L'avènement d'un règne, qui donnerait naissance à une ère nouvelle, glorieuse, éternelle.

Une heure de sermon était passée pour rappeler les efforts accomplis depuis les premières réformes du pape Grégoire VII. De la moralité des clercs aux conquêtes en Terre sainte, de l'affirmation d'un Dieu unique à la condamnation des schismes, Innocent III s'était érigé en gardien des principes sacrés, continuateur des volontés célestes, s'accordant la part belle dans l'éclat de Rome retrouvé. À travers la grande histoire du monde, son ministère serait parmi ceux qui comptent, et l'ambition de ce concile consacrait son couronnement.

Une gloire insignifiante au regard des affres qu'il endurait.

Sur le caractère indivisible de l'Église et l'affirmation de sa suprématie dans le concert des États, les réactions de la foule poussaient son dégoût à la nausée. Des veaux, rageait le Saint-Père en son for. Des veaux pendus comme sacs aux pis d'une vache grasse. Et fi donc si le lait avait un goût de sang. Pour eux ses sacrifices. Pour eux ses angoisses et ses espoirs. Pour ces panses larges, ces coffres lourds, ces esprits inutiles. Quelle colère il éprouvait en cet instant. Quel désespoir et quelle colère à les voir se féliciter de son œuvre, se réjouir de ses succès, pour les détourner aussitôt à leur profit. Et puisqu'il en était de leurs intérêts comme de celui du Divin, leur plaisir n'en était que plus grand.

Le flot ne tarissait pas pourtant. Les paroles se succédaient dans une mécanique parfaite et captaient l'attention sans qu'il ait besoin de lever la voix, tandis que son corps, dans ses tréfonds, achevait de se fendre. Cette sensation de n'être plus tout à fait là, de ne plus ressentir ni le temps ni le monde, et d'appartenir pour moitié au prochain.

Deux ans maintenant que le souverain d'Aragon avait péri. Deux années. Et le drame le consumait toujours avec la même vigueur.

Il se remémorait avec clarté le jour où la nouvelle lui était parvenue. Sa conscience encore prise de sommeil s'y était d'abord refusée avant d'être saisie par l'effroi.

Le coup avait été si rude que son cœur, au souvenir, en éprouvait une douleur égale. Sa peau se mettait à transpirer. Ses poumons à s'étrécir. Il prenait conscience du froid, pas de l'air, mais de son propre sang. Les secondes passaient, infinies, puis l'air revenait. Frais, puissant. Il pouvait de nouveau bouger, sentir la chaleur parcourir ses veines. La douleur, elle, ne passait pas. Et les détails du trépas, que l'on se rappelait parfois pour conjurer l'impensable, achevaient son supplice.

Percé d'un coup de lance, le corps de Pierre n'avait été découvert que bien après la fin de la bataille, alors que les croisés sortis de Muret pour achever les blessés n'avaient rien laissé aux cadavres. Armes, armures, bottes, braies, colliers, bagues et bracelets avaient ainsi été escamotés, de sorte qu'on ne pouvait distinguer les chevaliers des sergents, les comtes des écuyers, les nobles des roturiers.

Ce fut Simon de Montfort qui l'identifia, dit-on. Nu dans le vaste charnier, gisant au milieu des fidèles qui avaient tenté de lui venir en aide, sa lourde masse toujours au poing. La force de deux hommes avait été nécessaire pour lui retirer.

Si le baron avait rendu les honneurs au roi, les conditions dans lesquelles Pierre avait succombé ajoutaient la sidération au malaise.

N'eussent été les témoins, on aurait dénoncé la fable à grands cris. Imaginer cette grande armée vaincue en un jour par un millier d'hommes. Penser que le roi, loin de se tenir à distance, s'était précipité au plus fort des combats sans mesurer le risque qu'il faisait courir à sa personne, à son sang, à sa maison. Songer enfin que la Providence se choisirait pour héraut un régicide.

Cette perte, aussi invraisemblable que tragique, avait connu un fort retentissement dans toutes les cours d'Europe. Princes et souverains avaient porté ouvertement le deuil et montré avec vigueur leurs divergences sur la question albigeoise. Jusque dans l'entourage du pontife, on se lassait d'un conflit dont le coût ne se mesurait plus seulement en hommes ou en impôts. Les tenants d'une solution définitive, prêchant pour l'unification du Languedoc sous bannière franque, attiraient toujours plus de partisans. Et Simon de Montfort, loin de rester inactif, avait largement œuvré en ce sens.

Dès la victoire acquise, il avait mené son armée au cœur du Quercy, de l'Agenais et du Rouergue, soumettant les seigneurs, pillant les places, ralliant les nobles par la terreur lorsque la situation l'exigeait. En seulement six mois, il s'était rendu maître de la totalité des domaines de Raimon VI, à l'exception de la capitale, qu'Innocent, prévoyant, avait placée sous sa protection.

Depuis, pas un jour sans que le désastre albigeois soit évoqué, pas un jour sans que l'on somme le Saint-Siège de trancher sur le sort du comté, pas une heure sans que l'esprit d'Innocent se ronge : conserver Raimon dans ses titres ou nommer l'assassin royal sur le trône.

Pressé de toute part, incapable de se résoudre au choix, Innocent avait finalement confié l'instruction de l'affaire aux évêques. On avait aussitôt salué l'initiative, ignorant tout de ses véritables intentions.

Éprouver les désirs de Dieu et connaître le visage de Ses ennemis, tels avaient été les tourments de son existence. Innocent en avait accepté la charge, depuis le soir où il avait eu connaissance de la prophétie. Mais si confier le sort des âmes aux Parfaits était le dessein véritable du Créateur, alors ce serait ici, à cette tribune, et par la voix de Son représentant sur terre, qu'Il ferait connaître Son désir. De toutes ses forces, Innocent prierait les évêques d'adopter la clémence. De tout son cœur, il implorerait d'épargner la maison de Toulouse. De tout son pouvoir, il pèserait sur les consciences. Et si c'était là l'ambition de Dieu, s'il fallait que l'Occitanie soit préservée pour permettre aux Parfaits de survivre, alors Sa parole l'emporterait. Parce que rien dans ce monde ne pouvait s'opposer à Sa Volonté. Et ce serait la preuve incontestable qu'Innocent attendait.

—Ainsi, mes frères…

Il laissa sa voix s'éteindre avec l'écho, parcourant ses notes pour y puiser l'énergie qui lui faisait soudain défaut.

—Ainsi, mes frères… ce n'est point le sort d'un seigneur dont vous aurez à débattre en ce lieu, les errements ou les crimes d'un homme, les ambitions ou les responsabilités d'un autre, car ceci relève du jugement de Dieu, et de Dieu seul. Raimon de Toulouse a péché, à bien des titres, et vous aurez connaissance tout au long de ce procès des faits qui lui sont reprochés. Vous entendrez les témoignages. Vous considérerez les preuves. Et vous conclurez sans réserve à sa culpabilité.

Le Saint-Père marquait ses pauses de regards soutenus.

—Raimon de Toulouse a péché, oui. Contre l'Église. Contre son peuple. Contre lui-même. Rien ni personne ne pourra le contredire. Nous lui avons accordé notre confiance, il l'a trahie. Nous avons pardonné ses écarts, il les a renouvelés. Nous avons multiplié les offres de paix, il les a rejetées. S'entêtant dans la révolte, ignorant du danger qu'il faisait courir à la chrétienté entière, Raimon de Toulouse aura commis les pires crimes. Mais la question, je vous le dis, n'est point de savoir quel châtiment conviendra à sa faute, car il n'est de châtiment plus grand que ceux infligés par le Céleste. Ce qui devra occuper votre esprit, jusqu'à vous ôter la faim, la soif et le sommeil, c'est la connaissance pleine et entière de la tâche que le Seigneur nous a confiée. Essentielle entre toutes. Cette même tâche que le Christ confia aux apôtres avant de s'élever au Ciel. Convaincre. Convaincre plutôt que punir. Convaincre plutôt qu'opprimer.

Il dirigeait son doigt vers le ciel, le pointant avec force pour appuyer son propos.

—En ceci, mes frères, préservons-nous de nos instincts. La faute reconnue doit être graciée. Le péché avoué doit être absous. Car c'est en faisant œuvre de justice et de miséricorde que l'Église rassemble et prend son nom d'Universelle.

Il s'arrêta pour juger des réactions. Justice, miséricorde, comme ces mots passaient sur ces mines négligentes. Et comme l'esprit de guerre suffisait à les transporter.

Dans les consciences du temps, la gloire de Dieu ne s'affirmait qu'en Sa toute-puissance, et cette toute-puissance ne pouvait s'exprimer que dans l'œuvre de mort. De pardon et d'amour, il n'était question. Qu'on persuade les souverains de conquérir Jérusalem, et sitôt les regards s'illuminaient. Qu'on les somme de contraindre les juifs ou de traquer les hérétiques, et les têtes s'inclinaient de contentement. Mais aux appels à la paix répondait la même indifférence, la même désaffection.

— J'ai voulu ce concile pour ces raisons, reprit Innocent. Encourager le renouveau spirituel. Revenir au sens profond de notre mission. Rappeler que nous aurons, à notre tour, à rendre compte de nos actes. Et votre sentence sur l'affaire occitane sera, n'en doutez pas, notre message au monde. Elle devra peser ce qui relève du Juste et du Malin, ce qui relève de la volonté d'un homme de protéger son bien de celle du criminel résolu à nuire. Raimon de Toulouse, dans son opposition à la croisade, n'a point choisi de nous défier. J'en ai ici la conviction. En abdiquant cette année au profit de son fils, en se reconnaissant indigne de conserver ses titres, il paie le prix de ses erreurs. Un prix élevé mais un prix juste. Ces erreurs devraient-elles échoir à sa descendance ? Cette maison de Toulouse, issue des grandes lignées de France, d'Angleterre et de Saint-Gilles, qui a si bien servi l'Église en son temps, devrait-elle être mise au ban de la chrétienté, rejetée de la maison de Dieu ? Je ne le crois pas.

Il s'essuya les lèvres, pris de cette lassitude du corps qui lui était désormais familière. Comme les heures passaient, songea-t-il. Comme les années s'étaient évanouies. Ses premiers souvenirs lui revenaient comme des images d'hier. À la vue de ces rangs innombrables, entassés bien au-delà du portail de la basilique qu'on avait laissé grand ouvert, il prenait la mesure de son triomphe comme de ses échecs. Quatre cents évêques et archevêques, huit cents abbés et prieurs, venus à son appel… mais qui n'entendaient rien.

— Ceci est une occasion unique, mes frères.

Il martelait son pupitre, usant ses dernières forces.

— Nous avons ici l'opportunité de nous élever plus haut. De redevenir cette flamme dans l'obscurité. Et cette opportunité, je vous l'affirme, ne dépend que de notre volonté à la saisir.

Il croisait maintenant les mains, et les cardinaux du premier rang purent voir qu'elles tremblaient.

— Mesurez l'importance de ces heures, mes frères. Pesez l'affaire. Jugez les faits. Rappelez-vous les paroles du Christ, la foi nécessaire en tout être. Ensuite, rendez verdict. Un verdict juste. Un verdict de paix.

Puis, visage dressé :

— Que le Ciel vous guide !

L'après-midi s'achevait.

Le Saint-Père avait choisi un banc face au soleil, réclamant d'être seul pour profiter de la lumière du jardin. Il ne se lassait pas de sentir la chaleur sur son visage. Elle donnait plus de vigueur à son sang, plus de clarté à ses pensées, si bien qu'il sentait moins les douleurs auxquelles son corps le soumettait.

Les robes allaient et venaient dans les galeries du cloître. Il chercha la présence de Malaki à l'ombre des arches. D'ordinaire, le petit moine ne quittait jamais son entourage. Il lui arrivait maintenant de s'absenter. De longues périodes. Sans motif véritable.

Des rumeurs le disaient proche du cardinal Savelli, un homme qui n'avait jamais pardonné sa mise à l'écart du gouvernement et briguait ouvertement la succession, mais Innocent était trop las, ou trop préoccupé, pour s'en irriter.

— Des paroles magnifiques, Votre Sainteté.

Le Saint-Père tressauta, puis s'apaisa en découvrant le visage de Dominique de Guzmán.

— Je ne suis pas certain que votre avis sur mon discours soit partagé par tous, répondit le Saint-Père, morne.

— Il a touché les cœurs, j'en suis certain.

— Mais ce ne sont point les cœurs qui commandent.

— Vous devriez me visiter plus souvent pour vous en persuader.

Pris d'un élan, le Saint-Père voulut serrer les mains du frère, puis se ravisa. Il invita toutefois son visiteur à prendre place sur le banc, faisant fi de tout protocole.

Innocent avait suivi avec intérêt les succès de Dominique en Languedoc et citait souvent son exemple lorsqu'il évoquait ses projets pour l'Église. Durant les années où la guerre avait fait rage, l'abbaye de Prouilhe dont il avait la direction avait œuvré sans relâche au secours des malheureux. Si le millier de clercs rassemblé au Latran avait été animé par la même foi, regrettait Innocent, l'Église n'aurait plus à craindre de dissidence. Mais il savait aussi combien son amitié pouvait nuire, car il en était du pouvoir comme d'une arme. Aussi se gardait-il de trop montrer son attachement, pour que son frère n'ait point un jour à en souffrir.

— L'espoir est là, déclara le pape tandis que Dominique lui rapportait des nouvelles du Languedoc. Dans ce que vous accomplissez au quotidien. C'est pourquoi j'ai donné mon accord pour que vous preniez la tête de ce nouvel ordre auquel on donne le nom de Frères prêcheurs. Ne me remerciez point, non! Peut-être est-ce la seule décision dont je pourrais être fier.

— Vous vous jugez bien durement.

— Ainsi que l'Histoire le fera probablement.

Dominique se retint d'exprimer son inquiétude. Le ton du Saint-Père laissait entendre une forme de renoncement, de résignation, qui n'était pas dans son caractère.

— En de nombreux cas, votre action aura porté ses bénéfices. L'Angleterre soumise. La France ralliée. Le Saint Empire réunifié.

— Plus de pouvoir aux puissants.

— Des puissants dont nous avons désormais l'oreille. Auprès desquels il sera plus facile d'agir. Vous-même l'avez rappelé. La paix est revenue. La prospérité. Et avec elles, l'influence de l'Église.

Le Saint-Père eut un mouvement de tête avant de répondre.

— Longtemps j'ai cru que Dieu m'avait confié ce trône pour rétablir l'Église dans son droit. Pour qu'elle rayonne à nouveau sur les peuples. Vraiment je l'ai cru. Et j'ai agi selon ce vœu. Sans répit.

Il avait le regard perdu, comme s'il espérait une voix qui ne venait pas, puis il interrogea:

— Avez-vous reçu nouvelles du concile?

— Je me suis retiré dès l'entame des débats, reconnut Dominique. Mais vos mots auront porté, j'en suis certain.

— De loin le discours le plus sincère que j'ai eu à prononcer.

— Je le crois, Votre Sainteté. Je le crois.

Le Saint-Père tourna son visage vers le soleil. Alors que les deux hommes s'étaient croisés la veille, Dominique aurait juré que ses traits avaient vieilli.

— Les Parfaits… un nom bien étrange pour des adorateurs du Diable.

Le frère s'étonnait que le sujet soit ainsi abordé. Même en privé, le Saint-Père ne l'avait jamais interrogé si directement.

— Vous qui les avez côtoyés, quelle impression vous ont-ils faite ?

— Des hommes de foi à n'en pas douter. Mais qui se trompent de message.

— Et nous, Dominique ? Et nous ?

Sa voix mourut au moment où une silhouette pénétrait dans les jardins. Dominique sentit la main du Saint-Père se poser sur son bras.

— Quoi qu'il arrive, promettez-moi de poursuivre votre œuvre.

— Votre Sainteté ?

— Promettez-moi, Dominique. Promettez-moi que cela au moins restera.

Avant que le frère puisse répondre, le cardinal Cencius Savelli arriva à leur hauteur. Son Éminence s'inclina sobrement.

— Votre Sainteté, je souhaiterais vous entretenir en privé.

— Ce que vous avez à me dire doit probablement être su par la moitié du Latran à cette heure, répondit Innocent qui retenait Dominique de le quitter. Procédons sans détour.

Savelli toisa Dominique puis, prenant acte, poursuivit :

— Le concile m'a chargé de vous rendre compte de la décision soumise à votre autorité.

Chargé par lui-même, supposa le Saint-Père, jugeant le plaisir évident que le cardinal prenait. Tenant d'une ligne dure, Savelli avait su jouer des hésitations d'Innocent pour affirmer sa position auprès des cardinaux et s'assurer de leur soutien le moment venu.

— Poursuivez, ordonna sèchement le pape.

— Sollicité par Votre Sainteté, le comte de Foix a pris la parole au nom du parti occitan. Il a confirmé l'acte de capitulation de Raimon VI et demandé que l'héritier des Toulouse ne soit point dépossédé. N'étant plus dépositaire des titres de son père, placés sous votre tutelle dans l'attente du jugement, Raimon le Jeune nous a assurés de sa loyauté et implore notre clémence dans l'espoir d'être réhabilité.

— C'est chose entendue.

Savelli inclina la tête et reprit.

— Comme nous faisions état des récidives dont les seigneurs occitans se sont montrés coupables, le seigneur de Foix n'a fait aucune difficulté pour reconnaître ses torts. Au passage, il a fort habilement fait entendre que Raimon VI acceptait sa déchéance, mais que remettre le comté à Simon de Montfort revenait à condamner son fils à mort pour des fautes qu'il n'avait point commises, ajoutant que rien, dans les actes et pensées du prince, ne méritait tel sort.

— Sur ce point également nous nous rejoignons.

Savelli marqua son agacement.

— La vérité en toute chose étant question de vue, celle du frère Foulques de Marseille était à cet endroit fort édifiante.

— Est-ce cet évêque qui avait en charge le diocèse de Toulouse ?

— Le mieux à même de juger des méfaits accomplis, Votre Sainteté. À ce titre, il a rappelé les complicités dont ont bénéficié les hérétiques au sein des grandes familles d'Occitanie. Il a également fait rapport des crimes et assauts portés contre les armées du Christ comme de toute exaction commise au préjudice de l'Église.

— Et à celui de Dieu ?

Le cardinal tressaillit.

— Je n'entendais pas que leur intérêt fusse différent.

— Laissez-moi libre d'en juger. Allons plutôt au fait.

Dominique les observait, stupéfait, ignorant des rivalités qui se jouaient en coulisses.

— Après avoir entendu les différentes parties, le concile a délibéré et reconnu Raimon VI coupable de complicité d'hérésie, de violation de la paix civique et d'atteinte à la paix des âmes. Les évêques dans leur ensemble demandent que la déchéance de Raimon VI soit confirmée et que la gouvernance du comté soit confiée à Simon de Montfort. Charge au seigneur franc de poursuivre la traque des hérétiques par tous les moyens nécessaires. Les évêques demandent également que le comté de Foix demeure sous mandat de l'Église jusqu'à la conclusion d'un supplément d'enquête.

— Un jugement sans appel, fit Dominique d'une voix morne.

— Mais qui reste soumis à mon accord, ajouta le Saint-Père en forme de défi.

Et Savelli aussitôt se dressa, prêt à s'élever contre les paroles du souverain, alors que l'attention d'Innocent se portait brusquement vers les arches. Une ombre l'avait attiré. En partie dissimulée par une colonne, la silhouette d'un moine à taille d'enfant. Son regard froid donnait l'impression de contempler une œuvre. Son œuvre.

— Frère Malaki vous accompagne ?

Savelli suivit le regard du pape.

— En effet, oui.

— Vous dirai-je assez combien l'homme est dangereux ?

— Ce qui le rend plus attachant à mes yeux. Souhaitez-vous que je fasse connaître vos ordres aux évêques ?

— Le moment venu, je prendrai le temps nécessaire pour faire connaître mon avis.

Savelli se retira sur ces paroles, considérant sa mission achevée et les risques qu'il encourait à prolonger l'échange. L'ombre de Malaki se fondit dans celle du cardinal lorsqu'il quitta les jardins. Et dans un souffle d'air, soudain plus frais, Dominique entendit le Saint-Père pleurer.

Toulouse

1216

Un dernier convoi quittait le château narbonnais, emportant avec lui coffres et archives, sous la protection du capitaine des gardes Hugues d'Alfaro.

La veille, Raimon avait convoqué ses gens, une douzaine d'hommes et de femmes, quand sa maison en comptait dix fois plus quelques semaines plus tôt. Les adieux avaient été courts. On s'était épargné trop de paroles. Mais le comte avait tenu à prendre un temps avec chacun. Il signa ensuite ses derniers ordres et remit les dons qu'il lui était encore possible d'administrer, avant de s'enfermer dans la grande salle en compagnie de son sénéchal.

Les deux hommes passèrent ici leur dernière nuit, mangeant, parlant, buvant en quantité de ce vin minervois dont Raimon raffolait. Ils évoquèrent ensemble les souvenirs d'une cour qui faisait la fierté des Toulouse.

Une nuit entière loin de la guerre.

Le jour venu, l'âme et le corps lourds, Ricaud quitta son maître pour rejoindre la délégation qui devait se porter au-devant des croisés.

Dès la sentence du concile validée par le pape, Simon de Montfort avait mis son armée en ordre de marche et fait prévenir les consuls de Toulouse de son arrivée. Son courrier ne faisait aucune mention du comte déchu et ne montrait pas d'intention de le poursuivre, mais Raimon ne comptait prendre aucun risque. Les croisés campant à moins de deux jours de cheval, il prendrait la route avant le soir. *Faydit* à son tour. Noble sans titre, seigneur sans fortune, à l'exception d'une rente de quatre cents marcs d'argent prélevée sur les revenus de ses anciens fiefs sous réserve d'une soumission pleine et entière aux injonctions de Rome.

Ses derniers fidèles l'avaient pressé de s'en remettre au pontife. On disait le Saint-Père contrarié par la décision des évêques et disposé à la clémence pour peu que des assurances solides soient apportées sur le traitement de l'hérésie. Mais ce dernier combat, Raimon l'avait refusé. Tous aspiraient à la paix désormais, et lui plus que tout autre.

Seul, il parcourut les entrailles de sa forteresse. Meubles, linge, tapisseries et vaisselle avaient été cédés aux premiers offrants. On avait distribué les dernières réserves de vin et de nourriture pour que rien ne soit saisi à l'arrivée des Francs. Dans les salles vides, balayées de vents froids, l'atmosphère était si pesante que Raimon monta chercher l'air.

Debout sur le chemin de ronde, son regard put embrasser les toits embrumés de sa ville. Sa *Tolosa*.

Dans l'exil qui s'annonçait, Raimon se demandait quel visage il conserverait de sa capitale. Sur ordre de Montfort, les travaux de démantèlement avaient débuté. En seigneur prudent, le nouveau comte redoutait qu'une révolte n'éclate dès sa prise de pouvoir et avait décidé d'abattre les défenses, à l'exception du château narbonnais qu'il conserverait comme résidence.

Pour éprouvante qu'elle fût, Raimon estimait la décision raisonnable. Les ravages causés pour affaiblir la cité limitaient déjà son approvisionnement. Les routiers attachés au service de Raimon, libres d'engagement, se livreraient bientôt au pillage pour assurer leur subsistance. Misère et famine s'abattraient comme lèpre sur le pays, et les nouveaux seigneurs auraient peu de temps pour éviter la fronde. Loin de s'en réjouir, Raimon pensait à ses sujets que le conflit précipitait dans le malheur et s'en tenait autant pour responsable.

Une peine qu'il partageait avec le comte de Foix, auquel il projetait de rendre visite sur la route de son exil. Le pauvre homme se rongeait de n'avoir mieux défendu le parti des Occitans lors du concile du Latran et considérait sa propre fortune comme une seconde trahison. Après avoir confirmé la déchéance des Toulouse, les évêques avaient accepté de lui conserver ses titres à condition que son château demeure sous mandat de l'Église. Raimon-Roger n'y voyait là aucune estime, juste la volonté politique de ne point s'aliéner les seigneurs d'Aragon qui restaient suzerains de ses terres. Il avait donc accepté la tutelle, avec la certitude d'avoir cédé son âme.

Bien loin des rancunes, Raimon savait gré au vieux seigneur d'avoir tenu l'épée à ses côtés, jusqu'au bout, et de s'être exposé au jugement des évêques dont tous connaissaient l'issue. Nulle grâce espérée, nulle grâce rendue. Chaque camp avait manœuvré pour son profit. Et malheur au vaincu.

Dès sa visite rendue au comte de Foix, Raimon rejoindrait Éléonore auprès de sa famille en Catalogne. De là, l'Aragon. Le seigneur Blasco de Alagón, l'un des rares survivants de Muret, lui avait assuré bon accueil et comptait sur ses conseils dans les intrigues qui se nouaient autour de la régence. Une manière aimable de le considérer comme l'un des leurs, mais qui ne masquait en rien son propre échec.

Surgissant sur le chemin de garde, le jeune Valens s'arrêta à une toise, respectant le recueillement du vieux Toulouse. Le regard perdu dans les brumes, enroulé dans son manteau de laine, Raimon donnait bien le sentiment de veiller un mort.

Ce dernier s'aperçut de la présence du jeune *faydit*. Le chevalier ne quittait plus ses parages depuis l'expédition de Saragosse qui avait fait naître tant d'espoirs, à une éternité de là.

Sa venue sonnait l'heure du départ, et Valens précéda le comte dans l'escalier qui menait à la cour du château. Une escorte patientait près d'un palefroi que Raimon enfourcha pesamment.

Dans les rues grises, la vie s'était arrêtée. Fenêtres closes, portes barrées. Aux étals des marchands, les articles étaient rares et de qualité mauvaise. Les regards exprimaient partout la même peur, le même chagrin. La même rancœur aussi. Muret avait fait tant de victimes dans la milice qu'on avait dû ensevelir les corps sur place, sans véritable sépulture. On disait que les bêtes avaient achevé l'ouvrage, faute de bras pour enterrer les cadavres. Quant à ceux qui avaient échappé au massacre, beaucoup croupissaient dans les geôles franques, trop pauvres pour couvrir leur rançon, avec la mort pour seule perspective.

Pas un foyer qui n'eut à souffrir d'un deuil. Pas une famille qui n'eut à éprouver le malheur. Et après avoir sacrifié nombre de pères, de frères, de fils ou de maris, Raimon abandonnait son peuple au joug de l'assassin. Ils pouvaient le maudire, oui. Ils en avaient le droit. Raimon refusait celui de s'y soustraire.

Sur les prairies proches du faubourg Saint-Cyprien, les campements étaient maintenant déserts. Dès la fin des combats, les familles chassées par la croisade avaient repris le chemin de leur foyer. Elles les trouveraient pour la plupart en cendres ou dévastés.

Partout dans le pays l'urgence s'organisait. Un toit, du bois, de la nourriture. Pour survivre, on se contentait déjà de soupes maigres et de petit gibiers. Farines et céréales s'échangeaient à prix d'or. Le dénuement était tel qu'on se résignait souvent à fuir vers les régions voisines.

Les derniers Parfaits se tenaient là, sur le parvis de l'église Saint-Nicolas. Avec le départ des réfugiés, beaucoup avaient choisi l'exil ou la clandestinité. Il restait un noyau de fidèles regroupés autour de leur guide, celui-là même que Raimon était venu chercher.

— Nous étions sur le point de prendre la route, dit Guilhabert, venant à la rencontre de Raimon. Le bruit court que les armées du Nord approchent.

— Le bruit dit vrai, confirma le comte qui descendit de cheval pour embrasser son ami. Aurais-tu un moment à m'accorder ?

Guilhabert invita le seigneur à marcher.

Au plus fort de la guerre, le faubourg avait accueilli tant de déplacés que le sol était encore marqué des piétinements et du passage des chariots. Près du puits où ils vinrent s'asseoir, le gel avait rendu les fondrières plus dures que pierre.

— J'ai appris que votre fils s'était rendu en Provence ? s'enquit le Parfait pour entamer la conversation.

— Il refuse de rendre les armes, reconnut Raimon. J'ignore ce qu'il a en tête, mais il jure de ne point prendre de repos tant que nos titres ne nous seront point rendus. Je ne sais si je dois en nourrir fierté ou inquiétude.

La lumière grise creusait son visage au point d'en effacer les traits. Tout lui était effort. Sentir, voir, respirer. Bouger ou battre des paupières. Parler était un supplice. Le silence pire encore.

— Ricaud a quitté mon service ce matin. « Je n'ai plus l'âge de courir les chemins », m'a-t-il dit. Et je n'avais point la force de lui imposer cet exil. Si Montfort est assez raisonnable, il saura prendre son avis pour négocier avec les consuls. Plus vite le pouvoir sera rétabli, plus vite commerces et administrations fonctionneront de nouveau.

— Un vœu qui vous honore.

— Je n'ai aucune amitié à l'égard du Franc, mais il en va du salut de mes gens. Ayant échoué à le préserver, je ne puis qu'espérer qu'un autre y parvienne. Les consuls m'ont fait promesse d'agir au côté du nouveau comte pour le bien de la cité.

La tristesse troublait le regard de Raimon tandis qu'il continuait.

— Montfort n'attendra pas que l'ordre soit rétabli pour vous traquer. On dit qu'il a engagé des Gascons pour se charger de la besogne.

— Les bras ne manqueront pas, j'en suis sûr.

— Je le crains, oui. Et c'est pour cette raison que je voulais t'entretenir.

L'instant dura, lourd, embarrassé, sans qu'aucun ne cherche à l'interrompre.

— Viens avec moi, fit le comte.

— Vous connaissez ma réponse.

— Celle que tu m'as faite lorsque je t'ai supplié de fuir la croisade.

— Identique en tout point.

— Le pays est perdu, insista Raimon. Nulle part vous ne serez en sécurité. Ceux qui vous soutenaient hier seront impuissants à vous protéger. Les autres causeront votre perte.

— Je le sais, oui.

Le Parfait s'interrompit et prit une longue inspiration.

— Mais il n'y a plus rien à défendre désormais.

Raimon se tourna vers Guilhabert, qui tenait son regard rivé sur le sol. Alors il comprit.

— Tu renonces…

Comme le Parfait avait redouté cet instant… et comme il y avait songé depuis la mort de Loup. Mais il devait cet aveu au comte, aussi ne chercha-t-il aucune excuse pour s'en distraire.

— Il est inutile de nous mentir. Le jour est proche où le dernier Parfait succombera sous les coups de l'ennemi, j'en suis maintenant certain. Les âmes ne sont pas prêtes à nous entendre. Aussi pouvons-nous disparaître, nous effacer sans regret.

Raimon écoutait, sonné, perdu, incapable de répondre, ni même de saisir ce que le Parfait tentait de lui dire.

— En attendant, nous chercherons à épargner ceux qui nous sont chers. Car malgré les sentiments que je vous porte, et qui je crois me sont rendus, nous n'aurons apporté que ruines et misères aux vôtres. Et si je ne crois point aux signes, ni au hasard d'ailleurs, je sais combien ceux qui nous accordent amitié peuvent payer cher leurs attentions. Aussi non, je ne vous suivrai pas.

Raimon ne pouvait imaginer que ces mots avaient été prononcés, par cette bouche. Il fut alors pris d'une rage sourde, puis d'une tristesse tout aussi immense.

— C'est donc cela... Cette distance depuis Muret. Pour m'avouer que tu renonces ?

Le silence et le calme du Parfait ne firent qu'attiser sa colère.

— Le supplice de mon neveu, abandonné à la mort. Celui du comte de Foix, dépossédé de tout. Ceux de mes gens, de mes vassaux, de tes centaines de sœurs et de frères, massacrés par les Francs. Vas-tu leur dire à eux, que cela n'aura servi à rien ?

Les cris du comte attirèrent le regard de ses hommes et des Parfaits qui patientaient devant l'église.

— Parle, Guilhabert ! Parle ou, pour l'amour que je te porte, je t'abattrai là.

Guilhabert se redressa, gardant son regard au loin. Ses traits étaient marqués par la douleur et l'épuisement, et la certitude de ne plus avoir à épargner l'homme qui lui avait tant donné.

— J'ai vu le Mal, Raimon.

C'était la première fois que le Parfait le nommait ainsi, par son prénom. De manière volontaire ou non, l'effet provoqué fut instantané et annihila toute réaction de la part du comte.

— Je ne parle pas des vices dont nous pouvons être coupables ou de ces crimes dans lesquels nous pouvons nous compromettre. Mais du Mal véritable. Incarné comme vous et moi pouvons l'être. Doté d'une voix, d'un visage, d'une pensée. Je savais qu'un tel être pouvait exister, car s'il y a un Dieu pour veiller sur les âmes, alors il y a forcément, quelque part...

— Un Diable pour les pervertir...

— Un Diable, oui. Et moi qui n'imaginais aucune limite à la volonté de Dieu, j'ai vu son impuissance.

— Je ne puis croire ce que j'entends. Je ne puis croire que tu tiennes un tel discours.

— Si vous ne pouvez croire alors voyez !

Guilhabert ouvrait les bras pour montrer au comte les maisons vides, les foyers meurtris et, au-delà, les paysages ravagés par les années de guerre.

— Dites-moi quelle parole pourrait s'élever sur ces ruines ? Quelle chance d'être entendu dans un pays broyé par la mort ?

— Mais tu l'as dit. Tu l'as affirmé. Ceci n'est point l'œuvre de Dieu.

— Et je l'affirme encore, oui. Seulement, qui saurait le croire ?

Raimon se pencha vers le Parfait pour se saisir de ses mains et fut surpris de leur froideur.

— Alors pars ! Pour le secret que tu portes. Pour l'enfant à venir. Trouve un lieu où tu pourras vivre en paix et tiens-le hors de ce monde où rien de bon ne peut advenir. Lui saura. S'il est celui que tu prétends alors Il saura.

Leurs regards se croisèrent, longuement.

— Nous aurons été si près du but…

— Si près que la foi couvera sous les cendres, répondit Raimon. Ce que vous avez semé sur cette terre restera enraciné. Le sang versé vivra dans les pierres, dans les mémoires, dans les chants. Cela prendra des années, des siècles peut-être, mais cette foi renaîtra. Dieu ne nous abandonnera pas.

Ils restèrent dans un silence où les sentiments les plus douloureux se confondaient. Jusqu'au pied du destrier, dont Raimon récupéra les rênes des mains de Bertran, ils furent incapables d'autres mots. Puis, s'adressant aux Parfaits qui les observaient, le seigneur dissimula mal son émotion.

— Prenez soin de vous, mes frères.

Se tournant vers Guilhabert, il ajouta :

— Et prenez soin de cet homme que Dieu nous a donné.

Avant de prendre la route du sud, il jeta un regard vers sa cité. Puis il eut une parole pleine d'un sens qui troubla Guilhabert. Non pour sa signification, mais pour l'hésitation que le comte avait marquée avant de la prononcer :

— Fi de l'Église. Pour Dieu, pour les hommes, nous ferons de cette terre la nouvelle Jérusalem.

Le Parfait considéra l'expression du comte, sans parvenir à percer le mystère qui s'y dissimulait. Et celui-ci eut un sourire encore plus énigmatique.

— La Foi, mon ami. La Foi.

Pérouse

1216

Comme l'air était froid, et glacée l'eau qui enserrait ses jambes. Innocent III n'avait conservé sur lui qu'une chemise de soie blanche. Ces dernières années, il avait préféré cette couleur à toute autre, symbole d'une pureté qu'il voulait en exemple. L'idée lui paraissait aujourd'hui ridicule. Ridicule et insignifiante.

Aucun son dans les ténèbres alentour, à l'exception d'un ruissellement, le murmure d'une pluie fine dont il pouvait sentir la moiteur. L'écho de son souffle évoquait un endroit clos et la puanteur les relents d'un charnier. De petits piétinements et une vague effervescence ne faisaient pas la preuve d'une vie. L'image d'un lieu isolé, abandonné à la vermine, aurait pu le faire céder à la panique s'il n'avait consacré ses pensées à remonter le fil des derniers événements.

Il y avait eu le départ de Rome, son projet d'aller négocier un accord de paix entre les cités de Pise et de Gênes. Le désastre de la croisade en Terre sainte, qu'il avait ordonnée au début de son règne, et son détournement par les armateurs vénitiens avaient convaincu le Saint-Père de s'attacher les services de ces deux puissances maritimes avant d'envisager une nouvelle expédition. Leur soutien acquis, Rome disposerait d'une flotte suffisante pour transporter ses troupes jusqu'en Orient et reprendre les cités abandonnées aux infidèles. Ce serait l'œuvre ultime de son règne : rendre à la chrétienté son empire originel.

L'accueil reçu en la ville de Pérouse, seconde étape sur le trajet qui devait le conduire au nord du pays, chantait encore dans son âme. L'enthousiasme et la fougue des habitants avaient porté témoignage de l'estime dans laquelle on le tenait. L'Église, qui vivait dans la crainte et redoutait l'hostilité des peuples comme l'ambition des puissants, inspirait désormais respect et considération. L'élan des habitants avait été tel que le séjour s'était prolongé. La douceur du soleil d'avril poussant à la flânerie, Innocent avait goûté sans retenue les faveurs dont il était l'objet.

La paix revenue en Occitanie avait tout autant comblé ses espoirs, au point qu'il se consolait des malheurs que l'expédition franque avait pu causer. La destitution de Raimon VI au profit de Simon de Montfort présageait un avenir plus serein. Il laissait entendre que Dieu, par quelque manière, offrait à l'Église une nouvelle chance, car rien ne pouvait s'accomplir ici-bas sans le secours du Ciel. Ainsi les jours étaient passés, avec plus de doutes que d'amertume, la conscience toujours lourde mais l'âme apaisée.

Ce qui avait pu le conduire au fond de cette cave nauséabonde, en revanche, défiait son entendement. Comme si cette journée n'avait connu ni début ni fin, qu'aucune heure ne s'était écoulée, que l'instant échappait à la mémoire et au temps.

Il se concentra sur l'obscurité, d'où parvenait maintenant une voix lointaine. Elle luttait contre la distance, glissait dans l'air poisseux. Un débit long et grave, trop éloigné encore pour être pénétré. L'accent toutefois lui était familier. Plus en avant peut-être, ou très loin au-dessus de sa tête. Dans les ténèbres, aucune direction ne valait. La voix se rapprochait néanmoins, jusqu'à souffler à son oreille. Il put alors saisir le sens, entendre le mot qu'elle répétait.

Marche.

L'homme, c'était une voix d'homme, devait être tout proche. Innocent tendit les bras, mais ses mains ne rencontraient que le vide. Son imagination ? Ou bien ce rêve, puisque ce ne pouvait être qu'un rêve, poursuivait d'autres buts.

Marche, Lotario.

Lotario… Depuis combien d'années n'avait-il songé à ce nom ? L'entendre surgir à cet instant, au creux de son âme, en ce lieu où rien n'avait de sens, ne pouvait relever du hasard.

Marche.

Il dut se faire violence pour obliger son corps à se mouvoir, extraire ses pieds nus de la fange. Progressant dans l'eau qui lui venait aux genoux, il heurtait des objets lourds qui tournaient lentement autour de lui.

La situation était aussi troublante que le calme avec lequel il l'affrontait. Quel esprit pouvait résister ainsi à la folie, à moins d'avoir été au fond de lui, et par quelque sort, préparé à cette rencontre ?

Alors que le niveau lui arrivait aux hanches et que le tapis de vase s'était épaissi, il fut étonné de la facilité avec laquelle il bravait l'effort. Ni douleur ni essoufflement, bien que son âge l'ait habitué à moins de résistance. Il lui sembla même que sa vue s'améliorait. Des reflets moirés s'éparpillaient sur les murs suintants et la surface des eaux. L'obscurité s'ouvrait sur les contours d'un tunnel exigu.

Vers la lumière.

Le sens retrouvé décupla son énergie. Il avança avec plus de vigueur dans ce qui avait désormais l'apparence d'un égout. Existait-il lieu plus repoussant et lumière plus prodigieuse que ce halo, dans cet espace où toute vie était exclue ?

La lueur devint bientôt suffisante pour offrir une existence aux choses, et la terreur qui l'avait jusqu'ici épargné menaça de l'emporter. Ces objets qui se bousculaient ne laissaient plus de doute sur leur nature. Il pouvait s'en compter des dizaines, des centaines peut-être, tant ils étaient nombreux. Plus de cadavres qu'il n'en avait contemplé, et qui s'entrechoquaient dans des bruits sourds. Les murs aussi se découvraient avec plus de détails, et la boue brassée dégageait une puanteur infecte. Rien n'importait plus désormais que d'atteindre cette lumière. S'y trouvait forcément un être de chair, un semblable qui saurait lui venir en aide.

Elle t'attend.

Ses efforts s'éternisaient. Il imaginait les cadavres se lever de leur trépas pour se précipiter à sa suite. Il pouvait les entendre, sentir leur souffle putride. Il courait maintenant, aussi vite que l'eau, la boue et les corps le lui permettaient.

Le tunnel s'ouvrit sur un vaste dôme. Les cadavres s'y trouvaient en nombre, ondoyant à la surface des eaux.

Elle avait rabattu sa coiffe. Ses cheveux argent tirés en arrière découvraient toute sa beauté. Une beauté à la peau sombre qui accentuait l'âpreté de ses traits et suscitait autant de crainte que d'attirance. Ses yeux brillaient d'un noir vif, et Lotario n'y distinguait aucune chaleur. Les cavaliers qui se tenaient de part et d'autre conservaient leur visage dissimulé. La flamme de leur torche répandait cette lumière pâle qui avait guidé Lotario à eux.

Ils ne montrèrent pas de surprise, ni à le voir surgir ni à se trouver en un tel endroit. Ce dernier ne comptait d'ailleurs aucun accès, à l'exception de l'ouverture par laquelle Innocent III était arrivé. Dans le fond, on distinguait des mouvements lents, comme le reflet d'ondes. Mais ces ombres ne ressemblaient en rien à des reflets. On aurait dit plutôt des bras, des bras immenses qui se mêlaient et s'enlaçaient.

Reportant son attention vers les inconnus, Innocent III conserva la distance que son instinct lui conseillait. Cela dut convenir à la femme aux cheveux argent, car elle ne manifesta aucune réaction.

Et maintenant contemple, ordonna la voix dont Innocent avait oublié l'existence.

Il examina l'eau où croupissaient les morts. Il n'avait aucune intention de s'agenouiller dans cette crasse, mais une force autre que la voix, autre que sa volonté, le poussait à se soumettre.

Lotario leva les yeux vers la femme. De ses traits lisses et confus émanaient une puissance et une grâce dont le souvenir disparaissait sitôt que votre regard s'en écartait. Sa présence était à la fois fascinante et insoutenable, et lorsque sa voix monta entre les pierres sèches, Innocent ne perçut aucune émotion.

— Lotario, comte de Segni, nous vous attendions.

— Comment est-il ?

— Son état ne s'est toujours pas amélioré.

Le cardinal Savelli ne pouvait détacher son attention du lit où le Saint-Père était allongé, le corps couvert à outrance malgré la chaleur. Frère Malaki, qui avait insisté pour venir le prier, épongeait son front pâle à l'aide d'un linge frais.

— A-t-il prononcé un mot ?

— Rien de distinct. La fièvre le fait délirer et ses paroles n'ont guère de sens.

Le cardinal scruta l'attitude du médecin à la recherche d'un indice, l'expression d'un trouble ou d'une gêne, l'aveu de ce qu'on pourrait chercher à lui dissimuler.

— Avez-vous déterminé les causes de son mal ?

— Sa Sainteté s'est plainte des premières douleurs dès la fin du souper, précisa le mire[1]. C'est en revenant à ses appartements qu'elle a été prise de malaises.

— A-t-on pensé à faire vérifier les plats ?

— Oui, Votre Éminence. Rien ne nous assure que le mal est lié.

Savelli se garda d'exprimer plus avant son inquiétude, de peur d'éveiller des soupçons que lui-même nourrissait. On avait débarrassé la chambre de tous les visiteurs, mais trop de témoins encore pouvaient les surprendre. Deux pages, en plus du médecin, et aucun pour échapper au spectacle offert par le petit moine.

Dès son arrivée, Malaki s'était porté au chevet du souverain, insistant pour rester près de celui qu'il avait si longtemps servi. Si la demande n'avait soulevé aucune protestation, ses prières venaient maintenant à trop durer. La rapidité avec laquelle Innocent avait été pris de ces maux suscitait déjà le malaise, et une telle débauche d'affection, de la part d'un frère qui ne montrait jamais ni attachement ni compassion, ne manquait pas de surprendre. Et quel sens donner à ces prières qu'il murmurait à tout instant à l'oreille du Saint-Père ? À l'évidence, le pauvre homme accablé de fièvre ne devait rien entendre, et il n'était de suppliques concevables que celles adressées à Dieu. Même à ignorer les desseins du moine, il devenait urgent de mettre fin à cette mascarade.

— Faites-moi savoir dès que la santé du Saint-Père aura évolué.

— Bien, Votre Éminence.

Le cardinal se retira en compagnie de Malaki, abandonnant Innocent III aux soins de son entourage.

Dehors, une foule déjà nombreuse se pressait aux abords du palais. Clercs, quidams et curieux se jetaient sur chaque visiteur pour soutirer des nouvelles, s'enquérir de la santé du pape. Des rumeurs alarmantes passaient de bouche en bouche, suscitant larmes et désarroi. Sur les visages, au-delà du chagrin et de l'incompréhension, Savelli crut distinguer de la colère.

Il attendit toutefois d'être éloigné pour partager ses craintes avec le petit moine fondu dans ses pas.

— Qu'avez-vous fait ?

1. Médecin.

Le frère parut aussi surpris que désarmé, mais Savelli ne put se défaire de l'impression qu'il feignait.

— Votre Éminence ?

— Vous m'avez entendu. Et cessez de me scruter de cette manière. Je ne suis point sénile ni ignorant !

— Sans conteste, Votre Éminence, sans conteste.

Le cardinal le dominait de toute sa taille ; c'est pourtant lui qui détourna le regard, toujours pris d'un malaise indicible à trop fixer ce visage blanc taillé dans la cire.

Il s'éloigna de quelques pas, jusqu'aux marches de la fontaine qui occupait le centre de la place.

Attirés par l'attroupement formé devant le palais, les badauds avaient abandonné le lieu. Restait ce gueux assis sur la margelle, que sa cécité empêchait de rejoindre la meute. D'une blancheur éclatante, ses yeux morts lui donnaient une allure inquiétante, et son port noble ne seyait guère à un homme de son état. Mais un gueux adoptait l'allure qu'on voulait lui prêter, estimait le cardinal ; elle ne changeait rien à sa nature profonde. Et ce moine, pour habile et rusé qu'il soit, n'en était pas moins moine.

Dans le doux chuintement de l'eau, débarrassé de la vision du frère qui patientait dans son dos, il donna à ses pensées le temps de se rassembler.

— Il y a deux jours encore le pape se portait à merveille. Plein de ses projets. Consacré tout entier à sa tâche.

— J'en suis moi-même témoin, Votre Éminence, répondit Malaki.

Le cardinal Savelli scrutait avec attention les allées et venues, inquiet de ce que l'on pourrait surprendre. Mais personne ne venait. Et sur sa margelle de la fontaine, le gueux aux yeux blancs n'avait pas bougé, ajoutant probablement la surdité à ses handicaps.

— Jurez-moi que vous n'y êtes pour rien.

— Votre Éminence…

— Jurez, Malaki !

Le petit moine s'avança. Le mouvement le rapprocha plus sûrement de la poitrine du prélat que de son oreille, mais le frisson que Savelli ressentit à cette proximité n'avait, lui, rien de distrayant.

— Ce dont je suis responsable ne doit en aucun cas vous inquiéter. Seul ce qui est doit être au centre de vos préoccupations.

À ces mots, le cardinal blêmit.

—Par tous les Saints, je n'ose croire ! Vous rendez-vous compte ? Empoisonner un pape ? Sans partager un mot de ce projet ? Songez un instant... si votre forfait était découvert.

—Ce qui ne sera pas.

—En êtes-vous certain ?

—Aussi certain que l'évidence qui m'a conduit à votre service.

Ce moine affichait décidément trop d'assurance. À sa manière de réciter l'avenir, on en venait à railler le sort. Et jamais pris en défaut sur ses présages. Une clairvoyance qui l'avait mené lui, cardinal proscrit, au rang des prétendants au trône.

Écarté des fonctions les plus hautes à l'avènement d'Innocent III, rares étaient ceux à lui prédire un avenir alors, au point d'y avoir lui-même renoncé, avant que cette moitié d'homme ne lui offre son aide. De tous les combats sous le pontificat, auprès des légats qui avaient lutté contre l'hérésie en Occitanie, et à son conseil désormais. Un frère prêt à fomenter l'assassinat de son maître pour permettre à un autre de lui succéder. Quelle que soit la reconnaissance que Savelli lui vouait, il n'était de confiance possible en un tel être.

Qu'importe après tout, il était trop tard pour reculer. Pas si près de ce but qu'il croyait perdu. Il serait temps, une fois le trône enlevé, de s'occuper de ce moine insignifiant.

Arrivé à ce point de ses réflexions, il eut la surprise de voir le visage de l'autre se tordre. Le mouvement des lèvres ne ressemblait pas à un sourire, mais Savelli put y lire une forme de satisfaction. Malaki prit alors la parole.

—Un prince de ma connaissance, que j'interrogeais sur les qualités essentielles qu'un souverain doit posséder, m'a un jour fait cette confidence. Je la partage aujourd'hui avec vous et prie qu'elle soit comme un phare, une étoile lorsque l'obscurité viendra.

Il laissa à Savelli le temps d'interpréter l'allusion à sa guise.

—De tout ce qui peut troubler le jugement d'un homme, il n'est pire conseiller que ses sentiments, car c'est libre de scrupule, d'indulgence et d'affection qu'un souverain donne la pleine mesure de ses capacités. Cédez à l'un ou l'autre, et il se trouvera un rival plus dur ou plus impitoyable pour vous chasser. Soyez celui qui restera, Votre Sainteté. Oubliez ces détails qui ne sont qu'incidents de l'Histoire et donnez à votre âme la chance d'accomplir son destin.

Comme le cardinal marquait son hésitation, malgré l'évocation du titre dont Malaki l'avait volontairement paré, le moine sortit de sa manche un flacon de poudre verte qu'il glissa dans la main du cardinal. L'objet tourna entre les doigts du prélat tandis que Malaki poursuivait.

— L'héritier des Toulouse, Raimon le Jeune, se trouve ces jours-ci en Provence pour rassembler les anciens vassaux de son père. D'ici peu, la révolte grondera, et Simon de Montfort ne pourra compter que sur le soutien de l'Église pour ramener l'ordre.

Savelli avait eu vent des manœuvres engagées par le fils de Raimon VI en Provence. Il ignorait toutefois l'avancée de ses démarches et s'étonnait que ce moine en soit mieux informé que lui.

— Vous tenez entre vos mains le remède qui peut rendre à Innocent sa force et sa vigueur. Faites-lui administrer le contenu et il soupera à vos côtés avant ce soir. La seule question est de savoir qui occupera le trône de Pierre lorsque les Occitans se soulèveront : vous ou l'homme qui a défendu le parti des insurgés lors du dernier concile ?

Une guerre. Un ennemi. Un destin. En une tirade, ce diable de frère lui promettait une existence de gloire et de triomphe. Savelli enferma la fiole dans sa main et sentit une chaleur étrange, une sensation de puissance et d'infini qui faillit l'étourdir.

— Vous ou lui, insista Malaki.

Tandis que les yeux du cardinal se fermaient, son autre main détachait le bouchon de l'ouverture du flacon. Lentement, la poudre glissa par le col, aussitôt dispersée sur les dalles par le passage de la brise.

Il rendit alors le flacon vide à Malaki et tourna les talons.

Le moine éprouva un léger frémissement en voyant le prélat disparaître, si bref qu'il s'étonna d'en avoir eu conscience. Il approcha ensuite de la fontaine où le mendiant était resté. Les pigeons venaient picorer par grappes les poignées de graines sorties de sous sa robe.

— Votre volonté est faite, annonça le frère.

L'aveugle resta sans bouger, se désintéressant de sa présence comme des oiseaux qui allaient et venaient autour d'eux. Dans les yeux morts, le bleu du ciel prenait une teinte gris irisé. Malaki y voyait l'expression d'un sentiment qui n'avait aucune résonance humaine.

À la sortie du palais, des chevaucheurs fendaient la foule pour se diriger vers les portes de la cité. Un successeur serait désigné avant que les chancelleries d'Europe soient informées de l'agonie du Saint-Père, un successeur prévisible et acquis, mais pas un signe de contentement dans les traits de l'aveugle.

— Ils me donnent le nom de Diable, d'être hideux, repoussant. Mais qu'ai-je accompli de pire qu'ils n'aient eux-mêmes désiré ?

Malaki resta silencieux, gardant pour lui son étonnement de voir son maître se confier. Le vent souffla plus fort sur la place, soulevant des tourbillons de poussière et de cendres vertes. On entendit un murmure parmi les habitants quand un dignitaire s'attarda pour parler, et les prières montèrent plus haut vers le Ciel, arrachant au mendiant un rictus amer.

— Je pourrais leur cracher mon nom au visage, révéler que ce monde est mien. Pas un, entends-tu, pas un ne se révolterait. Toujours ils embrasseront l'illusion. Toujours ils préféreront le mensonge. Mais de Dieu unique, ils n'auront jamais que moi.

Malaki offrit son bras au mendiant qui se dressait.

L'un appuyé sur l'autre, ils traversèrent la petite place pour rejoindre le palais et se fondre dans la foule.

L'eau avait pris une teinte pourpre et la texture poisseuse du sang. Ce n'était pas un rêve. Les corps étaient là, derrière lui, devant, tout autour. Des centaines, s'arrachant à la boue, sortant de ce tunnel d'où Innocent était parvenu à s'extraire. Ils venaient lui crier à lui toute leur rage.

Innocent chercha le secours de la dame, présence froide et divine dont l'attention le pénétrait au sang.

— J'aurais pu choisir un palais érigé à votre gloire ou une terre souillée du sang de vos frères. À l'heure où l'âme s'apprête à passer, les limbes projettent souvent l'image de ce qu'aura été son existence. Un jardin, une forêt, un rivage ou la puanteur d'une cave. Mais c'est dans un lieu semblable que l'Église est venue solliciter le secours de Dieu, c'est donc ici que vous devrez expier votre faute.

Dans les profondeurs du dôme, les longs bras sombres tournaient encore et encore, s'élevaient le long des parois aux pierres nettes.

— Il est un pape en son temps, venu au-devant de sa mort. Il s'est rendu au sanctuaire de Pierre, qui ressemble en tout point à ce dôme, pour supplier le Puissant de lui venir en aide. Il s'est rendu dans les limbes que vous traversez, a vaincu sa peur, ignoré les dangers qu'il faisait courir à son existence, dans le seul but de sauver l'œuvre du Christ. Il a fait ce choix pour qu'une Église nouvelle puisse naître. Une Église conduite par des hommes de bien, tels que Dieu les a voulus. Et nous avons cru en lui. Par le geste qu'il avait accompli, alors que le chaos menaçait, nous avons cru que les âmes pouvaient encore être sauvées.

Répondre, il en était incapable. Pas plus que de la regarder. Il se retirait dans son corps, s'enfonçait en un point froid et sombre en espérant échapper à la voix.

— Vous avez failli, Lotario. Failli à voir et entendre. Failli à croire. Alors que tout vous était offert, de la lumière du Père à la parole de Ses disciples, vous avez préféré détourner le regard et traiter les fils du Ciel en ennemis.

— Je… ne comprends pas…

Elle quitta l'endroit où elle se trouvait et donna l'impression de descendre vers lui, mais l'eau autour d'elle ne faisait aucun mouvement. Arrivée à sa hauteur, Innocent était incapable de soutenir son regard.

— Il n'y a rien à comprendre, prêcheur, car il n'y a rien de plus évident que la foi. Vous êtes en ce lieu par la volonté d'un homme qui, sitôt votre mort prononcée, se saisira du trône et usurpera le nom du Puissant pour sa seule jouissance, comme tous ont agi une fois le pouvoir acquis.

Sa mort… Les souvenirs revenaient par bribes. Le repas. Malaki. Les violents maux de ventre qui avaient suivi. Du poison… Quel autre but avait la visite du petit moine que de débarrasser le Saint-Siège pour son nouveau maître ?

— Vous y êtes, prêcheur, assena la voix tandis que son esprit repassait seconde après seconde les derniers instants du forfait. Après vous, un autre. Et un autre après, plus présomptueux, plus arrogant. Croyez-vous que Dieu abandonnerait Son pouvoir à de tels hommes ? Ne chercherait-Il pas le concours de semblables, fidèles par l'Esprit, purs par la pensée, parfaits dans leurs actes, pour servir de guides aux âmes et révéler à tous Son existence ?

Les cadavres autour s'étaient écartés, dissipés dans la nuit, pour ne laisser dans son champ de vision que la silhouette longue et brune.

— C'est cet espoir, prêcheur, que dans votre folie vous avez trahi. C'est cette Église nouvelle que, par vos guerres, vous avez brisée.

Ni rêve ni réalité. Ce qu'il éprouvait était au-delà de l'existence. Une expérience entre deux mondes. Et cet être, dont la présence était à la fois douleur et extase, pouvait-il être autre chose que celle qu'il avait crainte, aimée, priée, espérée ? La Mère de toutes les mères, Sainte au-dessus des saintes, qui avait mené le Christ du royaume du Ciel à celui des hommes et tenait maintenant son âme sous son jugement.

— L'enfant va venir, prêcheur, parce que Dieu n'abandonnera pas les âmes dans cet enfer. Un enfer que vous avez contribué à étendre en ignorant la prophétie, en préférant à tout autre parti celui du Mal. Car c'est bien le Mal que vous avez servi en livrant vos frères à l'acier et au feu.

— J'ai agi pour l'Église, se défendit Innocent que la terreur étouffait. Pour la règle. Par la règle. Celle des Écritures.

— Vous vous égarez, prêcheur. Encore.

Il regrettait déjà ses mots, mais l'angoisse était telle qu'il n'en mesurait plus le poids. Il voulait hurler. Hurler pour mettre fin au cauchemar. S'échapper de ce qui devenait maintenant trop réel.

— Et Dieu ! Que n'a-t-Il fait pour se manifester ? Que n'a-t-Il fait, Lui, pour nous venir en aide ?

La voix garda le silence, hésitante peut-être. Innocent tournait la tête pour ne pas croiser son regard.

— Même maintenant, alors que l'évidence s'offre à vous, vous préférez fuir. Si une heure seulement vous aviez cru en Sa présence, vous auriez su que ce monde ne pouvait être Sa création. Vous auriez su que seul le Mal peut y régner et que toute grâce en est exclue. Oui, Lotario, ce monde est le Mal, et c'est dans ses pas que vous avez choisi de marcher.

Les ténèbres devenaient plus épaisses. Il ne resta bientôt que ces rangs de cadavres hurlants, serrés sous la voûte ondoyante. Leur souffle passait sur son visage.

— Non, attendez…

—Votre âme est incapable de voir, Lotario, et des vies entières seront encore nécessaires pour comprendre vos erreurs. Vous devrez souffrir ces existences. Affronter les enfers encore et encore. Priez, Lotario. Priez pour vous et pour ceux que vous avez condamnés.

Le froid s'insinuait dans tous les pores de sa peau, au-delà de la morsure, au-delà de la douleur. La voix avait disparu. Tout disparaissait. Il n'y avait plus qu'Elle, Marie, qui le fixait de Son regard noir.

Il devint soudain plus léger. Ses pensées se dispersaient pour ne plus former qu'une somnolence. La mort le prenait. Elle l'arrachait à l'eau sombre, au dôme froid et aux ténèbres brutales.

S'élevant encore, une autre lumière apparut, au cœur même de son âme. La plus terrifiante des lumières. Il sut alors. Les secrets des mondes. Son insupportable trahison. Et de la terreur vint l'abomination.

—Dieu, qu'ai-je fait ?

FIN

Remerciements

Les remerciements… Un défi que le lecteur aborde avec curiosité, l'auteur avec angoisse. Être subtil, percutant. Laisser une trace. Éviter la liste interminable des anonymes en s'assurant de n'oublier personne. Dans le premier roman, j'ai soigneusement évité le piège, préférant l'ingratitude à la fadeur.
Dans le second, je me suis risqué. Certains ont prétendu que c'était la meilleure partie du livre. J'aurai leur peau.
Dans ce troisième, je prends le temps. Pas par obligation mais par plaisir. Sans me soucier du qui ou du pourquoi. Parce que des gens, autour de moi, ont bien leur place ici.
À Olivier Gay d'abord, auteur foisonnant et entremetteur littéraire. Parce qu'il a eu la gentillesse de me mettre en relation avec les éditions Bragelonne. Sans réserve. Sans calcul. Question de prénom peut-être. Qu'il soit mille fois béni.
À monsieur Michel Roquebert, pour son travail inestimable sur l'ordre cathare et la croisade albigeoise. Ses écrits ont occupé mes songes et mes chevets pendant plus de vingt années. L'alpha et l'oméga. J'avais caressé l'espoir de pouvoir un jour le rencontrer, lui dire combien son travail m'avait impressionné, inspiré, passionné. Le temps est implacable. Depuis la sortie du roman, je vis dans l'angoisse d'un oubli, d'une erreur, d'une maladresse qui pourrait trahir son œuvre. J'en pleurerais de honte.
À Stéphane Marsan. Si vous ouvrez un dictionnaire et cherchez la définition du mot « éditeur », vous trouverez un nom : le sien. Qui accepte avec plaisir de lire votre manuscrit. Qui vous envoie un mail un mois plus tard, long comme une bible, pour vous dire combien il a aimé votre travail. Et puis un autre encore, un peu plus long, pour vous expliquer comment il pourrait être meilleur (bah oui, quand même). Qui vous demande pourquoi vous écrivez, ce qui vous motive, où vous voulez aller. Qui vous raconte comment il conçoit sa relation avec ses auteurs. Qui se projette sur les manuscrits à venir, vous demande si

d'autres genres vous intéressent, qui vous conseille sur des choix sans en imposer aucun, quitte à ce que ces choix vous conduisent vers d'autres maisons (véridique). Qui prend deux heures de son temps, un soir, entre deux cartons de déménagement, pour vous parler de livres et apprendre à vous connaître. Qui vous pousse jusqu'au dernier point. Et qui ne vous lâche pas. Un motherf… Éditeur !
À l'Église catholique, apostolique et romaine, pour sa participation active dans les procès en sorcellerie, l'oppression contre les femmes, la colonisation des pays d'Afrique, d'Asie et d'Amérique, le massacre des tribus indiennes et indigènes, l'assimilation des populations inuites, la disparition des cultures aborigènes, la fuite des criminels nazis, le génocide Tutsi, le blanchiment des fonds de la mafia, la traite négrière, l'économie de l'esclavage. Mais aussi pour son soutien aux dictatures sud-américaines, aux régimes de Franco, de Vichy et de Salazar, son silence face à l'extermination des juifs, gitans, homosexuels et autres opposants au IIIe Reich, son action dans l'enlèvement et la séquestration d'enfants de révolutionnaires espagnols et de couples métis au Congo belge. Sans oublier la protection offerte aux milliers de prêtres accusés d'actes pédophiles à travers le monde. Et qui continue de bénir les foules depuis le balcon de la place Saint-Pierre. Sans honte. Volcan inépuisable d'inspiration.
À ma tante adorée, Sainte parmi les Saintes, qui me promenait sur les remparts de la forteresse royale de Chinon.
À Cochise, fidèle palefroi, qui m'a porté quinze jours durant sur les sentiers cathares.
À l'équipe de Bragelonne dans son entier, pour son investissement, sa gentillesse, sa disponibilité, son incroyable professionnalisme.
À mes parents.
À mon frère.
À mon étoile.

Bibliographie non exhaustive

Marie appelée la Magdaléenne: Entre traditions et histoire (Ier – VIIIe siècle). Thierry Murcia. Presses universitaires de Provence, 2017.

Saint Dominique, la légende noire. Michel Roquebert. Éditions Perrin, 2003.

Vie et mort d'un castrum : Cabaret, archéologie d'un village médiéval en Languedoc (XIe – XIIIe siècle). Marie-Élise Gardel. L'Hydre éditions, 2004.

Rome au Moyen Âge. André Vauchez. Éditions Riveneuve, 2010.

L'Autre Rome : Une histoire des Romains à l'époque communale (XIIe – XIVe siècle). Jean-Claude Maire Vigueur. Éditions Tallandier, 2010.

Les Cathares du Languedoc au XIIIe *siècle.* René Nelli. Éditions Hachette Littérature, 1999.

L'Épopée cathare, 1. L'invasion (1198 – 1212). Michel Roquebert. Éditions Perrin, 2006.

L'Épopée cathare, 2. Muret ou la dépossession (1213 – 1216). Michel Roquebert. Éditions Perrin, 2006.

L'Épopée cathare, 3. Le lys et la croix (1216–1229). Michel Roquebert. Éditions Perrin, 2007.

Le Vrai Visage du catharisme. Anne Brenon. Éditions La Louve, 2016.

Les Capétiens (987–1328). François Menant, Hervé Martin, Bernard Merdrignac, Monique Chauvin. Éditions Perrin, 2008.

Les Femmes cathares. Anne Brenon. Éditions Perrin, 2005.

Simon de Montfort. Michel Roquebert. Éditions Perrin, 2010.

De Lothaire à Innocent III. Olivier Hanne. Presses universitaires de Provence, 2014.

Innocent III : La stupeur du monde. Olivier Hanne. Éditions Belin, 2012.

Histoire des cathares : Hérésie, croisade, Inquisition du XIe *au* XIVe *siècle.* Michel Roquebert. Éditions Perrin, 1999.

La Tragédie cathare. Georges Bordonove. Éditions Pygmalion, 2004.

La Religion des cathares : le catharisme. Jean Duvernoy. Éditions Privat, 2000.

Livre des subtilités des créatures de diverses natures– Livre I : Les plantes–Livre III : Les arbres. Hildegarde de Bingen. Éditions Grégoriennes, 2013.

La Bataille de Muret (Éd. 1899). Marcel Dieulafoy. Éditions Hachette Livre, 2016.

La Bataille de Muret et la tactique de la cavalerie au XIIIe *siècle (Éd. 1878).* Henri Delpech. Éditions Hachette Livre, 2016.

Aubin
IMPRIMEUR

Achevé d'imprimer en avril 2021
par Aubin Imprimeur à Ligugé
N° d'impression 2101.0394
Dépôt légal, mai 2021
Imprimé en France
2811760-1